走起书

范伟 著

四川人民出版社

图书在版编目（CIP）数据

走起书 / 范伟著. -- 成都：四川人民出版社，
2025.6. -- ISBN 978-7-220-13493-7

Ⅰ．I247.5

中国国家版本馆 CIP 数据核字第 2025AQ5672 号

ZOU QI SHU
走起书
范　伟　著

责任编辑	程　川
装帧设计	李其飞
责任印制	周　奇　刘雨飞
出版发行	四川人民出版社（成都市三色路 238 号）
网　　址	http://www.scpph.com
E-mail	scrmcbs@sina.com
新浪微博	@四川人民出版社
微信公众号	四川人民出版社
发行部业务电话	（028）86361653　86361656
防盗版举报电话	（028）86361653
照　　排	四川胜翔数码印务设计有限公司
印　　刷	成都兴怡包装装潢有限公司
成品尺寸	140mm×210mm
印　　张	13.75
字　　数	300 千
版　　次	2025 年 6 月第 1 版
印　　次	2025 年 6 月第 1 次印刷
书　　号	ISBN 978-7-220-13493-7
定　　价	58.00 元

■版权所有·侵权必究

本书若出现印装质量问题，请与我社发行部联系调换
电话：（028）86361656

一双脚走过的路
丈量不了它的主人发生的
困境之广泛

——骆驼《叙事化的"托卡塔与赋格"》

卷首十四行

如去,如来。从这里,到这里。
道路是踏破万卷书的铁鞋,是人
成为人的开端。事物以遮蔽的方式
呈现,迷失者拥有更多的岁月、笑料
和词语。过去和未来是两只饕餮的大鸟,
不断飞回此际觅食。木鱼或纸鸢,一个
看得见的泡影,从田野里,从大街上,从
虚空中寻找自我。青鸟白云,人间天上,
那升起和降下的,调子亘古未变。万物
自有其乐章,那一段难以分辨的回音,或许
正是造物的杭育之声。世界是一个永恒的句子
之国,一个无边的影子和一部无尽的手稿。身为
一个受造者,一个二货,走起和吟唱是唯二的美德。
不要相信笔画,尤其自己的脚步。应该用歌声谈及一切。

编者序

作者出走前，把他的藏书和一些小物件寄赠给我。我在其中一个硬盘里发现了这部手稿。我不知道把这部手稿出版符不符合他的心思，不过我相信，我这么做了，他也不会特别怪罪于我。

作者方小明二十世纪八十年代末肄业于P大中文系，半生漂泊，疯疯癫癫，下过海南，闯过莫斯科，做过北漂。这部手稿里的文字大体是作者传奇生活的实录，主角是他自己、他的几任女友以及他身边的朋友们。

朋友们猜测过他的行踪，有人认为他出国了，有人认为他出家了，也有人认为他进了疯人院。总之，都只是一些猜测，没有什么真凭实据。但以我对作者的了解，要是此后的哪一天他从地球的某个角落里突然冒了出来，也并非什么稀奇之事。

编者

目录

第一部分 /001

第二部分 /113

第三部分 /305

尾声或开端 /423

第一部分

00

多年来我一直在寻找一张脸，那是一张曾经和我一模一样的脸。在二十二岁的时候，我和那张脸分道扬镳，之后就再也没有见过。

那天晚上，我和他隔着好些人对了个眼神，然后就走散了。就在我写下这些胡话的时候，我看到他独自一人在天地间游荡，他还是三十年前的样子，而我却老了。我要讲的，既是我的故事，也是他的故事。我要是懂得讲故事的奥秘，我就会说：不知道是我们当中的哪一个写下了这一切。对我来说，这倒不是一句故弄玄虚的玩笑话，千真万确，在我讲述这些故事的时候，他既不在场，又在场。

那是我弟弟方小亮的脸。

我依稀记得，那天晚上，同班同学马用、杜克和我，我们几个人在数学系师兄艾勇家打了半宿扑克，六个人，四副牌，光摸完牌就得花好几分钟。那时，艾勇、费罗、乔小春、袁军、宁大为等人都已经毕业，我们打的是一种名叫"够级"的牌戏，几个人轮番上阵，直打得天昏地暗，六亲不认，一晚上很打出了几副惊心动魄的有趣牌例。不过，牌局本身无关紧要，我真正要说的是，我弟弟方小亮就是在这个扑克之夜失踪的。

关于那天晚上发生的事，我很想多谈几句，但我实在记不得了。也确实不再知道了。有人说，他是和他的同学们在山里旅游的时候突然一下子迷了路，也有人说，他是被外星人劫持了。此外还有一些其他的说法，但我确实不再知道了。

我只记得,我弟弟方小亮当时在 T 大读书,是计算机专业四年级学生。

接下来的日子里发生了些什么,我不怎么清楚,也不怎么关心,因为我一边忙着在北京城四处寻找方小亮,一边还要费力安抚从老家赶来的父母。我父母都是中学教师,平时为人持重,现在全都慌了神。这件事把我毕业分配也耽误了。老实说,在这种情况下,我也没考虑什么分配不分配,我有几门课没有参加考试,毕业论文也没有写完,学校和系里把我按肄业处理已经算是格外开恩。

我知道我父母在我弟弟这件事上对我有怨气,他们觉得我这个做哥哥的没有照顾好方小亮,没有担负起兄长的责任,这一点用不着他们说。几个月来,我和父母相处得小心谨慎,生怕惹他们发邪火。我父亲和母亲都是古板的老实人,平常从来没有什么亲昵的举动,现在,两位老同志经常互相握着手坐在座位上,一声不吭。我真受不了他们偶尔看我时那种复杂的眼神。他们就是想破了脑袋,也无法理解他们小儿子的荒唐失踪。

荒唐也罢,不荒唐也罢,自从出了这件事,我的心也空了一大半。小时候,我和方小亮总是一块儿上学放学,一块儿玩耍,长大后,我们又一起到北京读大学,一起放假回家。现在可好,遇到了这种控天无路、诉地无门的倒霉事,我这只孤雁只能独自上路,满世界去找他了。

我承认从那时起,我的脑袋彻底凌乱了。唯一值得一提的是,因为这件事,我获得了一张隐秘的面孔,在此后的岁月里,不管在外人看来我的脸有多么沧桑,这张内置的脸却永远不变,永远停留在了二十二岁。

因为我和方小亮是双胞胎,我这半辈子不时会在街上或某个地方看见有人突然惊疑地看着我,不消问,他们一准儿是我弟弟的同学或朋友。后来,忘了是在哪儿,一个算命的家伙告诉我,那天晚上失踪的其实是我。

01

我来到南方,来到海南岛,是因为我父母的一个梦。起先,按照父母的指派,我在北京游荡了两个来月,寻找方小亮的下落。后来,我父母突然做了一个一模一样的梦,梦见方小亮在海南岛的一棵椰子树上砍椰子。老两口醒来一合计,立刻决定派我到海南岛去。不用说,我对二老的亲梦深信不疑。此时,海南岛刚刚建省,是一个人们趋之若鹜的热点特区,方小亮在那里砍椰子,着实不错。我记得复梦的时候,老两口都非常高兴。我老娘哭了,老爹也哭了。我父亲擦着眼泪对我母亲说,收椰子是个好工作,从月亮上看,老二可以说是地球上的吴刚。对此,我母亲流着泪点头表示赞同。关于方小亮的另外一种可能是,他的脑袋出了毛病,忘了自己是谁,一时找不到回家的路。这是我父母最牢固的、至死不变的看法。总之,我父母此时已经掌握了真理,看问题十分全面。

我的同班同学四川人钱晨曦已经早我两个月来到了岛上。钱晨曦是我们这届的优秀毕业生,原本分配在中央某个部委,后来情况有变,中央某部委取消了这个名额,钱晨曦一气之下放弃了留京机会，主动要求到海南工作，结果被分到了海南省直机关的一个宣传部门。在海南省委大院门口一见面，钱晨曦就大声惊呼："方小明，你怎么来了?!"然后接过我的行李，"快，扔下你这堆破烂儿，一会儿就跟我下乡去!"

钱晨曦可说是个头脑灵活、精力充沛的大疯子。三年级的一天夜里，不知谁在我们住的Ｐ大三十二楼底下喊"地震啦! 地震啦!"，大伙儿纷纷往楼下跑，楼道里挤成了人疙瘩，钱晨曦突然大喊："都闪开都闪开，我看看怎么回事!"就在所有人愣神儿的工夫，他从闪开的人缝里一溜烟奔下楼去了，从此大伙儿都叫他"钱阿瞒"。当天下午，我就跟随钱晨曦赶往海南岛中部的通什。路上，钱晨曦告诉我，他正在搞一项采风活动。这项工作是他主动向部领导申请的。因为有钱晨曦引领，对我来说，海南岛像是一首律诗的第一个韵脚，因为我一上岛，就觉得自己像是从Ｐ大三十二楼的高低铺上起身，一伸腿就直接把脚落到了岛上，中间的路途，车窗外植被的转换，人们长相和口音的变化，都不过是一些一闪而过的幻影。到了晚上，关上房门，钱晨曦却突然破口大骂海南岛不是人待的地方，真不该冒失前来。

"这真是个不折不扣的流放之地! 苏东坡、海瑞当年不都贬在这里吗? 咱们真是太愚蠢了，轻信了别人的鬼话，不肯用自己的脑袋瓜思考。什么特区，你看看，岛上来的都是一些什么人? 刑满释放人员、官场失意分子、流氓、妓女! 这里就是一个文化沙漠，一个孤悬海外的集贸市场，人们全都钻到了钱眼儿里。我老爹老娘供我念书，不是让我到这儿来卖的! 杜甫杜子美是怎么教导我们的? 文物多师古，朝廷半老儒！嘿，我脑袋一热，负气离开北京，赶这特区的时髦，真该狠狠抽自己几个大嘴巴！"

他这么大声嚷嚷，把我吓了一跳。论起哪里不是文化沙漠，钱晨曦一时也说不出个所以然，反正无独有偶，照他的意思，文化已经全面休克。

我问他："那你打算怎么办？"

钱晨曦压低声音说："我要找个正当理由回北京去，让学校重新分配，争取留在北京。"然后又迅速恢复了正常语调，"真没想到你会自投罗网，咱们都太幼稚了！"他这么说，我也没有什么可反驳的。我跟钱晨曦说了我父母关于方小亮的梦，钱晨曦听后大笑不止，之后突然收住笑，说："既然两位老人家都做了梦了，那就绝不会有错！"

此时已经是九月底，岛上仍然热得要命，我过上了这一年里的第二个夏天。钱晨曦扔给我一把椰扇，我俩拼命对扇。钱晨曦说："刚来那几天我就没有睡过囫囵觉，肠子都悔青了！后来心一横，干！"

"都打算走了，还干什么？"

"这你就不懂了，我需要一份过硬的工作鉴定！就是走，也不能给母校丢人！"我的幼稚提问引发了钱晨曦一阵冷笑，"再说也不能白来一趟，趁工作之便，把想干的事都干了，把想去的地方都去了，才算不虚此行！"我看着钱晨曦严肃的小脸儿，猛然意识到，我们从同一个地方来，此时却已经是两个完全不同的物种，我是个体制外的流浪汉，裤兜里没有毕业证，没有派遣证，回北京，回老家，回哪儿都是白搭。

我和钱晨曦用他们单位的打印机偷偷打印了一沓寻人启

事，在海口街道上四处张贴。之后的一天晚上，我和钱晨曦来到海边，分别把各自制作的漂流瓶扔进了大海。钱晨曦的瓶子里的字条上写了什么，我并不知道。我总共做了十个漂流瓶，钱晨曦说，只能扔一个，多了就不准了。我不管那一套，把所有的瓶子都投进了浪花里。

坐在礁石上，望着无边无际的茫茫大海，我突然悲从中来，忍不住流下了眼泪。我这一哭不要紧，害得钱晨曦也陪着我唏嘘了好一阵。

"咱们这辈子不可能就这么完了，朱老忠那话：出水才看两腿泥！走着瞧吧！"钱晨曦声音哽咽，表情和口气都狠巴巴的，整个人似乎已经疯癫。

"咱们受的是天底下最古怪的教育，以后要做的，就是把之前装到脑袋里的东西全部清理出去。"钱晨曦抹掉眼泪，情绪渐渐平静下来，高屋建瓴地总结道，"不过，这一趟特区也没有白来，在这个充满铜臭味的地方待了一段时间，我算是彻底看明白了，毫无疑问，人们已经被物性吞噬，走上了一条只讲求利益和生意的愚蠢之路，从今以后，就是钱的时代，就是钱管理一切、操纵一切的群氓时代，总之就是'钱先生'的时代！世界入口处写着四个金光闪闪的大字，'遇钱而开'！特区眼下的情形就是一个象征，宣告了理想主义的彻底破灭，预示着一个道德沦丧的物质主义时代的彻底到来。"

钱晨曦是个象征迷，对一切事物都要追寻到背后的象征意义才肯罢休，他对自己的总结非常得意，等待着我的反应，但我此时还没有达到他的思想高度，无法由衷称许，只想起了Ｐ大中文系青年教师钱先生上课时风风火火的模样。说起今后的打算，钱晨曦说与其在这个岛上胡混，他宁愿回北京找一家文化单位，做一个洁身自好的文化人，潜下心来好好做一做学问，随后钱晨曦又劝慰我："你也甭太难为自己，一切都才刚刚开始。"然后，我们俩一块儿站起身，冲着大海尿了一泡，两股野尿交织向前，一会儿他远，一会儿我远。我们俩忍不住傻呵呵地笑了一阵，然后，钱晨曦起头，我们俩对着大海，大声唱起了一首歌："小妹小妹，该去的会去，该来的会来，命运不能更改……"这是我们自习回来时经常在楼道里吼唱的一首歌，连极少唱歌的方小亮也会唱。

又过了一个多月，钱晨曦果真走了。单位里的人都来码头送他，我也夹在人群里跟他告别。一个当地大姐抱着"因病退回学校重新分配"的钱晨曦红了眼圈，依依不舍地叮嘱："小钱，好好养身体，有机会一定再来我们这边玩哦。"钱晨曦忍着泪拼命点头。船渐渐驶入大海，越走越远，钱晨曦踮着脚使劲向岸上送别的人挥手。钱晨曦的身形越来越模糊，尺寸越来越短小，看上去既渺小又忧伤，他张合着嘴喊叫着什么，岸上的人一句也听不清，声音全都归于沉寂。

我在一个廉价小旅馆盘桓了一阵，在海口四处游荡，寻找方小亮，后来钱越来越少，实在撑不下去了，就带上铺盖卷住到了椰子树下。睡在椰子树下的远不止我一个人，后来人越来越多。连续几个晚上，我在一棵椰子树底下睡觉，蚊子在耳边嗡嗡乱响，搞得人难以入眠，到了晚上，有些情侣甚至偷偷摸摸发起情来，搞得人更加难以入眠。椰子树是无家可归者的天堂，现在，我已经住在了椰子树下，可方小亮到底在哪棵椰子树上呢？我的老同学们又都在哪里呢？

我记起毕业分别那天，我和同班同学马用、杜克、钱晨曦等人在 P 大图书馆前的草坪上喝了一夜的酒，唱了一夜的歌。我们都穿着钱晨曦用毛笔大书了"走起"两个字的 T 恤，马用站在塔松前大声朗读了他新写的几行无韵诗句：

从此啊，好兄弟，从此我们天涯孤旅。流浪、寻找、毁灭、重生，
巫女从旋转的水晶球里看到了一切，这是我们的成人礼……

听着马用疯痴的号叫，有那么一会儿，我不知道自己身在何处，也一时忘了身边的这些家伙都是谁人。我仿佛置身于一片大水之中，耳朵里灌满了水，周围的声音越来越远，我的身体不可抑制地向下沉沦。这样过了很长一段时间，我才慢慢缓过神来。之后，我们一首接一首地唱起歌来，我最喜欢的一首歌这样唱道：

——我数着那电线杆流浪，到处都有我的床，
——我的职业是流浪汉，到处都是我的故乡……

从椰子树的缝隙里遥望深邃的夜空，我不由想到，也许就像定命论呆瓜雅克所说的那样，人们在这个世界上所遭遇到的一切幸和不幸都是天上写好了的，都是天上的大石板、大卷轴里写好了的。

02

我原本打算来海南岛，找到方小亮后立刻带他回家，现在一切归于渺茫，不得不重新计议，做长期待下去的打算。

我四处求职，寻找工作，一时难以如愿。椰子树底下虽好，但不是久居之地，尤其老天动不动就下雨，十分可厌，再说天气很快就要冷起来了。我赤手空拳站在岛上，两眼一抹黑，兜里的钱越用越少，眼看就要饿肚子，心里不由惶急起来。

临了，还是同住椰子树下的一个哥们儿拉了我一把，这位大学学力学的朋友悄悄告诉我，一家文化公司正在招聘图书编辑，他因为专业不对口，没能成功，建议我赶紧去试试。

第二天一大早，我连忙赶去应聘。招聘地点在海口宾馆一个带空调的房间，房间门上贴着一张字条，上面写着：闲谈不超过五分钟。房间里坐着两个人，一个中年，一个青年。负责面试的是中年老王，年轻的那位驼背小个子只是在一旁抽烟、咳嗽、吐痰，间或皱着眉看我一眼，表情十分不耐烦，像是谁把他气着了。老王问了我一些基本情况，然后出了个题目，让我背诵《滕王阁序》。刚背到一半，年轻那位突然打断我："得得，别啰唆了。明天就来上班吧！"他这么一说，吓了我一跳，简直救了我的命。我连忙跑到街上，用兜里仅剩的几块钱买了一把香蕉、一瓶豆奶，吞吃下去。事后我才知道，年轻那位是这家文化公司的实际老板刘刚。

我的老板刘刚是个一刻也闲不住的小个子，每天很晚才起床，从床上爬起来之后就一边喝茶，一边研究几份中央和当地大报纸，之后开始在办公室里吐痰、擤鼻涕，把两只脚搁到办公桌上摇晃。他的官方身份是一家中央大报驻海南记者站站长，另外，他有意无意让人们知道，他跟当地的一些政要私交甚笃。

此时的岛上总有成百上千个大小刘刚，他们一时在岛上十分耀眼，俨然是各种场合的明星。这些人都自带身份，自带气场，无往而不胜，不管哪个行业的刘刚，都应运而生，绝非等闲之辈。

刘刚名下的"万利"公司号称文化公司，干的多是书商的活计，公司的出版业务主要由老王负责。

刘刚每天呵斥这个，呵斥那个，给大伙儿鼓劲儿。"我就是真理！世界上没有别的真理！""大亨正在诞生！全世界的钱都正在往这儿流！你们以后从我这儿出去，就是大亨！"这是他培训职员的独特方式，核心意思是让属下对他彻底拜服。主编老王负责业务和考勤，上班迟到罚钱，事假病假罚钱，出现错别字罚钱，总之，一切都在钱上见。我从别人嘴里听说，老王大学学的是哲学，来海南之前是一家文学杂志社的副主编，老王在副主编位置上坐了十几年，伺候了好几任流水主编，因为升迁无望，最终被刘刚挖来主管业务。老王戴着一副厚如瓶底的近视眼镜，看人活像是在闻人、嗅人。

按照刘刚和老王的策划，我们这些一文不名的年轻后生开始着手编写教人发财的书：《百万富翁是怎样炼成的！》《一夜暴富！》《日进斗金！》一个星期又一个星期，一个月又一个月，我差不多看遍了古今发财经。商业兵法正在成为真正的流行时尚。

我们难得有空上街,不知从哪天开始,大街上冒出了大批头戴安全帽的工人,整个海岛变成了一个大建筑工地。这些外来户操着各类方言在大街上喧哗,拿着皮尺四处丈量,准备大显身手。一会儿有消息说,这块地要建度假村,一会儿又有消息说,另一块滨海的地已经被香港的某大亨买走了。一个星期、一个月之后,这些地价突然飙升了五倍、十倍、百倍,还在继续攀升,那些早早出手的卖主只能捏着已经签字的合同着急地干瞪眼,一些精明的家伙,卖了买、买了卖,乐此不疲。

刘刚起先很瞧不起房地产,觉得这一行没有文化,都是土老帽儿干的,是个粗鄙的危险行业。"买什么也不能买地,当什么也不能当地主!成分太高!"这是他最初的看法。可是眼看着有不少人很快阔起来,刘刚终于把持不住,动了买地的念头。一天,刘刚带着我来到一块有望拿下的空地,左看右看,喜不自胜。实际待买的地既荒芜又凄凉,地面上活着的生物都带有那么一股可怜巴巴的戚容,远没有在沙盘或地图上那么生气勃勃,引人遐想。刘刚眯着眼观望了一阵,像是在思考,又像风水家在望气,突然朝地上吐了一口痰,说:"点石成金,卖什么都不如卖地强!不就是弄个批文填个表的事嘛!发这样的财简直是侮辱我的智商!"

回去的路上,刘刚继续发表高论:"什么最可怕?穷最可怕!我小时候,上面号召以穷为美,声称越穷越光荣,简直是扯淡!把钱财看成庸俗的东西是有史以来最大的骗局。咱们这些人千里迢迢来到这个鸟岛上,要是不发财、不成功,就相当于被欺负了。"随后问我,"你知道人为什么一门心思挣钱、一门心思往上爬吗?"根本不需要我回答,刘刚立刻公布了答案,"一个人越有钱、地位越高,能欺负的人就越多,就能看到更多的倒霉蛋,心里就越舒坦——会当凌绝顶,天下尽傻瓜!"

"将来这里一定会像香港一样漂亮!"这是刘刚的预言。自从决定杀进房地产行业,刘刚就立刻把自己看作海南岛的总设计师,以香港的标准做比照,准备建造亚洲最高的摩天大楼。

此时,我有了固定地址,分别给朋友们写了信,也收到了马用、杜克、钱晨曦等人的回信。马用被分到了北京一家建筑公司,分管料具,准备骑驴找驴,另寻出路;杜克回到原籍河南,在一个袜厂当宣传干事;钱晨曦留北京的如意算盘落空,不得已回到了重庆,被分配到老家那个县的计划生育部门当了一名计生干部。钱晨曦在信里大骂系里管分配的老师不是东西,感慨当初不该贸然跑到海南岛,后来更不该贸然离开,因为内地的氛围和自由度远远不如海南,总之一步错、步步错。不过照我看,当地的乡亲们有福了,钱晨曦很快就会把避孕套文化在巴蜀大地上发扬光大。

我在"万利"公司的几个同事都是三十岁上下的年轻人。我们每天在主编老王的鞭打下处理稿子,老王从内地一个混账企业家那里得到了真传,掌握了一种名叫满负荷工作法的利器,给大家的工作定额定量,弄得大家晕头涨脑,好几个人实在受不了,只好跳槽离开,余下的人工资涨了一点,工作量却又翻了一倍。一到周末,我们几个各怀心事的文字民工要么找老乡聚会，要么约着去舞厅跳舞。这两项娱乐我都没什么兴趣，空闲的时间都用来在大街上胡乱游荡，或者在宿舍里写信、发呆。一到发工资的日子，我就把一大半工钱给家里寄去，算是给老爹老娘报个平安。

刘刚自从搞上了地皮生意，便从出版事务里超脱出来，更加优哉游哉，神秘莫测，一天到晚吆五喝六找机会捉弄别人。某天，他从手提包里掏出一副崭新的扑克，开封后扔给主编老王。老王翻开扑克"嗅"了一下，立刻皱起眉头，大声说："呸，什么东西！出这种东西的人简直不要脸！老实跟你说，刘刚，我这辈子就认'正派'两个字，谁要是想用女人诱惑我，那是万万不可能的！"原来刘刚扔给老王的是一副春宫扑克。刘刚轻声细语对老王说："老王，别激动，是香港那边出的。人家送给我，是让咱看看资本主义文化的另一面，咱是谁呀？都是受组织教育多年的老同志。"老王也觉得自己的表白有点过，解释说："我是见了这些脏玩意儿搂不住火。你这话说得对，咱是谁呀？我就是看，那也是批判地看，辩证地看！"

过了一会儿，刘刚带我出去办事，走出门没几步，他突然停住脚，笑嘻嘻地掉头往回走。来到门口，刘刚悄悄掏钥匙开门，只听屋里"叽里咕咚"一阵乱响，我们进到屋里，就见老王正在红头涨脸地收拾春宫扑克，忙乱中扑克散落了一地，眼镜也掉在地上摔碎了。刘刚说："要下雨了，我回来取一下伞。"老王连声说："好，好！"我们再次出门的时候，刘刚知心地对老王说："没事儿老王，慢慢看，批判地看，辩证地看。"出了门，刘刚止不住地乐，然后往地上使劲啐了一口，说："装什么大个儿呀，又不是没有鸡巴，必须承认，大家都是有鸡巴的动物！"我不同意刘刚这么捉弄老王，一来我没有看到春宫扑克，二来因为我那时还是一个童男，对男女之事还没有真正开窍。

海南岛不是我的久留之地，这一点不必避讳，可我一时半会儿也离不开。隔一段时间我就到钱晨曦的原单位看看有没有信件，现在我自己的信箱也总是没有我日夜期盼的消息。只有一次，我接到了一个电话，打电话的人说在某时某刻依稀仿佛在海边看到了寻人启事上的人。我连忙打了个三轮"摩的"赶过去，越走越觉得古怪，后来才突然醒悟，那时出现在海边的人正是我自己呀。有时我想起方小亮，思念中夹杂着一些无能为力的羞愧。苏轼当年因乌台诗案被抓，原打算自杀了事，后来想到弟弟苏子由，担心自己死后苏子由不能独活，就打消了自尽的念头。这么一想，我知道方小亮一定不会把我一个人丢在这个世界上。

"钱先生时代！"有一天走在大街上，我突然想起了钱晨曦的总结，觉得实在振聋发聩。我周围的人个个都忙得不可开交，每个人都削尖脑袋拼命捞金，恨不得连眼里冒出的金星都牢牢抓住。在这些狂热的淘金者当中，我可说是唯一一个逆行的异类。我来这儿是寻找我弟弟的呀。除了我、我的老爹老娘，世人早已经把他彻底忘掉了。我老爹老娘隔段时间就给我写信打探消息，有时候还会随信附上他们在梦中看见的图景。每回接到信，我的心脏都会哆嗦一阵。我梦想有这么一天，我突然收到一封信，或者一封电报，说你弟弟回来了，那样我就彻底踏实了。我和我父母各怀一份希望，就相当于三份，这三份希望加在一起非常可观。

　　这之后的一天中午，我趁午休到邮局给父母汇款、寄信，汇报一段时间以来的情况，因为在刚刚收到的一封信里，我父亲不知根据什么，断言说我在海口只顾自己痛快，一点正事不干，简直是乐不思蜀的刘阿斗。他这么指责我，令我既生气又难过，只好立刻回一封信，详细叙述自己近来经历的一切。另一方面，我也正式向他请示，我该不该回到老家，因为我在海南岛的这些时日，有关方小亮的消息一无所获，不知还有没有在岛上待下去的必要。正是在这个当口，我认识了一个女孩，要是一个星期之后我父亲在信中骂我、呵斥我，倒也不算冤枉。

　　我去的这个小邮局位于海秀路街角处，里面人挤人，人挨人，又闷又热，空气十分恶浊。排队的时候，我突然听到旁边队列里一个姑娘愤怒的声音："把你的脏手拿开！"说话的姑娘个头停匀，面容姣好，身穿一件黄色的泡泡纱连衣裙，被她呵斥的是站在她身后的一个三十多岁的男子，男子涨红着脸辩解道："怎么能这么说话呢？"那姑娘突然侧转过身，脸对脸对着那男子，右手食指指着对方的鼻子："我冤枉你了吗？你自己做了什么你自己清楚！——猥琐！不要脸！臭不要脸！"这就是她对那个男人的评价。那男子终于抵挡不住，扒拉开众人逃开了。之后，黄裙子姑娘像什么都没有发生似的，继续排队办理手续。一时间，我的视线完全被她吸引住了，真是个美得胡天胡帝的厉害姑娘。那姑娘办完事，昂首挺胸离开了邮局，活像一朵行走的水仙花。

　　从邮局回去的路上，我的胸口突然感到一阵憋闷，差点儿晕倒在大街上。大街像平时一样人来人往,却寂静无声,像是一部无声电影。迎面走过的人神态各异,全都是陌生面孔,没有一个是我的血亲兄弟。希望他在某棵椰子树下吧,希望他在香港吧,希望他在美国吧,希望他在非洲吧,希望他在某个匪夷所思的泱泱大国或蕞尔小国吧。理应如此。按照常识,他总不能既不在这儿,又不在那儿。

就在这个周末的晚上,我参加了一个大学生联谊会。我留神观察在场的所有人,希望方小亮一时兴起,拨冗前来。开场前,我突然听到了一个似曾相识的声音,我努力回想,试图从记忆里搜索出这个声音的主人,却怎么也办不到。我扭过头一看,立刻认出了声音的主人——在邮局里看见过的那个穿黄裙子的姑娘。

此时的她换了一身衣服,穿着一件淡青色T恤,牛仔短裤,赤脚穿着一双平跟儿凉鞋,很有几分英气,有那么一瞬,我的目光和她对上了,她冲我眯眼一笑,大大方方向我挥了挥手。

现在我想起当时的情景依然昏头昏脑,要想说清楚两人认识的具体细节,更是一件难事,因为多年以后据她说,我当时径直走到她身边,眼睛直勾勾地盯着她,用可笑的配音腔说"认识一下好吗"。而我记得的另一种情形是,她中间出去了一趟,位子被人占了,回来时正好我旁边有一个空位,她对我说了声"你好",就在我旁边坐下了。她说我脑子有病,说那天她是自己一个人来的,而我却记得她和几个男女伙伴在一起嘻哈笑闹。总之,事情的确已经很难说清,很难复原。这个令我一见倾心的姑娘是南方某省人氏,名叫陶红。

那天晚上，组织联谊会的家伙们轮流上台讲话，都像是在拿着话筒喊叫。后来，承蒙陶红出了个好主意，我俩溜了号，跑到大街上溜达。我告诉陶红，前一天中午在邮局寄信的时候，我见过她，她立刻扬声大笑起来。

"你是不是看见我跟人家吵架了？"

"是。"

"我妈告诉我，跟人吵架，一定要指着对方的鼻子，那样对方就气馁了。"陶红一路上一直止不住地笑，她的语速很快，一口南方普通话非常好听。"这是我第一次跟人吵架，就让你瞧见了。"她笑得总是毫无征兆，无所顾忌，一阵一阵吓我一跳。

"你怎么愁眉苦脸的？"她突然这么说我，"曙光在前头，要鼓起劲儿来呀年轻人！"说完又笑了起来。

陶红读的是英语系，高考的时候政治考砸了，只够上本省的一所师范学校，毕业后她不想当老师，就独自一人跑到海南来闯世界。此时，她正在一家广告公司做临时工，一心想找一个正式单位落下来，对我的编辑工作很有几分羡慕。通过陶红，我终于体会到被丘比特的小箭射中是怎样一种滋味，也许可以这么说，我和陶红立刻双双坠入了爱河，但我们当时都不会游泳。陶红的爱情像热带的花儿一样怦然盛开，热情洋溢，毫无保留。我跟她相处的方式主要是倾听。我无法像她一样兴致勃勃，但我晕头涨脑，努力跟上。

整整一个秋天，一个冬天，也可以说是整整一个夏天和一个秋天，我和陶红差不多天天见面，时而在这里，时而在那里，时而在海边，时而在椰林。我们急切地、像是被时间追赶着似的接了第一个吻。她如同春天,走进了久处冬天的我。

第一次触到她的莲花样的嘴唇,我的脑袋"嗡"的一声,差点儿晕死过去。陶红自己也好不到哪儿去。我们在摸索中前进。这已经够美好的了。我们都不怎么了解对方的身体。我俩的第一次,在慌乱方面完全旗鼓相当。"好吧……反正……"这是她下决心后说的话。"好吧,反正……"此后每每想起这句话,我的心就会扑通软一下。跟陶红在一起,我体会到了短暂的无意识的巨大快感。不管今后我的命运有多么荒唐,多么险恶,我都不能说我没有品尝过美好的滋味。

因为陶红,我第一次喜欢上了海南岛的热,这份持续上升的永不枯竭的热度正跟陶红在我身上激起的热情相匹配。我拥有了一个全新的自我,一个与我同名同姓的、脑袋时而清明时而糊涂的傻瓜蛋。陶红浑身开满花朵,手、脚、腰肢、头顶、发梢……各处都是芳香四溢的花瓣,她的脚下像是安着弹簧,一有空就来几个舞蹈动作,或者走起简版模特步,一扭一转,煞是好看。

陶红看到我和方小亮在大学校园里的合影,又得知我弟弟是T大学生,一下子就喜欢上了我弟弟。她评价说,方小亮比我斯文,方小亮严肃、爱智慧的气质她很喜欢,跟我弟弟一比较,我就像个一脸茫然的糊涂虫。她这么说我很高兴,也隐隐有那么一点小妒忌。

方小亮在T大读的是计算机专业,学制五年,四年级的时候,他已经被普林斯顿大学数学所提前录取。按照原先的时刻表,他此时应该在美国,可是依照眼下的情况,就很难说了,也许他此刻就栖居在附近的某条渔船上面,谁说得准呢。陶红对方小亮的事并不知情,她只听我说方小亮目前正在读研究生,她希望在不久以后见到方小亮,最好是最近的一个假期……啊,兄弟,但愿你也在体会着这甜蜜的、发疼的心跳,但愿这些无所不在、欲罢不能的甜蜜烦恼也正在折磨着你。

03

刚刚成为特区的海南庆典格外多,不拘大节小节都要大张旗鼓庆贺一番。开场音乐一律是令人振奋的鼓劲儿乐曲,不过甜腻呆傻的曲调很快就占领了天涯海角。人们在节庆上大喊大叫,大唱大跳,但大多数人此时还壮志未酬,都怀着一肚子心事,并非真心快活。

庆祝第四套人民币发行三周年的日子,海口的金融系统主办了一台晚会,陶红手里有两张票,带我一起去看。路上陶红忍着笑告诉我,票是我同屋同事李寒风送的。李寒风是天津一所名牌大学哲学系毕业生,比我高几年级,来海南岛之前,在北方某省的团委工作,为人非常深沉。李寒风认为海南岛铁定是他的幸运之地,因为父母给他起了一个好名字,"寒风"在四季炎热的海南岛一定会受到欢迎。

我问是怎么回事,陶红没有回答,从随身包里掏出一沓纸递给我,我翻看了一下,全是李寒风送给陶红的情诗。陶红说,她到我宿舍见到李寒风的第二天就收到了他的信,之后每天都会收到李寒风疯疯癫癫的情书。我差点气疯了,怪不得李寒风最近一段时间天天皱着眉头徘徊苦吟，原来是在背着我向陶红献殷勤。

陶红说我："瞧人家李寒风同志，只见了我一面，就写了这么多诗，您呢？一个宿舍住过的舍友，好好找找差距吧。"说完又大笑了一阵。陶红让我把信和诗送还李寒风，告诉他别再写了，实在受不了了。

我俩没有对号入座，远远看见李寒风转着细长的脖子四处寻觅。李寒风送票的时候，陶红要了两张，跟他说晚上会带个女伴儿一起来看演出。

"你不该这么捉弄老李同志。"

"喊，也不撒泡尿照照，长得跟红缨枪似的。"

晚会永远少不了《万泉河水清又清》《我爱五指山我爱万泉河》之类的歌曲，可说是地方特色。中途一个歌手唱起了一首用流行歌曲曲调改编的《海南的风希望的风》，词作者是"寒风"，也就是我的秘密情敌李寒风。演唱过程中，陶红用胳膊肘一个劲儿拱我，让我别傻笑。后来，我实在忍不住，只好跑出来，到外面点了根烟抽。我再回去的时候正在演一个叫《特区颂》的舞蹈，因为根本不知道特区到底是干什么的，演员们只好按照朴素的想法在舞台上模拟盖楼、搬砖、手搭凉棚展望未来之类的动作，最后，连陶红都看不下去了，说："喊，还不如直接表演数钱呢！"

这个晚会的特别之处，是在最后安排了一段自由歌会时间，人人都可以献唱。陶红登台唱了一首歌，是那年很流行的一首歌，叫《跟着感觉走》。她唱得好极了，台风潇洒漂亮，观众使劲起哄要求返场，于是她又唱了一首《酒干倘卖无》，又赢得了满堂喝彩。陶红站在台上真是光彩照人，裙子的褶皱如手风琴般晃动，似乎有优美的音符在里面跳跃。事后陶红得意地告诉我，她原本要考音乐学院的，可是她老爹极力反对，绝不允许她当戏子。陶红撺掇我上台去唱，我没有心思唱，也不会唱，好在上场献唱的人太多，轮不到我献丑。中途有一个家伙死把着麦克风不放，一连唱了三四首，差点儿跟要轰他下台的人干起仗来。

我到外面买了一束花，回来的时候发现陶红怀里已经有了一大束花，是一个西服革履、油头粉面的大个子送的，此人自称是某银行的经理，我老远看见他躬身把花和一张名片双手递给了陶红。我认出这个人就是开场时在台上唱《我爱五指山我爱万泉河》的家伙，这场晚会就是他们这家银行出钱主办的。后来，我拉着陶红走了。陶红有点恋恋不舍，可也不想伤害我的小自尊。那天晚上，我既高兴，又有点怅然。

"我唱得好不好？"陶红问我。

"凑合。"我说。

"什么叫凑合？"

"凑合是我对歌唱艺术的最高评价。"

陶红笑了，问我："你觉得刚才那人怎么样？"

"挺好。"

"他跟我说可以调我到他们银行工作，你说我去还是不去？"

"当然去了。数钱多好！"

"欸，你还别说，"陶红在我前面一蹦一跳地得意，"我还就喜欢数钱！"

我妒忌了。陶红看出了这一点,她挺高兴。很快我就意识到,我当真遇到了一个强有力的竞争对手。那个在银行主事儿的老东西也真肯为陶红办事,我这么说其实并不公平,因为那个人此时也就三十岁左右,可说是一个青年才俊。不出三天,陶红就到那家银行上班去了,仅仅又过了半个月,银行家就把陶红的户口和档案一股脑儿从她老家调了过来。

不得不说,青年才俊把他对陶红的爱意全部落实在户口和工作上,实在太有说服力了。我一边为陶红高兴,一边不由生闷气。我第一次体会到劣势和虚弱。那时我还不通世故,不知道权力和金钱对一个人来说有多重要,只能用醋意和恼怒来抵挡,但这毫无用处,只能把事情搞得越来越糟。陶红兴奋得发了疯,对我的不安很不以为然,认为银行家是自己生命中的大贵人。

陶红到银行上班之后,应酬很快就多了起来,既要接待存钱到银行的人,又要接待从银行往外贷款的人,时间紧张得不得了。以前,我随时都能找到她,约会从没有落空过,现在打电话给她,她多半会为难,"不行啊,今天我们单位有聚餐呀",或者"我们老板有应酬,非得让我去,不参加不好哦"。对此,我有些不适应,但也毫无办法,只能忍痛慢慢对付这种新情况。很多个夜晚,我在大街上游荡,等待不定什么时候才能醉醺醺、兴冲冲归来的陶红。海口大街上的某些路段,路灯还没有装上,大街上行色匆匆的人们都如同孤魂野鬼。椰子树底下从来没有断过过夜的人,他们可说是步我后尘的倒霉兄弟。

陶红从银行领到第一月工资,立刻花重金烫了一个当时最流行的港式卷发。她这么一捯饬，更漂亮了，看得我既动情又惭愧。

陶红说："得了，你用不着假装惭愧，我的生活我做主。我才不指望你们男的呢。"陶红一直在认真设计、规划自己的前途，自从有了这份中意的工作，她的脚步更轻盈了，很快就跟特区的节奏合上了拍，也跟银行家的步伐合上了拍。

我知道我不应该怀疑陶红对我的感情，我只是突然对自己失去了信心。陶红看出了我的心思，说："没想到你这么小心眼儿。傻瓜，你不愿意看见我好啊？"

陶红见过刘刚几次，认为刘刚是个满嘴谎话的大骗子，跟他这样的人混在一起不会有什么好结果，建议我换一份工作。有一天，陶红兴冲冲地告诉我，她已经跟银行家说了，打算求他把我也调进银行。银行家让我先投一份简历，然后再定时间到他的办公室去面试。我一听就急了，立刻断然拒绝，为此陶红脸都气白了，认为我不可理喻。

"真是不知好歹！别说你不去，你就是去了，人家还不一定要你呢！"

"不要正好！我怎么能让一个色狼面试？"

"人家怎么就色狼了？"

"瞧他看你时那副色眯眯的样子！"

"喊，我就不爱听你这么说话！我调工作凭的是自己的本事。"

"本事不本事我不管，反正他不是什么好鸟。"

"你以为别人都像你呢，以貌取人。"说完这句话，陶红自己忍不住笑了，但很快又把小脸儿绷住，"哼，终于说出心里话了！真龌龊！"

见我不高兴，陶红也没有再坚持。但不管怎么说，自从到银行上班后，陶红离我越来越远。她身上具有云朵的气质，同时也一点不含糊地扎根在地上，也就是说，夜里是一回事，白天是另外一回事。只要我们的身体离开一米远，陶红就开始给我上课，多数是生意经和发财梦。陶红觉得我心不在焉，心有旁骛，对我越来越不满意。

"你老是离我特别远，为什么咱俩的劲儿总是不能往一块儿使？你到底是怎么想的？你这辈子究竟打算做什么？"有一天，陶红向我发问。我不爱听她说这些，不过也承认她说得对，她的的确确是把我俩看作一体做通盘考虑的，而我却没有。当时我俩正走在海滩上，我说，我们只要往海里这么一跳，浪头一来，我们就消失了，像没有出生过一样。陶红撇了撇嘴，嫌我答非所问，说了不该说的疯话。

"我可不想糊里糊涂过日子。"陶红又一次向我说起了她的家事，她的父母都是普通工人，家境贫寒，她和她弟弟从小到大没少领受有权有势的人，包括阔亲戚们的白眼。"我们比谁差哪了？比谁都不差！我这辈子必须成功，必须发财！"

陶红并不知道，我们两人看似同行，其实一直走在两条不同的道路上。她有一颗昂扬的脑袋，也有一颗昂扬的心，她走得轻快，我走得艰难，总之，我跟不上她的趟。这天，我鼓起勇气向陶红讲述了方小亮失踪的事。陶红听后大为震惊，简直不能相信这种事居然就发生在我的身上，从而部分理解了我的心事。因为这件事，我们的心更近了，同时似乎也更远了。

"正因为这样,才更应该打起精神,更应该不计代价多多挣钱,获得成功!"这是陶红的看法。有一天,陶红不知从哪儿弄到了一个消息,撺掇我赶快注册一个公司,专门给内地来的客商提供咨询服务,收取佣金;另外的一天,陶红不知在单位受了什么刺激,突然建议我考研究生,回北京,她说她愿意放弃眼下的一切跟我去北京生活,这个看上去很诱人的提议也被我拒绝了,因为一想到为此需要重新背诵书本上那些好不容易忘掉的胡话,我就想吐,再说我也根本不想再回该死的学校。

"可是你这样晃荡到几时才算完呢?现在年轻还可以,将来怎么办?怎么就不能向前看!"在陶红看来,我们这些首批来海南闯荡的人赶上了最好的时候,必须紧紧抓住眼前的一切机会。可是我的力气不够,更重要的是我什么都不想抓,只想找到我兄弟的下落,这已经成为一种惯性,一种病态的执拗。

因为进入了备有空调的办公室,现在陶红一回到我们租住的那个靠电扇降温的小家,就气不打一处来,觉得我眼下这种体制外野狗般的生活不安定,没有安全感,更没有前途。

"得到了就不珍惜了。"陶红频繁抱怨,这样的误解简直是在挖我的心肝,"你不在乎我也没什么了不起,喜欢我的人有的是。"这一点她说得倒是一点不错。

日子一长,陶红对我漫无目的寻找方小亮的这件事,嘴上不说,心里十分愤恨,简直把方小亮当成了隐藏在某处的一个敌人。而我,跟容光焕发、蒸蒸日上的银行家相比,只能算个活着一半儿的倒霉蛋。

现在说起银行家，陶红一点也不忌讳，大大方方承认："没错，他是在追求我，可我并没有答应他！你这么猜疑简直是在侮辱我！"话虽这么说，但我发现，她的底气已经远不如以前那么足了。

与陶红相比，我的确是个白痴。她这种人，像氢气球一样最终一定会飘到高处。她本来已经靠美貌和才艺进入了高尚社交圈子，偏偏还喜欢动手，居然在极短的时间内成了她们单位的点钞能手，也许她在这方面确实很有天赋。

此时，出版财经图书的热度已经过去了，刘刚派我一个人收尾，把这几年出版的书做个摘录，出一个精装本。这项工作结束后，我一时无事可做，担心被炒鱿鱼，就对刘刚说，我打算到黎族人聚集地去采风，记录当地的民歌和民谣，出一本《琼岛歌谣集》。刘刚惊讶地看着我，在他看来，我准是疯了。最后，刘刚打发我到库房去暂时协助发货。不久以后我才知道，刘刚早已另组了一套秘密班子，开始了另一番事业，开辟了一个新领域。

我偶然从一个名叫解力龙的湖南佬嘴里知道了事情的原委。解力龙是个自学成才的文学青年，两三岁时得过小儿麻痹症，走路一颠一颠，两只手也没有发育好，细瘦变形，写起字来非常吃力。刚来的时候，解力龙见谁都满脸堆笑，点头哈腰，后来受到了刘刚的重用，经常在空调房里代笔撰写新闻和专题稿，终于抬起头来了。

那天下班后，我在公司附近的水塘边看见了这个新晋的体面人，发现他竟然独自坐在塘边的一块石头上默默流泪。突然看见我，解力龙吓了一跳，连忙擦掉了眼角的泪滴。我问他怎么了，他说他不打算干了，实在受不了了。接着他半遮半掩地向我吐露了他的心事，这一两年，他一直在秘密炮制情色小说，因为这项工作，无端加快了自摸的频率，过不了半天就忍不住来上一回，既疲累又自责，离自己渴望的艺术家生活越来越远，实在扛不住了。刘刚给解力龙配了一个单独的办公室兼宿舍，原来除了人道主义方面的考虑，还隐藏着这么一个秘密。

"你不想干，为什么不跟他明说？"

"我也想过跟他明说，可是大哥，他是老板，他要把我开除我以后怎么活呀……我总不能又回到大街上流浪，住到椰子树底下呀。"这个倒霉蛋考虑的倒是实打实的正经事。

解力龙说，刘刚经常这么给他鼓劲儿："咱们正在开拓一个崭新的领域，当然也不是全新，古已有之嘛，但是跟解放思想前相比，的确得说是一个创新。我们搞出版为了什么？老百姓的迫切需要就是我们的奋斗目标！五块钱一本，解决了多少穷哥们儿的生理问题！我要把你打造成一个真正的畅销书作家，我给你起了个笔名'夏飞'——夏日飞翔——将来一定能出大名……"这些话听上去很像是刘刚的口吻——刘刚和主编老王给我布置过这个选题，被我一口拒绝了——他们背着我开小灶啊，王八蛋！后来，在解力龙的宿舍我看到了几本文字不俗的小黄书，作者署名果然是"夏飞"。

大概也就在这个时候，我萌生了离开"万利"公司的念头。该离开了，傻瓜！一切都彻底结束了！除了在"万利"公司的位置越来越尴尬，我和陶红的关系也差不多走到了尽头。半个月前，陶红已经借口加班，住进了办公室，此后，她工作越来越忙，除了回来取过一次东西，就再也没有回来过。总之，幸福的星光黯淡了，消逝了。另外，在唱歌方面，陶红和银行家也已经组成了黄金搭档，唱起了《相思风雨中》《明天你是否依然爱我》之类的港台情歌。我不能忍受陶红离开我的视线，但她到底离开了我的视线。

真正导致我离开海南的是"万利"公司的突然垮台。不知被什么人举报，"万利"公司炮制的情色小黄书突然上了有关部门的办公桌，进而又上了更高一级管理部门的办公桌。除此之外，"万利"公司还涉嫌利用自己的发行渠道贩卖淫秽影像制品。这么说，经我手发出的货物有不少是这类玩意儿，这下把我惊得不轻。万万没有想到，"万利"公司此时已经成了一个制黄贩黄的秘密窝点。所有的情色制品都是辩证哲学家老王一手主抓的，怪不得老王一下子阔了起来，一向生活节俭的他居然在不久前买了一辆大皇冠当坐骑。

刘刚事先得到了消息，稳坐钓鱼台，却苦了一门心思发展业务的主编老王，因为这个文化公司的法定代表人已经换成了老王。一天，办案人员突然行动，在"万利"公司抓住了哲学家老王，其他人全都闻风而逃，只有腿脚不利落的解力龙当场落入了法网。

那天，天公作美，下起了小雨。我快要走到公司的时候，在十字路口突然遇到了红灯，我的心里陡然升起了一种不祥的预感，感到大事不好。我像受惊的老鼠一样当即转头，远离了近在眼前的老鼠夹子。

这可以说是一次及时的转身，一次完美的逃脱。我甚至来不及跟陶红当面告别，因为此时陶红人在北京。去北京之前，我和陶红在电话里吵了一架，我告诉陶红，即使跟我分手，也不要跟银行家在一起，因为银行家是一个如假包换的王八蛋。陶红在电话里大骂我是神经病，因为跟谁好是她的自由，用不着我来多嘴。

现在想来，我当时真是疯了。陶红不知道，就在前一天，银行家突然约我在海边见面，那真可说是一场别开生面的面试，银行家带了两个保镖，三个人全都戴着墨镜，架势跟港匪片里的情景一模一样。银行家没有跟我废话，开门见山让我立刻从陶红身边消失，最好立刻离开海南岛。为了补偿我的情感损失，银行家递给我一个装满钱的牛皮纸袋，我恭恭敬敬接过来，然后一把将牛皮纸袋甩在银行家脸上，之后我们就打起来了，银行家扬起手里的大哥大砸在我的头上，他身边的两个家伙一拥而上，把我打翻在地，之后一左一右把我摁住，控制了我的身体。

银行家用大哥大指着我，骂我不识抬举，勒令我立刻滚蛋，说以后在海南岛见我一次打我一次。这出狗血剧情差点儿把我笑死，我真希望这几个色厉内荏的家伙当场把我打死。这一切自然都是瞒着陶红干的。之后陶红就和银行家一道到北京参加全国点钞大赛去了，据说陶红是唯一一个不在一线柜台工作的选手。

我从陶红单位要到了她在北京的电话，给她打了电话。

"找我干吗？"

"我要走了。"

"你要去哪里？"

"我也不知道。反正暂时要离开海南了，先回老家看看，然后再……"我突然想到,我离开海南倒遂了浑蛋银行家的意。

陶红在电话那头愣了一下,然后厉声打断我:"那你还给我打电话干什么?!"

"就是想跟你道个别。"

"用不着!你爱去哪儿就去哪儿吧!"陶红哭着把电话挂了。

我心里一寒,眼泪瞬间流了出来。我和陶红纠缠在一起这么久,对生活的理解比以前更加深入,也就是说,伤口更深了。

我一时不知道外面的形势,不敢白天出发,只能等天黑之后再上船。我背着行李悄悄拐到李寒风位于五指山大厦的办公室里,暂时躲避一下。几个月前李寒风跳槽到一个演艺公司,当上了这家公司的艺术总监,适时躲过了眼前这场不大不小的灾祸。李寒风早就看穿了刘刚,认为刘刚是一个奸诈狡狯、不学无术的大坏种。此人很有先见之明,不过现在说什么都晚了。

李寒风在他的单独办公室一见到我,就大声嚷嚷:"嗨,兄弟,是不是给我送喜糖来了?"

"哪有那好事儿。"

"你得有点危机感,陶红那小婊子可是个抢手货!"

"你才婊子呢!"

"别误会,我不是那意思。"李寒风一边环顾着自己的办公室,一边观察着我的反应,此时他已经梳起了油头,穿上了大花衬衫,装扮成了成功人士,"怎么样我这儿?还可以吧？按说我不该说老朋友的坏话。我早说什么了？刘刚就是个不择手段的浑蛋衙内，一点儿底线都没有，早晚得出事儿！这回怎么样？他自己没事儿，却把所有跟着他干的兄弟全坑了！"

我有一搭无一搭地用四川话说："刘刚同志，是一个好同志。"

李寒风注意到了我的行李："你这是要闹哪样？"

我说："没事儿，出来转转。"

"不管遇到什么事儿都别想不开。昨天有一个倒霉蛋跳海自杀了。我几年前在老家的时候也老想着自杀，一个字，苦闷，不知道前途何在。现在在海南，感觉自由多了，痛快多了，当然也还远没到理想的程度。这地方的确没有文化，不过这件事情得从两方面看、辩证地看……"

听到李寒风说"辩证地看"，我忍不住笑了起来。

"你这么笑，说明你屁也不懂。下士闻道，大笑之。你太年轻、阅历太浅，还不懂得比较，你要是在外省工作过哪怕一年，你就会有不同的认识，就会对这里赞不绝口。简单来说，正因为这里没有文化，才有我们这些文化人的用武之地，才是我们这些文化人的优势所在……"

"您是文化人，我可不是。"

在我们说话的当口，不断有人出入李寒风的办公室，都是莺莺燕燕的漂亮姑娘。我坐在屋里有些碍事，打算起身告辞，李寒风一把把我摁在椅子上，说："你踏踏实实坐着，一会儿老哥哥请你吃饭。"李寒风一边给姑娘们做指示，一边在各种文件上签字，一边和我有一搭无一搭地胡扯。

"这些姑娘不比陶红差吧?"

"不知道你指的什么。"

"别那么一往情深,容易受伤害。"

"你都这么成功了,怎么还没把老婆孩子接过来?"

"离了。这回真是无家一身轻了。"李寒风瞟了我一眼,"兄弟,别为一个女人伤心,不值得。我听说陶红现在傍上了一个银行副行长,那孙子我很熟,也是个有名的花花公子。——妈的,一个白花花的姑娘被一头脏猪糟蹋了。"

我起身要走,又被李寒风一把摁住了。李寒风用已经抵达彼岸的眼神打量着在苦海里扑腾的我,"怎么样,到我这儿来干吧。我正准备着手培养一批青年作者。"

"谢谢,我写不了顺口溜。"

"什么叫顺口溜?!"李寒风居高临下地笑了两声,"你还太嫩,根本不懂文学的真谛!"李寒风推开窗户,大概幻想会有一股凉风适时吹进来,结果吹进来一股大热浪,他又赶紧把窗户关上了。

"这是一个日新月异的城市,一块风水宝地。一个人只要有心,一定能弄出好作品、大作品来。兄弟,听我一句掏心窝子的话,你不是做买卖的料,我也不是,所有的牌都已经被人做过了手脚,所有的买卖都在暗中进行。"之后,李寒风转过身看着我,"你我兄弟一个屋住了两年,我劝你还是留下来。虽然哪儿都不自由,但这里终归天高皇帝远,比别处好那么一点点。"

也许李寒风这种靠贩卖真假艺术致富的勾当才算得上富有人性的生活?有那么一会儿,我突然觉得李寒风跟陶红很般配，他们都只用了很短的时间就过上了自己想要的生活，可算是这个岛上屈指可数的佼佼者。

窗外传来一阵刺耳的警笛声，李寒风突然意识到了什么，警觉地看了我一眼。

"兄弟，'万利'那个案子里没你什么事儿吧？"

"有事没事我怎么知道？"

听我这么说，李寒风立刻紧张起来，不由分说拿起我的行李塞到我怀里："抱歉了兄弟，原谅我不能再留你了，赶快走吧！你放心，警察要是问起来，我绝不会透露你的行踪！"

我知道李寒风怕被连累，一时很后悔到他这里来。李寒风一边往外推我，一边向我道歉："实在对不住了兄弟！世道险恶，不得不防！咱们后会有期！"之后，迅速关上了办公室的门。

楼下晃荡着几个穿制服的警察，我吓了一跳，赶紧躲到一个角落里，直到警察们走远才敢露头。在街角，我看见刘刚开车一闪而过。王八蛋，他倒逍遥自在！不知刘刚后来有没有给牢房里的哲学家老王送春宫扑克解闷儿，这事儿他完全可以做到。

在后来的日子里，我逐渐知道，刘刚是江西人，原本是个农村青年，高考恢复之初，他从老家考入当地的一所粮食管理学校，毕业后跑到北京投奔一个战争时期在他家养过伤的老将军，在老将军那待了几年，之后摇身一变成了老将军的义孙。海南建省后，他凭借老将军的一张字条从一家大报社谋到了驻海南记者站站长的身份，来到海南发展。这条五短身材的好汉，多年后赚得盆满钵满，在北京当上了某房地产公司的总裁，整天养马，打高尔夫球，转核桃，收藏古董，写微博，在电视上胡扯。

空气中到处弥漫着欲望和焦虑，也可以叫作梦想和希望，这些东西其实是一回事。在一根电线杆子上，我看到我不久前张贴的寻人启事已经被风或者被什么人扯掉了半拉。照片上的方小亮是他学生证上的大头照。旁边一个人也凑过来看启事。我担心他是个暗探，赶紧移步走开了。因为长年书写寻人启事，我的书法无意间已臻流利圆熟之境，成为不为人知的天下第三行书——"寻弟稿"，可谓意外得笔，下笔便到乌丝栏。

来海南旅游的人像狗尿苔一样越来越多，我像一个土生土长的岛民一样讨厌这些假模假样的旅游者。他们四处撒尿，四处照相，四处丢垃圾，好像他们有了钱就非得来这里拉尿一通不可。在那些吵吵嚷嚷的旅游者身边，我看到一个赤脚流浪汉把身边的垃圾归拢起来，一点一点放进了自己破旧的军挎。只有四海为家的流浪汉才是真正值得敬重的规矩人。

逃离海口之前，我很想做点什么以示告别，可我实在不知道该做什么。在码头上，我回头看了海口最后一眼，想起陶红，想起方小亮，一霎时心痛不已。有史以来大概没有几个人像我此刻这样心碎。我真想一头撞进海里，一了百了。

不远处，一家新开业的商铺正在放鞭炮庆贺。这是刘刚和银行家们的世界。"钱先生时代"已经彻底到来。

04

时隔几年,我顺着原路,又坐了一天一夜的船,来到广州。这时正值春运,火车票非常紧俏。我找到在广州工作的大学同学董大宽,在他的单人宿舍打了个地铺,托他买票,根本买不上。我自己连续起大早到火车站蹲了好几天,也买不上。车站到处都是外出打工的苦命人,个个惶惶如丧家之犬,有的孤身一人,有的拖家带口,孩子尚在襁褓之中。我思乡心切,甚至动了念头,打算沿着京广公路一路搭车回北方老家。

董大宽在当地的一所海关学校当老师,每天下班回来后,趴在桌子上"吭哧吭哧"写小说,每写几页纸就拿给我看。他的这部长篇小说名叫《你往哪儿跑》,写的是我们大学一伙呆傻青年毕业后发生的故事,活灵活现,悲悯深沉。主人公包括马用、杜克,还有他笔下的自己与我们这些家伙,我就是一个字不看,也知道他写得好。

我忘不掉陶红,趁下班时间在老董的办公室里给她打长途电话。电话一通,陶红就劈头盖脸把我一通臭骂,指责我是懦夫,居然还有脸给她打电话。多年后我才知道,银行家告诉陶红,说我找他谈判:只要他肯付给我一笔钱,我就永远离开海南,离开陶红,这就是我突然离开海南的原因。不管我怎么解释,陶红都不肯听。这种可笑的故事她都能相信,可见她是昏了头。为了让我闭嘴,陶红突然问我跟她分开的这段时间有没有对不起她,我说没有。她立刻对我说她有。

他妈的，这是要让我彻底死心的节奏啊。我知道在这件事上陶红的痛苦程度不亚于我，但她分手的决心几乎和痛苦的程度一样大。之后，为了刺激我，陶红向我详尽讲述了她和银行家好上的细节。我听后一下子哭了起来，泪水怎么也止不住，我甚至赌咒发誓对陶红说，那个流氓要是胆敢欺负你，我一定会杀了他……"你放心吧，他对我非常好！"这就是陶红对我说的话，说起那个人模狗样的家伙，她居然有几分亲热，甚至还有几分自豪，差点儿把我活活气死。最后我终于明白过来，在陶红心里，我此时已经是一个无足轻重的外人。

一天，老董约了几个大学同学到大排档吃饭。在座的有高群、高众兄弟。那天晚上，我们几个人一直喝到天亮才散，谁也没有喝醉，反倒越喝越精神，后来我们怀疑喝的是兑了水的假酒。

高众是Ｐ大中文系另一个专业的同学，四川人，他的哥哥高群从四川的一所地方大学退学后一度在北京游荡，经常在我们男生宿舍里四处借宿。高众原本分配在广州一家卖电器的国营单位，上班不久，就因为收留了一位从外地来的通缉犯朋友，被开除公职，劳教了一年。说起分别之后各自经历的趣事，我们几个相对一顿傻笑。

散场的时候，看着高群、高众兄弟俩，我触景生情，不由起了手足之思，一时控制不住情绪，流了眼泪。高群、高众兄弟用四川方言交谈了几句，突然对我说，你干脆别回去了，就在这跟我们一块儿干得了。我原本也没有什么准主意，到哪儿都无所谓，于是就听从高氏兄弟的邀请，留在了广州。

高氏兄弟开了一家广告公司，经过几年熬煎，已经很具规模。高群推心置腹地告诉我,他有个讨厌的毛病:酒精过敏,这个天生的缺点使他苦不堪言,同时也大大影响了公司业务的发展。我因为有酒量大的特长,正好可以帮他们的忙。高众说,广州这里的人不是不好酒,是酒量小,但政商圈子里总会有那么一两个海量的家伙,而且官职越大,酒量越好,似乎酒量是升职的一个必要条件。

在广州,你会经常在饭馆里看到两个精壮汉子点一瓶啤酒,喊道:"今天两兄弟一醉方休!"分享完这一瓶啤酒,这两位好汉极有可能就真的醉了,只见两兄弟互相搀扶着,说些豪气干云的大话,晃晃悠悠走出饭馆,步入人海之中。

我给老家的父母拍了电报,把我的行踪知会了二老,照例没有收到他们的回电。此时,他们已经很少给我回信,两个人一块儿练上了气功,据说这种功法可以收到来自大气层以外的信息,不啻一种新的探索。他们走失了一个儿子,几乎相当于失去了两个。至于我是该回老家还是该在南方继续游荡下去,他们一时也说不出个所以然。

高氏兄弟的广告公司有一个好听的名字,叫"天行健"。办公室明亮、舒适,很有现代气息,跟刘刚提供给我们的那几间闷热的老鼠洞完全两样。公司手头正做的是一个当地的保健品广告,另一个持续项目是香港的一个大品牌洗浴广告。我的主要工作是带领几个年轻人策划文案,工作十分杂乱、繁忙。但我很快领悟到,对我们来说,专业方面不成问题,我们的主要工作是全力拿下一个又一个订单。这件事其实也没有什么诀窍,用王婆老人家的话说:官人爱钞,姐儿也爱钞,只要肯使钱,什么都能办到。

我把钱晨曦有关"钱先生时代"的预言说给高群与高众听,兄弟俩笑得不行。但高群对钱晨曦的总结并不佩服,说:"别扯了,这个说法算得上俏皮,但说到底哪个时代不是'钱先生时代'?有一个算一个,全都是,无一例外。"高众反驳道:"所有时代都是'钱先生时代'不假,但这之前我们经历了一个大谎言时代,所以这话听起来还是有些不同凡响,何况这个时代比所有时代都更寡廉鲜耻,更加疯狂。"

我时常回想起离开海南岛的情形,很有些后怕。不过并没有什么可抱怨的,唯有庆幸。因为我毕竟毫发无损地脱了身,没有像哲学家老王和情色作家解力龙那样陷入牢狱之灾。世事无常,有多少人好好地走在大街上,因为没有户口,无法证明自己是人还是非人,突然就被穿制服的抓了起来,囫囵着进去,遍体鳞伤出来,有一个跟我年龄相仿的倒霉蛋甚至为此丢了小命。我因为没有户口、没有身份,一时神经十分紧张,即使在白天看见穿制服的人也要远远避开,绕道而行,唯恐被带走盘问,说不清自己是谁。

广州没有海口那么热,但比海口热闹繁华得多。唱歌、抠女是我见识到的新娱乐。海口的夜生活有点鬼鬼祟祟,这里却是堂堂正正、正大光明,只要兜里有钱,身体顶得住,可以朝朝寒食、夜夜元宵。因为工作原因,我们几乎三天两头张罗酒局,到处上赶着陪人家喝酒、付酒钱,有时候不需要陪酒,只需要付酒钱,我们就派一个人去结账,其他人在家里醒酒疗伤。

一天,我们跟对接的一个部门的领导喝酒,此公是潮汕人,酒量奇大,我们设了不下三次大宴,终于把他喝倒,成了说得上话的兄弟。这家伙是个既好色又好酒的豪客,每次酒后都要到歌厅唱歌,是一条要得开的好汉。

这天晚上我喝多了酒,看着眼前灯红酒绿的一切,想起不知栖身何处的方小亮,一时黯然神伤。我对方小亮说:"兄弟,你要是在这儿,就赶紧走出来吧!总这么躲着、藏着,不是个办法,不管你遇到了什么,我都会和你一起面对,一起挺住……"我一边在厕所呕吐,一边对着方小亮拼命说话……岂无兄弟,不与我同行……

后来,我借来高众的大哥大,打通了陶红的电话,居然是银行家接的,我那个仗势欺人的后任听上去老大不耐烦,捂着电话大声说:"小红,找你的!"他居然叫她"小红",简直把我气死。陶红听出是我的声音,顿时恼怒起来,气哼哼地说:

"这么晚了打什么电话!"

"我找你有事儿。"

"有事快说!我都睡觉了!"

"我想给你唱首歌儿。"

"你神经病啊?真是讨厌!"

自从和我彻底分手,陶红就变成了一个悍妇,露出了冷酷的本性,同时我也听说她在北京的点钞大赛中脱颖而出,获得了"三八点钞能手"的称号。她只在决赛中惜败给了一个浙江籍选手,荣获榜眼,真让我自豪。我想象着她一双花手飞快点钞的样子,开口唱起歌来,唱的是什么,只有天知道。我唱完歌,发现陶红早已经把电话挂了。我喘着粗气想:爱挂不挂,反正我已经唱出去了。

周末，我通常和高氏兄弟、老董到大学校园里跳舞、闲逛、看漂亮姑娘。有时候，顺路经过，我也会下车，到某个大学校园里去转一转，看一看。方小亮如果在广州，一定会是在大学校园的某处，这是我的判断。只有在校园里，我才能闻到他的气息。我有时候甚至会想，我的傻兄弟此时也正在满世界昏头昏脑地找我吧！我甚至看到了他那副极度紧张又故作轻松的神态。小时候，一旦我不理他，不带他玩儿了，他就会现出这种特别的神态。

一天，临近中午的时候，我走进了一所大学。在一个教学楼外，我看到一个穿背带裙、戴白框眼镜的女孩子坐在回廊上看书。我忍不住驻足看她。她注意到有人看她，并不在意，用中指推了推滑落到鼻尖上的眼镜，继续埋头看书。我走过去，向她问好，然后把方小亮的照片拿给她看，问她见没见过这个人。她看看照片，又看看我，夸张地瞪大了眼睛，说："开什么国际玩笑，这不就是你吗？"她这么说，一时把我也说愣了。

"你是不是经常这样和女生搭讪呀？"这姑娘心情挺好。我没有解释，看了看她手里的书，是一本科学方面的英文著作，不由赞叹。她轻描淡写地说："也没有什么啦，只要记住术语，搞清定义，也就一马平川啦。"她学的是化学。她问我是哪个系的，我说我早已经毕业了。之后，她问我在哪里工作，我一时兴奋，就把在"天行健"做广告、喝大酒的故事添枝加叶说给她听。她的笑点很高，表情淡然地听我谈讲一桩桩糗事，偶尔追问一句"然后呢"。

末了，我问她在干什么，她说她在等男朋友。她指了指旁边一座古色古香的教学楼,说她男朋友正在里面考试。她自己则是另一所学校的学生。

我和女孩所坐的回廊外是一丛丛宽大的芭蕉树和夹竹桃树,不远处有一湾湖水。这所大学到处都是大大小小的水塘,水面几乎与岸齐平。女孩头发有点儿潮,披散在瘦削的脖颈和肩膀上,像是刚刚出浴。

我们谈起了树。我说,北方的树木,比如白杨树、桦树,树身上都有眼睛,南方的树木基本没有,很像南方人的性格,闷声发大财,对其他一概视而不见。她对我这番胡诌深表赞同。因为身上带着方小亮的照片,刚才又谈起了他,我的感觉有些古怪,因为跟这个女孩在一起的谈吐和声音都不像平时的我,倒像是方小亮。

我注意到,这个女孩的眼睛非常特别,尤其是偶尔透过镜片看人时黑白分明的眼眸若实若虚的样子。她难得地笑着告诉我,上一年的三八妇女节,系学生会来给她们送免费电影票,只有她一个人拒绝了,她宣称自己不是什么妇女。我喜欢这个故事。在炎热的南国,这位姑娘身上竟有一种冰山雪莲的气质。

正说着,下课铃响了。我不由自主地站起身来。女孩却没有动,仰着脸问我:"我要是看到了一个一模一样的你,怎样才能找到你呢?"我连忙掏出一张名片递给她,这是公司为了方便开展业务,特别为我印制的。女孩接过名片看了看,迅速将名片夹在书里,放进了书包。我问了她的名字,她说她叫张英楠。一会儿工夫,一个瘦瘦高高的清秀男孩跑过来,警惕地看了我一眼,然后拉上张英楠飞快地走了,两个人一边走一边用上海话大声说笑。

我的心里很是失落，呆立在原处目送一对金童玉女离去。即将拐弯的时候，张英楠突然转头回望了我一眼，我的心不由窄了一下。要是说初见陶红的瞬间是水仙花的瞬间，这一刻就是昙花的瞬间。

张英楠能跟我在一起完全出乎我的意料，多年之后，我才知道她跟我在一起的真正原因是什么。当时，我只是模模糊糊地感觉这一定是什么人暗中帮了我的忙，否则一切不可能这么顺利，又这么没头没脑，也许可以说，这是一种感情之外的感情，因为和张英楠在一起的日子，我的每一个举动、每一句话语都似乎伴随着古怪的回声。

熟悉之后，我问起她的男朋友，那个瘦瘦高高的清秀男生。张英楠说她根本没有男朋友，清秀男生是她的高中同学，因为远离家乡，两个人就自然而然走到了一起。张英楠这么说的时候，我还有点得意，以为自己在这场情感竞争中轻而易举取得了优胜，其实张英楠说的是实话。对她来说，所谓男朋友，不过是个临时伙伴罢了。

在校园偶遇一周后的一天，我正在公司和高群、高众兄弟开会，突然有人喊我接电话，我刚对着听筒"喂"了一声，就听电话里一个女声说："你要是听得出我是谁，我就去找你，要是听不出，就算了。"我立刻听出了她的声音。此时张英楠正读大三，学分已经差不多拿够，整天读书听音乐，一个人在广州校园里和大街上游逛。

我自忖已经有了跟陶红相爱的经验，在爱情方面不算生手。可是面对张英楠，我却有一种奇怪的、几乎是羞赧的感情，她身上那种少女般的献身精神，既锋利又脆弱。当天晚上第一次拥抱，刚刚碰到她的嘴唇，她就哭了起来。结果什么也没有发生，只是聊了大半个晚上。直到第二天凌晨，两个人都困到睁不开眼睛，才糊里糊涂燃起了热情。

这之后，她像是突然获得了灵感，摆脱掉了一切可见不可见的紧身衣，变得既洒脱又执着，很有女科学家的探索精神。

因为这起恋爱发生在校园里，我在大学又没谈过恋爱，感觉恍如补课一般。那些日子，我一趟一趟奔赴花前月下，在张英楠那散发着青草气息的花裙子下迷醉，寻找路径。几个月时间，我在隔了一层薄雾似的、凉如水的狂热中度过，既疯狂，又冷静。即使在短暂的无意识的甜蜜眩晕中，我依然是清醒的。我似乎另外生出了一只眼睛，看着自己和张英楠交谈、拥抱。

张英楠写信、留字条的时候一直管我叫"老爸"，偶尔当面也会这么叫。后来我知道，在黄浦江边长大的张英楠是一个遗腹子，从来没有见过自己的爸爸。她爸爸可说是个奇人，早年毕业于某所军事院校的俄语系，精通俄、英、德三门外语，后来被打成了苏修特务，在狱中多次被押赴刑场陪绑，最后实在不堪折磨，用一把磨利了的牙刷刺中股动脉自杀身亡。

起先，在我的世界里，张英楠和陶红完全重叠在一起，没过多久，张英楠就从陶红的影子里倔强地分离出来。我最初对她捉摸不透，后来更加捉摸不透，你永远猜不到她下一步会做什么，任何罗盘和路线图对她都不起作用。认识后不久，她就把她手绘的巴掌大的画作全部带到我的小屋，这些小画恨不得用放大镜才能看清，画上只有两种形象：猫和穿牛仔裤的大长腿天使。同时她还把一个半导体收音机和她收养的一只流浪猫带进了我的小屋。

张英楠从不让我到学校去找她，因为她随时都能找到我。她喜欢主动。她痛恨大学宿舍，一刻也不想在宿舍里待着。后来我听说，她们学校两年前出了一件事，一个大二女生被人投毒，虽然没有生命危险，却慢慢变成了一个傻子。张英楠不动声色地告诉我，这件事就发生在她们宿舍。二年级的时候，她们宿舍的一个姑娘突然开始发烧、呕吐、掉头发，后来被确诊是铊中毒，但下毒的人却难以确定，公安部门做了几次调查取证，之后就不了了之了。

张英楠给我看过那个姑娘的照片，那是一个漂亮的北京姑娘，是张英楠最好的朋友。这就是张英楠痛恨大学宿舍的原因。有一次我开玩笑对她说，投毒者的真正目标也许是她。张英楠脸色大变，她之所以如此不安，是因为她经常做梦，梦到那件事是她干的。我渐渐对大学——包括自己读过的大学——有了全新的认识：大学里培养各种各样的东西，包括能人、蠢材、懦夫和投毒犯。

对张英楠来说，自由比什么都重要，获得一个独立的空间比什么都重要，她受不了任何形式的束缚。很快，我租住的小屋就成了她的另一个宿舍。只要她在家，收音机永远开着，似乎只有这样她才能保持与外界的脆弱联系。她想来就来，想走就走。有时候，她天天来，一连几天待在这儿，有时候，她又几天都不露面，电话也不打，像是突然从人间蒸发了。

转年的春天，张英楠把毕业论文修改完成后，租了一大堆录像带，整天窝在沙发上看，有时候看着看着就睡着了。她像猫一样灵动不羁、行踪不定，深陷在自己的半封闭世界里。她的任性是一个自知受宠的女孩的任性，包含着某种冷酷的成分——就连她的欲望似乎也是凉的——我是在爱着她、她也在爱着我吗？我一点也拿不准。不管怎么努力，我都无法和她达到深刻的程度，这个青涩的、神经质的姑娘天生孤独，似乎根本不想跟我、不想跟任何人长时间厮守在一起。

她喜欢猫，经常跟她收养的那只流浪猫悄悄说话，她本人大概就是一只猫转生的吧。不用说，我爱她，用跟陶红迥然不同的方式。我像是隔着镜子看着这个猫一样的姑娘在我的房间里出出进进。她看上去表情淡然，内心却十分紧张，我非常担心她身体里的某根弦会突然绷断。

有一次在办公室，我心里突然起了一种不祥的预感，连忙放下手头的工作跑回家去，因为我担心张英楠已经自杀。我像被什么东西催促着一样，一路狂奔到家，直到打开门，看见她坐在沙发里一边看书一边洗脚，我急速跳动的心才慢慢平复下来。种种迹象表明，这个姑娘也是一个迷路之人，这一点倒跟我十分相配。

临近毕业，张英楠并不急于找工作，似乎一直超然物外。我偶尔问到此事，她就敷衍说，她也不知道去哪儿。我对她说我希望她留在广州，她也不置可否。在她身上，我体会到了陶红当年对我的情绪：她离我既近又远，我们的劲儿并没有使在一块儿。意识到这一点，我便更羞于开口，不能说她这样做有什么不妥。

事后想来,张英楠跟我在一起的日子纯粹是一场爱情幻影,一堂装扮成爱情的青春实验课。她真正需要的并不是爱情,而是别的。她听我说起过方小亮的事,但听过立刻就忘了,因为她对外界和别人的事不感兴趣,她自己的事情已经够让她操心的了。

大学毕业离开广州的日子,张英楠根本没有告诉我。那天,我预感到了什么,跑到宿舍去找她,同宿舍的女孩告诉我,她已经去了火车站。直到这一刻我才突然梦醒,觉得我要彻底失去她了。出租车快到火车站的时候,车堵得厉害,天又突然下起了大雨。我大声喊叫,让司机停了车。

我在大雨中丢了魂儿似的跑进火车站,径直奔向站台。就像傻瓜电影里经常出现的镜头一样。我赶到时,火车恰好开动了。我在徐徐滑过的车窗里看到了她,一张白瓷一般细腻的不真实的小脸儿。她在跟来送她的大学同学们、跟她青葱的大学岁月告别。她的眼神像往常一样冷漠,与站台上那些泪光闪闪的同学们恰成对比。看到我时,张英楠显然吃了一惊,然后勉强向我挤出了一个笑容,下意识地挥了挥手。

这一刻,我的耳边反复播放着一首顺口溜:"北京火车刚到站,看见一个小美人儿,白白的脸,红嘴唇儿,原来是个玻璃人儿……"

我的视线模糊了。火车渐渐加速,张英楠像一串彩色省略号一样消逝了。眼前的一切似乎都在提醒着我,这一切不过是一场虚构,一场梦幻。

站在空荡荡的站台上,我突然意识到,我和张英楠的相恋不过是我一个人的疯狂，不过是中了魔怔的我在疯狂追逐一朵自由开放的花朵，也许还是一朵被吓坏了的、倔强的花朵。

多年来我一直怀疑，这是发生在别人身上的故事，是别人的爱情，另外的爱情，背面的爱情。后来我往张英楠的家里写了好几封信，她一封也没有回过。其中有一封，我昏头昏脑地塞进了写着杜克名字和地址的信封，同时把写给杜克的信误寄给了她，这件事被杜克当作笑话谈讲了很多年，我似乎也需要用很多年时间来反刍这段情感急就章，了解这个谜一般难以参透的女孩。多年来，张英楠如同一个幻影，一个浮漂，系在我跟跟跄跄的脚步上。我的爱情从来没有得到过她的真正回应和青睐。

我专门向高氏兄弟告了假，回北方老家看望父母。我父母在老家那个城市的同一所中学教书，此时都已经退休。几年过去，我父母对我弟弟的事有了新的思路。我父亲在家里用一种土法算卦，说经过测算，我弟弟现在不是在美国就是在欧洲，还有一种可能，是在非洲的一个原始部落。

"这小子是叛逃了啊，真是不忠不孝。"这是我父亲的最新结论。总之，我们在这件事上已经无话可谈。我母亲像是换了一个人，一切都围着我父亲转，我父亲说什么她就听信什么。两个人如今思想高度一致，不像年轻时候时不时吵架，倒也过得平安无事。

我母亲有一天突然对我说，也许是在自言自语："上大学的时候都那么好，怎么现在什么都不是了呢……"说得我无地自容。以前我母亲从来不会把我和我弟弟搞错，现在她老人家经常疑惑地盯着我分辨半天。

过了一段日子，高众突然发电报催我速回广州，原因是老哥哥高群鬼迷心窍，民族责任感爆棚，突然要转型搞实业。在高群看来，搞实业才是民族企业的方向和未来。对于高群的疯狂，我和高众一开始并不是那么坚定，虽然觉得办实业风险太大，各种不可控因素太多，但同时也觉得不应该嘲笑高群的理想。

然而，就因为一时糊涂，反对意见不够强大，高群这个理想主义暴君彻底膨胀了，开始不断地租地、买设备、签合同、投钱。在初始阶段，一切都显得朝气蓬勃、兴旺发达，等基础设施差不多搞好之后，形势突然急剧变化，一切都向着预期的反面发展，劳资纠纷、与当地政府和村民的纠纷不断升级，任凭我们怎么喝酒、怎么使钱都无济于事。尚在襁褓之中的工厂几乎还没有开始运转，就陷入了各种复杂的泥淖，成了搁浅在沙滩上的大鱼。

前后不到两年，高群就把这些年做广告挣的钱全都赔光了，到最后落到手里的只有一些搬不走、卖不掉的设备。败相初露的时候，银行还肯借钱给我们，后来开始翻脸不认人，开始收盘子，先是冻结公司的资金账号，然后没收了高群抵押的几套房产。

此时，转型重搞广告业已经为时太晚。理想家高群终于认识到，他打下的民族工业的地基只能支撑空中楼阁，根本不能承担一丝一毫的现实分量。时机远未成熟啊。遭此事变，高群一夜之间变成了另外一个人，压根不再管什么过敏不过敏，开始喝酒、打架，雇佣真假黑社会讨债，跟当地人抢设备，但都统统宣告无用。这年春节前夕，高群突然看透了一切，不辞而别，跑到老家四川的一个山上，绾起头发做了道士，留下高众和我两个人在广州擦屁股、歇业、关门、干瞪眼儿。

我像一头呆鹅一样在广州游荡，很想追随高群进山。方小亮是不是早已经进山了？也难以确定。

一天晚上，高众突然找到我，给我带来了一个招聘消息：广州一家水资公司招募员工，要求年龄三十五岁以下，学历中专以上，户口不限，实习期满可以择优转正。我问高众，这个工作到底是干什么的。高众说他也不太清楚，总归是海上的事，听说待遇很不错。一想到可以到大海中展开新的寻找和游荡，我立刻激动起来，觉得这份工作简直就是为我准备的。我问高众去不去应聘，高众告诉我，他打算年底迁居四川，离开广州这块伤心之地，回老家赡养年迈的父母。

第二天一早，我来到招募处，一路上担心竞争太激烈。所幸看到招募处并没有什么人。真正的广州人对出海打鱼并没有什么特别的兴趣，来招募的多是漂在广州的外地人。我很顺利被录取了。我对自己说，这是典型的坏运之后的好运啊。

水资公司的主要工作是巡航、休渔、在海上稽查走私船。我被分配到办公室，负责编写工作简报，一周一次，将几页简报发排下去便完事大吉。一有机会，我就随船出海，和船员和水手们混得烂熟。

有一天，我父亲突然给我打来电话，说有人在广州某个地方看见过疑似方小亮的人，催我赶快去看一看。但我现在没那么傻了，我告诉我父亲，那人看见的肯定是我。我父亲闻听，立刻在电话里大喊大叫："你是什么样子，你弟弟是什么样子，我能不知道？人家说那人文质彬彬，你文质彬彬吗？你让你老子省点心吧！"说完就把电话摔了。

我后悔不迭，浑身直冒虚汗。我父亲说得对，我不该这么糊涂，不该自作聪明。我立刻打车到人家说的地方去，结果还是错过了。我肯定是来晚了呀！我和方小亮这些年大概一直都在错过，一直都在失之交臂。

几个月后的一天，突然有消息传来，说水资公司要派员去远海执行任务，至于去干什么、去多久，却语焉不详。人选大名单的全都是局里的骨干、老人，上面许诺所有人员都可以得到双份工资，外加一份额外的奖金。我因为是临时工，不算正式人员，更不是单位的骨干和老人，不在圈定的范围之内。简直急死个人！这样的机会怎么能够错过？我分明看到我和方小亮分站在两艘船的船舷上互相招手，我们从望远镜里一眼就认出了彼此。

我立刻找到领导，坚决要求出海执行任务。领导起先根本不予考虑，后来有一个水手的老婆要生孩子，跟我一起三番五次找领导央求，最后，一个不想去，一个非要去，领导终于点头恩准，破例把我收编在册。

毫无疑问，我要是方小亮，我选择去的地方肯定越远越好！人迹罕至、与世隔绝就越发好，好上加好！《诗经》是怎么说的？原隰裒矣，兄弟求矣。我自忖这一回可以切实入海，做一个海客，探听来自比深更深处的微茫消息。世界之大，宇宙之广，哪里还有比大海更神秘、更能藏身的去处呢？大海是所有活物的故乡。我听见崔健和方小亮一起唱道：

——你问我要去向何方，我指着大海的方向……

05

因为台风肆虐，出发的日子一拖再拖，我忐忑不安，小心掩藏起自己出海的私心，唯恐被人看出动机不纯，突然被开除或者被人替换。等风稍微小了一点儿，我们乘坐的"梦想号"水资船终于出发，我久悬的一颗心总算落到了肚子里。这是全公司设备最先进的一艘船，重达一千吨，轻易不出海，足见上面的重视，另外还有三艘船跟我们一起出发。

"梦想号"船长是一个令人生畏的巨人，名叫符尊虎，长得高大宽厚，简直就是个半神。此人没有受过什么教育，因此性格十分可敬，是个天然领袖。后来我慢慢从同伴口中得知，符尊虎是疍家后代，落生在连家船上，长年漂在海上，从不晕船，对船舰上的一切都极为熟悉，水性更是好得如同一头会说话、能直立行走的大蓝鲸。

我们的船一直冒着风浪前进，越走摇摆得越厉害，活像一片疯狂的钢铁漂瓦。几个小时后，船上的人大都变成了早期孕妇，开始此起彼伏地呕吐。在这样的茫茫大海上航行，不晕船几乎是不可能的，要想适应，非得像婴儿待在子宫里那样无知无识才行，非得像庄子描述的没有眼耳口鼻七窍的混沌那样才行。可喜的是我竟一点呕吐的感觉也没有，看着平时插科打诨、笑我书呆子的老船员们吐得颠三倒四，心里十分快慰。

"梦想号"在海浪中扭动折叠，发出一声声既有节奏又十分不祥的"吱呀"声。有时候我在舱室里实在待不住，就跟随有经验的水手跌跌撞撞地摸到相对比较平稳的餐厅里去。这天，同屋机工刘玉球和我刚刚晃进餐厅，船身突然一阵大幅度摇晃，我俩站立不稳，情急之下互相抱住，一同滚倒在左右倾斜的地板上。

刘玉球在摇晃中小声对我说："你知道吗，另外三艘船上的人都是写了遗书的！"

"为什么？"

"我听说，咱们这次是去执行一项特殊任务，很可能会跟外国人打起来！"

我听得真切，没来由地感到高兴："哈，你小子怎么不早说！"

"我也是刚刚知道……前面领头的那艘船其实是军舰！"刘玉球在全船人当中年龄最小，是一个刚刚从海洋专科学校毕业的学生。

我一时脑袋有点糊涂，同时也有点兴奋，不知道方小亮在未来的战斗中属于我方还是敌方。

"你是处男吗？"刘玉球小声问我，声音忽远忽近。

"不是……"

"可我是哦！我还没有跟女的亲过嘴……我不能就这么死了！"刘玉球带着哭腔说。

此时船上的人大都已经知道，我们此番是要去南海一个名叫未名礁的地方执行任务。不用说，南沙诸岛的主权属于中国，千百年来没有争议，现在因为海底发现了越来越值钱的油气田，这片汪洋——渔民们口中的"祖宗海"——就变成了香饽饽，成了周边各国觊觎、争抢的猎物，我们这几艘船到未名礁去，实际上就是要宣示主权，可说是一项关系重大的国家任务。

我大概是最后一个知道这个消息的。船一离岸，上头也就不忌讳什么了，反正船已开拔，无法回头，不怕走漏消息。

因为有不晕船的天赋，船长符尊虎对我青睐有加，特别提拔我当他的临时通讯员，需要口头通知的事情都派我去传达。许多时候，我待在驾驶舱，等待命令。从这个位置看去，大海如同一个狂怒的泼天大水怪，对我们私闯他老人家的领域动了威怒，一个白浪耸立着兜头砸过来，又一个白浪劈头盖脸砸过来，如此反复不已，我们的小船如同行驶在大水怪飞溅的口沫里，行驶在大水怪白森森的獠牙之间，随时都可能被吞没、嚼碎。

"你这个呆子——"老水手陈金佬对我不晕船十分好奇，斜着眼睛看我，"你这个呆子啊，不是黑鱼精，就是鲇鱼怪，不是奔波儿……灞，就是灞波儿……儿奔……"他一边掌着舵，一边忙着呕吐，船一晃，他也跟着晃，手里倒一直死死地把着船舵。此人三十多岁，是个捕鱼圣手，一个爱说笑话的幽默家。

船航行一夜，到达一个群岛，这里暗礁密布，是有名的凶险之地。恰恰就在这片海域，我们船的主机发生了故障，突然停了下来。一时间供血不足的"梦想号"像醉汉一样在起伏不定的大海中摇晃。三管轮龙仔喊刘玉球去机舱协助抢修，刘玉球听到召唤连忙爬起来，跟着龙仔下到了机舱。一个小时后，主机重新发动了，刘玉球却是被龙仔背上来的，说来也是倒霉，出机舱的时候，刘玉球被一块突然崩裂的铁板弄伤了左脚，伤口血肉模糊，几乎露出了骨头。

船长符尊虎派我看护受伤的刘玉球，刘玉球躺在床上哼哼唧唧，担心自己落下残疾，变成一个没人肯嫁的瘸子。

"丢——"伤痛中的刘玉球眼泪汪汪，"这他妈算怎么一回事啊，为什么倒霉的总是我呀……"

受伤归受伤，刘玉球倒是个海洋方面的小专家，脑袋里奇奇怪怪的事情装了不少。他随身带着一本油印的《更路薄》，原本打算沿途实地识认各个岛礁，没想到一路上只能卧床疗伤。

"梦想号"尾随着前面的"神龙号"指挥船进入南沙海域，风浪突然变得柔和起来，船也没那么颠簸了。这天凌晨，远方海面上出现了一条隐隐的黑线，如同凝固的波浪，有经验的船员判断说，那就是我们要去的地方。慢慢地，黑线越来越清晰，渐渐现出了环状的轮廓。又过了一段时间，"梦想号"终于接近了我们此行的目的地——未名礁。此时我们已经航行了差不多一千海里。

船到未名礁，气氛立刻紧张起来。远远看去，前面的指挥船"神龙号"放下了一艘小艇，小艇先在未名礁礁口附近巡游了一圈，之后进入礁内观察。确定没有可疑情况后，"神龙号"指挥船下令麾下各船依次进入未名礁。这个岛礁方圆十平方公里左右，是一个环礁，礁外水深达千米以上，礁内的潟湖水深却只有二三十米。礁外海水起伏涌动，礁内风平浪静，像是由一位天神主宰着这里的一切。从船上向四外望去，千里一碧，万顷茫然，风景要多漂亮有多漂亮，所有人都忍不住大声赞叹。

现在一切都不是秘密了，果如刘玉球所言，编队一共有四艘船，除了"神龙号"指挥船和我们的"梦想号"，其他两艘都是工程船，这四艘船千里迢迢来到大海深处，目的就是要在未名礁礁盘上用钢筋水泥架设高脚屋，宣示主权，实现切实存在。

"神龙号"船上的总指挥是一位着便服的将军。四艘船到达指定位置后，"神龙"将军马上号令各船同时奏国歌、升国旗。之后，两艘工程船立刻开始动工，从盘古开天地一直沉寂到现在的礁岛上第一次响起了机器的轰鸣声。

"梦想号"的任务是担任警戒，全天候有人值班瞭望，监测周围海面上的一切动静。船一停下，因为没有对流风，气温立刻升了起来，人们仿佛突然进入了一个巨大的炼丹炉，所有物件都一下子成了烫手的东西。

不远处的工地上，工人们扛着一袋袋水泥在货舱和小船之间进出，每个人的身上都披着由水泥粉尘凝结成的灰色铠甲，远远看去，活像一个个小小的移动雕塑。这些小小的活人雕塑在齐腰深的水里打桩、砌墙，下半身在海水里，上半身暴露在烈日之下，这一幕不像是现实中的事，倒像是发生在实景演出的舞台之上。

据说在此之前，异国渔船经常在这一带非法出没，捕鱼、炸鱼，甚至在岛礁上搭建各种设施，我们到未名礁后很长一段日子，海上却没有一点动静，一条过往船只也没有，更没有发现受过特殊训练专搞秘密活动的水鬼蛙人。

日子一天一天过去，离开陆地，久处天海之间，一切都变了。毒辣的大太阳每天直接从水里出来，然后又掉回到水里。不管从哪个方向吹来的风，都像从一个大火炉里吹过来的。

这些双生的、多生的、一模一样的日子很快就让人厌倦了。原本人们以为此行最多不超过二十天就会返航，结果却遥遥无期，更没想到会停止航行，在一个小岛礁上驻扎下来。时间一长，连这些一生下来就在水上生活的老水手也受不了了。他们虽然都是水上漂，但来到这么深、这么远的海域，也都还是第一次。人们浑身上下仿佛都被一条法力无边的火龙镇住了，喉咙、皮肤、内脏，从头到脚每一个细胞都已热透，成了易燃易爆的危险品。这些在陆地上惯于煲汤、喝汤的人，现在全都成了被蒸煮的东西。

"你说咱们在这儿，像不像一锅熟螃蟹？"

"你像螃蟹！你是熟螃蟹！"说话的两个人从螃蟹开始，说到去年单位分鸡蛋，说到打小报告，说到女人，说到各种积年的矛盾、龃龉，最后终于动手，再后来好不容易被旁人拉开，不欢而散。

此时结结实实病倒倒是一种福分。刘玉球成天摆弄自己的伤脚，一点一点不厌其烦地抠摸伤口上的老皮和新皮。有一天我看到他在床上偷偷读一本袖珍版的《圣经》，刘玉球悄悄告诉我，他们全家都是基督徒，他自己也已经入教，但他不愿被人视为迷信落后分子，嘱我一定要为他保密。

"神龙号"指挥船那边时不时响起音乐，唱起劳动号子。听不清他们在唱什么，不过看得出他们比我们这船人更有本事，对付得了酷热和无聊。"神龙号"的首长是一个军中儒将，随身带着文房四宝，每次开会都号召粗通文墨的下属们写诗，声言任务完成以后要出一本诗集——《南海集》，自许海上王羲之。据说有一天，将军大书了"海之魂"三个字，听在场的人说，"神龙"将军的这幅"海之魂"是随着写字那一刻"神龙号"的起伏节奏行笔的，笔走龙蛇，如有神助，可惜临了"神龙号"一阵剧烈摇晃弄洒了墨汁，把那副无上神品给弄脏了。之后，任凭他再怎么喝酒，再怎么吟啸，也无法达到第一篇的境界和神韵，这个自负的海上"大王"一怒之下把笔墨纸砚全都扔进了茫茫大海。

为了以防万一，"神龙号"将军发来指令，让我们学习军事，"梦想号"二号人物侯春粤和船上的几个专职保卫人员开始教我们熟悉枪械和船上的其他武器。

"这里不出事则已，一出事就是大事!"侯春粤是个转业军人，长得相貌堂堂，一枪在手，此人立刻把大伙儿的发愁行为上升到了历史的高度，"表面上看，咱们在这里没有什么可干的，大部分时间只是待在船上，但你们一定要知道，我们这是在报效祖国! 不是谁都有这份光荣，这是亿里挑一的运气!"他特别告诉大伙，等到返航，每个人都有望获得一枚奖章，成为一生的荣耀。总之，全船人离发疯和奖章都近在咫尺。

船上没有新报纸，只有几张旧报纸可看，没有人知道外面的世界发生了什么，有时候，你会觉得外面的世界根本就不存在。长期置身于沸腾的、无边无沿的大水锅之中,有没有海岸、有没有陆地这回事,突然变得非常可疑。几艘相距不远的船如同几个孤零零的细胞,几只缺乏联系的眼睛,几个可有可无的念头。景色依然美得惊人,同时也美得十分凄楚,十分无情。

啊,伟大的大海!愁人的大海!令人觳觫的大海!一艘船是一个多么污浊的东西——就像一个老航海家说的——要是每时每刻待在上面又是多么的愚蠢!我猜测,大洪水到来的时候,人们在挪亚方舟里带上各种动物,并不只是为了保留物种,更重要的是为了避免人类自己发疯。

一天,我躺在船尾的甲板上,天突然暗了下来,是一场惊天动地的大黑暗,大团黑云在我头顶聚集,一时像流动的山峰,一时又像奔跑的动物。云团凝聚变幻,有那么一刻,云团突然变成了一张人脸,我差点儿惊叫起来:那不就是方小亮吗!我眼睛一眨不眨地看着方小亮。我记起初中的时候,有一天晚上,方小亮突然发疯,嘴里嘟嘟囔囔,我问他在干什么,他不理我,一个人自言自语:"宇宙外边是什么呢?要是宇宙没有边界,没有边界的边界又是什么呢?"他这么魔怔了好几天。现在我又看见他了!嘿,宇宙的形状到底是什么样的?宇宙到底有没有边界?我看着这缥缈的云彩组成的形象,一时神游天外,我不敢出声,也不能出声,不敢动,也不能动,我不敢眨眼,也不能眨眼,生怕他会突然消失,也知道他必会消失,我冷静地呆看着这一切,如同看到了缘起缘灭,混沌一片的宇宙真理。终于,方小亮冉冉远隐,渐入虚无,留下我一个人在甲板上发傻发呆。

春节将近,工程船的工作终于结束。未名礁上竖起了一排整整齐齐的高架屋,远处辛苦多日的兄弟们唱起了歌,歌声随着风不断飘来。

马达和风钻声骤然停息,气氛却陡然变得非常压抑。人们原本以为工程一结束,几艘船就会一起返航,却忽有消息说"梦想号"要留下来守礁,免得船队前脚刚走,礁上新建的设施后脚就被敌对国家破坏。此时,人们已经在大海上待了一个多月,每个人都已经到了疯狂的边缘,或者已经疯了。

这天午后,隔壁三艘船吊下救生艇,把一些给养吊下来,准备送给我们,其中有一头四蹄被捆的白毛大肥猪。大家都趴在船头栏杆上静静观看,老远就听到大肥猪瘆人的叫声。救生艇上的几个家伙兴高采烈地驾船向我们开来,一个家伙两手圈在嘴巴上欢快地冲"梦想号"呼喊:"弟兄们,我们给你们送大礼来啦!"

没有人回答。前一天晚上,船长符尊虎已经宣布了"梦想号"留下守礁的命令,有人在会上大吵大闹,符尊虎由着人们吵闹,末了沉着脸对大家说:"我也想回家,可命令就是命令。各位要明白,这里一旦有风吹草动,立刻就会惹上大麻烦,所有人都会一起完蛋。"大家都知道他说得对,不是吓唬人。

第二天,另外两艘船果然跟随"神龙号"指挥船返航了。分别的时候,"梦想号"上的人齐刷刷地站在船头,眼巴巴看着其他三艘船离去。

"壮哉,大水!"这是"神龙"将军临行前留下的最后一句话。后来听说"神龙"将军回去后不到一年就调到北京去了，在北京西北郊一带的几部之一主持工作。

暂且不管一年后的事儿吧。另外三艘船离开后，时间突然变慢，似乎一下子停滞下来，既像是没脸见人，又像是故意磨蹭、拖延。人们的无名火更大了。全船的人互相嫌恶，互相回避，每个人的声音对他人来说都是刺耳的噪声。同屋居住的人很多天彼此一句话也不说，偶尔互相看一眼，眼神里全是厌烦和怒火。——丢他妈，多么渴望一个人待一会儿！多么渴望脚底下不晃悠！多么渴望有个姑娘！在此之前，不管多么难熬，还有另外几艘船以及挖掘机、打桩机的轰鸣声做伴，现在只剩下一片死寂，同时也增加了几分莫名的恐惧。

这天，众人正在船舱里百无聊赖地打扑克、下棋，突然听到外面有人高喊"快来人哪"，大家闻声立刻扔下手里的东西跑了出去，只见我的同屋兄弟刘玉球一个人站在首楼甲板上，手里拿着一个报纸卷成的喇叭，慷慨激昂地大声说着什么。

"……你们看哪，海水是红色的，红色的海！那都是先人的鲜血！"刘玉球声嘶力竭地嚷嚷，"你们看不到，是因为你们愚蠢，堕落！没有心肝！你们什么都不是，全都是行尸走肉，行——尸——走——肉！"接着，他眼望天空，像是看到了什么我们看不到的东西，浑身颤抖不已，"主啊，可怜可怜我吧！带我离开这里吧！我只想跟有灵性的东西说说话！他们不是人，他们都是人形怪物！他们全都是可怜的疯子！"

有人小声说："这孩子是不是疯了？"

陈金佬抱着肩膀思思谋谋地说："我看他是洪秀全附体了。"陈金佬告诉周围的弟兄，洪秀全当年起事，也是因为发烧，做梦，听见老天爷跟他说话。

刘玉球见人聚得越来越多，声音也变得更加亢奋："我们都是罪人，上帝派我们这些罪人到这里来，是要我们在这里建立一个新特区，未名礁特区！"龙仔高声向刘玉球求教："兄弟，特区建立以后，咱们住在哪里？怎么生活？"面对这一挑战性的质疑，刘玉球做了个果断的手势："到处都是我们的领地！我们想住在哪里就住在哪里！在我们的新特区，没有战争、没有屠杀、没有争夺、没有倾轧！我们要用海浪造一艘大船，只有善良的人才能得到船票……"

原本大家使用的词汇量越来越小，只剩下"滚""丢""王八蛋""弄死你"几个解气的词，现在，刘玉球的奇特演讲唤起了众人的想象力，所有人都像是突然醒来，一时间毛发直竖，不知所措。

高高在上的刘玉球突然脸色一变，谈到了另外一件事，眼睛里流露出特别的光彩："你们谁也别想跑掉！我要告诉你们，你们大祸临头了！你们现在唯一要做的就是等待上帝的拯救！一个月以后，你们的船将会毁灭，你们将漂流在大海上，因为缺少食物，你们将会失去人性，兄弟相食……"

侯春粤见刘玉球越说越不成话，命令旁边的人把刘玉球弄下来，但没有人动。眼见侯春粤要对他采取不利的举动，刘玉球先发制人，提高声音大喊道："看啊！"随后向前方一指，"天地之间到处都是我们的人！你们看不见是你们的悲哀！惩罚就在眼前！龙王，夜叉，虾兵虾将！危险在下面，在上面，在各处，危险无处不在！"

龙仔说："兄弟，你就简单告诉我一句话，咱们这船上都是好人，都是好老百姓，为什么要受这样的罪？"

人们都静静等着刘玉球的回答，就连侯春粤也大张着嘴巴等待下文。

刘玉球似乎想都没想，立刻大声回答说："我是不会告诉你们答案的，因为你们不配知道！"刘玉球喘了一口粗气，喉头上下咕隆了一声，再次指着甲板上的人高声大骂，"你们都是瞎子，你们什么都看不到！人与人之间应该富（互）相爱富（护）！而不是敌对！这里是鱼的世界！你们应该回到陆地上去！回到自己的家里去！缩回到自己的壳里去！"

站在高处的刘玉球此时神情高蹈，显然已经超越了脚下的这帮俗物，如同获得了天启。我突然觉得这个时候，应该有一个大雷应景，这个念头刚起，果然有一道耀眼的闪电瞬间划过，撕裂了天空，照亮了天海，随后，一个大雷"咔吧"一声从天而降，天空、闪电、大海和甲板挤压在了一处，这一刻，所有人都吓坏了，只有刘玉球孤零零地站在闪电之中，扯着脖子不停地喊叫。

正在这时，突然又起了另一阵骚乱，"神龙号"临走时赠送给我们的那头白毛大肥猪不知怎么挣脱了猪笼，尖叫着跑上了甲板，这头通了灵的胖畜生在甲板上哼哼着转了几圈，红着眼睛和众人对峙了一会儿，像下了决心似的突然掉头跑到护栏边，四蹄一蹬，纵身跃入了墨绿色的大海。人们撇下首楼上的刘玉球，全都跑到护栏边去看，只见那头大肥猪在电闪雷鸣的水面上上下沉浮了几下，终于没入大海深处，不见了踪影。

06

一切都不必着急,大势已成,只等着翻船或返航就行了。现在"梦想号"上的人们终于明白,身处死亡之地,重要的是忍耐,任何对抗都无济于事,只能徒增烦恼。

对鱼类来说,这里是故乡,对人类来说,这里却是看得见摸得着的地狱。此时,在这海天之间,鱼类倒像是人的看守。鱼们看到,这些圆颅方趾的家伙,活动范围只有一船之长,一船之阔,离开这个船,纵身一跳或失身一跌,就是死路一条。每向前走一步,或向后退一步,都是一次冒险,一点不错。

因为不知还要在海上待多久,船上的淡水开始实行配给制。所有的水龙头已经被封死,一周发两次水,每人每次一桶,二十公斤。这点水既要饮用,还要洗漱。为了节省淡水,人们都靠雨水洗澡。一旦天上有阴云飘来,有雨点飘落,就赶紧浑身打上香皂,期待大雨来临,通常雨只下了几滴,云就飘走了,消散了,天空重又回归毫无希望的湛蓝,留下一群浑身香皂沫的光屁股男人在甲板上骂娘。

人们浑身都是盐花,只能偶尔用湿毛巾擦拭一下,每个人都患上了或重或轻的皮肤病,一船人每天都像魏晋名士一样,一刻不停地搔痒。

为了求雨,陈金佬捞了几条小鱼,把它们供养在一个瓶子里,每天定时虔诚叨念:"小鱼小鱼,快把雨下,下场大雨,放你回家。"最后鱼死了,雨也没来。陈金佬十分不解,不知哪个祈祷环节出了问题。现在，陈金佬嘴里一有空就念诵几句快板书："打竹板，点对点，今天夸夸咱们光荣的守礁班。守礁班，它不一般，三十多条好汉光着屁股守卫在南海湾……"别人问他为什么这么高兴，他就把脸一沉，一脸不高兴地说："丢！高兴是一天，不高兴也是一天。"这是他老婆经常教导他的话，现在派上用场了。

"发愁有个鸟用？最后还不是上面让干什么就干什么？"这是厨师老阮头的发挥。因为吃不到青菜，每天拿罐头当菜充饥，很多人开始呕吐、便秘，老阮头决计培育豆芽，自产青菜。他把一把豆子种在沙土里，精心培育，看到绿模样从沙土里一点一点发芽、长大，真让人欣喜莫名。

侯春粤效仿"神龙号"先前的办法，用升旗、唱歌的办法来收拢、振奋人心，统统宣告无用。船上的每一个人都按照自己的节奏轮流发疯，谁也逃不掉，也许这是老天爷安排的一种特有的海上生存方式。

至于我自己，每天在"梦想号"上出汗、做梦、读书、瘙痒，如同炼丹炉里的齐天大圣，过得十分愉快，被全船人看作神经迟钝的怪物、傻子中的傻子。只有我自己知道，这里的一切都是我命定旅程的一部分，秘密链条中不可缺少的一环。我此时的希望在海上，别人的希望在陆地，一念之间，境界便谬以千里。

出了刘玉球这件事，侯春粤开始轮流找人谈话，悄悄展开调查。我们中间有没有坏人？有没有奸细？有没有蓄意搞破坏的可疑分子？这是必须解决的问题，也是一项新娱乐。现在另三艘船一走，侯春粤的地位就自动提升了。他每天背着手在甲板上、在船舱里走来走去，活像一个肩负重大使命的先知。每次开完小圈子干部会，他的脸都板得更加严肃，似乎掌握了独得之秘，捏住了所有人的命运。忽然有传言说，刘玉球的所作所为是我主使的，我感到十分振奋，同时也吓得不轻。还有风言风语说，我在船上不晕不吐很不正常，绝不是个简单的生理问题，另外，此人为什么哭着喊着非要到船上来？为什么非要闹着参加这次行动不可？总之一切都十分可疑。

终于轮到约我谈话，侯春粤把我叫到他的单独舱室，闭口不谈刘玉球的事儿，劈头就问："我们和大海一道，成为一口清新的棺材，一口沉入海底、永远不为人知的棺材，这话是什么意思？"

"这是一个意大利人写的诗，这个人名叫翁加雷蒂，是一个著名的隐逸诗人……"

侯春粤立刻打断我："咱们在这里早晚得得精神病，是不是你说的？"

"这倒是我说的。"我痛痛快快承认，"我说的是长此以往有这种可能。从科学角度说，我们三十几个人，至少应该生活在三十平方公里的活动区域，得不得精神病，起作用的不是我们，而是我们身上看不见的存在了两百多万年的基因，在这种极端环境下生存，我们的生命已经达到了极限，我们身上的原始基因和习性都已经遭到了破坏，我们不但会发疯，也许很快还会互相撕咬。"

侯春粤两只大牛眼紧紧盯着我，恼怒地重复我的话："我们我们我们！——他妈的，单凭这几句落后言论就该把你扔到海里喂王八！"

我也被他气着了，不由大声说："我说的只是一种可能性！要杀要剐随你的便！"

侯春粤脑袋突然向前一探，脸离我只有半尺远近，我不由把身体向后仰，差不多仰成了一个斜面，才能躲开他喷在我脸上的热烘烘的臭气。我从没见过一个人像他这样，长相如此英俊，又如此令人厌恶。

侯春粤突然哈哈大笑起来，手指头指点着我："用不着这么紧张！我叫你来，其实只是想跟你随便聊聊。百年修得同船渡，说的就是咱们这些人。这是一种了不起的缘分，你说是不是？"

"有什么话请直说，别这么一惊一乍，我心脏受不了。"

侯春粤站起身，在狭小的舱室里转了一圈又一圈："其实你的事我都一清二楚，你是全船唯一一个坚决要求来执行这次特别任务的，这一点公司领导都很感动，临来的时候在会上特别提到你，要我和船长好好培养你。

"我一直在观察，全船几十号人，只有你一个人从来不闹情绪，对一切都安之若素，这么恶劣的环境，高温、高湿、高盐，老实说，连我都有点受不了，作为一个年轻人，你有这种表现，很不容易，十分不容易。"

我没有理他，由着他一个人发疯。我注意到侯春粤床头有一张镶在小木框里的照片，是侯春粤和一个小男孩的合影，小男孩长着一张国际脸，张着嘴、眯着眼哈哈笑，样子十分可爱。我不由拿起照片仔细看。

侯春粤发现我手里拿着相框，脸色大变，突然像豹子似的猛冲过来，一把抢走相框，手忙脚乱地打开壁橱，把相框塞进去，之后从壁橱里抄出两本书，在我眼前一通乱晃。我认出那是我上船时带的两本英文书，一本《三人同舟》，一本《白鲸》，都是上学的时候从学校图书馆淘来的处理旧书，打算对付航行中的寂寞，不知怎么竟到了侯春粤手里，我不由火起，大声质问他："你凭什么拿我的东西？！"

侯春粤用轻蔑的眼神看着我，压低了声音说："我就拿了，怎么着？！实话告诉你，我有这权力！"之后，他低着头把两本书"哗啦哗啦"翻了一遍，大概想从里面找出点什么有价值的东西，"你要明白，我的职责是让这一船人好好活着，一个不落，全都安全返航，不出一点差错！我知道你不愿意听我说话，反过来讲，我也未见得愿意跟你说话。我最讨厌你们这些从大学校门出来的人，眼高于顶，读了几本破书，嘴上毛还没有长全，就整天胡说八道，梦想着改造社会！社会岂是你们这些书呆子能改造的……"见我一直低着头不说话，侯春粤以为已经把我彻底慑服，口气突然缓和下来，"其实我是很器重你的，我夜大读的也是中文系。希望你从今往后好好管住自己的嘴，该说的说，不该说的别说，这对你的前途会大有好处。我们虽然眼下生活很艰苦，但为时不会太长，再熬一熬、顶一顶也就过去了。要知道，这可不是一次普通的练兵，而是一次危机四伏的实战。执行完这次任务，表现好的人都会立功受奖。我跟船长商量过了，只要你这次表现足够好，回去之后，我们一定帮你争取一个正式编制，让你成为水资公司的正式职工……"

侯春粤描画金苹果的声音越来越刺耳，我觉得自己再听下去脑袋非爆炸不可,我突然失控,大声打断他:"对不起,谢谢你的关心!我主动要求出海,并没有什么奢望!既没想过正式编制,也没想过立功受奖!我到这里来,是命运的安排,并不是哪个人说了算!"

说完这番铿锵有力的废话,我立刻起身,没有告别就离开了,留下侯春粤一个人在舱室里跳着脚大骂:"回来,浑蛋!你这个不知好歹的东西……"老实说,此时我的眼里根本没有侯春粤,因为我的注意力一直在那个国际脸的小男孩身上。谁能想到,老侯春粤居然有一个患唐氏综合征的小儿子,真是一个要多可爱有多可爱的小家伙。

除夕到了。在这之前,人们都把回家过年看作一件了不起的大事,可是真正到了这一天,因为回不去,也就不再那么想了。不过气氛总还是有点不同。没有人张罗聚餐,也没有人张罗娱乐。直到天完全黑下来,才听到龙仔破着嗓子大声嚷嚷:"都出来喝酒啦,唱歌啦!"人们这才有一搭没一搭地来到会议室。龙仔一边喝酒,一边恶声恶气地说:"我现在是真正想开了,要是现在大陆发生大瘟疫、大地震,发生核战争,咱们这里就是最安全的地方,保留人种就全靠咱们这些大傻蛋了!"厨师老阮嘟哝说:"别说靓女,连个丑女都没有,保留个鬼哦。"人们你一句我一句地胡扯:"可以跟鲨鱼、海豚搞哦,美人鱼大概就是这么产生的喔。"此时人们都盼望能有一队仙女屈尊下凡:从云朵之上,从月宫之内,从大海深处,从自己的肋骨之间。

深夜,未名礁春节联欢晚会进行到尾声的时候,陈金佬缓缓起身,说了一句总结性的话:"我看在这里待着也蛮不错。每过一天，离回家就近一天，毕竟我们在这里并没有遇到什么危险嘛。"

这话可是说早了。大年初一上午十点钟左右，监测雷达的家伙突然大喊："船长，有情况！有情况！"这一通喊，把大伙全都惊着了。紧接着，响起了急骤的哨声，随着哨音，大家慌忙跑到甲板上集合。

在海上，最美好的事情莫过于两艘船相遇，互相问候，这也是我出海以来一直期待的事，但却不是这种要人命的相遇。船长符尊虎告诉我们，有三艘异国舰艇正高速向我们驶来，离我们大约还有一个小时的行程，很显然，来者不善！王八蛋，他们可不是拜年来的，可真会挑时候！毫无疑问，我们即将卷进一场局部战争，一场秘而不宣的战争，或许下一秒钟就会有一颗导弹突然飞来，把我们的船击个粉碎。

符尊虎和死神可说是"梦想号"的正副船长。符尊虎一声令下，除了轮机长、大副、二副、三副，全都发了枪。我们站在甲板上，紧张得直发抖。此刻，身穿防弹衣、手持武器的我们不是一般人，我们是战士！按照上边的指示，我们绝不开第一枪，一旦对方开枪，我们就坚决还击。这是当真要开战了呀！

远远看到三艘舰艇——一艘登陆舰，两艘护卫舰组成的编队向未名礁方向驶来，我们的船立刻驶出未名礁，挡在礁外，不准它们进入警戒线。按照船长符尊虎的命令，我们站立在各自的白圈内，持枪不动，尽全力保持平衡。

三艘异国船上的人越来越清晰，有的家伙叼着烟卷，有的家伙拿着望远镜。这三艘舰艇的吨位都在几千吨以上，舰艇上的一切都需仰视才见。这几十天，好不容易见到些新鲜人物，却是一些充满敌意的混账王八蛋。

我们的船喇叭响起来，里面传出船长符尊虎缓慢的，甚至有些懒洋洋的声音："我们是中华人民共和国的水资船，正在执行公务。这里是中华人民共和国的领海，任何人不经允许，不得擅自进入。"接着，翻译用英语重复了几遍船长的话。海上顿时安静下来，几乎可以听到对方船上的笑声。对方舰艇上的那些皮肤黝黑的小人儿，看上去缺少管教，喜欢滋事，对一切都满不在乎。后来，终于有回话了，对方用发音古怪的汉语说，他们是某国的舰艇，这里是他们的领海，请我们立刻离开，不要在这里停留！

喊话的同时，几艘船并没有闲着。异国登陆艇一意孤行，率先向未名礁方向挺进，符尊虎见状，亲自驾船，拦截异国登陆艇，阻止它开往未名礁。另外两艘异国护卫舰也相机行动，不断旋转着调整大炮位置，始终将炮口对着我们。——孙子，千万可别走火呀！

话不投机，双方的船都不再喊话，异国舰艇眼看就要靠近警戒线，此时，被甩在侧翼的"梦想号"突然开足马力，向对方领头的登陆舰航线斜插过去。"梦想号"突然提速，所有人都趔趄了一下，气氛骤然间紧张起来，就连"梦想号"大船自己也紧张起来：符尊虎大人怒了，"梦想号"怒了！符尊虎大人这是要重复百十年前邓世昌邓大人在黄海干过的事！

此时，天突然阴了下来，有几滴雨点落下，风中也似乎有了一点凉意。在这种情况下，我不知道到底是天晴好，还是天阴好，反正死到临头了，但一想到驾驶室里掌舵的是巨人符尊虎，心里竟一下子平添了几分鱼死网破的勇气。

在"梦想号"奋力行驶中，所有人都一动不动地站在甲板上。此刻，大海里的所有物种都静立不动，屏气敛息注视着海面上即将发生的一切，我的脑袋里反复回响着两句改窜的诗句：水漫礁低初过雨，浪拥船去不离兵。啊，这天海之间愚蠢而渺小的存在！这天海之间渺小而壮烈的存在！与疯狂的人类相比，伟大的大海值得傲慢！千倍万倍的傲慢！我们是放大镜焦点下争斗的、即将烧焦的蚂蚁，以理性的方式发疯的蚂蚁！我小时候经常用放大镜围困蚂蚁，现在，在临死之前，我向所有的蚂蚁道歉——

就在两条船相距百十米、即将相撞的刹那，敌方的船紧急转弯、避让，瞬息之间，两条船在众人无声的惊呼中擦肩而过。这就对了，懂得像君子一样揖让就对了，龟儿子们！

几分钟后，两艘船又同时掉转回头，在相距五六十米的距离内停下、对峙。此时异国舰艇的广播重新响起，喊话的语气异乎寻常地和缓下来，声称他们是护送各国记者前来未名礁采访的，希望我们的船保持冷静和克制。目睹了刚才"梦想号"的拼死一搏，异国舰艇不敢再冒险，三艘船全都在原地停泊下来。现在他们已经知道，只要眼前的"梦想号"在，他们根本不可能通过航道登上未名礁，半小时后，对方动用了舰载直升机，满载各国记者飞向未名礁，在空中观察、拍摄未名礁，进行低空采访。不用说，这是他们的预案。

至此，所有人都暗自松了一口气，把紧绷的神经稍稍放松了一些。我偷眼看了看旁边的人，有的人像是严重缺觉，有的人则像是睡多了。龙仔站得笔直，英俊的侧脸像一尊雕像，另一边的刘玉球眉头紧锁，小脸绷得十分坚毅，再过去，是侯春粤，不看则已，一看吓了一跳：只见侯春粤脸色煞白，满脸是汗，像是害了热病。

从正午对峙到将近日落，三艘混账异国舰艇终于完成了装模作样的采访，掉头走了。天空像一只独眼怪人，目睹了这出剑拔弩张的吓人剧。每个人都感到害怕，要是就这么不明不白死了，实在心有不甘。眼看着异国舰艇掉头离去，龙仔大喊了一声："有本事别跑啊，王八蛋！"大家也都跟着呼喊、咒骂起来。

这时突然有人惊呼："不好啦，有人晕倒啦！"大家围拢过去一看，只见侯春粤倒在甲板上，他所在的白圈里湿了一大片，发出阵阵骚臭。大家七手八脚地把侯春粤拖到阴凉处，喂他水喝。陈金佬使劲掐他的人中，直到掐得乌紫，侯春粤才苏醒过来。侯春粤睁开眼第一句话就问："敌人呢？"有人告诉他敌人已经走了，侯春粤突然像被针刺了一般跳起来，大喊："有本事别走！老子跟你们拼了！"龙仔把他拦腰抱住，他的两手乱抓，两条腿在空中乱踢，把龙仔的脸都抓伤了。可怜的龙仔在跟异国舰艇对峙中没有受伤，倒被侯春粤弄伤了。民间科学家老阮蹲在甲板上仔细研究侯春粤的尿迹，边看边赞叹，如同面对一摊神迹，他不相信侯春粤能一次尿这么多，因为大家都整天喝不上水，不可能有这么多尿。

龙仔抱着狂乱而虚弱的侯春粤说："报告首长，快醒醒，敌人已经跑个卵的啦！"平静下来之后，侯春粤解释说自己是因为精神过分集中，虚脱了。甭管害不害怕，甭管尿没尿，甭管虚脱不虚脱吧，只要活下来就好。在这场对峙中，侯春粤比我们承载的压力都大得多，这一点不能否认。事后，侯春粤作为英模在各种场合做了很多场报告，这年年底，听说还进了北京，在一个高尚场所做了一场内部汇报演讲。侯春粤也着实不易，之后的日子过得颇不寂寞，在我讲述这些事的时候，他已经是水资公司的一把手，责任十分重大。

船长符尊虎从驾驶室里踱了出来，有人立刻提议对符尊虎来个空中抛接，符尊虎大大方方地平躺到甲板上，任由大家抛他，七八个人竟无法把他抬起来。没有人知道符尊虎驾驶"梦想号"向异国舰艇撞去的时候脑袋里在想些什么，真是个了不起大家伙，一个了不起的"非人"。

此后的很多天，异国飞机每天都不定时飞来，如同信天翁一样，低空绕圈、盘桓。我们能清清楚楚看到飞行员的笑脸，他们没有再为难我们，倒给我们带来了难得的乐趣。只要飞机一来，"梦想号"上的人们全都齐刷刷地站在船舷上，向着飞机、向着天空、向着陆地，大声呼喊，整个未名礁就像过节一样热闹。飞机上的驾驶员也很兴奋，也向我们呼喊。这些面目黧黑的家伙来了又走，走了又来，可说是一群奉命行事的疯子。此时侯春粤也已经还了魂儿，每次见到飞机盘旋飞来，比谁跳得都高，骂得都狠，笑得都欢。

现在人人都成了快乐忠勇的大力水手，无法无天的浪里白条！爱咋咋地吧！大海是我们的养鱼池！大海是我们的摇摇马！大海是我们的碰碰车！

青年先知刘玉球不再疯疯癫癫了，也许更加疯癫了。有一天，我偶然走上甲板，在船尾看到刘玉球蹲在一个角落，嘴里念念有词，他手里拿着那本油印的《更路簿》，决计要把

《更路簿》上所有岛礁的名字全都背诵下来。

"我这辈子准能做一番大事。"他羞涩地抬起头，看着我，神情如同梦游。

"为什么呢？"

"因为我是国王。"刘玉球做了个无力的、囊括的姿势，知心地小声说，"因为这些岛礁全都是我的。"

"你要是国王，你最终的命运就是被自己的手下或者别国国王吊死。"这是我对他的忠告。

现在，所有人都已经很习惯船上和岛礁上的生活了，这里有祖先神灵的不懈庇佑和保护，这一点毫无疑问。

一天，我跟随陈金佬、龙仔下小艇在礁内巡逻，傍晚的时候，在大月亮下面，我影影绰绰地看到远处礁石上站着一个人，我的心立刻狂跳起来，不用问，那是多年以来一直一个人孤独站礁的方小亮！我连忙跳下水，不顾一切地向礁石游去，陈金佬和龙仔在后面大声喊叫，呼唤我回去，我才没工夫搭理他们！

我终于接近了礁石，在爬上礁石的那一刻，瞬间恢复了对土地和大陆的全部记忆，而方小亮却在我的面前眼睁睁地消失不见。我站在礁石上四处张望，入眼的只有无边无际的大水和停泊在礁口的"梦想号"暗影。我知道方小亮就在我的身边，和我同处在眼前的大水泡之中。我放开喉咙大声呼喊他的名字，希望他立刻现身，立刻和我相见。我在礁石上惶急地打转，把自己变成了一台最精密的雷达，躬身探听、捕捉他近在咫尺的消息。突然，我从下面听到了方小亮若存若亡、几近窒息的呼救声，这才意识到他是被困在了我脚下的礁石里,一时间我泪如雨下,立刻跪下来在礁石上拼命挖抓,拼命扒刨,恨不得马上把我苦命的兄弟从该死的礁石里解救出来,直到被随后赶到的陈金佬和龙仔从礁石上死命拖走——

回到大船之后,我更加确信方小亮此时正在南海中的某个小岛上守礁、站岗。一经悟到这一点,我立刻跑到船长室,向船长符尊虎提出到附近岛礁去巡逻的请求。船长符尊虎还没有来得及回答,外面却突然发出了山呼海啸的声音,来接替"梦想号"执行守礁任务的船眨眼之间开进了未名礁。他妈的,他们来得可真是时候!这一刻,船上所有的人都疯了,因为终于见到了家里来的人,终于吃到了新鲜蔬菜,终于喝到了冰镇的新鲜啤酒,终于痛痛快快洗了澡,所有人都欢呼雀跃,恨不得吃饱喝足立刻返航,只有我一个人不愿离开。我坚决要求转岗到接替我们的船上继续执行守礁任务,做一个方小亮一样的守望者。我在甲板上大喊大叫,大哭大闹,被人们视为傻子、疯子。傻子就傻子,疯子就疯子,只要能让老子留在海上,老子才不在乎你们这些獦獠说些什么!

时至今日,我再也无法说清自己是怎么从未名礁回来的。一切都如在梦中。在梦中,我被当作神经错乱的病号关在船舱里,由青年先知刘玉球负责看护。未名礁的一切也像书页一样缓缓地合上了。打那之后,这个阳光炙热、四季如火炉的小礁一点一点离我远去,按照天然的形状,缩成了一个小环,一个概念,一个虚无,一个空间的发疯形式。

深海消失了,波浪凝固了,唯有记忆永远留在了那里。大海既是坟墓,又是摇篮。只有我这个年轻的古舟子知道,我在此行中错过了什么，丢失了什么。

07

不管我乐意不乐意，"梦想号"终于凯旋了，全船个个都是善于忍耐、经历过生死考验的英雄好汉。回来的路格外顺畅，达到了随波逐流的轻快境界。天气依然酷热难当，货仓里依然缺少淡水和青菜，但这帮归心似箭的好汉却毫无怨言。随着汽笛一声悲悲切切的驴叫，"梦想号"终于徐徐靠岸，人们走出臭气熏天的大船，一头扎入岸上的灯红酒绿之中。迎接"梦想号"的领导和同事们在码头上抱着花儿挺激动，船上的各位好汉却都十分平静，因为实在没有力气了。

陆地已经到了春天，木棉花开了。面容姣好的姑娘们在踏青，争相露出身体最美丽的部分。出其舱门，美女如云！跟陆地上的人一比，我们的皮肤因为浸过盐，又黑又红又硬，活像一批野人。我们在马路边闲坐的时候，龙仔紧盯着来往的姑娘们看，一个姑娘的东北男朋友挑衅地质问他："你瞅啥呀？"龙仔好脾气地赔笑："对不起，没瞅啥。"东北小伙子来劲了："没瞅啥，你瞅啥呀？"大家都认为好勇斗狠的龙仔会干仗，龙仔却一反常态，连连道歉："大哥，对不起啦，我给您赔罪、赔不是。"东北小伙子这才罢休，带着女朋友得胜走了。大家都笑，龙仔自己也笑。大街上的人依然浑浑噩噩，急赤白脸，而此时的龙仔却是一个满怀善意的新人。

上岸后，风传局里有人提议要给刘玉球处分，人们开始以为是侯春粤搞的鬼，后来才知道是一个不在船上的家伙听完汇报后的鲁莽主意。船长符尊虎和侯春粤当场反对这个提议，说："再待下去，我们都要顶不住了，何况这些孩子？"刘玉球的确还是个孩子啊，再说，刘玉球也没干什么见不得人的事，纯属吃饱了撑的。说来可怪，我在海上从来没有吐过，没想到回归坚实稳固、一派祥和的陆地，我倒开始呕吐了，所幸大吐特吐、耗尽了所有的气力之后，又慢慢活转回来，肉体和精神一点一点得到了复原，不再深病，不再疯癫。

我拿到了发下来的工资和一笔奖金就再也不去上班了。事到如今，一股无边的乡愁突然袭上我的心头。我住的这栋楼有个家伙养了一只鹩哥，能唱半首《一无所有》，每次唱到"为何你总笑个没够……"之后，就突然改换语调说："快点回家去吧！快点吃饭去吧！"鹩哥兄弟道出了我的心声。是啊，快点吃饭去吧，方小明！快点回家去吧，方小明！在这里，在南国，我已经到过了大海最深处，已经很难再有所作为。

临行前，我跟龙仔他们又喝了几顿大酒，每次都喝到大醉，直奔酒肉地狱。龙仔有一个开歌厅的好兄弟，每次都给我们找最好的姑娘陪酒。一天半夜，龙仔突然放声大哭，那个一直陪他的姑娘把他揽在怀里好生抚慰，看得人心里很是酸楚，也不知龙仔当时想起了什么伤心事。许多年来，我一直想把"未名礁"的故事告诉世人，那真是一段噩梦般的辉煌经历，可以称为"贤人的旅程"。陈金佬听说我决计要回北方，慢条斯理地预言道："你这么冲动，早晚会吃亏的呀兄弟。"这个老家伙的表情里有一种很奇怪的东西，弄得我心头一热，不过吃不吃亏，我倒毫不在乎。

临走之前的一天，船长符尊虎特地把我叫到办公室，送给了我一个漂亮的小玳瑁龟甲，拍着我的肩膀亲切地用粤普感叹了几声"丢——，你这个兄弟，你这个兄弟……"算是临别赠言。我们真可算是在一条船上共过生死的兄弟，但我们互相之间一点也不了解。这个落生在浪花里的疍家巨人对我另眼看待，大概是因为我在不晕船方面跟他有那么一拼。我总是觉得这个半人半神的人有朝一日一定会惊雷般大吼一声，可是从来没有，此人可说是一匹温良的陆上大蓝鲸。你很难想象这个半神竟然也是靠人间薪水和其他杂碎过日子。

透过办公室的玻璃窗，我看到有人正在把"梦想号"大船改名为"先进号"。我的心里对这艘大船产生了一股突如其来的柔情——这艘庄严无畏的舰艇是我的蓬庐，是我即将永远失去的家。

很久以来，我一直觉得只有我一个人从未名礁回到了岸上，其他人都还在海上挣扎，要么就是相反，其他人全都漂了回来，只有我一个人还在茫茫大海上摇晃、沉浮。

总之，从那个无穷大的热水泡里活着回来，真真恍如一梦，那些既单调又丰富的日日夜夜，那些千钧一发、惊心动魄的时时刻刻，不知到底是真是幻。我们分别那天的情景已经很遥远，但我还清晰地记得当时的情形。夜间的广州，天正在下雨，中央舞台上重金属乐队的嘶吼声震耳欲聋。我和龙仔、陈金佬他们几位在夜总会门口告别，意识到这辈子恐怕再也难见到这些人了，我的心里十分难受。龙仔眼睛看着地，向我摇着手说："买不到车票找我啊，兄弟，我车站那边有朋友。"然后就消失在霓虹灯炫目的光影里了。"梦想号"

在哪儿?"未名礁"在哪儿?也许我从来没有见过,也从来没有去过。

好在今非昔比,我兜里揣着一笔辛苦历险挣来的闲钱,这回可以从容上路。我高价买到了一张从广州到北京的卧铺票,在阔别多年之后,回到了北京,回到了Ｐ大。这一回,又像当初去海南岛一样,仿佛从海口、从广州、从未名礁直接一迈腿就回到了北京,回到了燕园,回到了这个看得见历史和未来的水晶球里。只是校园里再也没有我的宿舍、我的床铺。离学校越近,我心里就越难过。这么多年的游荡,一事无成,我像是一路单腿蹦着,跌跌撞撞回来了。

一时间我心里泛起了一阵又一阵混合着甜蜜和忧伤的刺痛。我对这个地方既爱又恨,念书的时候对一些人和事怎么也喜欢不起来,对另外一些人和事至今仍旧不以为然。那些自相矛盾的特质、黑硬皮包装的图书、骄傲的师姐、羞涩的低年级女生,难以言说的苦闷和放荡自大的青春,都在水晶球里疯狂地旋转。

我最后一次在Ｐ大校园里见到方小亮,是他失踪前一个月的某一天,当时他到Ｐ大来找我,我俩一起去三十一号楼女生宿舍找老乡还是怎么的,在楼道里路过一个半掩着的门的时候,我突然心血来潮,一膀子把他撞进了那个女生宿舍,引发了里面女生的一片尖叫。我乐得要命,听到他在里面故作镇静地说了声"对不起",然后看到他撅着屁股倒退着出来,临了还没忘帮姑娘们关上门,然后,我俩又顺着楼道往前走了。此时此刻,我真想再撞他一膀子。

从他嘴到我耳,从一个熟人到另一个熟人,我听说地理系同年级的老乡孙寿彭此时正混迹于学校,立刻满校园找他。

孙寿彭是当年在燕园第一个开学生咖啡馆的家伙,四年级的时候,他还四处筹钱发行了一盒校园民谣磁带,是一个得风气之先的"鸭先知"。老孙毕业回老家之后,托关系进入当地市团委工作,他原本很想好好在仕途上走上一走,后来,据他自己说,有一天他悄悄估算了一下,发现从普通科员干到有资格登上天安门城楼向群众挥手,难度太大,需要煎熬多年不说,还基本上没什么可能性,于是就辞职不干了,跑回北京另谋出路。

说起老家另一个地球物理系老同学倪东,老孙大笑不止。老孙告诉我,前几年他和倪东经历了一次牢狱之灾。倪东原本分配在本省的地震系统,后来调进了一家外贸公司。一次去西北出差,倪东偶然听一个朋友说要为联合国赈灾组织搞一批毛毯,提供给非洲难民,立刻认为这是一个可遇不可求的好项目,于是辞职下海,筹措资金,生产毛毯,撺掇老孙和他一起干。两人折腾了大半年,最终却发现这是人家精心设计的一个高价贩卖淘汰设备、收取大宗订金的骗局。案发后,同为受害人的老孙和倪东却被西北来的办案人员不明不白地抓了起来,在大西北的一个看守所里蹲了整整六个月。

"这不是命又是什么?"老孙总结道,"我读了这么多年马恩列、苏亚柏,倒被一帮傻×当罪犯莫名其妙投入了大牢!"我问苏亚柏是谁,孙寿彭说是苏格拉底、亚里士多德、柏拉图。

学校里学生已经换了好几茬儿,老面孔差不多都已经消失了。如今的学生衣食无忧,一心读外语,一门心思考托福出国。我和老孙两人边喝边聊，中途撞见了我们系一个绰号"肚子美"的东北大胖子，"肚子美"一看到我，立刻大呼小叫跑过来，加入了酒局。"肚子美"毕业后一直没有找到合适的工作，因为多年来一直过着衣食无着的生活，此时的"肚子美"已经变成了一匹瘦干狼。他这次跑回学校是为了申请开一个讲座，讲述他毕业几年领悟到的生存美学，结果遭到了校方拒绝，他演讲的题目是"从理想破灭到道德沦丧——关于当代青白眼问题的美学研究"，负责接待他的人问他是谁，有什么学术背景和社会背景，"肚子美"说，我是P大非著名同学某某某，这件事在学校里一时传为笑谈。讲座最终没有办成，把装了一肚子真知灼见的"肚子美"气了个半死，到处宣称"思想自由，兼容并包"已经彻底完蛋，已经彻底死透。

那天我们三个人喝了一箱啤酒，末了，"肚子美"回地下室临时住处睡觉，我则和孙寿彭回了老孙租住的地方。我在孙寿彭的床头看到了一本书，忍不住大笑起来。孙寿彭不笑，翻着书严肃地说："我觉得这套书写得非常不错，给我老人家的枯燥生活增添了不少乐趣，作者很有文采。"之后突然狐疑地抬头盯着我，叫道，"——我靠，这个'夏飞'不是你笔名吧？"

我好不容易止住笑，说："不，不是。"

"要是你我得表示佩服，我还从来没有见过这么好看的小黄书！这真是会把读者的手指头弄脏的好书。以后有机会我一定要向作者致敬！一定要请作者喝酒！"我把这套书的事颠三倒四对老孙说了个大概，听了作者解力龙的故事，老孙也不由大笑:"毫无疑问,这是你们班钱晨曦总结的'钱先生时代'绽放的第一批花朵结出的第一批果实。"之后我俩又摇头傻笑了一阵。

我在北京游荡了大半年,因为没有户口,难以找到工作,只好拼命给报纸杂志写文章,贴补日用,缴纳房租,免得寅吃卯粮,坐吃山空。

有一天,我突然收到父亲的一封信,信里提到了一个新梦,这回的梦不是他和我母亲一起做的,是他一个人做的,他梦见方小亮在莫斯科红场上散步,之后,为了坐实这件事,我父亲又非常审慎地请高人卜了一卦,卦里也说方小亮在西北方。这么一来,他便认为方小亮一定是在俄罗斯,而且笃定就在莫斯科。我父亲说,如果我能到莫斯科去,铁定能在某个地方找到我弟弟。

这时候中俄贸易方兴未艾,方小亮在那里出现,正逢其时,一点也不奇怪。但这一次我母亲不同意我父亲的梦,不愿意我到那么远的异国去。而我父亲的梦倒勾起了我内心深处的一段回忆,我依稀仿佛也做过一个同样的梦,梦见我自己和方小亮在一个红色大广场上游荡。

尽管我对老父亲的梦也有几分狐疑,但我此时已经在北京飘荡了很久,很想开启一番新生活,至于方小亮在不在莫斯科,谁能肯定地说没有呢。我立刻开始着手探求前往俄罗斯的路径,恨不得一箭步跨到莫斯科去。

这之后不久的一天,孙寿彭下班后来找我,带我去参加李小铎召集的一个饭局。李小铎读的是法律系,比我和老孙低一年级,是当年燕园里的活跃人物。路上,老孙告诉我,李小铎的老婆是一个豪门姑娘，"这孙子"一毕业就结婚，进入了金融界，之后下海搞了个贸易公司，很快发了大财。前段时间国家机关实行房改，号召职工们买房，一些毕业刚几年的哥们儿一时拿不出那么多钱，李小铎发话让认识不认识的Ｐ大老同学尽管找他来借，很解决了一些人的燃眉之急，真可算是一个豪客，一个富有远见的燕园小孟尝。

那天，聚会在校内的燕春园饭馆举行，来的多是经济系、法律系学生，话题和见解全都围绕着螺纹钢、木材、股份制之类拉锯、转磨，听起来云里雾里，渺不可测。我忝列其中，一句话也插不上。

门口一桌坐着几个留长头发的校园诗人，其中一个认识的大声招呼我，我走过去喝了一杯。他们此时正在讨论当代诗艺在全球语境下的困局与对策，突然加入我这么一个外人，气氛变得有点尴尬，我坐了不多一会儿就知趣地离开了，再坐下去也是活受罪。如今我思想混乱，粗鄙不堪，再也听不得见不得"吊诡、观照、灵魂、击中、颇、亦、抑或"这些学院派词语了，要想观照、击中我的糊里糊涂、百毒不侵的"灵魂"，需要一套更具毁灭性的词语。

中途李小铎端着酒杯来到我和孙寿彭旁边坐下，跟我聊了几句。听了我的经历，李小铎捧腹大笑，忽然又收住笑，问我现在在干什么，我说："啥也没干，漂着。"

李小铎眼睛环视着整个酒局，有一阵似乎把对面的孙寿彭和我彻底忘了。我虽然愚钝，却也看出，李小铎此人境界高妙，在眼下的世界里如鱼得水，远非我等所能企及。李小铎突然转回头对我说："你这种状况，怎么不想办法出国呢？"

我告诉李小铎，我正打算去俄罗斯，苦于不得其门而入。李小铎听了立刻打断我，做了个囊括一切的手势说："去别的国我帮不了，去这国我正好能帮。我公司有人正在那边开拓国际贸易。"

孙寿彭只听到了后半句，笑道："你是说朝鲜还是柬埔寨？"李小铎也笑："是他们丫集体的大爷，'老大哥'！"之后又对我说："你好好考虑一下，要是定了去，就给我个回话。俄罗斯可是个牛×之国，我一直想去走一趟，可是一时走不开！"李小铎没往下细谈，塞给我一张名片，嘱我改天打上面的电话，或者直接去办公室找他。

我在李小铎的办公室定下了去俄罗斯的行程，之后带着从李小铎手里买到的俄罗斯方面的邀请信，回老家办理护照。我父亲听说我即将按照他的意愿启程前往莫斯科，非常高兴。我父亲比过去显得年轻了，看起来很是精神。我问老娘这是怎么一回事，我老娘说："自从你答应去莫斯科之后，你爹觉得生活有了盼头，现在天天画画、写字，能吃能睡，身体明显好多了。"

我母亲这些年是怎么过的？她老人家一直在织毛活儿，大毛衣、小毛衣、薄毛衣、厚毛衣、薄毛裤、厚毛裤、毛线手套、毛线袜子，织了不计其数。她把织好的毛活儿大多送了亲戚和邻居，以前我在南方用不上，现在我要去天寒地冻的莫斯科，终于派上了用场，可谓有先见之明。

看到老爹老妈这么老有所为，我很欣慰，终于放下心来，可以轻轻松松、清清爽爽到莫斯科去。

我父母把我和弟弟的房间布置得跟从前一模一样，屋子里摆着弟弟从小到大的生活照。有一天，我打开一个箱子，发现了一个小长条布袋，里面装的是我弟弟从小吹奏的笛子，笛子的末端有三个细如蚁足的字母"fxl"。方小亮吹笛子的时候眼睛时不时会乜斜一下，我却永远学不会乐器，似乎跟这些孔、洞、弦、索、键组成的物件相克。

在翻看方小亮读书笔记的时候，我猛然看到了方小亮在清华园工字厅前的一张照片，这下糟了，我突然被他的形象紧紧包围了，我看到他在这间屋子里，看到他在街道上，看到他在清华园，看到他在各处……我突然感到胸口憋闷，差点儿憋死过去。我躺在地板上喘了好大一阵，才慢慢平复下来。我很想放开喉咙号啕大哭一场，却怎么也哭不出来。

不管怎么说，应该为新的梦想、新的旅程叫好，用港台话来说，这是我此时的愿景。

08

我原本想和父母一起过了中秋节再走，我父亲不同意，催着我赶紧上路。我父亲年轻的时候是个苏联迷，对"老大哥"极有感情，认为方小亮远赴莫斯科圆了他的青春梦想。我老爹的情绪感染了我，弄得我也急不可耐。我母亲不知是糊涂了还是怎么的，临走的时候突然流着泪对我说："听说莫斯科乱得很，你到了那里可要自己小心啊，娘就你这么一个儿子了，千万不能再出什么事了……"这些话本来是背着我老爹说的，结果我老爹恰好进屋，听了个满耳。我老爹当即大怒，对我母亲大声吼叫："你怎么能这么说话？！你这是在说什么?!"他那副不可理喻的样子,再多说任何一句话都只能是火上浇油。为了我老娘,我拼命忍住了,没有跟他老人家翻脸。

我出发那天,正是农历八月十五,我父亲认为这个日子很吉利,是个好兆头。我从北京站出发,与各色国际倒爷同行。在火车上,置身于各色人群中间,我又闻到了当年海南岛的气味,我身边的这些人既陌生又熟悉,像是从海南岛连锅端到了奔赴莫斯科的火车上。天阴着,月亮被云层遮住,是一个没有月亮的月圆之日,正是古人说的"天把良宵晦"的典型气象,究竟是吉兆还是凶兆,一时也难以确定。

躺在床铺上,我不由暗想,多少同窗好友,此时都正在办公室里加班抄写文件,在实验室里摆弄坩埚、试管,在台灯下批改作业、培桃育李,总之,都待在自己的蜂房里忙这忙那,而我,作为一个风华正茂的呆子,却又踏上了一路北去的漫漫征途。

火车行驶了六天六夜。来到莫斯科,一脚踏进一个完全陌生的异国城市,如同猛然进入了一个幻境一般让人既兴奋又惆怅。但方小亮并没有来车站接我。方小亮在哪儿?怎样才能找到他?这块土地上的人们吃什么?喝什么?为什么高兴?为什么生气?为什么烦恼?一切都毫无头绪,都是一堆待解的谜团。不管怎么说,祝自己好运才是正事。

出了车站,我顺着一股肉香味走向街角,认出那里卖的是热狗。人们一下子从四面八方冒出来,看样子全都是闻着味儿来的,出于本能和习惯,我准备拥挤一下,却没有得逞,因为这些男男女女都像木头人一样,乖乖排队,一声不吭。

我吃下两个热狗，喝了一杯烫嘴的热牛奶，感觉像是消化了半个莫斯科。

一个高个俄罗斯小伙子和一个跟他差不多一样高的漂亮大姑娘突然直直地走到我身边，姑娘碧蓝的大眼睛望着我，跟我说了句什么，见我没明白，又伸出两只红润修长、指甲咬得光秃秃的手指做了个手势。我当时正在抽烟，恍然大悟，我连忙掏出烟盒，递给他们，并拢着手帮他俩一一点着了火。两个人深吸了一口烟，微微一笑，小伙子向我晃晃他手里的扁平金属酒壶，假装仰头喝了一口，然后拧开壶盖递给我，我尝了尝，然后学样儿仰头喝下了一大口，一股蒸腾的大火苗蹿进了我的喉咙，十分狂野，十分够劲儿，两个人欣赏完我酒后的反应，开心地笑了笑，迈开长腿勾肩搭背走掉了。

我刚一转身，一个满脸胡子的老头儿又迎面走了过来。此人手里拿着一副扑克牌，成功吸引了我的注意力之后，像拉手风琴一样在我面前"唰啦啦"地拉伸了一遍扑克牌，扑克里面的俊男美女们迅速地交合了一遍。这位街头魔术家总共拉伸了三次扑克，图片很有诱惑力，只是他的手法太快，让人根本来不及辩证地细看。

见我无心购买扑克，或者没有流露出更深入的兴味，大胡子老头儿耸耸肩离开了。必须承认，酒和魔术都具有创造的性质，像梦一样，像爱情一样，我断定，只要再喝下一杯浓烈的伏特加，再辩证地看上一遍春宫扑克，我就能拥有整个莫斯科，总之，距离我的目标只有一步之遥。

这陌生的天空，陌生的人群，陌生的语言！这陌生的大胡子，陌生的大长腿！他们是卡拉马佐夫兄弟、聂赫留朵夫、保尔、冬妮娅们的后代。不过，这一切都是表皮，我对这里的一切并不感到特别陌生，甚至觉得有几分熟悉，因为我所来的地方和这里的果核几乎是一样的，简直比孪生兄弟还要相像。虽然语言暂时不通，我却不感觉自己是生客，就像上辈子在这里住过一样，一切都真真切切，十分亲近。

我在红场附近的一家小旅馆办了入住手续，之后放下行李，立刻出发到大街上去。人世间的事最初一刻永远是最重要的，说什么也不能错过，说不定方小亮同学此时正从这家旅馆门口经过也未可知。

冷风扑面，我神清气爽。举步走进红场，脚下一处不规则的砖缝儿冷不丁绊了我一个狗吃屎，这可是我没有想到的，除了这个不期而至的狗吃屎，眼前所有的一切都着实令我激动：塔尖闪烁着宝石红星的克里姆林宫虽然没有给我任何宏伟的感觉，但我知道它是宏伟的；远处巴西里教堂金色的圆顶，翠绿的窗格，看上去活像一个巨大的色彩艳丽的糖果盒。我不断提醒自己，这就是红场，这就是红场——要知道，这个凹凸不平的砖石大广场上发生过多少惊心动魄的故事啊。从世界范围来看，每个国家都需要一个大广场，这是群居的标志，正如此地出产的一位诗人所说，这片区域是个人和国家的相会之地，广场连着街道，枪口对着胸口，存在于各自的历史之中。

我两脚走了这么多水路、旱路，终于来到了我父亲青年时代曾经倾心羡慕过的革命圣地，走进了革命强人们赖以发迹的大本营之中。我和方小亮会在这里改变命运吗？我们兄弟会在这里新生吗？

街角有一个自娱自乐的乐队,这几个身穿各色服装,长短、胖瘦不齐的中老年人,当他们演奏起来的时候,默契得活像是一个人。他们演奏的曲子都是我极为熟悉的《山楂树》《喀秋莎》《伏尔加河船夫曲》之类,我站在他们面前倾听了一阵,几乎认定他们是在为我一个人演奏。

我随时向遇到的人打听方小亮的消息,以期把机会最大化,同时锻炼我的俄语听说能力,来莫斯科之前,我早已把要紧的几句话全都背熟了,多数被问到的家伙都跟当年张英楠的反应一样,看看照片,又看看我,摊手耸肩表示不解。人类的理解力实在堪忧。

有很长一段时间,我跟在一群人后面走着。后来我走累了,就向街边的一家热腾腾的酒吧走去。我无所谓方向,随便去哪儿都行,这在概率上机会是一样的。我端起第一杯真正的伏特加酒,并没有一饮而尽,而是故意慢慢下咽,希望火焰般的烈酒走得慢一点,多滞留一会儿。按照我的经验,你到每一个城市所要做的第一件事,就是喝下这里的第一等烈酒,这是认识一个城市、在一个城市待下来的最佳路径。来吧,兄弟,我来了,让我们在这异国的土地上痛痛快快干上几杯。

按照事先做好的计划,来到莫斯科的最初一段日子,我走遍了各个大学和科研机构,把俄文版的寻人启事张贴到所能想到的各个角落,然后,像撒好网的渔夫一样,静等佳音。

听说我要去莫斯科,同班同学杜克立刻向我推荐了一个人——他当年苦苦爱恋过的俄语系女生姚丹,杜克叮嘱我到莫斯科一定要找姚丹帮忙。此时姚丹正在中国驻俄罗斯大使馆工作。大学二年级的时候，杜克发疯似的爱上了偶然在未名湖边上遇见的姚丹，从此神魂颠倒，落下了病。那段时间，遭到姚丹拒绝的杜克天天在宿舍里写情书、背俄语单词，用钢笔尖使劲在纸上写，写得"咯吱咯吱"响，我实在烦透了，就对他说："你这么写根本没用。"杜克头也不抬地说："不能因为你丫说了几句，我就泄气。"杜克整整为姚丹发了一年疯，直到姚丹三年级的时候作为交换生远赴苏联，他才痛哭一场，黯然作罢。

当年，姚丹应杜克的强烈要求，屈尊到我们宿舍来过一次，但她对杜克毫无兴趣，倒是对诗人马用产生了一丝好感。那天杜克十分紧张，事先给我们宿舍的每一个人都安排了角色，按照剧情，到时候他会当着姚丹的面，指使这个去买水果瓜子，指使那个去打开水，千叮咛万嘱咐，要求我们众星捧月一样围绕着他，突出他在群众中的核心地位。但这个局面很快就被姚丹识破了。现在说起当年的情景，姚丹还笑得不行。姚丹是地道的北京姑娘，从小在部队大院长大，伶牙俐齿，很懂兵法。

"多拙劣呀你们，一看就是演的。"我和姚丹在她的办公室见了面。姚丹一边给我倒茶，一边回溯当年的情景，之后又问我会不会俄语，来莫斯科干什么。我说来时突击学了一些俄语，只能算刚刚入门，我的话音未落，姚丹就忍不住"咯咯"笑起来，说："那你来这儿干什么？喝西北风啊？"随后问我，"你们班那个马用怎么样？头发自来卷儿那个，我就对他还有点儿印象。"

我讲了几个马用毕业后闹出的笑话，姚丹乐得要命，看得出，她是真有点喜欢马用。

姚丹滔滔不绝地谈起了旧事，虽然她看不上杜克，可是有这么个半痴不颠的追求者她还是挺得意，她管杜克叫"杜杜"："你说杜杜这人有多不靠谱，第一次约我到五四操场见面，就假装摔跟头，企图搂抱我，简直是疯了！"

"那你可冤枉杜杜了，他小脑不发达，经常走着走着摔跟头。"

"你甭替他解释！你们中文系学生是不是都这么不靠谱？"

"我不。我就站得特稳。"

姚丹笑道："没看出来。"

我忍不住用杜克的目光打量姚丹，觉得单从肉体方面看，的确无可挑剔，但疯疯癫癫的杜克显然不是姚丹中意的类型，入不了姚丹的法眼，即使两个人搂在一起跳舞，姚丹也必定越过杜克的肩头向别处张望，寻找另外的意中人。如今，久居上流，姚丹早已和晚礼服、红酒、宴会融在了一起，举手投足之间很有几分当机立断的魄力。

下班后，姚丹开车把我带进城里，领我去一家她经常光顾的中餐馆吃饭。一路上姚丹说了不少杜克当年的笑话，临到莫斯科留学之前，杜克坚持要姚丹送他一张签名照片，姚丹坚决不给。姚丹说："凭什么呀。"女人对不爱的男人真是要多无情有多无情。由于喝了几杯酒，我想起了一些久远的往事，我记得杜克当年为了姚丹跟理科系的一个研究生打过一架，双方的人全都站在三十二楼楼道里，杜克跟对方理论了没几句，就抡着王八拳一蹿一蹿冲过去，结果还没有打着对方，自己却一下子扑倒在地上，把在场的人都乐得够呛，架最后也没有打起来。

姚丹笑道:"我知道那件事儿。这俩人真够可以的,我都明确跟他们说了,我对他俩谁都没有兴趣,他们居然还为我茬架!"

"杜克经常在宿舍里说,'我爱她,跟她有什么关系'。"

"喊,我就说你们中文系的人都有病吧。"姚丹看了我一眼,"你当年在学校也没少谈恋爱吧?"

"我没他们那么轻浮,一直好好学习、天天向上来着。"

"得了吧你。"

姚丹在我面前有意无意流露出对追求者杜克的轻视,但她不得不承认,疯疯痴痴的杜克装点了她的青春,比任何一个追求者给她带来的感受都多。有谁冒着大雨在女生楼下大声向她表白?是杜克;有谁大冬天告别热被窝,哆哆嗦嗦地到图书馆为她占座?是杜克;有谁在分别的时候喝得烂醉号啕大哭,在校园里大喊"姚丹,我爱你"?是杜克。

姚丹说起了方小亮的事,此前她已经从杜克的信里了解了大致情形。姚丹叹息说:"你弟弟也真够倒霉的,一个大活人怎么就莫名其妙失踪了?"姚丹十分同情方小亮的遭遇,告诉我一定会留意这方面的消息。

说起如今的世道人心,姚丹认为正因为世道艰难,一个人才更应该勇担大任。她对自甘下流、三天两头跳槽的杜克很是鄙视。姚丹说:"我不知道杜克为什么活得这么消极,给我写的每封信里都充满了牢骚,我现在都不爱给他回信了。人生在世,不得意者十之八九,再怎么着也必须得向前看啊。手里有了权力,肩膀上有了责任,才有可能实现些什么。要是人人都牢骚满腹，什么都干不长、干不好，世道还不变得更坏？"她这番脚踏实地的精神，勇于任事的魄力，活脱一个女强人。毫无疑问，姚丹同学是脂粉堆里的英雄。她虽然没有说我，但她认定我和"杜杜"一样，都是头脑糊涂的疯汉。也确实如此，我已经习惯了尘土，习惯了泥淖，就像乞丐习惯了街角和天桥一样。我知道自己和眼前这位青花瓷一般娇贵的姑娘不是同路人。还是各走各的路吧。

分别之后，我和姚丹再也没有见过面。后来，姚丹根据我提供的照片和材料，在莫斯科的各大报纸上登载了寻人启事，也算仁至义尽。

冬日烈烈，飘风发发，冻死个人的莫斯科！现在想来，我的父亲很有想象力，他先是把我派到热得袒胸露乳的海南岛，然后又把我派到冷得点头哈腰的莫斯科。我再次陷入了漫长的寻找和等待之中。在北纬五十五度的高寒之地，我如同一只虚飘的风筝，在存在的上空游荡。来的时候，似乎一下子就能和方小亮撞个满怀，真正来到这座庞大的异国城市，却根本手足无措，只能把一切托付给杳渺神秘的天意。但我知道方小亮一定来过这里，我看到的一切他都看过。每到深夜，我就忍不住想，此时方小亮也许正和我一样，枕着双手躺在莫斯科的某个小房子里，思念无法回归的故乡。

我日复一日行走在莫斯科的大街上。这里的一天相当于漫长的无数天，一个月相当于无数月，一年相当于无数年。大街上、地铁里的人看上去全都无所事事，像是刚刚跑完了一场超长距离的马拉松比赛。商店的货架上空空如也，顾客排到自己时，见要买的东西没有了，就默默转身离开，似乎天生不懂得抱怨。这古怪的贫穷让我恍惚，这安静的贫穷让我迷糊。只有经历了大灾大难的人才能有这种安详，这种笃定，才有能力在自由、暂时贫穷和奴役、畸形富有之间选择前者，不像猪圈里的猪那样，只要有吃有喝就觉得有奔头，幸福地瞎哼哼。——也许这里所有的人出门之前都已经喝过安魂酒了？方小亮从来不喝酒，简直是我的反面，我敢肯定，即使是在这个喝大酒的国度，他也绝不会毫无节制地滥喝。不管怎么说，兄弟，唱一首纯洁的非酒徒之歌吧，我不由自主在心底唱起来：上帝的小鸟，不知劳作不知愁，不知筑巢衔草，不知未雨绸缪，不知喝大酒……

一天，我终于病倒在了大街上。那天，我在一个酒馆里跟几个"北极熊"兄弟厮混，一杯一杯痛饮伏特加。不管俄罗斯人多么粗鲁、多么蛮横，他们都是喝大酒的行家。后来我们唱起歌来："田野小河边红莓花儿开，有一位少年真是我心爱……"天气冷得真好，比冷还冷，我现在身处寒冷的源头，我从小听惯了天气预报宣布"从西伯利亚吹来了一股寒流……"这里可说是豪华城市版的西伯利亚，冷风长驱直入，巴掌大的雪花肆无忌惮，暴风雪横扫、席卷的不是哪一条道路，哪一片街区，而是整个城市，整个世界，掩埋、冰封的不是哪一条河流，哪一块土地，而是所有的生灵，所有的存在。在彻底晕倒之前，我的脑袋里始终回放着一首俄罗斯民歌：离开亲娘住在异乡，阿福纽什卡满怀忧伤……再醒来的时候，我发现自己躺在医院的病床上。在医院的这几天，医生和护士对我都很好，但她们对我越好，我心里就越是忐忑，不知道自己付不付得起这笔医药费。一想到钱，我不由惶恐，毫无疑问，医院干的都是合法抢劫的营生。不过事已至此，还是躺在病床上往好处想想吧。我曾在某本书里读到，一个英国女子因为剧烈的偏头痛到医院治疗，没想到醒来之后，她的家乡口音不见了，取而代之的是中国口音，医生说她得的是"外国口音综合征"。迷迷糊糊中，我希望自己也患上了"外国口音综合征"，能够立刻通晓俄语，可惜不走运，没有得上。一天，我磕磕绊绊地向护士玛莎咨询住院费的大概数额，小巧玲珑的玛莎姑娘只是笑，摆着小手告诉我什么都不需要，显然是在安慰我，想把我稳住。后来我不再问了，趁着到外面走动、呼吸新鲜空气的时候仔细观察医院的地形，这样，我终于在某一天天将黑未黑的时候从医护人员的眼皮子底下逃了出去。后来我才知道，俄罗斯的医院施行全民免费医疗，根本不收费。这让我十分生气，怎么可以不收费呢？玛莎她们要是把这种反人性的情况早点告诉我，我完全可以体体面面、大大方方地离开，甚至可以在病床上多休养几天。

我在莫斯科慢慢溜达，像松鼠一样从一根树枝跳到另一根树枝，再从这根树枝跳到另一根树枝，不必着急，但又不能不急。早先我父辈叫他们苏修，真没冤枉他们，现在他们是真正的苏修，可惜苏联没有了，这个恰如其分的名称也就不存在了。可以肯定，跟我擦肩而过的"北极熊"们在对付亲人失踪方面更有心得，可是现在说起往事他们的反应非常淡漠，因为那已经是上两三代人的事了。不过他们并没有真正忘却，这些幸存者和幸存者的后代为人类积攒了足够多的经验，最可贵的一条是，不能听从假造天意的坏种们的话过日子，不能把任何人奉为神，也不能容忍任何人自封为神，因为站在权力塔尖上的那些不受监督的家伙，不管小时候多么善良可爱，不管曾经多么富有才情，最后一定会变成不可一世、草菅人命的超级恶魔。说起来，坐在专制宝座上的大人物也是倒霉，他本来可能是为了做更好的事情而诞生的，结果却在众人的恭维和配合之下不由自主做下了许多残暴之事。

天寒地冻，长路漫漫，我走在大街上观看来来往往的行人。年轻女孩和上了年纪的女人完全是不同的物种。大多数女人少女时代窈窕鲜嫩，一过岁数就迅速发胖、走形，如同庄稼一样，昨天还青葱秀润，第二天就进入了收割期，秀色不再了。她们的身上深刻体现着变化的原理，就像我老家那座城市有一年提出的发展口号："三年大变样！"这口号对她们倒是挺合适。你不可能想象一个上年纪的女人年轻时的样子，也不能想象一个女孩老去后的模样。在对待女人的问题上，男人都有活在当下的特殊本领，绝不可能弄错。不用多说，女孩子们都十分好看。

有一天在莫斯科街头，我突然领悟到，我寻找的范围也许过于狭隘了：多年来我脑袋里的方小亮没有成长，还是二十二岁的书呆子模样，这种想法大错而特错，十分经不起推敲。真是见鬼，怎么能用多年前的老眼光看待方小亮！他这样的书呆子一旦进入社会，很容易陷入癫狂。以他和我这样的年纪，在搞黑科技之余，最乐意去的地方会是哪里呢？我坐在落满树叶的长椅上，总算糊里糊涂开了窍。

我循着方小亮的可能足迹调整了找寻方向，来到了此前从未涉足的地方。不用说，娱乐场所令人十分惊艳，但我不喜欢过分裸露的表演，尽管诱人，却缺乏余韵。只有芭蕾舞有着无与伦比的美丽，如同生命本身一样，一旋一跃，转瞬即逝。

赌场是另外一个我从来没有去过的地方，这样的所在，是公开的游乐地、销金窟。主持赌局的姑娘，个个目光流转，手指纤巧，牌张从她们手里飘落，准确无误，这本身就是一个美妙的表演，就值得买票观看，值得唱赞美诗，唱颂歌。

一连几天，我在不同的 Casino 里流连。我感觉到方小亮时刻都在我的身边。如果碰巧发到一把上好的牌张，庄家又强势，我就悄声向隐在身边的方小亮问计，跟还是不跟？这可说是我们兄弟俩多年后的最新合作。但我更钟情于轮盘赌，在花花绿绿的漂亮大轮子面前，悠悠万事都毫无意义。我们共同决定扑哪个区，象牙小球终究会停在一个命定的区域，有时中，有时不中，但一切结局都不是最终的结局，一局结束，大轮盘很快又会重新开始转动。总之，在我们兄弟俩这场不关输赢的赌场梦里，晨昏颠倒，万物缤纷。

一天凌晨，我输掉了所能承受的最后份额，回头张望时，发现方小亮不知什么时候已经消失不见了。我在休息区领了一盒免费香烟，决定彻底离开莫名其妙的大轮盘，重回大街。一霎时，我的心里有说不出的难过，我分明看到了黑暗中方小亮渐渐远去的背影。这不是一场追逐，又是一场追逐，不是一场限时游戏，又是一场限时游戏。但我怎么能到这种地方来寻找方小亮呢？我简直是疯了。不过，来过也就没有什么遗憾了。

在厕所撒尿的时候，一个侍应生帮我拿毛巾擦手，然后盯着我看，我以为他有什么事，后来意识到此人是在等小费，以前有钱的时候，我根本没有留意过他们，现在我只能送给他一张小面额的卢布。对不起了兄弟！

离开之前，我站在赌场门口扯着嗓门大骂了一句："操你们大爷！"黑暗里传来似有似无的回声："——你们大爷！——们大爷！——大爷！——爷！"门口的一个大个子保安对我挥了挥拳头，不自量力地威胁我。浑蛋，我怎么会跟你一般见识？你根本就不知道老子在说什么！我转身离开，走进了异国大轮盘般的茫茫风雪之中。

空无一人的街道上，到处人头攒动，鬼影重重。

09

说来十分古怪，我人在莫斯科，眼里看到的是莫斯科，心里想到的却总是北京，连俄语也似曾相识，没过多久，我就能听懂俄语了，也能磕磕绊绊地说了。我突然意识到，不同的语言，并没有什么神秘之处，也许正像《圣经》里所明示的，语言是上帝的一个策略性设计，同样是口舌发出的相似的声响，却表达不同的意义，这是一种来自上天的惩罚，是人类不自量力建造通天巴别塔带来的恶劣后果。

出于经济方面的考虑，来到莫斯科不久，我就住到了带房东的俄罗斯人家。一个在街上碰到的同车来的家伙说，因为卢布对美元汇率暴跌，通过火车带货早已经不挣钱，这次他打算在莫斯科待下来，找一个俄罗斯媳妇，也算是个帮手。通过他的指点，我隔几天去一次中国倒爷扎堆儿的地方，挑选一些货物,然后到各处市场去零卖,既扩大了活动范围,又有了进项,一举而两得,不至于坐吃山空。

我来时按照当时的汇率带了足够半年用度的盘缠,现在又做上了小买卖,终于在莫斯科稳住了脚跟。一个月,两个月,三个月过去了,半年过去了,一辈子过去了,有关方小亮的事没有传来任何有价值的消息,听到的只有大街上永不停歇的嗡嗡声。我的父母在家里过得究竟怎么样,我也不确切知道,只能横着一条心在异国他乡继续漂荡,同时,一步也不敢离开莫斯科,唯恐一着不慎,与方小亮失之交臂,导致前功尽弃。

随着春天的来临,莫斯科像是突然变成了另外一座城市,和风吹拂,鲜花怒放。

有一天,我正在一个住宅小区里穿行,突然被一个脑后梳着小辫儿的俄罗斯小伙子拦住,我冷不丁吃了一惊,以为他要找茬滋事,后来发现他并没有什么恶意。小伙子问我是不是中国人,我回答是,小伙子闻听,立刻拽上我就走,生怕我跑了似的。我问他要我干什么,他说到了地方就知道了。

俄罗斯小伙子带我来到不远处的一个体育馆,里面正在进行一场乒乓球比赛。他大概误以为所有的中国人都是乒乓球高手,不过这回他算是找对了人。我从小学一年级就开始打这种白色小球。拦住我的小伙子名叫尤里,他们一拨人正在跟几个德国留学生打比赛,气氛十分紧张。

德国人的球技不错,差不多相当于中国小学校队的水平,但跟我相比还要差一个级别。我打中国传统的直板正胶,正手攻和反手推挡是我的强项,因为没有自己的球板,我只好借尤里他们的横板一用。即便没有趁手的武器，我也赢了和德国人的所有比赛，尤里等人大为高兴，不由分说，立刻聘请我做他们的教练。尤里和我约好，每星期抽三个下午，到这里教他们打球。

好吧，乒乓球。这个宇宙压缩成的小白球是我运动方面的最爱，多年不打，我都快要把这件事忘掉了。我和方小亮小学时进过业余体校，参加过一段时间的正规训练。这是因为我父亲是个狂热的乒乓球迷。按照我父亲的意思，我和方小亮本来是要吃乒乓球这碗饭的，他很希望我们能用这个小白球为祖国争光。我弟弟是一个以防守见长的家伙，我俩都是左撇子，本来我父亲让他打右手，这样我们双打的时候一左一右，配合起来比较方便，但他说什么也不肯，只好由我改打右手，因此在乒乓球方面我是个假右手。

不管怎么样，你要快速移动身体，让来球始终在你的控制范围之内，这样你就很容易发力击中它，保证命中率，这是诀窍。来吧，左一板、右一板、前一板、后一板，一个小小的赛璐珞球让我获得了新天地，甚至得到了一份赖以糊口、在异乡立足的工作。这些英俊的小伙子、漂亮的大姑娘对这项技巧性极高的运动很着迷，他们既是瓦尔德内尔的铁杆球迷，也是我的。我设法让他们相信，最终起作用的不是力量、技巧，而是灵感。

我对其中一个生性严肃的姑娘产生了不可遏制的好感，她的五官柔和，具有东方色彩，不像其他姑娘那样美得那么突兀。一天，我正在给尤里、谢廖沙、弗拉基米尔、娜塔莎喂球，走过来一个东方面孔、衣服口袋里装着一大卷报纸和杂志的姑娘，她一过来就问我："你好，斥（吃）了吗？"因为发音部位的原因，她的中文说得有点儿洋腔洋调。我回答说："吃了。"她自我介绍说她叫安娜，祖籍是哈尔滨，我立刻如同见了亲人一般跟安娜攀谈起来。

我说话的时候，安娜一直沉静地盯着我看，像是在倾听，又像是不知从何说起，我很快弄明白，她其实只会说有限的几句中文。安娜不怎么会打球，姿势很业余，打球的时候身体直直的，步伐一前一后移动，左手始终放在胸前，每次球到眼前才突然发动，像是被吓了一跳。可是她打得很认真。

因为打小白球技术高超，语言又没什么障碍，可以英语、俄语穿插着交谈，这伙儿俄罗斯青年把我看成正常人，不觉得我的脑袋有什么毛病，这对我是个很大的慰藉。尤其几位姑娘，个个蓬勃怒放，别有风姿，嘴里时不时发出长长的颤音，要多迷人有多迷人。除了打球，她们几个还组建了一个女子乐队，安娜是这个乐队的主脑。有时她们也邀请我去观看她们的排练和演出。

安娜让我推荐一首中文歌供她们排练。我推荐了崔健的《一无所有》，她们很喜欢，但觉得还不够劲儿，我又推荐了《假行僧》和《最后一枪》，这下她们高兴了，激动了，觉得找到了异国的亲兄弟。她们很快根据这几首歌创作了一首新歌，名叫《兄弟，你在何方》：

> 我们都是大地上流浪的茨冈人
> 拥有一颗不羁的心灵
> 你呀，踽踽独行的漂泊者

你是我的兄弟

我们生来就是为了追随你的足迹

自由，兄弟

鬼使神差，我立刻向安娜讲述了我来莫斯科的故事。安娜两只眼睛严肃地一眨不眨，她年纪轻轻，什么都懂，真是个善解人意的好姑娘。安娜有四分之一中国血统，她的爷爷老安德烈原本姓李，早年是东北抗联战士，如今住在莫斯科。安娜的父母从年轻时起就一直在基辅工作，苏联解体之后，安娜的父母都成了乌克兰人，因为在莫斯科跟着爷爷生活，安娜获得了俄罗斯国籍，这样，一家人便分属了两个国家。

安娜大学学的是历史和语言学，在莫斯科大学取得了硕士学位。她对泛泛的聊天没有兴趣，一切谈话都必须迅速深入，就连我们之间的感情也丝毫没有拖泥带水，立刻进入了灵与肉交融的实质阶段。认识安娜后不久，我就搬出了房东的家，到安娜家的一间空房去住。有了安娜，我算是真正接近了俄罗斯，接近了莫斯科。

从安娜身上我感觉到，这个看上去粗蛮、喜欢喝大酒的苦难族群和他们的外表很不一样，他们很愿意刨根问底，究其一生都致力于弄明白人为什么活着、活着到底有什么意义，从另一方面说，这也许正是他们喜欢喝大酒的原因。

我第一次到安娜家去，爷爷老安德烈张开双臂欢迎我："哈拉绍，朋友！很高兴再次见到你！"老安德烈跟我说话时一口东北口音，中间夹杂着几句俄语。安娜告诉我，爷爷耳朵全聋了，见到任何一个中国面孔都这么打招呼。老安德烈看了我一会儿，脸上突然绽开了一个梦幻般的大微笑，然后知心地说："我这个人，你是知道的，一向乐观豪放！该吃吃，该喝喝，该睡睡！"说完这套话，他好像突然就把在场的人全都忘掉了，之后转身缓缓地走回了自己的房间。

我慢慢知道，老安德烈在抗联的时候一直追随一位小个子传奇英雄，小个子英雄战死后，他跟着一伙弟兄跑到苏联境内，继续从事抗日活动，后来被编入苏联红军的中国旅。一九四五年，老安德烈作为翻译随苏联红军打入东北。原本他打算留在国内，然后把苏联妻子和孩子们接回来，但突然有抗联时期的旧人指控他和几个老战友曾经被捕，存在尚未搞清的历史问题，所在部队不由分说把他们关押了起来。后来，他们几个趁乱逃脱，一路从满洲里逃到了苏联，从此再也没有回过东北老家。

安娜是一个外表冷静的美国迷，虽然学历高，却和大多数俄罗斯人一样，是一个被崩溃的经济掏光了口袋的穷姑娘。她此时最大的愿望就是移民到美国去，她这份狂热不亚于任何一个中国校园里的大学生。不过，她并不想马上离开，因为她不想把老安德烈一个人丢在莫斯科，她决计要给爷爷养老送终。在安娜看来，我这么在世界上四处乱走毫无意义，她希望我有朝一日和她一起到美国去，重拾学业。她不愿意明说，但我看得出，她认为我和我的父母在方小亮的问题上全都昏了头。

安娜的身边有不少发了大财的同学、朋友，这些人大都是苏联时代的权贵子弟，其中一个家伙靠贩卖石油和军火发了大财，眼下正在向媒体界进军，正在建立一个庞大的传媒帝国，安娜毕业后就一直在这个人的手下工作。有一天，安娜说起她的老板正在筹划跟中国做生意，用一批重工业物资换取中国的轻工产品，如果我愿意帮她，她能把这个项目争取过来，由她全权负责。我答应了。

接下来的一年多时间，我和安娜在俄罗斯和中国之间往来穿梭，谈判，订立合同，组织货源，联系运输，忙得不可开交，整个过程完全是另外一篇故事，其中的曲折与甘苦也难以尽述。简单说吧，在又一个冬天即将来临的时候，我和安娜终于完成了这单生意，挣到了一大笔美金。

在国内工作期间，我抽空回了一次家，没想到我父亲对我跑来跑去做生意大为生气，认为我干的这件事十分荒唐："你弟弟现在不知道在哪里受苦受罪，你不赶紧把他找回来，倒有心思做什么鬼生意！"我告诉他，这单生意成功之后，能够拿到一个普通人几辈子的工资之数，从此不必再为钱的事操心，我父亲闻听大怒："钱算个屁！你挣这些臭钱有什么用，说不定什么时候这些钱就是一堆废纸！俄罗斯人手里的钱现在不都成了废纸了吗?!"老父亲骂得我莫名羞愧，他老人家的境界我这辈子恐怕也难以企及。

面对这一次商业上的成功，我和安娜一时都有些不知所措。回到莫斯科，安娜问我有没有兴趣继续做生意，我想都没想就拒绝了，除了因为遭受到了我父亲的呵斥，做生意也的确不是我的兴趣所在。我本以为听我这么说安娜会感到失望，没想到她对我的回答十分满意，她认为贸易的事虽然很有诱惑力，但对我们两人来说都不合适，而且我们从这单生意里挣到的钱已经远远超出了预期，不必再在金钱上浪费时间。安娜对这种政商合一的经营模式非常鄙视,认为这种犯罪式的富裕方式是俄罗斯走向衰败的象征。在这一点上,安娜和钱晨曦一样,也是一个象征迷。安娜认为自己最好的研究阵地在美国,因为苏联有很多档案资料都保存在美国的相关研究机构里。总之,安娜对自己的个人使命十分明确,不愿意在任何一件缺乏意义的事情上过多浪费时间。

"跟我到美国去吧,方小明,也许再等上一两年,或者几年。到时候我们带上你的父母,你应该让他们也换换环境。你这么有天赋,语言一学就会,你应该做更有价值的事。我们很多俄罗斯人在恐怖年代之所以能活下来,没有崩溃,都是因为不曾放弃对个人幸福的追求,找到了在严酷环境下的平衡点,寄情于诗、酒和笑话,做自己力所能及的事。你现在的状况很不好,我也不好,你需要改变,我自己也需要改变。你明白吗?"

我明白。我也知道安娜说出了我长期以来面临的关键问题。但我能说些什么呢?我无言以对。美丽的安娜,亲爱的安娜,我何尝不想跟你走,可是我还有更重要的事情要做,一时还无法分身,一句话,我不甘心,我还没有死心。爱思考的安娜,对生命意义有着不懈追问的安娜,我颠三倒四对你说不清楚,但我心里明白,在寻找弟弟的同时,我也在不懈地寻找生活的底部和边界,寻找连我自己也说不清、道不明的东西。

这年复活节的前夜,安娜带我到住处附近的一个教堂去参加复活节守夜晨祷。这是二十世纪的最后一个复活节,千禧年复活节。安娜是一个并不严格遵守教规的东正教教徒,据说复活节前应该斋戒七个星期，按照教义规定，在这期间，教徒们不能吃荤，不能进行娱乐活动，不能嫁娶，不能做爱，安娜一项都没有遵守，但这一点也不妨碍她的虔诚。

零点的钟声敲响了，刹那间教堂内所有的灯在同一时间点亮，诵经声也随之响起，人们高声欢呼"复活了"，之后互相拥抱亲吻，如同万千个在大海中拥挤、晃动的水母。我和安娜也在百合花的香气中拥抱亲吻，在人间和另一个世界的交界处互相祝福。我生平第一次敲响了教堂的钟，欢庆复活的钟声一声一声敲在我这半个该隐的心上。这天晚上，我这个沐猴而冠的异乡人，在大教堂里泪流满面。

转年的春天，老安德烈爷爷在生日当天进入了天国。那天，安娜、尤里和乐队的姑娘们来到家里，用歌声祝贺老安德烈的生日，这可说是送给一个老聋子的最好的礼物。老安德烈非常高兴。有那么一刻，老安德烈令人惊奇地清醒了一会儿，对安娜和我，也不专门对谁说，哪旮旯黄土不埋人，哪旮旯米饭不活人。他老人家说得对。

之后的某一天，我给家里打电话，怎么也打不通，只好把电话打到邻居家，邻居像报告火情似的告诉我，你快回来吧，你爸爸的身体不太好。我老娘在接电话的时候再次通报了这个情况。我急忙买了机票火速回家。我在俄罗斯也许待了一秒钟，也许待了一辈子，也许只是做了一个古怪的梦。

而几个月后，安娜也要到美国去了。安娜的申请材料很快得到了回复，一所美国研究机构接纳了她。太快了！为此我几乎恨上了美国佬，他们工作效率这么高，简直是在棒打鸳鸯。安娜坦然承受了这一切，尽管她还十分年轻，但她的胸怀和我从电影里认识的那些顿河边上的母亲们一样宽广和深厚，和卫国战争时期的漂亮女兵们一样无畏和真挚。

回国的前一天，我在莫斯科游荡，我知道这是最后的机会。我穿过一片又一片池塘和树林，后来走累了，我就在林子里的一张长椅子上躺了下来。我躺在这里，没有人会打扰我，因为每天、每个公园的椅子上差不多都有一个醉汉过夜。来吧，兄弟，临走之前，来和我见上一面吧。

在一座斑驳沉重的大桥底下，我没来由地大喊了一声，河边几个上年纪的人赶紧加快脚步躲开了我。我让人害怕、厌恶了，新一年的冷空气让我失态了，请原谅。

我一个人在苦行广场的普希金雕像下坐了许久。此人刚刚度过二百周年诞辰纪念日。如果能像他一样唱出一首忧伤的歌，一辈子也就足够了。这位黑脸尖鼻子的大诗人说过："假如生活欺骗了你，/不要悲伤，不要心急！/忧郁的日子里需要镇静：/相信吧，快乐的日子将会来临/……/一切都是瞬息，/一切都将会过去……"在这方面，我和普希金可说是隔代知音，可以坐下来好好喝上几杯。

离开那天，我坚决不让安娜到机场送我。出门的时候，我们对视了最后一眼，两人都挤出了一个笑容。人类会笑，多半是因为忧愁太重，恐惧太多，痛苦太深，实在扛不住，只能靠笑或假笑来缓解一时半刻。

安娜，你这个理性的姑娘，实心眼儿的姑娘，跟我的中国脸形貌相近的姐妹！我们各有打算，爱情并不牢固，容易断裂。她不想跟我到中国，我也不想跟她去美国。我这可笑的混账中的混账。现在，想起安娜，我仅能想到她温润的皮肤、严肃的眼神、沉静的面容。总之，爱情就是烦恼。各自咀嚼自己的痛苦吧。如今很多年过去了，我再也没有见到过安娜。即使在社交网络发达的此时此刻，也没有取得联系，现在连最后一点记忆也都快要消失了，一切都坠入了极夜的永恒黑暗之中。

我父母在新世纪开始后的这一年突然衰老了。从莫斯科回来，我虽然挣了不少钱，却没有完成既定的任务，可说是一次失败之旅。

我父母在六十五岁那年双双去世了，他们两人去世相距不到六个月。我父亲因为感冒引起了肺部感染，在医院重症监护室治疗了将近一个月，很快耗尽了他和我母亲两人一辈子的积蓄，多亏我在俄罗斯挣了一些钱，侥幸能够顶住。

父亲死后，我母亲的精神彻底坍塌，紧接着也离世了。母亲临终的时候，我一直摸着她老人家的脉搏，直到她的心跳停止。奇怪的是，父母死后，我这个不肖之子一滴眼泪也没有流下。我一向只把他们视为父母，现在他们却突然莫名其妙死去，成了作古的人，实在令人难以理解，难以接受。

按照父母定下的遗嘱，全赖我的老朋友郑仁芳帮忙张罗，我把他们二老合葬在了一起。郑仁芳是我和方小亮的中学同学，同时也是我的同桌。老郑考上了我们本地的一所大学，毕业后分配在政府部门工作，是一个市面上混得开的成功人士，办各种红白喜事很有经验。

办完这些事，我觉出我父母在黑暗中长长松了一口气，我自己也长出了一口气。这一回，四个人捆绑在一块儿的旅程终于彻底结束了，也可以说以新的方式重新开始了。现在，家里只有我和小乌龟了。这只小乌龟是方小亮读初中时养的，已经在我家生活了将近二十年。

我知道方小亮在我心中的分量减弱了，有时候我想重拾对他的思念之情，但是力度明显减弱了。也许是因为时间？也许是因为空间？如今，对我来说，他已是另外一种存在：一道若隐若现的目光，一个渐渐远去的背影，一声越来越微弱的呼喊。找与不找，已不再重要。找与不找，他都在那里。

另外一件事很值得一提。我刚回到老家的某一天，我和孙寿彭、倪东喝了一晚上酒。孙寿彭在北京实在活不下去，不得已回到了老家，打算在当地开办一个电脑公司，鼓动我投资和他一起干。我对开办公司没有兴趣，答应借给他一笔开办费。老孙大喜过望，立刻委任我为公司股东之一，允诺挣钱后每年送我一笔公司的红利。

第二天清晨回家的时候，我发现一条马路之隔的一座楼房被炸得七零八落。全市爆炸点不止一处，总共有三处，一共死了一百零八口人。这个天杀星，单凭一人之力就杀死了两副扑克牌之数，杀掉了天罡、地煞总体之数。一夜之间死了一百多人，这是多么耸动人心的事情！这是多么巨大的灾祸！全城的人都赶到出事地点看热闹。我在人群里看到了我父亲。灾祸可真能给人提神啊，人群里的我父亲目光灼灼，意犹未尽。我和我父亲对视了一眼，他冲我意味深长地点了点头。可是，他并没有认出我，把我当成了陌生人。爆炸虽然弄得地动山摇、房倒屋塌，但事情很快就悄无声息地过去了。之后，老天爷适时下了一场大雨。大街很快又开始恢复正常，修鞋的修鞋，卖菜的卖菜，打牌的打牌。我注意到一个天天在街角打扑克的"黑李逵"不见了,他肯定是在大爆炸中归西了。这个家伙,打牌很不规矩,乱骂人,骂了上家骂下家,而且还有偷牌耍赖的毛病。此人到底死了还是没死,我也无心去打听。

孬种!浑蛋!炸错了地方!为什么不炸流氓恶棍,倒有本事炸穷老百姓?这是我父亲在家里和大街上发表的意见。当天晚上,我父亲发起了高烧,说起了胡话。吓得我母亲赶紧把门窗关了个严严实实,唯恐被人听见。

我得立刻承认,爆炸案发生之后,我心里非常紧张,担心被警察当嫌疑犯抓走。我有作案时间啊,动机不动机很不好说。再说,动机和证据常由人定,只要进去就说不清了,很有可能会犯糊涂,胡乱招供,给法律抹黑。那段日子我惶惶不安。要是有人趁你睡觉的时候,把你旁边的楼炸了,你可真是天底下最大的倒霉蛋,同时也是最大的幸存者。不管是倒霉蛋还是幸存者,必须马上离开。

我把家里的东西着手收拾了一番,把可留的东西全部打包寄给了毕业后被分配在北京工作的马用,请他暂时保管,然后把房子以低于市面的价格匆匆卖掉了。我决定到北京生活。多年来我的道路由父母的梦境开辟,现在我再也得不到父母的指引了,只能自己做主,自己摸索。

世事变迁,一切都变了。说来可怪,就在我去北京前一个礼拜,小乌龟死了。看来它已经活得实在不耐烦,不打算跟着我这个二手主人重新适应新生活了。这个沉思默想、惯于爬行的小家伙适时带走了我所有的青春岁月和青春记忆。

我有时会突然想,我和方小亮要是此时在大街上走个碰头，将会怎样？不过感觉已经十分淡漠了。相忘于江湖吧，在不同的时间和空间里游荡吧。从宇宙和小乌龟的尺度来看，世界上从来不缺乏悲剧和荒唐事，也从来不缺乏喜剧和欢笑，谁能不迷失，谁能不疯癫，谁又能不死翘翘呢？对眼下的我来说，青春已逝，父母已去，正好从头再来。

第二部分

10

从这里，到这里！就像老同学杜克有一次喝醉酒用朗诵腔说的那样。于是突然间，我又置身于北京，置身于这座皇城的街道上。

这座城市的胡同、街道、语言，都是我的挚爱，我的伤痛，贴心贴肺，休戚相关。我理应在这里扎根，理应在这里苦行。我惊奇地发现，当年海南的不少青年才俊已经成功登岸，漫涌到了这里。多年过去，当初一起在海南闯荡的人里果然涌现出了几位大富豪，他们大多是能干的拆迁艺术家，如今北京很多丑陋的现代化建筑有着这些海南捞金人、探珠客的独特贡献。他们手里的橡皮和铅笔比火山喷发的威力还要大，足以在短时间内埋葬一座城市，重建一座城市。

我在自己度过青春岁月的地方变成了一个彻头彻尾的异乡人。有一天，我在新街口豁口一带游荡的时候，和一个享有盛名的房地产大亨擦肩而过，这个笑眯眯的西部怪人，头发稀少，笑容柔和温顺，活像一个勤勤恳恳、胆小怕事的供销社老会计，但他却是一个响当当的铁腕人物。甩开膀子加油干吧，笑眯眯的老会计们！简单一句话，游荡已久的我又回到了这里——从这里，到这里，不能再确切了，这句诗是一个名叫蓝蓝的诗人写的，她仅用六个字就道出了我的全部心事。

几乎与我同时，我的不少老朋友也都回来了。新世纪开始之后，同志们像是约好了似的，陆续从各地回到了北京。

留在地方的大多混成了小领导——钱晨曦当年从海南回来后，留北京的如意算盘落空，不得已回到老家那个县当了一名计生干部，现在在重庆的某个区当上了区长——跑回来的大都是体制外的老傻瓜。费罗、朱涵夫妇从成都，杜克从郑州，袁军从石家庄，虽然情况各有不同，却全都不约而同做了北漂，过上了鸡飞狗跳的动荡生活。杜克一有机会就有意无意展示自己以"110"打头的身份证号码，好让人相信他原本就是一个资深北京人，不是普通意义上的北漂。

初来北京的某一天，我突然接到高众从外地打来的电话，说他正在赶往北京的路上，嘱我找几个老同学一块儿聚聚。第二天高众又打来电话，说因为嫖娼在保定被公安局扣留，需要交一笔罚款。我这可怜的、倒霉的兄弟！为了给高众秘密、体面地解围，我赶忙把钱打了过去。

第一笔钱寄出后，高众又急吼吼地要求追加，我突然起了疑心，辗转打通了远在四川的高众本人的电话，终于发现这是个骗局，可是已经无法挽回了！错就错在我把骗子当成了高众。这桩利用友谊精心设计的骗局十分新颖。着了这样一个骗局的道不失为一个美好的开始，让我既佩服骗子的高明，又深明自己的愚蠢，算是上了一堂昂贵的新时代入门课。

不管我愚蠢不愚蠢，世人各逞其才，创造了财富神话，这是确凿无疑的。成功的精英们经过十几年、二十几年的修炼，终于浮出了水面。只要肯努力，人人都会发财——这是眼下全民的迷梦和幻觉，这种迷梦和幻觉很容易让人陷入疯狂。另有一些帮闲的文化人瞅准了机会，适时发明了一种被称作"心灵鸡汤"的中药，制作成书本和音像制品大肆贩卖，也跻身于阔人名流的行列，加剧了普通人的幻觉和自卑。

来北京之前，我决计做一个自食其力的自由职业者，靠码字为生。有很长一段时间，不管能不能发表，我样样都写，电脑里建立了一个又一个文档。为了有一份更为稳定的进项，我咨询了几个在金融界工作的朋友，他们提醒我不要把鸡蛋放在一个篮子里，建议我把手里的钱分成三份，一部分存入银行，一部分投入股市，一部分投入基金，因为跟股票相比，基金相对稳定，可以做长期投资，弄得好要比存银行更为合算。

码字这一行表面上门槛不高，不需要营业执照，不需要真金白银的投资，可是看不见的风险却很大。一句话，机会成本和时间成本都很高啊。个中的一切甘苦我很快就充分体会到了。费罗、宁大为和刚从美国留学回来的艾勇等人发起搞了一份不定期的民间刊物，名叫《废稿》，大家凑钱印刷，我的稿子大都登在这本同人杂志上，可说是名副其实的"废稿"。

在写了多年无用的词句之后，我同意杜克的说法：用非情节性的写作和分行词句谋生，不如说是用这种文字给自己送终。杜克把这种性价比极低的写作叫作低端勤奋。虽则七襄，不成报章。坏蛋，他说对了。这个走路跌跌撞撞的坏东西总是说得对。

说来难以置信，我经济上的停滞和困顿就此开始，一路向下，再也没有好转，连好转的迹象都没有。从莫斯科回来，我原本以为自己差不多已经实现了后来人们常说的财务自由，至少是部分自由，没想到不出几年，手里的钱便迅速缩水，简直是在给蒸蒸日上的GDP拖后腿，给太平盛世丢脸。

具体来说，我投资的那几支股票和基金一跌再跌，损折了大半，几乎每个篮子里的鸡蛋都没有逃出破损的坏运。真让我老父亲说着了：说不定什么时候，你手里的钱就是废纸一堆。本来我像不晕船一样，对钱没什么感觉，也一向不缺钱，现在却突然晕起来了。这股旋涡实在太过强劲，根本不可能挺住不晕。

最初几年，在北京的生活并不艰难，我租住在三环以内的一所小房子里，房租虽然不菲，但我负担得起，也不觉得有什么压力。不知从什么时候起，忽如一夜贼风来，北京的房价和房租突然飞涨，把建筑地基像根大刺似的深深扎在人们的心底，穷人、中产人士全都感到肉疼。钱刀之重，着实压死个人。

四堵墙是一个人安身立命的根基，大多数北漂和穷人要想在北京买房安居，只能重新投胎转世，这辈子已经毫无指望。房子从一个安乐窝变成了残暴的恶魔，吞噬掉了人们的安全感。

有人测算了一下，普通工薪阶层要想在北京市中心或三四五六环买一套一百平方米的房子，按现在的收入水平和消费水平测算，需要从春秋或唐宋元明清时代攒起。日常生活成为一种希望与绝望并存的持久折磨，租房如同遭受程度不一、久暂不同的炮烙之刑，房东随时涨价，赁屋而居的人们只能在越来越烫的刑具里不停地乱转、倒脚，寻找活路。房价和房租使任何靠精打细算过上体面生活的想法成为梦幻泡影，这些为房所困的苦命人整天唉声叹气，怨天尤人，恨不得世界末日马上到来，大家一起完蛋，可谓因"无所住而生其心"。

几年时间，我搬了好几次家，离北京越来越远。地铁既是十分便捷的交通工具，也是威力无比的洪水猛兽，地铁伸展到哪里，哪里的房价和房租就暴涨。现在，我住的地方在西三旗一带，已经与昌平临界。金钱可说是一个分流器，穷人天性再高傲，也架不住分流，有钱人住到郊区是因为钱多，需要新鲜空气和大空间，穷人住在郊外却是因为缺钱，付不起房租。

毕业后一直待在北京的陕西人马用，如今是一家电视台的中层干部，前些年主持过一档有名的访谈节目，可算是"废稿"圈里屈指可数的成功人士。有一天聚会，马用喝多了酒，突然没头没脑地对我说："你不是人，我也不是人，咱们都是废人，都是他妈的死魂灵。"当时我正坐在马用的车里，马用让司机开车绕道送我回家。那段时间，马用的口头禅是"死魂灵"。他要说谁是"死魂灵"，意思就是说那人是个浑浑噩噩的大傻×。马用的真正意思我并不确切明白，不过甭管傻×不傻×，要真是个死魂灵还好了，随便哪儿都能住下，彻底省去了租房子的麻烦和负担。

我在不知不觉之间变成了一个准穷光蛋或者发展中的穷光蛋。这到底是出于绝对愚蠢还是相对愚蠢，我自己也很难说得清楚。

但我没有什么可抱怨的。在眼下的北京，作为一个普通人，只有一种情况生存压力最小，那就是我这种情况。即使是我这种不用赡养老人、不用为抚养孩子发愁的自了汉也时时感受到难耐的、无形的重压，仿佛不久后的某一天就会遭受莫名的、无解的危机。不用说，生活自有自己的逻辑，不管一个城市多么富丽堂皇，多么金光耀眼，富足与穷困总会分落到不同人的脑袋上，这是新的享乐方式和受苦方式。

糟糕的是，有一天我突然丧失了写作的兴趣，一个字也写不出来了，当时我正在写一本关于清宫太监的长篇小说，在写到小主人公到阉割师那里做手术的时候，突然鬼使神差停了下来，之后就再也继续不下去了。对我来说，不能写字，基本上相当于丧失了劳动和生存能力，这种状况猝不及防，使我的心里起了一层前所未有的大恐慌。

我渐渐搁浅在北京街头，穷日子过起来飞快，每过一天，都像是讽刺。我在招聘网上给各类用人单位发了不下五十份简历，基本上都没有得到像样的回音。我不光失去了写作能力，同时也失去了竞争的资格。这天，我深感走投无路，突然有了灵感。我想起小区广告栏有一个民办小学急招代课教师的广告和一位心理大夫留下的电话，前段日子路过的时候顺手记了下来，以备不时之需，现在是时候求助了。

我鼓起勇气打通了心理大夫的电话。大夫在广告上允诺，第一次可以免费咨询。这个心理大夫是我大学的一个师妹，比我低一两个年级，是个腿脚微跛的老姑娘，我在院子里散步的时候多次看到她，认出了她，可她当年腿并不瘸呀，不知道后来是怎么瘸的。如今这位师妹一瘸一拐地走进了我的记忆，这一高一低的节奏令人十分心酸。就不要觍着脸跟人家攀同学关系了，免得互相尴尬。

我在电话里向未曾相认的师妹简单叙述了我的个人情况

和症状，因为不是面对面，她不知道我是谁，我干脆向她彻底坦白，自己是个自谋生路的写作者，现在却什么都写不出来了，突然对这一行产生了无法排解的困惑和厌倦。瘸腿师妹隔着电话线一下子洞悉了我的病症，立刻明明白白告诉我，我得的是"句子病"，这是一种习而不察的心理疾病，一种语言上的过敏症，是变态词语在头脑中的过度淤积，是语言长期交流失效造成的心理变形和心理硬化。听我有些疑惑，师妹进一步解释说，其实这种病古已有之，差不多是和语言一起诞生的，只是之前没有明确定义和归类罢了。

竟然如此！词语一向是我生活中唯一坚实可靠的礁盘，现在居然早已坍塌，词语的血管早已发生了病变、堵塞，而我竟不自知——瘸腿师妹的话着实吓了我一跳。我这个糙人身体一向顽健，没想到竟得了这么一种细腻、隐秘的顽症，虽然不痛不痒，但这是要夺去我的饭碗呀！简直跟要了我的小命差不多！

我向师妹请教致病的原因、有没有什么特效药，师妹告诉我，"句子病"可说是一种原罪病、原债病或者基因病，对付这种成因不明的疑难杂症，临床上还没有什么特效药，只能忍着，慢慢康复，尽量远离过敏原。

我暗暗思忖，小师妹说得如此切中要害，足见她本人也病得不轻，深得此病三昧。我甚至断定这位师妹和我同病相怜，否则她不可能跟我住在同一个以脏乱差著称的社区，干这样一份很难有固定收入的工作，只是我不好贸然打听这些年发生在她身上的故事。

此外，我向师妹坦白，自己打算应聘一份教职，但没有教学经验，一想到讲台就莫名恐慌，担心自己难以胜任。师妹告诉我，人人心理上都或多或少有一个舒适区，鼓起勇气走出这个舒适区，也许会有所突破，能够闯出一片新天地。

在打电话的过程中，我突然记起来，我的的确确曾经在校园里关注过这个师妹，那时候，她是一个眼神迷离、很有魅力的南方姑娘。现在，迷离的眼睛变成了肿眼泡，红润娇嫩的颜色也已经黯淡无光，不过她的声音、她的南方普通话真是好听，可惜下一次再打咨询电话就得付费了。

不管怎么说，快点把脑袋从乌龟壳里探出来，走出无用的舒适区、走出丑陋的自我吧老兄！否则以后的日子怎么过？房租谁交？我自忖自己并没有什么舒适区，但小师妹说有，那就是有。我把心一横，立刻拨打了招聘代课老师广告上留的电话号码。从接电话的人嘴里得知，这个职位还没有人应聘。我很快跟对方敲定了面试时间，唯恐人家突然变卦。

这所小学名叫红星小学，校长、教导主任和所有老师都是外地进京务工人员。听了我的自我介绍，两位领导以为我是来当志愿者的，我急忙澄清，他们弄明白我的来意后，连称屈才。不过他们很快看出我是个失意之人，立刻引我为同志。校长问我有没有教师证，我说没有。他笑道，有最好，没有也没关系，因为咱们这样的学校严格说起来也是"非法办学"。

之后，双方提了要求，我希望不坐班，有课就来，上完课就走。校长爽快地答应了，说本校没有硬性升学任务，待遇又低，能招到我这样一位有准高学历的老师已经很知足了，对我的要求表示理解。校长这么一说，我倒有点不好意思，表示会尽可能多地参加学校的活动。教导主任一直在旁边听着，脸上有一种警觉的神态，当我注意到他的时候，他就适时做出某种既得体又客气的微笑。我知道，这其实是另外一种迟钝，大家都是跑风漏气的穷北漂，谁也瞒不了谁呀。

说着话，下课铃响了。我们隔着窗户往外看，小不点儿们从教室里一个接一个跑出来，在院子里追逐打闹，大多数孩子都穿得土里土气，很像我小时候同学们的样子，紧跟着走出来两个女教师，样子都很年轻，其中一个姑娘身高足有一米八，但眉眼看不真切。

"都是好庄稼！"校长赞叹说，"别的不敢说，这些孩子大多身体素质不错！不怎么闹病，就是偶尔闹病，扛一扛也就扛过来了。"后来我逐渐了解到，校长原本是自己老家村子里的村支书，某一年换届的时候被新一代村支书强行取代，一怒之下远走他乡，一来二去就混到了今天。哪个村里没有村霸恶棍呢？这些家伙横行乡里，无法无天，已经成为难以铲除的公害，这是教导主任的看法。

这天，我在教导主任的陪同下四处转了转。学校很小，东西两面是围墙，南北两排平房充作教室和办公室，中间的一小块院子算是操场。全校总共有六个年级，每个年级一个班，校长和教导主任共用一间小办公室，另外一间挤着好几位老师的办公桌，几乎没有下脚的地方。现在我终于明白，我就是想坐班也没地方可坐。

我十分佩服自己的运气，在断炊的边缘一下子找到了一份舒心的工作。俗话说，老天爷饿不死瞎家雀，呆子自有呆子的幸福。校长肯雇佣我这样一个什么资质都没有的人，说明此人很有胆识。

此时二年级的一个老师刚刚跳槽离开，校长让我第二天就来上课。第一次站上讲台，低头看着准备了一晚上的教案，我的两条腿不停地打哆嗦，怎么也开不了口。正在我脑袋里一片空白的时候，坐在第一排正中间位置的小姑娘突然奶声奶气地问道："老师，您是生病了吗？"这个稚嫩的声音如同一粒灵药，瞬间治好了我的讲台恐惧。我感觉颠倒已久的心一下子回到了原位，我不再哆嗦了。开口吧方老师，大胆讲起来吧方老师。高众兄弟曾经给我讲过一个他在看守所里的故事：有一个狱友一开始怎么也不说话，突然有一天不知为什么开了口，打那以后就一路说下去，再也刹不住车了。

我立刻爱上了这项孩子王的工作，报酬虽然低廉，但总比没有强，何况孩子们给我带来了无尽的乐趣，部分地治好了我的"句子病"。这些天真活泼的小东西，既让人喜欢，也惹人气恼。他们在课间常常叨念一些古怪有趣的顺口溜："李白出门去旅行，忽然来到烤鸭店，口水流了三千尺，摸摸口袋没有钱……李白的妈妈数学家，一加一等于二百八……李白的爷爷科学家，造了个原子弹炸全家……""加油、努力，为了人民币！""人之初，性本善，不做作业是好汉……"

有时候他们唱："小明的爸爸是司机，每月的工资不够花，买不了鸡，买不了鸭，养不了老婆要自杀！"听得我不由傻乐。小东西们，你们的小明老师本人也是一个什么都买不起、什么都养不住的老司机呀。每当心神不宁的时候，看着这些尚不知人间酸辛为何物的娃娃，我就会心生羞愧。只有他们能够在机诈百出、人兽不分的世界上保持部分柔美、自然的天性，不在乎自己住在哪里、兜里有没有钱、手里有没有权柄，只有他们心里尚有自行滋长快乐的能力，不愉快的事情转头就忘。

学校的外面是一溜小饭馆和一家摩托车修理店，每天上课的时候得把门堵得严严实实才行。有时候，摩托车的声音像放大屁，孩子们就笑。实话实说吧，这项工作是我迄今为止所干的最愉快的工作。我并不天然是个好老师，根本就是个门外汉，但我愿意从头学习跟孩子们有关的一切，愿意跟这些既纯洁又狡猾的小野兽们斗智斗勇、捉迷藏。

我向校长建议，上学放学的时候播放一首古诗作为铃声，校长接受了我的建议。我每天就在"山外青山楼外楼""黄四娘家花满蹊"之类的吟咏中上班、下班，乐此不疲。同校老师对我的出身、来历有各种议论，我也不管。后来混熟了，大家各自了解到彼此的难处，常常拿彼此的糗事开玩笑。

我的同事们大都没有正规学历，都在业余时间参加各种五花八门的自考，以期垫高自己脚下的位置，跨过社会设定的某些就职门槛，对暂时栖身的学校都抱着暂且避雨、晴了便走的无赖态度。就连校长在这个职位上也不踏实，有人曾在晚上看到校长在霍营地铁站一带当黑车司机趴活。校长有一辆北京牌照的桑塔纳汽车，整天停在摩托修理店旁边，擦洗得干干净净，爱护得如同他自己的黄眼珠一般。

孩子们的父母全都是在周围做小买卖、做小时工的外来务工人员，我自从忝列教席之后，得到了不少实惠，学生家长经常送来新鲜的蔬菜、水果，还有柴鸡蛋、自制的熏肉、腊肠之类的土特产品。这些家长大多是厚道人，身上的美德却不足以抵挡生活上的不幸，另外，他们大都是极有恒心的彩票爱好者，通常一星期买上一两注，自愿上缴一笔暗含微茫希望的"穷人税"，渴望中上几百万，一夜暴富，从此改变命运。靠诚实劳动万难出头，他们都深知这个道理，有时候，他们中间也会突然涌现出一两个铤而走险的好汉，敢跟任何人挣命。

仿佛特意来祝贺我似的，不久后的一天晚上，我姨妈家的表弟小赵不知道从哪儿打听到我的住处，突然来看我。这个看上去眉清目秀、一脸诚恳的坏东西，多年前当兵来到北京，复员后不肯回家，跟北京郊区的一个傻姑娘结婚，当了上门女婿。我早听我父母说过，这个小赵整天打扮得人模狗样，净干些坑蒙拐骗的勾当。他曾经谎称认识军委某位大佬，可以为老家的年轻人解决转学和当兵问题，骗了好几户人家的钱，至今不还。

小赵对我恭敬有加，坐定之后，先是大大方方开口向我借一笔钱，说是要开办一个新公司——这是他的第四个或第五个公司——需要往银行汇入一笔注册资金，供银行验资，等手续办完后，他会立刻把钱取出来还我。

我很想帮他这个忙，但我此时已经拿不出什么钱了。我把情况一说，小赵半信半疑，然后又问能不能借我的大学毕业证用一用，他自己没有过硬的学历证明，需要用一下我的金字招牌。我没有拿到过毕业证，却也不想把实情告诉小赵，就跟他说我的毕业证早弄丢了。小赵说复印件也行，我说复印件也没有。小赵又出主意，希望我回P大开一个学历证明，反正早晚都用得着。

此外，小赵还有十几个完美的发财计划，希望我能助他一臂之力，其中大部分计划听得我云里雾里，只有一项我总算听了个大概：他打算开办一项银行性质的业务，用高息吸引储蓄，挣得好口碑后再吸引更多的储蓄，如此循环往复，比干什么来钱都快。我说这不就是非法集资吗？小赵笑着辩解，这不叫非法集资，叫民间借贷，目的是帮助老百姓把手里的闲钱变成更大的钱，从而一起发财，实现共同富裕。

对于小赵这种不达目的不罢休的做法，我很是欣赏，觉得他的确有骗子的热忱和毅力。这么一想，我不由笑起来。小赵也跟着笑起来。现在小赵终于明白，我根本帮不上他任何忙，也不是他理想的合作伙伴。

"哥，你瞧不起我，对吧，"笑完后，小赵突然开腔，推心置腹地对我说，"我这号人没有学历，也没有什么本事，只好靠努力打拼过日子，靠因人成事。其实钱和毕业证的事都非常简单，我随便找个有钱有学历的朋友就全都搞定了，我这么做是尊重你，想跟你合伙做点事儿，说白了，也是想帮帮你。我从小就崇拜你，人人都觉得你有出息，我也以有你这么个表哥而骄傲。可是，容我说句大实话，看看你现在的样子，简直就是个流浪汉，这么大岁数还租房住，找不到老婆，没有固定收入……"

他越说语气越尖厉，以为会激怒我，我心里却一点也不生气，因为他说的句句都是实情。后来小赵话锋一转，提到了我忘掉已久的方小亮，他说："你别嫌我说话难听，这么多年，我姨和姨夫一直觉得小亮哥还在，还活着，他们是老人，可以理解。你居然也相信！知道街坊邻居怎么说你吗？大伙儿都说你就是个念书念傻了的神经病！按说家里出了这种倒霉事，你就应该接受现实，铆足了劲儿往上混，一直混到有钱有势，想干什么干什么的那一天！可是你呢？你都干了些什么？承认不承认吧，这些年你满世界瞎晃悠，其实是在自我麻痹，是在逃避责任！——现在更好了，居然在一个打工学校当上了孩子王，整天跟一帮小脏孩儿混在一起！真让人笑掉大牙……"

不肯进入主流，不能在世面上取得成功，统统是我的有罪证明，现在突然被他说破，真让人羞愤难当。

"承认吧，老大，你就是传说中的高分低能！"

"住嘴！"我好不容易才抛弃掉的自尊心又被这个狗东西勾回来了，我一时火起，厉声喝住这个年纪轻轻、相貌清秀的小骗子，一巴掌扇在他的狗脸上，把他赶出门去。

这是我生平第一次莫名其妙动手打一个人，打的竟然是我表弟，仔细算起来，如今小赵是这个世界上跟我血缘关系最近的人了。谁让他戳我肺管子？算他倒霉。

"方小明，你就是个蠢蛋！一个没有血性的窝囊废！你自己好好掂量掂量吧！"小赵在门外跳着脚跟我喊。

打了别人一个大耳光，我自己的脸倒火辣辣的。我听到小赵在门外又损了我几句，我没有理他。反正我已经打了他，让他损我几句出出气吧。我原本见到他挺高兴，没想到他竟然斗胆用混账道理教训起我来，实在气死个人，活该挨上一巴掌。

几年后的一天，我在路上又遇见过一次小赵。不过我们并没有打招呼。我确信他也看见了我，只是不爱理我。这时小赵已经发达，梳起了大背头，不复当年，眼神也十分笃定。我从不同的途径听到过小赵的故事：某年，小赵从老家某个银行贷出了一大笔款子，贷完款干的第一件事就是买了一辆豪华商务车，开着车风风光光地回老家省了一次亲，向乡亲们展示他的实力。

再后来，他又巧立名目从银行贷出了更大一笔款子，买了多处房产，同时把自己和妻儿移民到了加拿大，在加拿大的大房子里，他又生了两个孩子，当然是跟他的第二任妻子或者是第三任妻子。不过，小赵把发妻和孩子也都安排得十分妥帖，据说两家人都很满意。"等我搬到城里去呀，开着大奔来接你，到那个时候把你搂在怀里，再叫一声亲爱的……"这是小赵年轻时最爱哼唱的歌，现在完完全全实现啦。

老家地方政府可以说是小赵的大恩主、贴心人。小赵也没有给政府里的人丢脸，混得不差，成为当地赫赫有名的能人，新发迹的人才。小赵现在把大儿子送进了北京一所收费很高的国际学校，自己也常住国内，他有好几宗难以描述的生意需要亲自打理，外人毕竟靠不住。

11

现在我已经在红星小学任教多年，虽说校长口头答应我不坐班，可是根本做不到，学校每天都有数不清的琐事，再说我也愿意跟这些千奇百怪的孩子在一起，我甚至觉得，真正应该受教育的倒是讲台上的我。

我这样的人半辈子扭曲撕裂，很希望从孩子们身上看到一些不一样的东西。但我身边的这些孩子，大多是在咒骂中长大的，有的还经常挨揍。挨揍最狠的是一个小女孩。这个孩子的胳膊上甚至脸上经常青一块紫一块。

一天放学，我特意叫住了小女孩的母亲，打算问问情况。这个母亲的眼神闪闪烁烁，我断定是她下的手。可她看上去是个好女人，不到气急，谁会毒打自己的孩子呢。穷人很容易感觉丢脸，我这么一问，没准儿孩子又得遭到另一番毒打，我最终还是把话又咽回去了。

这些孩子家长，有的不管什么时候见到老师都面带微笑，说不出几句囫囵话就开始干笑，另外一些，则永远阴沉着脸，凡此种种，都是生活不如意塑造出来的表情。班上大多数孩子对老师所留的作业全然不当回事，他们大概在家里没有时间也没有自己的桌椅做什么作业。开始我对不完成作业的孩子管得有点严厉，校长为此专门找我谈话，告诉我这里实际上就是个托管班，孩子们有地方可去，不在街上惹事，能学会认字、算数就不错了，不必太过苛求。但我的教育家幻梦并没有就此破碎，很希望能从我的课堂上走出一两个少年英才。

每当新学期开学的时候，我都像星探一样欣赏新来的小家伙们眼睛里好奇的小火苗，他们从不曾让我失望，不过这些目光如同花果山石猴诞生时射向天庭的第一道纯洁之光，过不了多久就自行熄灭了。

不管怎么说，在民办小学当代课老师是件好事，可在这个职位上一待就是多年，每个月的工资连房租都不够，却是蠢事一桩。这是表弟小赵在我的亲友中宣扬的。如今我已经见不着这个小坏蛋，很难再打他耳光出气。

那年刚入冬的一天，学校的两个孩子在校园里玩耍，一个名叫屈正则的孩子不小心被另一个孩子从双杠上撞下来，摔断了胳膊。我当时正好在场，连忙叫人把孩子送到积水潭医院骨科就诊，并通知肇事孩子的家长一起到医院去。屈正则父母的电话打不通，我只好和同教语文的身高一米八的女教师汪艳霞一起到屈家所住的城中村去找人。

汪艳霞告诉我，屈正则的父母已经来北京十来年了，母亲在菜市场卖菜，父亲帮商家拉货，相当于打黑工。屈正则的父亲干活不怎么灵光，发脾气、打老婆却是不惜力气。他们不满十六岁的大女儿在老家怀上了孩子，开始他气得要死，发誓要打断女儿的腿，跳着脚要跟男方家拼命，谁劝也没有用，最后只好由他去闹，他反倒不去了。

我们见到屈正则父亲时，这个四十岁左右的汉子正在家里哀哭着自抽嘴巴。真是祸不单行，这天屈正则的父亲拉三轮给人家送货，在路上刮到了一辆宾利车，司机知道他赔不起，一怒之下把他打了个鼻青脸肿，三轮摩托车也被对方砸坏了。这辆电动三轮车是他们一家用多年积蓄买下的，谁知道上路头一天就出了事。直到现在他也不知道宾利车是什么意思，看样子他很想知道，但没有人愿意为他解惑。

屈正则的母亲倒是个明事理的女人，弄清我们的来意后，立刻沉着地告诉丈夫现在给孩子看病要紧。屈正则母亲的眼睛因为经常流泪，长年干涩赤红，看样子像是随时都会哭出来，可是她性格坚强，人前从来不哭，永远是一副害怕被别人嫌弃的讨好的笑脸。

有那么一会儿，他们夫妻俩低声交谈了几句，之后又突然大声吵起架来。两口子用的是家乡方言，措辞和声调既有力，又解气。说是吵架，实际上多数时间是屈正则母亲一个人在一声高一声低地叫喊，屈正则的父亲则木呆呆地站在屋子中央，神情活像是在梦游。

这个中年汉子是个干体力活的人，此刻看上去却弱不禁风。他本该跟着我们大步往外走，结果刚走到门口却捂着脑袋一屁股坐下了，不偏不倚正坐在一个行将散架的马扎上，差点儿歪倒在地上。我注意到，他的衣服很不合身，太小，罩不住他的身量，很有可能是某个雇主送的，或者从哪里捡来的。

汪艳霞见状突然大怒，一把将屈正则的父亲从马扎上薅起来，大声说："孩子一个人在医院，你一个大老爷们儿还好意思在这儿磨蹭！"这个男人像一根被轧瘪了的弹簧，非得像汪艳霞这样找准角度使劲一踩，才能胡乱蹦跶一下。

这个大杂院里总共有十来户人家，不断有人在外面走动，多数人对这边的情形视而不见，偶尔有人往这里瞟上一眼，但并不驻足，也不凑到近前来看热闹。这个大杂院里的气氛十分瘆人，像是住着一个充满恶意的穷鬼，专门唆使贫贱的人们在这里吵闹、挣扎。我和汪艳霞连催带拽，好不容易把倒霉的屈氏夫妇弄到了医院。

医生说孩子需要住院，要先交押金。双方孩子的家长又在楼道里交涉起来。谁也不想出，或者出不起这笔钱。屈正则捂着胳膊坐在医院过道的椅子上，忍着泪看着双方家长争执。屈正则的母亲看了儿子一眼，突然号啕大哭起来。医生和护士见他们一时半会儿掰扯不清，也都忙活别的去了，病人有的是，随时都有人断胳膊断腿。

我实在受不了这一幕，跟艳霞老师商量，帮孩子交上了这笔押金，总算给屈正则办好了入院手续。艳霞老师怕我吃亏，当场写了个借条，让双方家长在上面签了字。之后，双方家长又为医疗费问题吵了起来。肇事孩子的父亲一时恼怒，一巴掌打在自家孩子的脸上，把孩子打哭了，他又厉声让孩子闭嘴。我因为插不上话，十分不安，最后选择了默不作声，躲到急诊楼外面抽烟。听之任之吧。

离开医院之后，我问汪艳霞到哪儿吃饭，她说没有胃口，独自一个人走了。这几年，我对汪艳霞很有好感，郑重提出过几回交往请求，汪艳霞视自己的情绪而定，有时候对我热情，有时候又非常冷淡。

汪艳霞也是一个进京打工的姑娘，中学毕业后在河南老家当过一阵民办教师，后来受不了日复一日、毫无希望的贫苦日子，跑到北京当了北漂。汪艳霞二十七八岁，却已经是两个孩子的母亲，几年前，她丈夫生意失败，不辞而别，丢下她和两个年幼的孩子，至今不知在哪里野游胡混。汪艳霞心一横，也把两个孩子放在老家，一个人出来打工挣钱。

对于我的交往请求，汪艳霞很不重视，通常直截了当呵斥说："你这人有病！还病得不轻！"总之，汪艳霞是个精明姑娘，不想在我身上浪费时间，更不想跟我乱搞。有一次情况似乎有点松动，不过到了关键时刻，她又突然放弃了，怅然道："你觉得咱俩在一起能怎么样呢？你没钱没房没户口，我也没钱没房没户口，这样的苦日子我过不了，你也不一定过得了。要是单纯想跟我上几回床,还是算了吧。你要是真想跟我好,拿房本和存折来吧。"话说到这个份儿上,也就没什么意思了,就算彻底完了,从此我和这个女巨人仍然清清爽爽做朋友。校长的老婆在学校当看门人兼厨子,她倒是对我很有几分好感,这个女人朴实方正,心眼儿也好,怎么看都不像不安于室的女人,但不知受了什么蛊惑,有事没事总是拿话撩拨我、点化我,我担心被校长看穿,装傻充愣,好歹抵住了诱惑,没有动心。

这年的冬天格外长,放寒假前,校方原本打算带孩子们免费参观博物馆、科技馆,后来因为请假的孩子太多,只好取消。转年春天再开学,就见屈正则母亲的背上多了一个吃奶的孩子,那是她老家十六岁女儿给她生的外孙女。因为女儿自己还是个孩子,她只好帮着抚养这个新生的小家伙,到底是自己的亲骨肉啊。

之后一年的寒假前,突然有消息说,市政府要大力整顿市容,拆除违章建筑,取缔非法教育,校长一时被这个消息弄得惴惴不安,因为我们学校正处在被取缔和拆除之列。

很快消息就被证实了。学校接到上级指示,命令我们限期关闭、解散,因为这一带已经被规划成了国家某个大部委的住宅区。

校长懊悔得要命,因为前些天他一时发贱接受了一家媒体的采访,声称自己这个学校虽然规模不大,教学条件有限,却是北京最早开办的打工子弟小学之一,不管怎么样,为了孩子们的将来,一定要坚持办下去。这下好,说了过头话,报应来了!

为此，校长当众狠狠打了自己几个大耳光。校长私下里一向沾沾自喜，把这里当作世外桃源，没想到市政当局的同志们工作做得非常细致、扎实，从来没有忘记过辖区内的任何一寸土。可是把自己打死也没用，死马当活马医吧！

我随同校长、老师、家长们到上级部门恳求交涉了几回，都被软硬兼施顶了回来。没有人知道我是多么痛恨这个结果，没有人知道我是多么喜欢这份教职，没有人知道我是多么不愿意离开这个脏乎乎的讲台。还用说吗，对于一个民办教师来说，最大的不幸就是失去自己的学校，自己的学生，自己的讲台。

我终于打听到，我大学时代的一个社会学系的乒乓球球友，此时正在上级教育口当局长，心里不由燃起了一丝希望。校长这时候早已不像起初那么对我另眼相待，时间一长，他终于看出我是个自甘下流的糊涂虫，没什么鸟用，平时也懒得理我，现在猛然听说局长居然是我的老同学，连忙好言相求，让我为了学校的前途，赶紧到局长那里去活动活动。

我辗转找到了老同学的电话，局长老同学一听我在电话里提到了乒乓球，立即嘱我第二天下午带上球板去找他。第二天，我比约定时间提前半小时到了局里，办公室的人告诉我，局长临时被召去开会了。好不容易等到局长回来，已接近下班时间。

多年不见，局长倒不见胖，他一见到我，立刻把我带到乒乓球室打球。我也不知道他到底认出我没有。此人名叫刘笃让。练球的时候，我一边小心喂球，一边听刘笃让东一句西一句谈讲他的故事。刘笃让这些年在本系统内轮换了好几个岗位，始终也没有升上去，至今仍是个处级干部，他自己很无奈，也很委屈，照他自己的话说，简直是倒了八辈子血霉。

后来在他换球衣的间隙，我终于找到机会向他谈起了学校的拆迁问题，刘笃让像是重新发现了我，问我到底是为何而来。听完我的情况说明和诉求，刘笃让不置可否，随后示意我正式开球。

我原本想，比赛的时候一定不要尽全力，要让他几分。我自作多情了。刘笃让的球已经今非昔比，正反手非常均衡，很有专业味道。一会儿他打得我连滚带爬，一会儿我打得他连滚带爬。每局完了，旁边一个拿着毛巾的小伙子就撩起球衣为刘笃让擦拭后背上的汗。我却无汗可出。没什么可说的啦，暂且好好打球吧。刘局长当年不是我的对手，现在球技长进了不少。我球技生疏，体力不济，到最后终于招架不住，一输再输。

从球室的窗户望出去，竖立在办公楼大门口的红旗迎风招展。最后一局球打到一半，刘局长又接了一个电话，说是马上要去赴一个饭局。我不放心，又抓紧说了几句学校的事，请刘局长务必明察，为普罗大众主持公道，刘局长做手势止住了我。我和刘笃让在球室门口道了别。

路上的红绿灯一个挨着一个。这里是北京交通最拥堵的地区之一。街上那些越来越多的四轮怪物走走停停，看样子随时都会起火爆炸。甭管有没有车，大家都是绑在轮子上的人。在马路上散发小广告的人赔着小心往汽车车窗里递送各种印刷品，有时候会突然遭到一顿呵斥，递进去的东西被粗暴地扔出来，迎风乱飞。以前我总是纳闷北京这么多人都是靠什么活着的，自从有了这份教职，自从有了在大街上游荡的经验，我多少摸到了一点生活的底。不用说，这是一个讲究交换、讲究奉献的世界，穷人既然拿不出金钱这样的硬通货进行交换和奉献，就应当一代一代付出自己的尊严、辛劳和痛苦。

第二天，我又在校长办公室给刘局长打了个电话，希望能从刘笃让嘴里听到一个激动人心的回复，电话只响了一声就被挂断了，从此，老刘笃让兄弟再也不接听我的电话。

市政部门说干就干，学校一转眼消失了，那些穿着不合身衣服的孩子们也全都消失在越来越浓重的雾霾之中。这些违章建筑让整个城市蒙羞，还容易出事，动辄发生火灾，甚至惹出人命，确实应该拆除。沿街新竖立的一个大牌子上标画出了未来这个小区引人遐想的规划蓝图，毫无疑问，这里很快会变得比过去漂亮一万倍。各种载重汽车、推土机、挖土机迅速占领了这里，地面整天都在震颤。一天，附近社区网络上的一个奇怪的帖子引发了人们的好奇，后来追查出来，是我们学校的一位女老师写的。帖子写的是："我对农民说，等我卖身赚了钱，建一所学校，让老公当校长，专培养婊子。老公同意了，你们同意吗？我心一（已）定。大同社会是圣洁的，宇宙是完美的。某年某月某日初稿，某年某月某日定稿。"有人认为这是噪声造成的精神损伤，这位女教师一直对校外的摩托车修理店有意见，有一回上课时间突然跑到路口弓着身子拼命尖叫，试图跟摩托车发动机的声音一决高下，人们早就看出她离发疯不远了，所以此事一出，人们并不感到特别惊奇。不管怎么说，这座丑陋的破院子影响市容，伤风败俗，早就该拆除，这是周围正经市民们的看法。

学校已经拖欠了半年的工资。我厚着脸皮找校长要了几次，校长让我再等一等，因为家长们实在交不上钱。最后一次，校长慢慢拉开他的公文包，从包里掏摸出一堆五块、十块、二十块的脏票子。

我心里一紧，一糊涂，假充好汉说，算了，不要了，然后掉头走了。这些年，在打工子弟学校，我已经渐渐安于这个小小的孩子王的角色，希望这是自己后半辈子可以一直干下去的事，不管挣钱不挣钱，自己终归是个有课上的、被孩子们需要的老师。现在一切都结束了。

我最后一次到学校是路过，门半开半掩，我没有进去。旁边修摩托车的师傅对我说："方老师，都走了，里面没人了！我们很快也要搬走了！在隔壁那条街上找了个门脸。有空来坐坐！"

我心里暗想：世界上长长久久的事是没有的，是不存在的。

回家的路上下起了雨夹雪。莫斯科的雪，纷纷扬扬，白絮一般，北京的雪，随下随黑，落到地上一片脏白。前路在哪里，未来如何，真是毫无头绪。这些年来，我送走了一拨又一拨小家伙，也收到了几百张学生们亲手制作的纪念卡片。我一直习惯于在回家的路上一边走，一边构思教案，现在是时候改变这个失去用武之地的老习惯了。

站在新落成的地铁站站口，我突然冷得瑟瑟发抖。——孩子们，你们的方老师一向像安德烈爷爷一样乐观豪放，但此刻全世界也盛不下方老师的忧愁啊。去过了最冷的地方，也去过了最热的地方，我似乎更怕热也更怕冷了，这真是一件古怪难解之事。

12

这些年在红星小学任教，愉快归愉快，实际上却基本跟社会脱离了干系，现在一旦离开，就如同从孤岛归来，不得不重新走进社会，适应早已陌生的一切。

这年春节期间，我拐弯儿受一个制片人的委托，把一部网络小说改编成电视剧。这部小说讲述的是二十世纪八十年代一个天真深情的女大学生和一个街头坏小子生死离别的爱情故事，没日没夜写了三个多月，终于完成初稿，拿到了一部分稿费，之后的一天，我突然接到制片方的一纸公文，说因为剧本不符合要求，合同就此中止，播出时也不再在编剧的位置署我的名字。为此我非常羞愧，觉得自己白拿了钱，没有给甲方奉献出合乎要求的剧本，感觉自己形同骗子。

杜克听说后，不由分说，立刻骂我傻×，认定我被人耍了，说这是不良制片人惯用的摘桃伎俩。"三百六十行，行行出流氓！"杜克大笑不止，他也拼命想忍住，也想表达对倒霉兄弟的同情，可他实在忍不住，若要忍住不笑，非要了他的小命不可。

杜克回北京后，注册了一个影视公司，自己既当导演，又写剧本，深谙这行里的门道。杜克建议我打官司维权，认为即使拿不到后面的钱，也要争取到署名权，这样不光对以后接活、叫价有利，同时也给那个制片人一个教训，免得她毫无顾忌，肆意欺负人。

我听了杜克的话，委托京城一位律师打了一场官司。律师看了合同，发现合同上的每一个条款都对制片方有利，都是霸王条款，认为官司胜算不大。最后经过一番周折，差不多花光了这笔稿费，总算争取到了一部分权利，保住了署名权，但名字署在哪里却由制片方说了算。后来电视剧播出，故事、情节、人物、对白都很忠于我的剧本，编剧署名的头两位也不出意料地换上了制片人自己和她丈夫的名字。

我开始寻找新的工作机会，一时难以如愿。因为很长一段时间没有收入，交房租的日子一波一波袭来，房租越来越高，这笔不断变大的钱越来越狰狞，越来越吓人。尽管我早已经学会了过没钱的日子，但一年里总有那么几天，我恓恓惶惶，觉也睡不好，好像脑子被拎出来没完没了地拧扯、抽打，我经常从梦里突然惊醒，不知自己身在何处。

真是要多古怪有多古怪，有一天，我的中学同学郑仁芳突然找到机会，帮了我一个大忙，把我从病疯状态中解救了出来。此时郑仁芳已经在北京安家，之前他在老家那座城市是某位大领导的贴身秘书，后来大领导奉调进了北京，把老郑也一并调了过来，提拔老郑担任办公室大秘。

这个一脸忠厚的家伙，如今安居在北京二环以内，相信主流，相信大局，相信自己工作的价值，相信生活会一步一步变好，越来越好，可说是直面现实、讲究实际的人生典范。我猜测天下所有的父母都希望自己的儿子能像郑仁芳这样吧。每每想到为我和方小亮操碎了心的父母，我的心里就顿生蓼莪之感，哀哀父母，生我劬劳，这辈子说什么也无法报答了！像我这种不合时宜、一味胡思乱想的呆瓜，一路落魄、一路向下才算正常，有人提供成功的人生，我负责提供相反的人生。

老郑每一次从百忙中抽身跟我见面，到最后都是去歌厅唱歌。可以说，唱歌是老郑唯一的爱好，白天官厅受了累，晚上歌厅来补偿，这是老郑对此事的看法。老郑在采集野花方面算得上勤奋，很有持之以恒的气质，他喜欢那些随叫随到的花朵，姑娘们也都喜欢他。老郑中年发福，头发整洁，印堂发亮，一看就是一个到处吃得开的成功人士。

老郑的老婆也是我老家一带的人，她的父亲是我们那个地方一个口碑不错的老干部，她本人算得上小地方的大家闺秀，虽然长相普通，但温柔贤惠，很能持家。老郑老婆当年没有考上大学，也没有复读，中学一毕业就进机关当上了打字员。老郑大学毕业分到这个单位后，一下子就被打字员姑娘相中了，两人很快就结了婚。老郑可算是一个地方性驸马。现在，老郑老婆跟随老郑一起进了京，在机关干部管理局做事，也算夫贵妻荣。

一天晚上，在送我回去的路上，老郑突然问我懂不懂旧体诗，有过什么著作，又问我有什么职称，有没有教师资格证。我一概没有。老郑骂我："你说你这些年到底是怎么混的？怎么什么都没有？我都没法说你了。"然后又忍不住自鸣得意，"这件事，只要你能胜任，就是没有鸟文凭也能成，我的面子嘛，还是可以的。你就说你能不能讲吧！"

老郑打算举荐我到某个会馆给一帮成功人士讲诗词欣赏

与创作，会馆老板是他的朋友，课时费不在话下。我此时差不多已经穷透，赶紧对老郑说，这是我的本门功课，只要有钱挣，别说教诗词欣赏，教相对论我也敢去。真可说是绝处逢生。

老郑的关系里有一个教育口的官场朋友，欠老郑一个人情，老郑笑着告诉我，人情之外，他俩之间还有一层歌厅的交情。老郑托此人给我办了一个教师资格证，顺便还把我塞进了一个培训中心教授的名录，之后，老郑跟会馆那边敲定，第一节课定在下个月的第一个星期五。

到了日子，会馆专门派人来接我。车一路进入西山，穿过一个有哨兵把守的大门，之后七扭八拐，最后进入一个树木掩映的地方。这虽然不是一个保密会所，却也不是一个普通人进得来的地方。

从群雌粥粥的喧闹之地猛然来到这个静悄悄的仙界，因为空气里氧气过于充足，一时之间弄得我很不适应，打眼望去，这里的建筑很有点古色古香的味道，院子里树木的枝丫仿佛都是从前清阁老们的应制诗里长出来的。

课堂设在一个改造了的会议室，我被安排坐了主座，心里不由有些茫然。来听课的学生长短不齐地围坐在长方形大桌案旁边。这些人大都四十岁上下，无一不是穿着考究，相貌堂堂，有的还经常参加体育锻炼，身材十分有型，一望便知，都是先富起来、先胖起来的家伙。

我虽不懂诗，倒也知道一些"诗言志"之类的老话，能够打肿脸假充内行。我从押韵、对仗讲起，挑选的尽是历代诗话里既有趣、又生僻的例子，以期提高课堂吸引力。因为当年念书的时候听老师讲过，自己偶尔也鬼扯几句，讲起来倒也不觉得特别吃力。在座的这些成功人士全都见多识广，能言善辩。谈起为什么对这门课有兴趣，他们说，因为工作原因，一直走南闯北，有时候见了美景，很为"眼前有景道不得"苦恼，早就想提高提高，掌握点儿抒情的本领。

上完第一堂课，我心里终于踏实下来，突然觉得拨云见日，干劲十足。写诗很久以来已经是穷酸乃至反社会的行为，现在居然被大人先生们看重，重新抬起头来。我教不好孩子，教他们却还能愉快胜任。跟红星小学里的孩子们相比，这些成功的大佬们在课堂上也很平实，但这是云朵里的平实，半空中的平实，他们即使偶有焦虑，也是云朵里的焦虑，半空中的焦虑。

他们十分放松地跟我聊天，把我当作一个不食人间烟火、不懂得物质享受的书呆子。要不是命运之神和郑仁芳的干预，我此生恐怕永远也不会跟这些衣冠楚楚的阔佬们坐在一起。不管他们怎么看我，突然从红星小学的寒酸课堂来到一个如此体面、堂皇的会馆里执教，我晕头转向，糊里糊涂，如同坠入了别人的黄粱梦中，不知哪一种境况才是真实的人间。

我倒是清楚地记得，也就是在这次课后，我遇到了姜丽。因为这个街边偶遇的女子，我的日子一下子开启了时快时慢的混乱模式，有时候画面在抖动中前进，有时候在慢动作中徐徐滑行，有时候又定格静止，半天不动，但到了最后，画面却毫无征兆地停顿、卡住，原地消失，再也无法修复。

那天我讲完课，回到家，因为一切都出人意料地顺利，同时又拿到了一个装满人民币的大信封，心里十分快活。之后，房东大妈来收房租，顺便说了下半年提高房租的事。我试图跟房东大妈交涉，砍砍价，但房东大妈压根儿不跟我讨论，客客气气告诉我，我要是不同意也可以不租。

我住的是一个塔楼接近顶楼的一居室，虽然房间狭小，但这个高度离天近，离地远，我已经住得很习惯了，现在让我退租，我一时还舍不得。管它呢，爱怎么提高怎么提高吧。此时我的经济状况有望改善，很有办法对付这种局面。好好讲学吧小明君！吟咏起来吧思密达！

我在屋里待不住，就走出去闲溜达。我一时兴起，走进回龙观一带一个之前从来没有进去过的别墅小区。在小区中心花园，我冷不丁看到一张长椅上坐着一个三十来岁的女人。此人穿着一身休闲衣裤，戴着大墨镜，鼻梁挺直，嘴唇红润，脖子白皙、修长，顾盼之间有一种从高处俯视寰宇的姿态。

我和她对视了一眼，感觉到她镜片后面的目光相当冷漠，我拿不准该不该跟她说话，但我很想说一句得体的话，问候她一下。

"您好。"

她没有说话，只是看着我。

"您怎么能坐在这儿？"

她像是吃了一惊："啊？我怎么不能坐这儿？"

"因为这是我们老百姓的座位。"

"我也是老百姓。"

"得了。昨天我在《新闻联播》里看见您了，您和您男朋友接见一个非洲元首。"

"您可真逗。"

"电视里那女的不是您吗？"我假装惊讶，很希望把这个玩笑继续下去。

"是我。"她说。

"承认了就是好同志。"我说，"像您这种人，得为历史负责，千百年后，人们把您起于地下，您就是这个时代的妇好。"

"您这套词儿听着耳熟。"

"我也忘了从哪儿学的。"我终于放松下来。我们互通了姓名。她说她叫姜丽。我自作聪明，猜测姜丽是一个退役空姐，但她否认了我的猜测。在闲谈中我得知她今天约好和一个网名叫"辛巴奶奶"的人见面，学习钩织，因为路上不堵车，到达小区时离约定时间还早，她就把车停在辛巴奶奶家附近，在这里稍坐一会儿。

姜丽告诉我，"辛巴奶奶"号称奶奶，其实还很年轻——后来我才知道，辛巴奶奶是我的一个高年级师姐——原本是新闻娱乐界一位知名人物，几年前突然辞去了公职，隐居在家，精研钩织，成了一位与世无争的钩织艺人。

约定的时间快到了，我们互留了电话，姜丽起身走了。

我和姜丽第二次见面，是在北京动物园附近的一个名叫"今晚八点半"的酒吧里。

姜丽对我说："你不是一个习惯在大街上跟人搭讪的人。"我承认我不是，我告诉她，当时的情况非常惊险，她要是当场刺我两句，我一定会臊得无地自容。

姜丽问我做什么工作，我说我是个打工子弟学校的教师。

姜丽以为我在胡扯，不过她也不怎么在意。那个酒吧地方很小，我和姜丽之间只隔着一张两尺见方的小桌子，再往前凑一点，差不多鼻子能碰到鼻子。姜丽有一个挺拔的漂亮鼻子，这给她的脸增色不少。

看演出的时候，姜丽调整了位置，和我并排坐在一起。唱歌的是T大毕业的一位女歌手，这个姑娘原本学的是环境科学，不知怎么一来二去当上了歌手，也许在她看来，眼下的环境急需歌声来处理。她唱的全都是自己写的歌，演唱风格朴诚哀怨，侧脸看上去像一只受伤的羚羊。

我禁不住想搂一搂姜丽，但她轻轻挣脱了。"别招惹我啊。"她小声警告我。姜丽曾经是个民乐手，专业是琵琶。她这么介绍自己的时候，屈起右手手指在我手心里弹了一下，很有力。后来我们在一起的时候，她就经常这么弹我一下。

"你这个同学，"姜丽小口喝着啤酒，眼睛从瓶子上端的边缘看着我，"我第一眼看到你，就觉得你是一个怪人，我说了你别不高兴，——你身上有一种自生自灭的味道，好像不在这个世界上。"

"哪有那么惨。"

"我一眼就认得出这种人，因为我自己也是一样，我也不在这个世界上。"姜丽说着，突然轻声笑起来，"你以为我真不知道你是干什么的吗？你是个作家。"姜丽在网上搜索到了我写的小说，甚至还查到了多年前我在海南岛编纂的教人发财的书。

"那人是你吗？笑死我了。"姜丽说，"真没想到，你是个作家。我打小就佩服会写文章的人。我第一个喜欢的男生就是我们班作文好的，人长得特别丑，可我一点也不在乎。"

我开玩笑说，我现在差不多是一个半阉的作者，一个什么也写不出来的作者。姜丽看了我一眼,没有说话。

分别的时候,我邀请姜丽到我住处坐坐。她问我住哪儿,我说了我的住址。她有点惊讶,她原本以为我是回龙观那个别墅小区的住户。

"改天吧。"她说。

那是一个难得的愉快的夜晚,如同一个奇遇。公共汽车已经没有了,我叫了一辆出租车。车从动物园经过西直门、学院路,一路向北郊驶去。

司机一路絮叨,我一句也没有听见。我看着窗外一扇扇或明或灭的窗户,眼前一直晃着姜丽的样子。啊,这朵大城市里独自开放的大丽花!此时,为了姜丽,我很希望有一间属于自己的屋子。我不止一次听成功人士说起他们对"做一个北京人"的向往,他们无一例外,都曾经望着某一扇亮着灯的窗户痴想:"我什么时候才能在北京有这样一扇窗户呢?"最终有幸得到一扇属于自己窗户的永远是极少数。十几年来,我拼命工作,试图在这个城市站稳脚跟,拥有一个属于自己的房间,算下来,我把挣到手的钱大部分都交了房租,简直气死个人。

我突然想起了刘伶的大裤裆,按照这个老酒鬼的说法,天地是自己特大号的大裤裆。我按照刘伶的意思,想象了一下所有世人都生活在自己的大裤裆里的情形,忍不住笑出声来。此举把喋喋不休的司机吓了一大跳,终于使他闭上了自己那张无所不谈的鸟嘴。

第二天傍晚,天下起了大雨,我担心电脑被雷击中,就关了电脑,在阳台上看雨。这时候,我突然接到了姜丽的电话，她在电话那头轻声问我："你在家吗？"

我说在，我听到姜丽犹豫了一会儿，之后说："那你下楼接我一下可以吗？"我以为她在开玩笑，将信将疑地来到楼下，居然真的看到姜丽的车停在雨中。隔着雨幕，我看到姜丽的脸在来回摆动的雨刷后面一明一暗。

我站在雨里招呼她，她坐在车里没有动。

"你怎么了？"

"没怎么。"

她突然像下了很大决心似的打开车门，然后又回转身从副驾驶位置上拿起一束花，猫腰从车里走出来。

我一时受宠若惊，如同面对一个下凡的仙女。

"怎么不先打个电话？万一我不在家呢？"

"不在我就走呗。"

来到家里，姜丽问我要插花的花瓶，我找了一个大玻璃杯递给她，她把花插进玻璃杯。

"今天是你生日？"

"差不多吧。"

在她插花的时候，我情不自禁拥抱了她。

"别乱动。我今天不是来跟你偷欢的。我'大姨妈'来了。"姜丽在我怀里摇晃着说。

我不知道她为什么选择了这样一个日子来找我约会。我明显感觉到她的紧张和犹豫。果然，过了不多一会儿，她突然改变了主意，冷静地说："你要是实在坚持的话，可以试一试，不过不能太用力。"她是坐在床边说这番话的，她一边说，一边把脑袋后面的小辫子散开，散发着淡淡香味的一头棕黄色卷发披散下来,差不多把她的脸都盖住了。

我想帮她脱衣服,她轻轻推开我,自己一点一点把衣服脱了下来,随后,拉过被子盖住了自己的脸。"你要有心理准备,我'大姨妈'真的来了。"她浑身直打哆嗦,不停地用手推我,看样子疼得不轻。我不忍心看她遭罪,对她说算了,她摇摇头:"不,你小心一点。我不想半途而废。"她脸上那种决绝的神情我至今难以忘怀。她再次缓慢启动,努力微调着各种姿势减轻痛楚。后来我一时失控一下子进到了她的深处,她失声"啊"了一声,像是疼晕过去了。我一直惦记着她流血的事,想尽快抽身出来,她却使劲儿抓住我不放,半闭半开的眼睛里透露出模糊、慌乱的神情。

"你是不是觉得我这样挺荒唐的?"完事后,她小声问我。

"哪样?"

她坐在床上,双臂抱着膝盖,半天没有说话。我问她为什么在这样的日子冒雨来找我,她眯起眼,勉强笑了笑说:"你就当我疯了吧。"后来,姜丽突然穿好衣服,匆匆忙忙要走。在门口,她低着眼睛小声说了句:"对不起,把你的床单弄脏了。"之后就强行关上门跟我分手,说什么也不肯让我送她到楼下。一切都发生得像闪电一样快,又像闪电一样猝不及防。我还没有搞清楚到底是怎么回事,她已经消失不见了。

两天后,我收到了一个快递,是姜丽寄来的,里面是一个崭新的床单,除此之外,什么也没有。我给她打了好几次电话,她一次也不接,有时电话刚响了一两声她就挂断了。又过了一天,我才收到她发来的一条短信:"对不起,请你把我忘了吧。"我意识到,我和这个女人的感情几乎还没开始就已经完了。

　　这段日子我的经济状况有所改善，甚至从旧书店购买了一些中意已久的旧版书。我还有闲钱请老郑吃饭。老郑告诉我，课堂反应不错，应朋友们的邀请，这期结束还要再加办一期。我听了十分高兴，希望这样的学习班永远办下去。总之，此时我完全满足于家门内的生活，读书备课，批改作业，窗外谁在朝、谁在野，与我何干？谁在吃王八、谁在扯王八犊子，与我何干？

　　一个多月后的一天，我突然收到了姜丽的一条短信，问我愿不愿意晚上陪她看一场话剧。我答应了。演出开始前，我在北京人艺演出礼堂前的高台阶下看到了她，她把头发剪短了。

　　"嗨。"她冲我轻轻叫了一声。

　　我看着她，一时说不出话。

　　"不认识了？"

　　"不认识了。"

　　看戏的时候，姜丽像那天晚上一样，时不时曲起手指在我的手心里轻轻弹一下，这可说是一个和解的信号。

　　散戏后，在回去的汽车上，姜丽递给我一个信封，里边有一封手写的信。

　　信上写道：

　　　　方小明，对不起，请原谅我不接你的电话。我不爱说话，更不怎么善于口头表达，还是写信比较好。

　　　　你不用狐疑了，在和你接触前，我的确是个处女。

不是因为没有男人,或者说我比较看重贞操之类的东西。不是的,那天你没有问过我为什么,就是问了我也不会回答你。

现在你应该明白我为什么这么做了。你是我选择的结果。我选择你的原因,在于你和我的生活没有一丝一毫关联,当这件事情结束的时候,你不会找到我,也不会影响我今后的生活。最重要的,你给我最深的印象是——你不会伤害我,不论是精神上还是肉体上……

在信的最后,她写道:"对不起,原谅我利用了你。就此别过。再次说声对不起。"我注意到信的日期是我们见面后的第二天。我忍不住摇了摇头。

姜丽扭头看了我一眼:"看完了?"

"看完了。"

"懂我意思了?"

"不懂。——我不是不懂字面上的意思,我是不懂这里边的事。"

姜丽告诉我,她之所以写这么一封信,原本的确是下决心不再跟我交往,但后来又改变了主意。

我问为什么,姜丽半天没有说话,最后拉着长声说:"觉得你这人跟我一样傻呗,应该不会骗我。"

这天晚上,在我的出租房里,姜丽从包里拿出两根粗大漂亮的红蜡烛,然后关上灯,把红蜡烛点上。她说,其实第一天晚上她就把红蜡烛准备好了,只是没好意思拿出来。她相信红蜡烛能给人带来好运气。现在我终于明白那天晚上对姜丽来说有多么重要。我这个傻瓜。姜丽确实不爱说话,但她本身就是语言,还需要说什么呢?她的眼睛像两扇门一样打开了,我再一次走了进去。

这之后,姜丽很快把她的全部生活告诉了我。她出生在沂蒙山区的一个乡下,很小就被父母送给了城里的姨妈家收养,在当地艺校学习的时候,在一次演出中认识了现在的男人——尽管我预感到姜丽身上一定有一些古怪的故事,但听她说她生活里居然真的有一个成年男人,我还是大吃了一惊——姜丽说,这个男人是一个官场里的人物,当时在姜丽所在的城市挂职,姜丽跟上他的时候,此人已经四十多岁,有老婆有孩子。

姜丽说:"我那时候住校,根本不想回家,因为每次回家,我那位恶心的姨父都会找机会骚扰我。当时突然遇到这个从北京来的人,简直像是遇到了大救星。他对我特别好,我在他身上体会到了父爱。那时候,一到周末,同学们都回家了,宿舍里就剩下我一个人,他总是带很多东西来看我,人家问他,他就说是我舅舅,弄得后来老师和同学们都知道我有一个好舅舅。我毕业那年,他正好要调回北京,我就不顾一切跟他来了。"

姜丽说她和这个男人在传统意义的性生活上一次也没有成功过,因为姜丽认识此人的时候,他已经是一个无法挺直"腰杆子"的人,一开始还能半举,后来干脆一点也不举了,可说十分任性。这位"中国好舅舅"答应姜丽将来一定会娶她,但一直拖到了今天也没有兑现。姜丽不愿意逼他,也不想给他带来麻烦,也就这么过下来了。原本姜丽对此人并无二心，半年前她突然发现这个不能人事的家伙，除了她，还在外面包养了不止一个女人，自此彻底寒了心。

姜丽说："我最痛恨破坏人家家庭的小三了，没想到自己稀里糊涂变成了这种人。"

"小三怎么了，小三也是人。"我顺嘴胡诌。人人都知道，小三如今已经成了一个待遇优渥的黄金职业。

"我原本以为他是爱我的，即使没有那种事，也没什么了不起。唉，我命多苦！想给人家做一个堂堂正正的老婆都做不了，最后还被耍弄了。"

过了很多年困顿的独身生活之后，这可说是一个天赋之夜。就像聪明人所说的，爱上并不难，难的是体验它。

姜丽让我看她艺校时期的演出录像，四个半大小姑娘一起表演，四手联弹，如出一手。录像里的姜丽脸上还有婴儿肥，像雷诺阿笔下饱满多汁的少女。姜丽每一次来，手里都像变魔术似的，拿出一个小织件。我喜欢看姜丽钩织，她灵巧的手指迅速地一开一收，一绕一缩，便渐次打开了一个锦绣世界，里面有青草、树木、花朵和河流。有时候看着姜丽专心钩织，听着毛衣针偶尔相碰发出的笃定悦耳的细微声响，我不由想起我的老娘，不知我老娘每天钩织毛活儿的时候都在想些什么，我甚至觉得姜丽如今是在接替我老娘完成她们共同的钩织大业——啊啊，把我也钩织进去吧！这城市、焦虑、专横、赢利、疼痛之上的钩织！我终于模模糊糊辨认出，这就是我一直以来渴望过上的生活：不事经营、不设阴谋、日出而作日入而息的日常生活。

我有时候忍不住赞美她，她就会停下手里的活计，快快地说一句："我有那么好吗？"神情里有一种朴直的娇羞，令人心动。

认识我的时候，姜丽刚刚离开包养她的那个"中国好舅舅"，和此人摊牌之后，姜丽发现她和他之间几乎没有什么瓜葛：她住的房子是"中国好舅舅"买的，所有权也在此人名下，她所拥有的只有她开了很久的那辆迷你小汽车。姜丽很快搬出了"中国好舅舅"的房子，租了一个单身公寓暂且安身。为了日后的生活，姜丽开始一边学习钩织，一边招收学生教琴，赚取生活费。

我问姜丽那个人姓甚名谁，姜丽不肯告诉我，她不想让我卷进去。可我能被卷到哪儿去呢？有一天我发现姜丽的额头上有一块瘀青，问她怎么回事，姜丽笑笑说，是自己不小心碰的。我猜测一定是那个浑蛋找到她，对她动了手。我追问那人到底是谁，姜丽摇摇头，说这事跟我没有关系，即使告诉我也于事无补。她这么说，终于惹火了我。姜丽连忙安抚我说："我不是不相信你，是不愿意让这件事弄脏你的手。你只负责跟我好就是了，别的什么都不要管。"

有一天，姜丽突然问我："你愿意跟我结婚吗？"

"你让我想一想，我现在养活自己都费劲。"

"我不会连累你的，你就说你愿意不愿意。"

"愿意。"

"为什么愿意？"

"因为确实愿意。"这些年我早已不再考虑结婚的事，也从没打算过要结婚，现在听姜丽这么说，我的确愿意。

姜丽笑道："哈，理由真充分。"

现在，除了教琴，姜丽开始钩织各种娃娃的小衣服，挂在网上试卖，最不济，她说，将来还可以靠教琴和做小衣服为生。姜丽一点也不在乎我眼下糟糕的经济状况，甚至认为这种清贫的、自由的日子十分可敬。

有一次路过一个幼儿园，姜丽看着园子里嬉戏的孩子们愣了半天，说："我要是能变小就好了。"因为和"中国好舅舅"的事，她心里一直十分羞愧，认为这是自己一生最大的败笔。

姜丽的脾气好到了极点。我不知道是什么词根、什么韵律使她的腰肢如此柔软，心灵如此温柔，也许是音乐滋养、塑造了她，她身上特有的宽厚令人感动，既像是某种久已失落的文化，又像是某种适度的无知。跟姜丽在一起，激情算得了什么？情欲算得了什么？我甚至想，要是有一天情欲消退，我就是只坐着看她钩织，看她坐在灯影下微笑、出神的样子，幸福和满足也有保障。世界上真正幸福的夫妻也许早就过上了这样的日子，而我却是第一次领略。啊，让亲爱的老北京融化在永定河、融化在大沙河里吧。我想收住脚，永远停在原地，不想往前走，也不愿再往前走。

第二年桃花刚冒出花骨朵儿的时候，有一天姜丽突然对我说："我要离开北京一段时间。"

"去哪儿？"

"你就甭问了，就当是个秘密。"然后她又笑着补充了一句，"你一定要好好在家等着我——可不许在生活作风上出问题哦。"

"大概要去多久？"

"我也不知道，不过我会尽快回来。"

"你得告诉我一个联络方式，万一你失踪了，我好去找你。"

"别瞎说，你好好等着我就是了。"

起初她这么说我并没有在意，甚至觉得暂时分开一段时间也挺好，小别胜新婚嘛。那天晚上我们几乎一夜没睡，有时候拥抱，有时候只是静静地躺着，一起倾听窗外的市声。我没有料到，这竟是一次真正的离别。我真正发现这一点是因为我有好几天没有接到姜丽的电话，也没有收到她的任何信息。她也没有在博客和微博里晒她给玩具娃娃编织的那些漂亮小衣服。我给她打电话，电话里说：您所拨打的电话是空号。

我百思不得其解，不知道姜丽为什么突然失去了音信。以前别人说我迟钝我还生气，如今出了这样的事，连自己也不得不承认了。我甚至没有任何一条可靠的线索寻找她。现在，我只能空着两爪等待她的消息，等待她的重新出现。

一年过去了，两年过去了，一百年过去了。很长一段时间，每当在大街上偶然看见一位与姜丽相像的人，就像见到一个跟方小亮相像的人一样，我的心里都会"咯噔"一下。我看到姜丽戴着大号墨镜驾驶着她的迷你小汽车。我看到姜丽的手指一上一下钩织着彩色丝线。我看见我自己像一条无头狗一样在西三旗、回龙观一带穿梭。

我走在大街上，如同置身于一部没头没尾的悬疑剧之中，姜丽到底遇到了什么？经历了什么？她到底去了哪里？未来的岁月还将继续上演些什么呢？尽管姜丽比我小好多岁，我却觉得我们一定在认识之前就共同生活过，我很想再一次从她眼睛里敞开的两扇大门走进去，只要一次，无须更多。

一天，路过西三旗街角的时候，我看到几个孩子在旋转木马上一起一伏旋转。喇叭里播放着一首儿歌：

——两个小娃娃呀，
——正在打电话呀，
——喂喂喂，你在哪里呀？
——喂喂喂，我在幼儿园。

我停下脚步听了一会儿，心里一片茫然。爱情大概是一种反物质，它刚刚向你展现了一片灿烂深邃的星空，然后就"砰"的一声湮灭拉倒，真正体现了世事无常、随时完蛋的真谛。

电话在我的裤兜里，它是不会响的。姜丽离开后，很少有人给我打电话，我也很少给别人打电话。我父母活着的时候，我通常会在周末例行公事，给他们打个电话请安。现在，他们不在了，我成了一个无牵无挂的人，我随时都会想到死亡和那边，因为我的亲人们都在那边啊。

这样想着，一个惊人的发现突然闪过我的脑际，我忍不住笑了起来：我这半生一直在以离别而非相聚的方式爱着我的爱人和我的亲人们。这一发现非常有助于思考人生。

13

现在，在我的个人版图里，海南、广州、未名礁、莫斯科跟北京已经接壤，这几个记忆中的地方构成了我的疆域和界限，我就生活在这几个坐标点上。北京是我的坐标原点，是我的整个世界。其实哪里有什么世界，只有我蜗居的这一小块地方，连街坊邻居也若有若无，从不来往，交往的横竖不过几个散落在各处的既可亲又可厌的老朋友。不管怎么样，对我来说，这里——我蜗居的出租屋——就是当之无愧的世界中心，宇宙中心。

一天晚上，会馆临时加了两个小时课，夜里安排我住在西山。第二天下午，我搭乘一个体面胖学生的车回城。因为堵车，二十公里的路几乎等于两百公里，好在胖学生兴致好，一路给我谈讲近年来发生的政坛风暴和秘事。鉴于师道尊严，我也不好让他闭嘴，只好听他胡扯。我之所以搭乘这个胖学生的车，一是因为顺路，二是因为他说有事想跟我商量。我终于找到机会打断这个胖学生，问他要跟我商量什么事。胖学生拍拍脑门儿，像是刚刚想起来，"啊"了一声说："是这么回事，方老师，我有两个孩子，现在都在一所国际学校读书。他们的校长是一个海归，一心致力于教育改革，当然是在民间。我觉得您的教学风格很符合他们学校的教学理念。我向这位校长推荐了您，校长很感兴趣。您能不能考虑到他们那儿讲讲课？我们这辈子毁了，说什么也不能把孩子再毁了。"

说着话，车已经到了 T 大西门口，到了我和费罗他们约见的地方。体面胖学生把车停在辅路上。我问了国际学校的地址、课时和待遇，答应考虑考虑，过两天给他回话，然后就下了车。我有什么可考虑的？我只是故作矜持，不想立刻就答应下来，让他小觑，以为我无事可干。

我和费罗、杜克、宁大为等人在 T 大西门口碰头，接上此时正在 T 大做博士后的袁军，一起出发去郊外看朱涵的画展。

当年从 P 大毕业回到老家石家庄后，袁军很快抛弃了文学勾当，开始苦读英语。后来袁军成了一个翻译家，翻译了好几本难度极大的十七世纪英国经典著作，可说是十七世纪最伟大的"英国"作家。袁军此时已经完全秃顶，只有太阳穴和后脑勺上还残存着一点头发。对袁军来说，"不通"就是地狱，他必须知道一切事儿，否则就感到不牛×，不快乐，是个极其幼稚的天真汉。杜克对付袁军很有办法，他会在袁军说得高兴的时候突然高声叫道："你丫别老说书上的事儿！"大家就笑。通常经过这一声棒喝，袁军的学问癖也便宣告痊愈，露出一口东倒西歪的大板牙嘎嘎坏笑。

杜克站在马路牙子上用手提摄像机对着周围一通拍摄。杜克一直致力于为北京留下影像纪录，走到哪儿都背着摄像机，自称是北京城专属的鲍斯威尔。这里是我最熟悉的地方之一，在过去的日子里，P 大和 T 大的学生们经常从这一带杂草丛生的小路上擦肩而过，到对方的学校去访问、闲逛或者约会，现在这里已经是另一番面貌。

杜克一边收拾摄像机，一边神经质地嚷嚷："二十年前我第一次站着做爱的地方现在是一座立交桥,那座桥落成的时候他们丫应该找我剪彩!"然后跟我打招呼,"你那个姜丽到底怎么回事?"

"我怎么知道。"

"一个大飒妞儿,说不见就不见了?"

"还用说,玩消失,把方小明踹了。"费罗一边躬身上车,一边慢悠悠说道。大个子诗人费罗原本是北京人,毕业时为了爱情,跟女朋友朱涵回了她的老家成都,两人重返北京后,费罗做了书商,十几年下来出了不少好书,也挣了不少钱,后来的某一年,费罗不顾周围人的反对,花重金出版了大学教过他的一位老教授撰写的法律方面的巨著,结果把挣到手的大部分钱全都赔进去了。这之后,费罗得了抑郁症,每天大剂量服用百忧解之类的白药片,袁军说他得病是因为"修养太差"。

路过中关村的时候,我们在一个巨幅广告牌上看见了"新世界"语言学校校长那张咧嘴微笑的大驴脸。此人多年前下海办了一个英文学校,迅速在全国连锁,发了大财,这个应运而生的家伙口角含着白沫,在"钱先生时代"如鱼得水,跟所有挣了大钱、操办着许多大事的人一样春风得意、面目可憎。

"我早知道此人必能发达。"袁军说,"念书的时候,有一天他请我们宿舍几个人吃了一顿饭,几天后突然反悔,声称那顿饭是AA制,让我们宿舍一个哥们儿挨个儿敛饭钱,唯独不收我。我问我有何德能不收我的?替他敛钱的哥们儿说,你不是文学社诗歌组副组长吗?比别人有面子。丫从小就懂得不请无益之饭，那时候我就断定这孙子日后必能发达。"

"你丫不能总用老眼光看人，"宁大为笑着骂袁军，"得允许落后的同志们进步。据说这哥们儿现在很有家国情怀，很能仗义疏财。"

中关村已是互联网公司的天下，跟互联网有关的各种办公大楼一座接一座，IT兄弟们已经悄然引发了一场大革命，这些人不光登上了富豪榜，还把眼下这个世界变成了一个真正的村落。袁军指着车窗外的楼群说："方小亮要是在，必是其中翘楚。"话一出口他自觉失言，随即问我在忙些什么，我还没有答话，杜克抢先说："方小明现在牛大了，专教政商圈里的大咖们诗词歌赋，其他啥也不干。"

我说："我看上去无事可做，其实是很忙的。"几个老坏蛋都笑了，这是日本电影《寅次郎的故事》里寅次郎的台词。

袁军转头批评费罗和宁大为："你们都是学法律的，可你们在法律方面毫无建树，很不应该。"费罗和宁大为两人体型庞大，头脸庄严，在袁军看来，两人都应该穿法袍，戴扑粉的假发，都是天生的大法官坯子。费罗难得地笑笑："不早说，现在晚了。"袁军说："你俩要是不辞职，现在早都当上大法官了，这世界还能有点儿指望。"

宁大为大声笑道："也许早进去了，我这么个意志薄弱的人。"宁大为毕业几年后不知怎么失去了公职，此后，他索性不再找工作，闷在家里摸索着设计、制作儿童玩具，后来和妻子一起成立了一个作坊式的小公司，每年只做自己规定数量的作品，作品销量再好，订单再多，也绝不扩大规模，成了一个自得其乐的手工玩具艺人，空下来的时间便读书、画画,四处旅行。

袁军聊起了费罗老婆朱涵开办画展的事。费罗说这次画展花掉了他们的大部分积蓄,已经到了破产的边缘。

袁军说费罗:"你这辈子就没干过一件正确的事。这是买卖,当然要当买卖来做,买卖不是孤芳自赏,得想办法扩大影响,博得名声。别老想着要脸,要脸就什么都干不成,最终还是丢脸。"

宁大为笑道:"就朱涵那些画,用正人君子们的话说,全是负能量,不被取缔就不错了。"

杜克自打一进车就一直嘀嘀咕咕,说的话真真假假:"也不知道怎么了,我现在特别幸灾乐祸,"之后又说,"各位最好有谁赶紧倒点儿霉,这样我就高兴了,我每天都得看到一两个倒霉蛋倒霉,要不就提不起神儿来。"几年前,杜克突发神经,在北京城里贷款买了个房子,余下的款项二十年还清,打那之后,这个在大学提出过四大痛快理论——痛痛快快玩,痛痛快快醉,痛痛快快爱,痛痛快快散——的家伙就从来没有痛快过。每次喝多了酒,他都要抱怨房贷,每到还房贷的日子,他都要诅咒银行,盼着银行赶快着火。他现在最讨厌有人说房价要落、房价要跌,巴不得涨到一百万一平方米才好。在这一点上,租房住的倒霉蛋们坚决反对,一点也不同情他。费罗说:"活该,谁让你买房子的,直接住到棺材里不就得了。"杜克说:"你丫怎么不住棺材?"

在房子的事情上,杜克只能跟图书馆系的老同学郝春阳尿到一壶。郝春阳更关心房租,他希望房租越高越好。郝春阳大学毕业后,分配在东北老家某个税务部门工作,从当地搞到了几套房子,存下一些受贿得来的赃款后,就辞职不干了。前些年他以一个老税吏的敏感嗅准机会,来北京买了两套房子,然后在其中一所住下,坐等房价蹿升。他现在靠另一套房子的房租供养,平日读书写字,喝酒泡妞,活得像一个体面的老地主。

朱涵的画展布置在一个农家小院。作品挂在各处,有的挂在屋里的墙上,有的挂在屋外的墙上,有的干脆挂在树杈上。这个农家小院再有个把月就要拆掉了,灰墙上隔不多远就写着个"拆"字。画展名叫《北京·镜像》,前言是朱涵自己写的一段话:

> 我喜欢北京。即使是受苦,我也愿意在北京受苦。在我寄居的这片土地上,还有哪座城市像北京这样让我如此爱恨交织呢……

展厅的中央挂着朱涵画的几幅有关天安门的画,这组画的主角是一个戴红领巾的小女孩。一群漂亮得像天使一样的少女拥挤在天安门广场,她们全都长着一模一样的脸,像栀子花一样肥美,这是朱涵给眼下这个时代画下的肖像。音响里反复播送着李双江的歌,屏幕上,李双江一直交替轮甩着两条胳膊:灿烂的朝霞,升起在金色的北京,庄严的乐曲,报道着祖国的黎明……

晚上,院子里陆续聚起了二十几号人,多数是当年在校园里见过的家伙,也有一些是朋友的朋友,或者朋友的朋友的朋友。长条桌上堆放着大量水果、凉菜和各种酒。

因为长时间准备画展，朱涵憔悴了些，烟瘾也长了，一直烟不离手，但也更好看了。她打小就是一个坐在第一排的乖姑娘。此时，朱涵在众人圈里行走祝酒，答谢祝贺，看上去既颓废又认真。

到了深夜，多数人都喝多了。一个多年前熟识的女子对我说："你现在变得不怎么爱说话了。"我忘了她的名字，当面也不好意思问。

长年生活在外地的乔小春不知什么时候出现在这群人当中，后来我才弄明白，乔小春刚刚出了一本新书，是应书商的要求来参加读者见面会的，他只在那里露了个面就跑到朱涵的酒桌上来了。乔小春当年在学校被班主任定为思想落后分子，毕业分配的时候，班主任通过班干部给他捎话，要是他肯承认错误，不是没有留京的可能。乔小春不肯低头，说："老子就是不给丫这种心理享受。"之后，他回到老家，供职于当地的一家小报，后来干脆连这份工作也辞了，过着读书、喝酒、写作的清贫日子。

有人问乔小春："乔，接下来你打算写什么？"

乔小春低着头说："什么也不写，后半辈子我打算抢劫为生，就是说准备开一家医院……"

杜克提着酒瓶，对乔小春大声嚷嚷："乔老，我听说很多女读者准备组团去你们老家揍你。"

乔小春含混不清地"嗯嗯"了两声，算作回答。

"你想不想知道原因？"

"不想。"

"她们都是爱狗的人，你在你的文章里对狗不敬。"

"让她们带着狗一块儿来吧。我们那儿狗肉少,光棍多。"

另一边,宁大为不知跟谁争执起来。宁大为大声说:"你丫这么说不厚道!老实说,这个世界的目的我不能苟同,潦倒是我的光荣。我不衫不履,不官不商,正经是个体面人!"

杜克摇摇晃晃站到了桌子上,声称要给大伙儿朗诵一首诗,但他一时什么也想不起来,就只是站在桌子上前后晃荡。

有人说他:"想不起来就赶紧下来,别他妈浪费表情!"

杜克嘴里喷着粗气:"不能因为你们出言不逊,我就泄气……"之后终于想起了一句,"啊,让我咀嚼这狗屎吧,像一匹老马,咀嚼散发着土香的狗屎……"这些年杜克获得了上桌子的专利,只要站到桌子上,他就成了倾其所能也不能站直的怪物。杜克突然从桌子上慢慢倒下来,两边的人赶紧把他扶住。杜克突然又清醒过来,嘴里大声嚷嚷:"都别拦着我,等我顿悟了,我抽死你们丫的……"

朱涵喝多了,不知为了什么事逼着费罗表态:"你说,那事儿跟他们有什么关系,跟他妈他们有什么关系……"费罗好脾气地频频点头。大家都老了,青春不再,所有人的脸上、身上都染上了一层浓重的风霜。时间可说是一个坏心肠的蒙面佐罗,总是乘人不备快速溜走,还在别人脸上留下丑陋的、无法抹去的印记,只有在朱涵的画里,这些日渐衰老的家伙还略有几分人样。

所有这一切真让人忍俊不禁。我知道我和眼前的这些人曾经都非常熟悉,甚至一同经历过一些重大事件,但此时我的记忆被一团浓重的迷雾阻隔,什么也想不起来了,只知道他们和我一样多余,一样空虚,都只是一些模模糊糊、支离破碎的存在，先前活跃在身上的真假才华都已经荡然无存。

突然，我听到我的手机响了，此前已经响了好几遍，我没有听到，电话是我的前女友陶红从南国打来的，之前也都是她打来的。听着陶红的声音，我仿佛一下子置身于广州的夜总会里，手里拿的是高众的大哥大，一切都没有变……挂断陶红的电话之后，我又给远在丹麦的张英楠发了个微信，向她问好，祝她晚安。

现实这面镜子扭来扭去，过去的一切都像大海涨潮一样回来了，如今，很多失散已久的人一个一个辗转进入了我的电话簿和微信朋友圈，在信息世界里各行其是，互不相扰。从微信朋友圈来看，他们都已然过上了高大上的美好生活，离我的世界越来越远，而姜丽却逆流而上，无声无息地消失在网络江湖和现实世界之中。

深夜，费罗、杜克、乔小春、宁大为打算在北京大街上游逛一番。我们挤进了一辆出租车。乔小春蜷缩在车上，一声不吭，偶尔呻吟一下，试图清醒，强自清醒，旋即又倒下了。突然大家都闻到了一股怪味，乔小春无声无息地吐了。下车时，出租车司机也注意到了，让我们出洗车的钱。杜克恼怒地大叫："什么都要钱，要他妈什么钱！"宁大为拦住杜克，打开车门，把他推下车去。

费罗掏出一百块钱递给司机，温和地讲道理："拿着，哥们儿。这个喝醉的不是一般人，是个转世的土耳其公主。"司机收了钱，飞快地开车走了。车窗里飘过来司机的恶骂："傻×！一帮大傻×！"

我们都笑起来。杜克以一个迟暮青年的爆发力拔脚狂追，他拼命摆臂助力，脚步却一点也不见快。出租车像受了惊一般，飞快地驶进夜幕之中。

街上的路灯、霓虹灯把一切映照得如梦如幻。乔小春像个软体人似的缓缓倒了下去，躺在了人行道上。乔小春酒相庄严，永远保持着醉后不撒酒疯的风度。

这些又老又年轻的酒疯子，如今不光进退维谷、毫无新意，连长相都已变得十分难看，实在令人生气。

14

几天后的一天上午，我正在备课，接到了一个电话，是陶红打来的，让我下午到机场接她。那天晚上在朱涵画室醉酒之后，我和陶红通了电话，我忘了她都说了些什么，倒大体记得自己说了些什么，核心意思是请她来北京约会。我跟陶红一会儿清醒一会儿糊涂地聊了很久，说了些真话，也撒了一些谎，总之，是希望她能来北京住几天，见个面。

陶红是前段时间在网上重新联系上的。她在一个帖子上看到了我的名字，实名留言，问我是不是海南"逃犯"方小明。陶红现在在深圳定居，多年前投资开了个艺术网站，做起了艺术"教母"，从她的博客、微博和微信上看，她交往的都是些文化人，自己平时也写字、画画，是个有钱有闲的雅人。

隔了二十多年第一次见面，陶红站在远处打量了我半天。此时站在我俩面前的都是另外一个人。她风尘仆仆，风韵犹存，脸上化了重妆，身上环朱绕翠，看上去别有一番动人之处。

"你怎么老成这样了？"这是陶红在接机口见面后对我说的第一句话。这不用她说，她自己也老了。之后，她看着我，眼神里的小我等待着我的赞美，"我怎么样？有没有风雨过后繁华重现的意思？"

"有，繁华得都不敢认了。"

富人的眼光特别毒，她一眼就把我看透了。因为我没有开车接她，还得坐出租车，她有点儿不高兴。看得出，她已经过惯了颐指气使的日子，像她这样的富婆，从车站、从机场一出来，就得有人伺候，她倒是不在乎什么车，劳斯莱斯也行，马车也行，轿子也行，重要的是必须有专车来接，最好夹道欢迎，否则就不对劲儿。但不管怎么说，隔了这么多年再次跟陶红坐在一起，我还是感到格外亲切。一霎时，我仿佛又回到了海南岛，闻到了水仙花的味道。陶红在车上很少跟我说话，倒跟出租车司机聊得火热，不到五分钟，她就向对方倾诉了大量履历，现在司机已经知道，他拉的这位深圳来的女客人是一个翻译家、画家、戏剧家、艺术品投资人，还曾经获得过第一届"海南佳丽"选美比赛的季军，这一点连我都是第一次听说。

汽车一路向郊外行驶，来到西三旗一带。在小区门口下车后，陶红一边跟我往里走，一边昂着头说："住的什么破地方啊，整个一个农村。"

"就是农村。"

"你为什么不买辆车？"

"买不起，也不想买。"

"少来！——你没跟人同居吧？我要在你这住几天。"

"就是有，也是您优先。"

陶红停住脚："到底有没有？有我就住宾馆。"我没理她。

春天到了。从树上能看到春天临近的迹象，柳条青了，杨树穗子掉了一地。有些姑娘、小伙子率先穿上了夏装，陶红也已经脱得只剩一件单衣了。她的身上有我既熟悉又陌生的南国风尘，南国气味。

来到我租住的房子，陶红没有立刻进屋，站在门口扫视了一眼屋子的全貌，半天没有动。我的贫困状况一览无余，她对我的低水平生活非常失望，甚至有点气愤，她憎恨贫穷。

"你女朋友呢？不帮你收拾屋子啊？"

"哪来的女朋友，一直一个人过。"

"喊，谁信呢。"尽管她不相信我这些年的感情一片空白，但听我这么说，她还是挺高兴。

陶红拿出自己的杯子和茶，让我给她烧水，沏她自己带的茶。我一一照办。这期间，她一直左一眼右一眼打量我。

"大哥，二十多年前我认识您的时候，您就租房住，现在您仍然在租房住。你在莫斯科不是挣着钱了吗？"

"是挣了些，后来不知怎么就没有了。"

"你就不该从莫斯科回来。我认识好几个在莫斯科做国际贸易的，早都发了。你当年起步可一点也不比他们晚。"

她再次用挑剔的目光扫视着我的房间，"有钱的时候为什么不买个房子？为什么不投资干点儿别的？真够可以的，我都不知道说你什么好了。一个人但凡有点头脑，对自己有点要求，也不至于坐吃山空，混成这样。"

尽管我不爱听她这么说，但也知道她道出了部分实情。这么多年过去，她似乎一下子就把当年对我的不满情绪接续上了，觉得很有权力评判我的生活。

"我认识你那天，你就是这么个得过且过的人，这一点倒是一直没变。"

陶红一边喝茶，一边翻动着我桌子上的旧教案："你给人家上课，学生们不会失望吗？"

"为什么失望？没有比我更敬业的老师了。"

"我不是说你讲得不好。学生们知道你是名牌大学毕业的，如今沦落到这步田地，还愿意好好念书吗？"

"孩子们不知道什么叫沦落，他们比成年人纯洁。"

"据说一个人一辈子有三次成功的机会，我帮你算过了，考大学是一次，去海南是一次，去莫斯科是一次，可你全都错过了。你呀，你这半辈子一直都在逃跑，你手里本来有过一把好牌的。"陶红端着杯子站起身，在我的小房间里走了几步，转了转，再次摇摇头，感慨道，"还记得海府路卖鱼头汤的小娟姐姐吗？还有你那个在街上卖烧烤的朋友阿伟？"

"记得。"

"现在都成大老板了。"

"真好，真让人羡慕。"

"喊，我一说这个，你就阴阳怪气。有本事干出个样来给我们俗人瞧瞧啊。"

她这么曲解我、讽刺我，我的心里陡然升起了一股邪火。

"不过总体来说呢，当年跟你在一起还是蛮高兴的，虽然总觉得缺了点什么。"她这么说，大概是想给我找补点面子。

"我跟我自己在一起也觉得缺了点什么。"我说,"我就是一破罐,破罐的使命就是摔得更破。"

"别来玩世不恭那一套了,都多大岁数了。"

"这跟年龄无关。"我说,"我正在寻找一种真正的乐观主义。"

陶红笑道:"好好找吧,找到了也分我们点儿。"

晚上,我请陶红在街上的一家老店吃爆肚和羊杂汤,她很不满意,对这种小吃很不屑。不屑就不屑,只有长年生活在大街上的人才懂得这种小吃的意义,才知道这碗成分复杂的浓汤多么有后劲儿。陶红只吃了几口就不吃了,之后开始向我讲述这些年的经历。她在三十岁那年,突然想换一种活法,于是从银行辞了职,到英国待了几年,在一所大学研读艺术史,立志要过一种艺术家的生活。我问起银行家的情况,陶红敷衍道,还是老样子,一直在金融界待着。

回到家里,刚刚坐下,陶红突然问我:"你有没有给我准备睡衣?"

"没有。"

"那我穿什么?我忘带睡衣了。"我建议她穿我的衬衫,她不肯,使劲往外推我,"你快出去给我买睡衣,——千万别买那种死便宜烂贱的,我可不穿!"

买睡衣回来,我发现陶红正在看我电脑里的文稿。

"别看了别看了,少儿不宜。"

"写了不是给人看的?嘁,有我这样的读者是你的荣幸!"

她刚看完我写的一篇在井底下生活的人的故事,对这篇小说很不以为然:"干吗非得写这种苦哈哈的东西,跟社会、跟自己较劲？为什么不写点唯美的、时尚的文字？不是我说你，你一直都在自我设限。"

"是。"看得出，她像二十多年前一样，认为我头脑糊涂，格局狭窄，不能够与时俱进。

"人家别人的抽屉文学、箱底儿文学不也都发表了吗，不也都成名了吗？您老人家倒好，写了半辈子，一个字也发表不了，这不有病吗！"

"我是有病。"

"你呀，就是太死板。"见我甘拜下风，陶红更起劲儿地损我，"我早晚要把我的故事写出来。写出来就比你强！你能写当代知识女性的故事吗？你写不了！"

"我为什么写不了？"

"你没有生活当然写不了！你在真正的职场打拼过吗？你有过国外留学的经历吗？你知道富人的生活到底是什么样的吗？你这辈子做的最大买卖就是那笔全凭运气的易货贸易！"

打击完我，陶红换上了睡衣，之后屈尊躺在我的床上，继续谈讲这些年的生活，主要是她在职场奋斗、成功的经历，其中的一些事件的确算得上惊心动魄。

她突然转过头，看着我："你怎么什么也不说？"

"听你说呢。"

"听我说？"陶红鼻子里"哼"了一声，"好像多尊重我似的。这么多年了，其实我一直想问问你，你当初为什么离开我？"

"怎么是我离开你？"

"你火急火燎地离开海南，不就是为了离开我吗？"

我告诉陶红，当时情况很危急，我随时有可能被公安机关抓住。

"抓住又怎么样？又没你什么事，过几天不就放出来了？再说，我也不会看着你落难不管。"

"可你当时已经跟银行家好上了。"

"胡扯！我承认我当时昏了头，听信了他的话！可即使那样，我也没想和你立刻分手，我希望你和他当面对质，把事情说清楚！我当时不过是在赌气！可是你呢？你跑了！连跟我见一面的时间都等不及！"她越说越生气，"这些年我一直在想这件事，有一天我突然想明白了，当年即使没有那个人从中作梗，你也会离开我！最后倒弄得好像是我甩了你似的！"

我一时无话可说。

"我冤枉你了吗？你倒是反驳呀？事实上你根本就没有在乎过我，也从来没有在乎过我的意见，你那时候满脑袋想的只有你自己！——算了，现在说这些也没意思了。"她的声音和表情里都有几分令人心碎的伤感。

我忍不住拥抱了她。她没有拒绝。我又闻到了久违的、熟悉的气息。她的身体里依然住着那个甜美火爆、情感热烈的小姑娘。一时间，我又体会到了爱情最初时刻的甜蜜和冲动，对我来说，陶红的脸永远处于爱情星空中总脸谱的第一位。

之后，陶红像过去一样，把头靠在我的肩窝里："这些年你过得好不好？"

"说不上好还是不好。"我说。我似乎从来没有想过生活"好不好"的问题，市面上的所谓好生活一直离我非常远，再说我也根本不配过什么"好生活"。

"我就纳闷,你怎么就不能努努力,把自己的生活弄得好一点?"

"我一直认为这是我所能过的最好的生活。"

"喊,还跟过去一样,只考虑你自己。你有没有想过,我要是现在想跟你重归于好,你能给我什么?"

"……"

"你怎么不问问我过得好不好?"

"你过得好不好?"

"一点也不好。"她停顿了一会儿,闭着眼说,"没错,这些年我是挣了不少钱,物质方面,别人有的我有,别人没有的我也有。我是不缺钱,可是我缺别的。"

"缺什么?"

陶红叹了一口气,没有回答,之后翻过身去,过了不多一会儿,发出了轻轻的鼾声。

看着身边的陶红,我一下子又回到了许多年前。那时候我神魂颠倒,早也恋她,晚也恋她,但我们两人却始终没有走在相同的方向、相同的轨道上,直到现在,依然如此。

后来我也迷迷糊糊睡着了,不知过了多久,我突然被陶红推醒。

"就你这种表现,还口口声声说想我呢。"

"我是想你来着。"

"那你怎么睡着了?"

"看你睡着,我才睡的。"

"我睡你就睡呀?再说我也没睡着。"

"有什么话明儿再说吧,你赶了一天的路。"

"你用不着假装替我着想!"陶红突然翻脸了,"说好的彻夜长谈呢?!你以为我在你这儿住是为了跟你上床?呸!你满脑子想的就是跟我睡觉!当年也是!"

我打起精神跟她聊点什么,她反倒没兴趣了,认为我在敷衍她。

"还好意思问我缺什么?缺爱!我这辈子全被你毁了,你把我的人生分成了两部分。"

"别这么抬举我。"

"你还不承认。我这辈子最恨的人就是你。"

说完这句话,她终于扛不住,一翻身睡过去了。我看着高一声低一声打呼噜的陶红,心里突然涌起了一股悲悯的情绪。也许是因为没有生过孩子,她虽然胖了一些,但腰肢却没有这个年龄的人通常所有的臃肿,只是头发已经没有以前那样浓密,身上的某种清新的东西也已经消失,像水花一样沉落了。这一刻我有些难过,不知道陶红这些年是怎么过的,怎么拥有了这样一副喜怒无常的乖戾性情。

第二天醒来时已经是早晨九点多钟,我身边的床空着。陶红已经洗完澡,坐在椅子上对着随身携带的镜子化妆,看上去优哉游哉,似乎把昨天晚上的不愉快全都忘了。

"我好看吗?"

"好看。"

"真不容易,还学会赞美了。"

"你当得起一切赞美。"我无耻地说。

"喊,越说越假。我有自知之明。当年的我的确值得赞美。有一回我看到自己年轻时的照片，不是自恋，是真他妈好看！"

按照事先安排，陶红让我先陪她到"新世界"语言学校帮她表姐的女儿报暑期辅导班，之后到Ｐ大去拜访一位老师。

陶红一边吹头发，一边对我说："知道我想起什么了吗？当年咱们在海口的房间也差不多这么大。我现在有一种穿越的感觉。别怪我数落你，你真是够能凑合的。我昨天真的挺生气的，恨铁不成钢。"

在"新世界"语言学校，我又看到了著名校长咧着薄嘴唇眯眼嘿笑的巨幅照片。在最近的一个演讲里，这个大能人除了讲述自己的成功史，甚至暗示自己当年是一位校园诗人，和卧轨自杀的诗人海子有非常深的交情。他说当年听到海子去世的消息后他号啕大哭了整整一天，这些话差点儿把我笑死。我从来没有见过能哭那么长时间的人，他真应该再开一个专门训练哭的表演学校。

我把这件事说给陶红听，陶红"哼"了一声说："知道你这叫什么吗？"

"妒忌，羡慕嫉妒恨。"

"你明白就好。"

Ｐ大校园里的各种花开得轰轰烈烈。一路走在校园里，陶红语带讥讽地问我是不是想起了很多往事。我说是，想起的都是老情人，处处都是做爱的现场。我吹牛，别人可能相信，却蒙不了陶红。我跟她才是第一次，这一点陶红心里有数。

陶红此行是为了拜见Ｐ大中文系一位名士，他们事先约好在百年大讲堂后的一个咖啡馆里见面。这位名士姓何，是个诗人，同时也是一位赫赫有名的文学批评家，这位大名士的中心话题永远只有一个：屈骚。在他看来，屈原就是个伟大的怨妇，如今的人们全都等而下之，个个都是办公室里的屈原，讲台上的屈原，野大地里的屈原，只会发牢骚，诉委屈，对人性和人类事务一窍不通，自以为只要按照他们的理想去做就能使世界清新如洗，简直幼稚可笑。

此人年轻的时候就在"骚"字上站稳了脚跟，人称"何骚骚"。何骚骚自然没有认出我，我得以坐在边座听他讲述自己的生平，臧否人物。何骚骚口若悬河地谈论文学和历史，但他满脑子想的都是跟陶红睡觉，这一点瞎子也能看出来。陶红对何骚骚由衷佩服，为了显示对燕园人物并不陌生，陶红提到了中文系另外一个人的名字，不料这一下大大刺激了何骚骚，何骚骚开始大骂此人，按照他的意见，此人应该被立刻开除，永远远离神圣的讲坛。可是这人分明是何骚骚先生的亲师弟呀，这番揭秘惊得陶红差点儿把眼珠子掉出来。

何骚骚笑得智慧、高雅，很有感染力。根本不需要任何想象，我就知道何骚骚赤身裸体的样子，因为我们在P大公共浴池一起洗过澡。这个小肚子胀大、一脑袋兵法、长着一对猪眼的坏蛋！与此同时，我也已经从眼前两个相谈甚欢的家伙的视野里消失了。我起身去了厕所，错过了下半程谈话。

我在校园里四处溜达，一路上看到了两个以上曾经熟悉的女子的面孔。漂亮的变一般了，丑的反而变好看了。学生们在未名湖边的草坪上读书、玩耍、谈恋爱，设计自己的未来，都以为有一个辉煌的前程在前面等着他们。不用说，他们此时满脑子都是毕业、拿学位、出国镀金、晋级、晋升、买大房子、带领团队、组织幸福家庭之类的好事儿,眼里永远只有成功的师兄师姐,根本不会想到世界上还有我这号到处碰壁的倒霉鬼。

估计时间差不多了,我又回到了老地方,看到陶红正和何骚骚拥抱告别。陶红聊舒服了,胖脸蛋儿兴奋得通红。

"很有收获!"这是陶红对刚才那场谈话的评价。

我不由恶骂:"得了,这孙子的所谓研究就是手淫,还是那种无精可射的手淫!"

"粗俗!无耻!"陶红刚刚进行过一番严肃的学术讨论,心里充满了高尚的情感,突然听我发出如此不和谐的声音,立刻发起火来,"批评起别人来这么恶毒,你能干什么?"

话一出口,我也觉得自己有点恶毒,干脆闭上了嘴。

"我最讨厌你这种人!你能你倒是写啊!"似乎觉得说得不够全面,陶红又补充道,"写了倒是也能发表呀!"她再次抓住了我的短处,"为什么别人都获得了这样那样的成功,而你却一事无成?怎么别人就能找得到合适的、成功的表达形式,而你不能?你就没有好好反思过吗?"我知道她的意思。世界上没有怀才不遇这件事,生活在这个充满机遇的伟大时代,人人都有施展才华的机会,你不成功,只能说明你自己有问题。

陶红大步往前走,看也不看我:"喊,自己都穷成狗了,还好意思说人家!"

"穷就没有发言权了吗?"

"当然没有!"随后她又头也不回地刺了我一句,"你说,你这辈子到底认真干过些什么?!"

"我一直在认真受苦,只问耕耘,不问收获。"

"哈,真能往自己脸上贴金!"

走在未名湖边,路过博雅塔的时候,一个飘逸的老人突然从斜刺里冲出来,老远冲我打招呼,然后以跟年龄不相称的速度蹿到我面前,伸出手跟我热烈相握。

"你是那个钱……我老远就认出你来啦!当年从海南回来的时候,你为什么不再来找我?我本来打算推荐你到中央一个大部委……这些年,我一直都在关注着你……"

我费了好大劲儿才明白,这位老先生把我当成钱晨曦了。他根本不容我说话,一味向我这个"钱晨曦"解释当年的事,"你现在还好吧?回去到地方上发展也很好,殊途同归嘛。听说你干得很不错,很受群众欢迎……"

"凑合吧。"

"你现在在哪个市当市长?你看我这脑袋,一时怎么也想不起来了……"

我说了钱晨曦供职的城市——此时钱晨曦已经在一个大地级市当上了市长。

"如今市长不好干吧?管理一个上千万人口的城市,责任很重呀!"

"也好干,也不好干,就看怎么个干法。"

"说得好说得好!不管怎么样,办法总比困难多。你们那班同学如今做研究的多,做领导的少,这不是一个好的趋势!有所为有很多方面!苏东坡既是大官员,也是大文人,不矛盾嘛。我年轻的时候,曾经有一个重要领导人要我去当秘书,我贪恋书斋生活,没有去,事后非常后悔。权力能实现很多事情，是个好东西呀。我正在着手写一篇文章，呼吁为权力正名。"

末了，老先生哆哆嗦嗦从口袋里掏出一个脏乎乎的本子和笔。"我给你留个电话，以后常回来看看。"老先生一边说话，一边迅速在纸上划拉，一双写字的手像卤过了劲儿的鸡爪子，可是写出的字却非常漂亮。我现在已经认出此人是谁，他原先那张油亮的脸变得干枯了，一双金鱼眼在镜片后面闪闪烁烁。

之后我和这位老先生在友好的气氛中分别了。此人是中文系一位老教师，一直兼搞行政，负责学生毕业分配，我敢肯定钱晨曦当年在信里骂的那个管分配的大浑蛋就是他，此人的脑袋只记得住名人和有官位的人，他的古怪相貌和派头让人不由想起风度啦、佳话啦之类的恶心玩意儿，而他本人却是一个猥琐得不能再猥琐的老混账。事实上，他们这号人才是这个老园子的实际主人。

"市长是怎么回事？"陶红问我。

我把钱晨曦的事讲给陶红，陶红大笑不止，最后骂我："你可真能装！"

"他老人家也不好好看看，有我这么瘦的市长吗？"

"相由心生，你不光老了，难看了，修养也更差了。"

"相由王八蛋生。"

"你说什么？"

"我说的是钱。"

"你没钱才这么说。你现在的笑，全是苦笑，又愚蠢，又狂妄！"

晚上，我带陶红到篡街和费罗他们会合。这些人的名字她都知道，他们的故事我在海南岛的时候给她讲过不下一百遍，看得出她非常失望。因为我当初描述的人现在已经全都变成了大叔，不复青春年少。一开始，陶红在酒席上尽量礼貌得体，但即便这样，也显得格格不入。她原以为自己参加的是一个谈吐高雅的精英沙龙，没想到却是一个狂喝滥饮的酒徒聚会。

杜克一时赛脸，醉醺醺地捧着陶红的手发表他的怪论："人生苦短，我这辈子大概还有五百次性生活……"陶红立刻火了，摔开杜克的手，大声说："你的性生活跟别人有什么关系?!"然后离开杜克气哼哼地坐到了另一边。酒席上的谈话漫无边际，正经与调侃参半。陶红又负气坐了一会儿，后来实在忍不住了，坚决要求回家，我只好赔着笑脸和她一起离开。

陶红不肯再回我的出租屋，在网上订了一家带有游泳池的英式七星宾馆。路上，陶红对"废稿"朋友圈的诸位嗤之以鼻，除了成功人士马用和天性纯良的老费罗，她一个也看不上。

"都什么人哪！个个眼高于顶，自以为是！我实在受不了！"

"你根本不了解这些人。"

"我没兴趣了解！拿肉麻当有趣！你们这样子哪里像负责任的中年人？几个老文青在一起借酒发疯有意思吗？我就纳闷，你们这些人天天醉生梦死，还有没有点正经事干?!"

"当然有，他们每个人都是响当当的生活艺术家。"

"作品呢？作品在哪里?!"

"他们本身就是作品。"

"少来！我说的是真正有影响力的作品！"陶红越说越气愤，"你们这些人最大的毛病就是长不大，永远生活在青年时期。以前都是学霸不假，现在也都是真正的老废物！还好意思自称什么艺术家！艺术家要靠作品、靠实力说话，不是靠吹牛皮！"

"长不大怎么了？长不大说明生长期长，能长大个儿，晚熟！"

"什么晚熟？那叫残废！一帮大男人，根本不知道建功立业为何物！"陶红把这些在我看来弥足珍贵的不定期聚会视为浪费时间，之后又兜兜转转说到我，"还有你，从我认识你那天起，你的心就被往事占领了。你有那么多有成就的同学，你一个也不来往，只跟一些不得志的酒疯子们在一起鬼混，你能有什么出息？你自己选择了这样的角色、这样的人生，就活该失败，活该倒霉。——办《废稿》还算有自知之明，我看你们这些人就是一群毫无用处的废稿！"

伺候陶红在大酒店住下后，我起身要走，陶红把我拦住了。陶红拍拍沙发，示意我坐在她身边，她的脸上突然换了一副表情，甚至露出了一丝笑容。

我吓了一跳："您别这样看着我，我有点儿瘆得慌。"

陶红的口气出人意料地缓和下来："我刚才话说得有点重，你别不高兴。你想想，我要是不在乎你，早就什么都不说了，你爱怎么样怎么样，我才懒得管呢。"说着话，陶红突然伸手托住我的下巴，向后仰着身子盯着我左看右看。

"你这是干吗?"

"让我好好看看你。"

"我又不是牲口,你这么翻弄。"

"讨厌。我有两个问题问你,你一定要诚实回答。——你嫖过娼吗?"

我没理她。

"得没得过性病?"

"嫖过,得过!"

"好好回答,我跟你说正经的呢!现如今,所有已婚男人都过着独身生活,所有的光棍都过着已婚生活,我懂。你跟我说实话。"

"没有。怎么啦?"

"我想生个孩子,我要为我的后代负责。"

"你生你的,这里面没我什么事!"尽管我已经意识到陶红这么做其中必有文章,还是有些始料不及。

陶红不理我,又拉过我的双手低头细看:"我手上有十个簸箕,我记得你有十个斗,对不对?这件事一千万人里才有一对,是绝配。另外你们家还有双胞胎基因。"

"你为什么不跟银行家生一个?"

"他不想要。"

"那他能同意你跟别人生孩子吗?"

"问那么多干吗?那是我的事。"陶红不耐烦地说了一句,然后抬起头看着我,"你就说,你同不同意?"

"你到底什么意思?咱们俩还生得出孩子吗?"

"怎么生不出来?"

"你非要想当个高危产妇，我也管不着。"

"想什么呢，老土。我说的是代孕好吗！"

"试管婴儿很容易生双胞胎，多胞胎都不在话下，多用几个卵子就行。"

"那不一样，我要的是自然基因。"

我扒拉开陶红的手："这忙我恐怕帮不了，我不能老了老了，还作这孽。"

"什么叫作孽！把心放到你的肚子里，孩子生下来，不用你养，我自己养！"见我胆敢拒绝，这个女独裁者都快气疯了。不知好歹！谅我也配！世界上没有比我更穷的人了，在她看来，穷到我这个份上，都是让干什么就干什么，哪敢说个不字！随后她又大声追加了一句："我会付钱，不会白用你的。"

"这是钱的事儿吗？"

"所有事到最后都是钱的事！"

她这么咄咄逼人，以为自己真理在手，真能把谁活活气死。一霎时，我突然有点同情起银行家来，那哥们儿跟这个女疯子在一起过了这么多年，也着实不易。

"早干吗了，蹉跎人生。"因为这几天天天挨骂，我一直忍气吞声，现在终于找到机会，刺了她一句。

"哈！你还别说，"陶红响亮地笑出了声，"咱就是有这本事，蹉跎了能补救。你荒废的一切可都没法补救了。"

我终于明白，这是富人们的新玩法。陶红年轻时怀过不止一次孕，都做掉了。前几年，她冷冻了卵子，以防后悔。现在，她正在给自己和她物色的代孕姑娘办理移民手续，准备把孩子生在美国。不由分说,陶红要我从现在起就开始戒烟、戒酒,每天跑步,按照合理营养配餐,她还希望我马上到深圳去,最好明天就跟她一起走,这样她好亲自监督我。我当即拒绝了。

"你那房子是租来的,离不开是吧?这几个月的房租我替你交!"

我告诉她我在给人家上课,实在走不开。

陶红撇撇嘴:"得了,别再提你那些误人子弟的破事了。一想到你在讲台上假模假样的样子,我就想笑,哈,简直笑死个人!"最后她终于格外开恩,宽限了我一段时间,但是——一到暑假,我必须立刻到深圳去。这是命令。

15

我好不容易把陶红送上了出租车。这天天气暴热,一路上,陶红把外套脱下来,让我拿着,又就生活习惯上需要注意的问题细细叮嘱了我一番。我催她上车,她不干,说:"不行,凭什么你说什么就是什么。你得陪我再走会儿。"作为特别恩典,她不由分说把我的手放在她的腰间,让我搂着她走。我一路走,一路听着她的唠叨,一直走到她决定上车为止。陶红走后,我一时茫然,眼前的一切不知是真是幻。后来我觉出肚子饿了,就在小区门口的超市买了一包速冻饺子,本来还想喝点啤酒,突然想起陶红的叮嘱,就忍住了。

这是一个春天里的夏天,多年不联系的大学同学刘景宽打电话问我在哪儿,说要来接我。我感觉到脚下的船在掉头,一切似乎都在回转。

前些天刘景宽突然联系到我，说要还多年前借我的一笔钱，那还是在海南岛时的事，那时刘景宽伙同几个家伙到海南岛办公司，他有的是钱，只是见到我的时候刚好没带钱包，手头缺现金，就从我那里拿了些钱，后来我俩就再也没有见过面，现在他提出归还多年前的老账，真让我喜出望外，因为我从来没有指望过他还钱，尤其没指望他这样的大阔佬还钱。

我从其他老同学嘴里知道，刘景宽已经在他涉足的所有领域成功了二十多年，搞过房地产、搞过石油、搞过煤矿，如今又搞上了互联网，总之，凡是时髦行业没有刘景宽没有搞过的，一切都没有逃出他的慧眼，他抓住了一切发财的机会，从未落空。我在海南岛编稿子的时候，我在"梦想号"甲板上烙大饼的时候，我在莫斯科乱逛的时候，我在红星小学教书的时候，刘景宽正在指挥一场又一场稳赢不输的商战，喝各种美酒，签各种合同，与金钱共舞。陶红来北京之前，刘景宽约过我一次，后来就没了下文。此时刘景宽突然打电话说要来接我，并特意告诉我，他开着一辆意大利车，这款车全北京不超过十辆，很好认。果然是辆好车，车里的座椅全是鹿皮做的，车的颜色会随着日光的强弱发生变化。坐在车里，刘景宽的声音近乎耳语，我得使劲儿把耳朵凑近他，才能听清他在说什么。

刘景宽是北京人，年轻时一副公子哥儿脾气，对一切都看不上眼，有一回在P大学三食堂吃饭，他突然对饭菜不满意，一下子把饭菜扣在饭桌上拔腿就走，那时候的饭桌是跷跷板似的连体桌椅，他这么突然站起来，把对面吃饭的一对情侣的饭都颠洒了，弄得一对有情人面面相觑。刘景宽的身世是个谜，一年级刚入校不久，他就悄悄放风说，自己是某个大人物的孙子，为了避免被特殊对待改了现在的名字，好几个朴实的外地同学一直信以为真，对他非常崇敬。后来他又声称自己是个孤儿，父母在"文革"期间双双自杀，这倒是真的。此外，像钱晨曦是个象征迷一样，刘景宽是个体系迷，大学二年级的一天晚上，他强拉我在未名湖边散步，一路谈讲他正在着手构建的庞大思想体系，听上去其规模和深度比康德、黑格尔加一块儿还要宏伟深邃得多。毕业之后，刘景宽行踪诡秘，同学聚会从不参加，只肯在自己独创的体系里隐现，享受隐形大富豪的名声和趣味。

"见你一面还真难，忙什么呢？"胖了一大圈的刘景宽坐在驾驶位上，斜着眼睛看我，一副坐在纯金马桶上拉屎的混账派头，"当息爷哪？听说你前些年在莫斯科发了。"

"你才息爷呢。"我告诉他，我已经失业多年，早年挣的钱也糟践得差不多了，现在什么都没得干。我的话还没说完，刘景宽就爆发了一阵大笑："那你靠什么为生？抢银行啊？"得知我多年来一直穷困潦倒，过着牛马不如的北漂生活，刘景宽高兴得要命，差点儿从驾驶座上跳起来。

刘景宽告诉我他刚从日本度假回来，在温泉泡澡的时候认识了同样度假的一个校友，名叫刘笃让，两人一攀谈，我是他们两个唯一共同认识的人，刘景宽就是从刘笃让那里要到了我的电话号码，一开始我没有想起刘笃让是谁，后来经刘景宽提醒终于想了起来。刘笃让同志没有把我从电话簿里删掉实属意外。

刘景宽开着他的变色龙汽车把我带进了东城区一个幽静的四合院。院子里有假山，有樱花，有丁香，有翠竹，围绕着假山，还有一弯忽上忽下日夜盘桓流动的小水渠。刘景宽立刻让我知道，他是这座四合院的主人，这个院子是多年前花了八千万买的，现在已经值八个亿。他向我强调，他极少把外人带到家里来，暗示这是一项了不起的殊荣。

在书房一坐下，刘景宽就揎拳捋袖说："我后来又去过海南多次，满世界找你，就差贴寻人启事了，你倒好，脚底抹油，跑了。你当年要是跟我一块儿干……"

我骂他："那是你没有诚心找。"我顺嘴问他在干什么，刘景宽说自己早已经退居二线，再也不做具体事了，就是一个字：闲着。也就是说，他早已建好了属于自己的运转良好的体系，只在家里坐等收益就是了，甚至连收益也懒得关心。他说着话，打了个臭气熏天的嗝儿，随后解释道，"你根本不可能想到，我打的是饿嗝儿，我在节食。吃饭现在对我来说就是个负担，我现在追求虚弱，绝大多数人领悟不了虚弱美。在虚弱状态下，我自以为生活在古代，具体说是在宋朝，我喜欢苏东坡、姜白石这些人。总体来说，那个时代没有太多吓人的东西，比较注重审美。"我注意到，刘景宽手背上有一个长年啃咬形成的大肉包，他打小就有咬手背的习惯，看来他保持了这个习惯，现在我终于把眼前这个神神道道的油胖子和多年前那个满嘴谎话的坏东西联系在一起了。

"钱太多对我来说不是什么好事。你到底以什么为生呢？我比较好奇。那个姓刘的赃官儿说你在一所打工子弟小学当老师，简直荒唐。——靠码字？那你会活得比较辛苦。我的问题是钱太多，你的问题是钱太少。"他的幸福感已经满溢到了脖子以上，再加把劲儿就要灭顶了。他一边说，一边"咯咯"笑，声音十分刺耳。

"你丫要是再这么说话，我就走了，咱俩到底谁欠谁钱？"

"看看，急了，不要急。岁数大了，稳重才对。"刘景宽声音忽大忽小，看上去快活得要命。

"我有正经事跟你说。咱们晚上一起好好吃顿饭，我已经跟厨子交代好了，菜都是我定的，都是市面上已经失传的老北京菜，外边根本见不着。"

刘景宽亲自泡茶，把一撮绿茶和一撮红茶沏在同一个壶里。我问他这是怎么回事，他脸上露出神秘的笑容，小声说："绿茶，红茶，三七开。"看我不明白，刘景宽越发得意，"这是我的专利，我的独门茶道。我要让红茶和绿茶在同一个壶里干架，看谁干得过谁，味道出人意料地好。"

"真无聊。"

"这不叫无聊，叫颓废。人间至味是颓废，这世上没有几个人懂得什么是真正的颓废。"

我一时糊涂，问他到底是怎么发的财，怎么走上颓废之路的，这下惹了大麻烦，勾起了刘景宽的倾诉欲，我就是不问，他也正打算好好说说。

刘景宽说他这辈子最快意的一件事，是年轻时破解了一个大人物的心事。刘景宽毕业后分到了北京的一家出版社当编辑，没上几天班，就搞上了经营，但关系一直在出版社挂着，他说他当年要从一位长者手里拿一个天文数目的大项目，他知道此人喜欢古董，就透露说想送一件玩意儿孝敬他老人家，结果当天晚上意外收到了长者的秘书送来的一幅字，内容是王之涣的《登鹳雀楼》，是长者亲笔写的："白日依山尽，黄河入海流。欲穷千里目，更上一层楼。"

刘景宽考我："你知道这是什么意思？"

我没有理他，等着他自己揭晓答案。

"我琢磨，我还没有给领导送礼物，怎么领导反而送了我一幅墨宝？读着这首诗，我心里很羞愧，说起来这位长者也不是外人，是我老爹生前的一位好友，开始我还以为长者是想用这首诗委婉地批评我一下，提升一下我这个不肖之子的人生境界，但思来想去，总觉得什么地方不对劲儿、不合常情，后来我又翻来覆去研究了一阵，突然明白过来，这是一首境界阔大的哲理诗不假，但同时也是一首倒置的藏头诗，意思是'更欲黄白'！哈，这下你明白了吧？破解之后，我都快要乐晕了。敢情是这么一回事！可见逆向思维有多么重要，体察世道人心有多么重要！甭管有意无意吧，反正我理解对了，从此我的生意一马平川，长者也对我非常器重，不管怎么讲，我可以说是他的一个忘年知音啊。你说多有意思！为此我经常暗暗佩服我自己，经常拍着自个儿肩膀说，兄弟，到底是 P 大中文系毕业的，没白学！"

"也许是你瞎琢磨，拉人下水，害了一个好人。"

"哪儿他妈来的好人，我这辈子就没见过。"

"我看你跟他们没什么两样。"

"哥们儿，你有仇富心理，这要不得。"刘景宽说我，"咱们认识二十多年了，你了解我，我并不在乎钱，我愿意做事，你要是想做成事儿就得这么办。有钱不是我的错,我有钱总比别人有钱好,钱到了我这儿就算是得其所哉。我不光做赚钱的俗事,也崇尚文化。我一有空闲,首先想到的就是文化,这就是我要跟你商量的正经事,我打算拍个电影玩玩儿,听说小成本数字电影投资不大,几百万就可以。另外我也研究过,搞电影投资绝不能太大,钱一多准坏事,非完蛋不可。我出钱,你写剧本,然后再找一个有追求的靠谱导演。你看怎么样?"说起故事的主角,不用问,是他自己和一个纯洁得不能再纯洁的好姑娘。刘景宽告诉我,他这辈子干得最有意思的事是上世纪末在北京开了一家规模很大的夜总会,有整整三年时间,他白天睡觉,晚上住在夜总会,考察各种姑娘,接待各路朋友。这一千多天,经他过眼的姑娘不计其数。

我说:"这事儿你应该找杜克聊,他一直在筹拍电影。"

刘景宽提高了声音:"他哪儿行!我看过他拍的片子,没什么才气。丫就是一钱奴,一直在为钱拍片子。咱们的电影绝不搞好莱坞那一套,就是一部简单诚恳的艺术片,要小众,非常非常小众,绝对不能有商业上的考虑,票房为零才对得起它。这是一个真正的好故事。杜克这人我太了解了,三岁看大,七岁看老。丫上学的时候恋爱就没成功过,我记得他追求过一个俄语系女生,那姑娘倒是挺漂亮……算了,甭提他了,我跟他气场不对。丫现在走路还摔跤吗?"

"那得看心情。"

刘景宽抬腿大笑,乐得喘不过气来,仿佛看见了杜克突然跌倒的样子。

"你干吗不自己写?"

"我才不干那驴活儿。"刘景宽飞快地摇摇手,"我这辈子严格遵守咱们P大中文系的传统,只当学者,不当作家。"之后他又把话题拉回到广义的创作上来,"老实说,我这半辈子在黑、白、红各道都混过,有爱情,有商战,也有暴力,手里既有多得不可胜数的素材,也有多得不可胜数的荤材,站在这些材料上俯瞰中国文学史,四大名著简直就是儿戏,夜总会只是自成一章的一小部分。我要是哪天一堕落提起笔,什么四大名著,全毙!"

从刘景宽的讲述中,我慢慢把他的伟大事迹串联了起来。夜总会在新世纪开始那年,因为某种复杂的原因突然倒闭,从夜总会修行出来之后,刘景宽把大部分钱投进了互联网事业,稳稳当当地做了一名股东,他本人则重新回归家庭和书斋,完全换了一种生活方式,每天游泳、散步、研读历史。"多么奇怪,我干什么什么发财,我对互联网一窍不通,却从互联网里挣到了最大的一笔财富。这些年,我虽然不主动跟同学们联系,也不参加班级聚会,但还是有不少人找我为这事那事帮忙,能帮的我都帮。从他们嘴里我听到过不少关于你的传闻,他们都说你离开学校之后就疯了。"

"他们才疯了呢。"

"都他妈疯了,谁也甭说谁。"刘景宽笑,像是突然想起了什么,"对了,你弟弟怎么样,找着了吗?"

我不想跟他讨论这件事,没有理他。刘景宽大概看我脸色不对,马上转移了话题:"不过我还是想不明白,你怎么就在一所打工子弟学校当上代课老师了?——不管别人怎么说,我觉得你应该坚持写作,反正写不写都是受穷。我看过你写的一些文字，虽然深一脚浅一脚，不过还算有风格。风格就是生命力，我家刘勰刘彦和是不是说过类似的话？理论是灰色的，生命之屌常新。"

刘景宽对自己的妙语很得意，之后又开始评判我们熟悉的共同人物："费罗、乔小春、袁军这些人上学时多牛，现在怎么不牛了？知道为什么吗？适应不了这个社会。跟他们相比，我更看好马用和钱晨曦这种人，乐乐呵呵、昧着良心在社会大染缸里混才是真好汉，他们成天跟什么事儿都干得出来的人共事，得有多大的勇气和智慧！咱们这些鸟同学，我只跟老钱有来往，他每次进京都会来找我问计，不亚于隆中对。回头咱们的电影可以到老钱的地盘上去拍，也算在仕途上帮他一把。"刘景宽认为自己是Ｐ大中文系上下几届学生里最具文学天赋的人之一，只是后来兴趣转移了，对文字生涯没兴趣罢了。

刘景宽突然决定让我见识一下他收藏的一些真正的好东西，他把我领进一个宽大的藏宝室，神神秘秘地告诉我，这间屋子只有他一个人能进来，连他老婆不经过他允许也休想进来。这时他又恢复到了大人物的耳语状态，挑挑拣拣地向我展示他收藏的各种宝贝。他拿起一块黄色的石头，说，这是一块糖玉，摸起来像杨贵妃的屁屁，这是一块羊脂玉，摸起来像李师师的屁屁，这是一块玻璃种翡翠，摸起来像夜总会诸位姑娘集体的屁屁……之后他拿起一只破碗，说他断定这个物件是元朝的，可有些鸟专家非说是民国仿的，简直气死个人。在他看来，古董这个行当里的所谓专家全都是别有用心的坏东西，全都是昧了良心的利益帮派……

现在我终于意识到，刘景宽把我大老远叫过来，主要是要展示一下他不同凡响的豪奢生活和价值连城的收藏品，好让我大大羡慕一番，他的真正目的是炫耀，炫耀他人生的成功，炫耀他那些用狗爪子刨出来的该死的金钱。在这堆璀璨夺目的破烂儿面前，他是主人，我是看客，他负责展示、炫耀，我负责羡慕、赞叹，这就是我俩本色出演的角色。总之，他打算用这些破烂儿一下一下敲打我，但他估计错了。通常人们来到这样一堆值钱的玩意儿面前会屏气敛息，十分恭敬，我却只想大笑。我顺手拿起一个他还没来得及妥善安置的瓶子，往上一抛，把刘景宽吓了个半死。

"放下，孙子，放下！这可是个娇气玩意儿！"

我放下瓶子，又顺手拿起了一个看上去比较脆弱的瓷器，准备用一根手指顶起来，最好能像转篮球那样转上一阵，刘景宽变得更为紧张，脑门上汗都下来了，但他此时已经转过弯来，不敢使劲刺激我，眼珠子随着我的手滴溜溜上下乱转，连脸上的肌肉都在跟着我用力，我又做了个向上抛的动作，刘景宽脸都绿了。

玩完这一套，我作势要把瓷器扔给刘景宽，刘景宽忙不迭地伸手接过来，然后把瓷瓶小心翼翼地放在离我老远的地方，翻脸恶骂："你大爷！你要吓死我呀！你知道这是什么？这宝贝经过了好几个世纪，雍正爷、乾隆爷、老佛爷都收藏过……"

"这浑蛋玩意儿是什么？"

"康熙青花，跟它一比，咱俩才是浑蛋。它是我这里最娇嫩的东西了……哟哟哟小心……你丫什么也别动，就当自个儿没长手行不行……"

在这间密室里，我如同置身于一个实验室，而喋喋不休的刘景宽慢慢变成了一具活动的骷髅，具有喜剧色彩的刘景宽变成一具骷髅并不令人害怕，如果以后我从事收藏，我愿意收藏刘景宽本人的完整骷髅。骂完我，刘景宽终于缓过神儿来，连拉带扯把我弄到了外屋，"啪嗒"一声锁上了密室的门。

刘景宽好不容易才把气儿喘匀："你别觉得我特别在意这些东西。其实也没什么了不起，多少东西说毁也就毁了。"刘景宽觉得现在安全了，又开始说起大话。纯粹是为了引发我更大的妒忌，刘景宽特地告诉我，他如今还在一个国学研究机构挂了个虚职，每个月从那儿领一份不菲的干薪。

"哥们儿，你眼下这种状况我很能理解，出身于咱们那样一个学校，被德先生和赛先生二位轮流爆锤过，这辈子就只能过另类生活了。就我而言，甭看我手里有点儿钱，但我这样的人，命运跟你其实是一样的，永远不可能成熟，不可能成为社会上真正的成功者，只能成为一个异数。要说走仕途，条件谁也比不上我，这你不否认吧？要不是有家训，加上我本人觉悟得早，我现在早该是一方诸侯了，正干着我真心鄙视的一切。老实说，我现在所干的一切，都来自深深的羞愧，羞愧是我无法克服的病症。——你丫别笑好不好，我说的都是心里话……"

老实说，我很愿意看到这个老浑蛋羞愧，甚至希望他马上羞愧至死。但跟我的愿望相反，他其实一点也不羞愧，他随时都打算自嘲，但都是假自嘲，真自夸。他虽然被大宗的钱砸晕过,但醒来之后并不满足,因为这些成功在他的思想体系里缺乏重要性。

"钱财对我来说,到底有什么用?我没有孩子,没有后代,我盖的房子、收藏的东西、搭建的平台最终全都属于这个操蛋的世界。作为一介文人,我这辈子能消费什么?不过几本书、几个词、几段可笑的感情纠葛罢了。想想真是气人,我现在很能理解奴隶主们的心情,我真希望百年之后能让所有的东西陪葬。"他一路胡扯,我注意到他的小拇指上留着长指甲,我最恨留长指甲的人。

"快点儿办正事,我要走了。"

"别着急走啊,你又没什么事儿。"

"谁说我没事儿?我忙得很,赶紧的!"

"少不了你的,我让会计师算上了这二十多年的通货膨胀率和利息,比你当年存银行强一万倍。我做事讲究吧?好好坐着,一会儿就吃饭,然后我再请你去洗个大澡。"

"去你大爷的,我不爱跟男的一块儿洗澡。"

"你以为我愿意?"刘景宽嘿嘿笑,"我老婆做保健去了,一会儿就回来。我把你吹成了一个传奇人物,她很想见见你。"

刘景宽从书架上拿出一个信封,递给我,我伸手去接,他突然又收回去,接茬儿说他那套烂磕儿。此时我已经彻底失去了耐心,冲他大声嚷嚷:"快把钱给我,我还有很多事要办,不像你,什么都不干还他妈日进斗金。"

刘景宽再一次收回信封,假装关心我:"你现在住在哪儿?我听说你没买房子,一直租房住?"他很知道怎么打击我这个穷鬼,"房租贵吗?我听说郊区也不便宜。"

"闭嘴,你丫少管我的事儿!"

这回我没有客气,瞅准机会把信封夺了过来。两手空空的刘景宽又突然关心起我的健康来了。

"别老那么苦大仇深的,要想生活好,就得有好心情,就得有渔父的胸怀:举世混浊,随其流而扬其波,众人皆醉,哺其糟而啜其醨。你气色不太好,回头我推荐你看一个中医,一个真正的神医。"

"滚蛋,你有病,我没病。"

"没病也得熬点药喝,这叫'治未病'。"

"你有胃病,我没有,你丫一直在打臭嗝儿。"

"未来的'未',成心气我是不是?我承认我人缘不好,脾气太直,眼里不揉沙子。没想到连你也不理解我,没有人知道我的困境。——嘿,你说什么叫朋友?我有一个理论,真正的思想者都是孤独的。我没有朋友,朋友是世界上最稀罕的物件。说句掏心窝子的话,咱们这伙人里我最看重你,电影的事你好好想想,先出个大纲,钱的问题不用你考虑。"他突然又想起了什么,特别补充了一句,"我去年在马尔代夫买了几个岛,现在正在施工,正在盖一些有情调的小别墅,图纸是请一个英国人设计的,明年竣工,咱们的想法一旦成熟,我就带你到岛上去写作。"说着话,刘景宽从桌子上拿起一个小玉坠,在我眼前晃,"这个给你,就当是那笔钱的额外利息。这个东西能辟邪,能让你转运,本身也非常值钱。"

"您还是自己留着吧。"我不打算让他更得意,"我自己就是邪,我怕镇着我自己。"听我这么说,刘景宽立刻把小玉坠收起来了,或者根本就没打算送我。

"哥们儿不是没有想法的人。你一直都在暗中嘲笑我，你认为我就是个傻大款，跟街上那些傻大款没什么两样。你怎么一点也不了解哥们儿的痛苦？人们都以为我不痛苦，我内心实际上是很痛苦的，非常痛苦。按照我的经验，一个人浑浑噩噩的时候感觉非常棒，我发现你有这种特质，也许是因为孪生？你交朋友不挑剔，也许出身低贱的人都比较泼辣？你在这方面确实比我强，我一个朋友也没有，这是有钱人和思想者必须承受的代价。"刘景宽说着话突然站了起来，"我最近新添了一个便秘的毛病，你等我一会儿，可能时间会比较长一点。便秘没有阶级性，有个大名士在咱们这个岁数，也一度便秘得厉害。"

假如我有耐心，我会在刘景宽这里看到更多好东西，看到这辈子难得一见的精美玩意儿，圆的、方的、长的、扁的、粗脖子的、细腰的……不过我没有耐心。我在刘景宽蹲坑的工夫飞快地溜走了。我可不想握着他那双肮脏的手跟他道别。我很高兴辜负了这个坏东西的一片好意。

在大资本家刘景宽家大门外，我忍不住笑出声来。要说大学同学里有谁跟我蠢得不相上下，非刘景宽莫属。他像所有坏蛋一样，具有敛财的天赋，轻而易举就把自己弄成了一个大富翁。我从各级政府手里屁也没得着过，却从刘景宽同学手里收到了一份改革的红利，真是笑死个人。刘景宽真是个可爱的怪家伙，要是圣人都像他这样，那他就是个圣人。设想着刘景宽从厕所出来一脸茫然的样子，我又忍不住笑了起来。

从旁路过的一个戴眼镜、戴牙箍的漂亮女中学生大概看我举止不太正常，加快脚步超越了我，之后还频频回头警觉地看我。真是一个善于自我保护的小美人！我边笑边对她说："对不起，小姑娘，我想起了一个笑话！"小姑娘吓了一大跳，两脚生风，走得更快了。

16

自从我给大佬们当上诗词老师，再次品尝到为人师表的乐趣后，一周一次的课程成了我倾心盼望的日子。啊，平平仄仄平平仄！如果这帮坏蛋不解聘我，我可以一直待着不走，一直在讲台上站下去。我在日历上用彩笔把这些日子标注下来，要是有电话找我，约我在这些日子里游乐或喝酒，我就严肃地说："不行啊，我那天有课！"费罗、宁大为、杜克他们经常拿这事当面笑我："嘿，你今天没课呀？"我自然回答没有，有课我能来吗？能跟你们在一起瞎混吗？他们笑，我不笑，我认为这件事非常严肃，这么一来，他们笑得更欢了。

上课的日子，我总是心情很好。我早早起床，钻进地铁，坐到较近的地方下车，然后打车奔向会所。有学生几次提出到住处来接我，我都一口拒绝了。这些学生都是一等一的聪明人，学习起来进步很快。我们有一次讨论诗穷而后工的道理，他们一开始觉得自己跟"穷"字不沾边，但很快就有人意识到自己生活里的"穷"不是物质上的"穷"，而是精神上的"穷"，道路上的"穷"，是更广阔意义上的"穷"，细说起来，大道如青天，我独不得出的"穷"来得更为难受、更为沉痛，这种觉悟和敏锐使我这个做老师的十分欣慰。在讲课的间歇，看着这些富态的保养良好的脸，我不由想，市面上经济的上行、下行，房价的升降，股票的涨跌，油价的起落，或多或少跟这些人有关，多么奇怪，这些人算起账来全都冷酷无情，却恰恰对饱含血肉的诗歌产生了浓厚的兴趣，也许表面上冷冰冰的抽象数字全都以血肉为生，全都靠活生生的血肉滋养。

这天我注意到有一个学生没有来，一个消息灵通的同学告诉大伙儿，那个学生出事了，说这位同学跟最近某个龙头行业的贪腐案有牵连，十有八九会判贪污罪和行贿罪，后半生恐怕要在狱中度过了。上次课我刚给他们讲了骆宾王的《在狱咏蝉》，今天就有人下了狱，真是奇事。这个倒霉蛋此时正在被拘禁的所在吟咏"西陆蝉声唱，南冠客思深"的句子也说不定。

班上同学遇到了这样的倒霉事，大家都无心上课，有人建议自由讨论，我们就随便聊起天来。有人问起我的经历，我就把我的故事讲给他们听，有时不免添油加醋，夸张一番。听说我去过未名礁，其中一个学生说，前几年他去过南海，跟水资局打过交道，谈讲起来，我们居然有几个共同的熟人，他去的时候，侯春粤局长还亲自出面接待过他。

这天我的心情不错，主要是因为另外一件事：我已经跟国际学校校长通了电话，敲定每周上两次课，给学生们讲中国古代文学经典入门，包括诗词鉴赏与写作。

国际学校的孩子们可真是好看，真是漂亮！这些拥有外国国籍，小小年纪就走南闯北的孩子们，个个精神饱满，像小鸟一样欢畅、自由，我能有幸给他们上课，真是一件求之不得的大好事！

这所国际学校的校长名叫张文珉，英文名叫亨特尔，大家私下都叫他亨特张。亨特张年纪比我稍长一点，身上有一种很特别的苦行气质，是一个虔诚的佛教徒。我第一眼见到他，就惊讶于他怎么这么瘦，他好像看出了我的疑问，解释说，他已经轻断食一个多月了，前三天什么也不吃，只喝一点水，后来的日子每天只吃一些水果和坚果。

亨特张一边领我参观校舍，一边跟我谈话，说到课时费的数额，亨特张满脸歉意，一再说薪俸菲薄，请我"多多担待"。亨特张是P大某个理科系的毕业生，毕业后留校待了几年，之后去了美国，是一个海龟。他的妻子和两个孩子眼下都在美国，只有他一个人生活在北京。见面之前，我在电话里问亨特张对授课有什么具体要求，亨特张让我列一个课程提纲，我仔细列了一个条目通过电子邮件发送给他，他看过后表示同意，至于先讲什么，怎样讲，讲到什么程度，全由我做主。

几节课下来，学生们普遍反映不错，听过课的亨特张和教学总监也表示认可，我自此得到了这份工作。学校坐落在北京西郊的山脚下，空气清新，再加上接触的都是洋派人物，感觉像是到了世外桃源。我感激校园里这些生机勃勃的花季少年，他们的青春与我所经历的不同，他们的父母大都和我年龄相仿，都是从旧时代走过来的人，这些了不起的家伙有的发了财，有的做了官，有的出了名，现在，他们志得意满，想方设法把自己的老婆、情人和子女弄出国，至少先弄个外籍身份，博取更加灿烂的前程。有几个男孩子、女孩子经常背着老师扎堆抽烟,我在校外一个街角不止一次碰到过他们,他们每次都大大方方请我一起抽,真是一群漂亮洒脱的孩子,很懂得尊师重教的道理,可说孺子可教。

大概就是在这些天的某一个下午,我结识了三位陌生好汉,因为他们的突然出现,我才得以从生活的裂缝里窥见到一点真正的人情世故,也终于洞悉了姜丽失踪的部分秘密。

那天从国际学校上完课回家,进楼的时候,我隐隐觉得有点古怪,却也说不出个所以然,几分钟后,我突然听到有人敲门,打开门一看,门外站着三个陌生人,我不认识他们,但他们看我的眼神里有一种特别之处,似乎他们认识我。我问他们是谁,他们中一个年纪大一点的人说:"你是方小明吗?"我说是,说话的人确认我的身份之后,从衣兜里掏出一张证件在我眼前晃了一下,是一张搜查证,然后三个人鱼贯进了我的家。

几位公务在身的先生一进来,我的出租屋似乎立刻变小了很多。三位先生虽然胖瘦不一、个头长短不齐,但气质很相像,腿脚都十分敏捷、有力,一看就是练家子。我对他们有几分惧怕,也有几分好奇。起先我还指望他们找错人了,但他们很快让我明白,他们已经观察我很长一段时间了,绝对不会弄错。他们迅速检查了我的家,从只言片语里,我很快知道他们此行的目的是姜丽。他们检查的时候,我站在一旁,有点儿不知所措。在我的家里,他们反倒显得比我自在。我仔细观察这三位天兵天将,他们不管圆脸方脸,全都既年轻又老成,大概是职业的原因,都显得很持重,都具有迅速反客为主的能力,几乎和房东是同一类人。也可以说,他们才是房东，是真正的房东，另一方面，因为职责所在，他们看上去都机警果断、随机应变，能够说翻脸就翻脸，说下手就下手，这一点不言而喻。

我感觉一张无形的大网罩住了我。我从来没有跟这样的同志打过交道，拿不准他们手轻手重。面对面坐下的时候，他们中的方脸好汉拿出烟，请我抽了一支，年纪大点那位拿出一张照片让我看，照片上的人果然是姜丽。

"认识这个人吗？"此人显然是三人里的主脑，说话带有一点儿河南口音。

"认识。"

"这人叫什么名字？"

"姜丽。"

河南口音和另外两位交换了个眼神。

"你和这个女人是什么关系？"

"朋友。"

"什么样的朋友？"

"普通朋友。"

"你们是怎么认识的？"

我把我和姜丽认识的情况大致讲述了一遍。

"巧遇啊。"河南口音说，"她以前经常到你这里来，你们在一起都干什么？"

"她来找我学书法。她是一个特别有灵性的人，手感和笔性都特别好……"

河南口音打断我："据我们所知，她是你女朋友。"

我没有说话。

"是还是不是？"

"是。"

"你为什么不愿意承认她是你女朋友？"

"怕你们不信。"

"你们俩最后一次见面是什么时候？"河南口音特别警示我，照片上的女人——我的女朋友——是个涉案人员，目前在逃，要我一定要说实话，否则一切后果由我自己承担。我向三位好汉讲述了姜丽临走那天晚上的情景，我一边讲述，一边在脑子里迅速拼接姜丽各个不同时期的画面。我猛然记起姜丽分别那天跟我半开玩笑说的话："我也许不该跟你在一起，跟你在一起可能是一个错误。"姜丽在出走前突然把卷发拉直，改变了形象，这是一次再明显不过的异常行为，预示着某种突然性改变，可恨我后知后觉，没有觉察其中的隐情。根本不必猜测，一定是包养姜丽的"中国好舅舅"暗中导演了这场好戏。此人手段如此毒辣，实在辜负了我给他取的"中国好舅舅"的美名。

我一边回答着他们的问话，心思却飘到了别处。三位好汉会在谈完话之后带走我吗？我迅速想了一下我的屋子里有没有什么值得深究的东西，庆幸的是一样也没有。我这才体会到姜丽的苦心：关于她和"中国好舅舅"的事，她之所以什么都不肯对我说，是担心万一哪天出事会连累我。

年纪最轻的圆脸好汉一直在翻看我的书、杂志和信件，这些信和明信片都是张英楠寄来的。一年前，张英楠通过杜克的微博辗转找到了我，然后开始和我通信。我的朋友里，只有她至今保留着邮政通信的古老传统。

圆脸拿起其中的一封念道:"亲爱的老……"

我连忙打断他:"对不起,那是我的私人信件。"我知道"亲爱的"后面是"老爸"二字,圆脸没有念出来。

圆脸抬了一下眼皮,但并不看我:"看的就是你的私人信件。"

"您最好别念出声。"

圆脸突然扫了我一眼,眼神令人不寒而栗,我立刻把嘴闭上了。

圆脸好汉又低头读了一会儿信,把手里的一页放下,拿起另一页,继续念起来:"最喜欢的盘子/是从缅甸的/旅行中/带回来的/那天/一个将军/和一个阔佬/谈合作/我冒着/被枪毙的危险/偷走了两个盘子……你前女友在国外?"

"是,不过我们已经有二十多年没有见过面了。"

圆脸好汉把信递给河南口音,河南口音笑笑,没有接:"交友够广的啊。"

这期间,方脸好汉一直在旁边做记录。问完这些,河南口音拿出纸笔,吩咐我把和姜丽结识、交往过程以及最后一次分别的情况详细写下来。在我写交代材料的过程中,他们三个坐在旁边,一边抽烟,一边扯上了闲篇儿。

我一边写一边想,虽然我在这件事情上有些无辜,但毕竟误打误撞冒犯了半阉先生,如果他老人家决意派手下把我抓起来,也没什么不对。我虽然愚笨,此刻却也看出,这些人看上去对我本人并没有多大兴趣,看出了这一点,我心里在庆幸的同时,竟也有几分古怪的失落。后来我突然想到,也许半阉先生认为把我留在外面,作为一个钓饵更为有利——钓饵就钓饵吧,事已至此,我反倒慢慢镇定下来。

我写完经过,把几页纸交给为首的河南口音。河南口音看完之后,又把所有材料一并交还给我,让我在上面签字、按手印,办好这一切,三位好汉起身要走。

"这……这就走了各位?"

"怎么,舍不得我们走啊?到我们那儿接着聊?"方脸好汉开起了玩笑。

"那就算了,晚上我还有事儿。"

"跟'废稿'的老弟兄们喝大酒?"

"这您都知道?"我吃了一惊,但此时我已经非常轻松。

方脸道:"您那话,信息时代嘛,谁能瞒得了谁?"

"一旦这个女人跟你联系,你一定要在第一时间给我们打电话。"这是他们对我的最后忠告。

三位好汉在我这儿待了三四个小时,离开的时候,还回了我的手机。在门口,我突然听到河南口音好汉说了句要把什么东西"慢慢地移交",着实吓了我一跳——他莫不是说要把我"慢慢地移交"?但我注意到此人穿了一双新皮鞋,跟其他二位的鞋不一样,看上去有点儿小,他说这话的时候抬起自己的脚看了看,不知他是说要把我"慢慢地移交"还是说他新买的皮鞋不舒服,穿了"满满的一脚",总之这句意味深长的话把我刚放下的心又提了起来。

手机里有一个未接电话,是张英楠打来的。我打过去,张英楠的电话已经关机,张英楠此时人在香港,前些日子在电话里跟我说,她近期内要到北京出差,约我见上一面,得亏不是约在今天此时,否则我都无法脱身,甚至有可能连累到她。

不管怎么说,好汉们放了我一马。很少有人因为正经事上门拜访我,三位好汉的出现给我的生活带来了某种生机,让我度过了几个小时富有深度的时光。同时,我也终于得到了一点姜丽的消息,心里十分痛快。好汉们临走时叮嘱我不要把这件事说出去,我哪里管得了自己的嘴?可我一时也无处可说。我知道我被半阉先生盯住了,休想再逃脱。今天没有把你抓走,不等于明天不抓,不抓决非普通的不抓,而是辩证的不抓。

为了证明自己暂时还是自由之身,我假装夜猫子,出门散了会儿步。

我走向我和姜丽初识的那张木椅,我又听到了姜丽的声音,但椅子是空的。我如今获得了一份新的教职,多么希望姜丽能突然回来。我看到姜丽背光站在雪地里,对着我露齿大笑,我喜欢这张照片,这是我电脑里保存的唯一一张姜丽的照片。难道说姜丽卷款私逃了?难道半阉先生有什么把柄落在了姜丽手里?但以我对姜丽的了解,她根本无款可卷,根本不可能与半阉先生合谋做任何机密之事。她之所以匆匆离开,一定是出于无奈,甚至有可能受到了半阉先生的威胁。我突然想到,三位好汉光临寒舍,一定是半阉先生通过缜密侦查发现姜丽身边还有我这么隐秘的一位,——呸,这孙子一定是在报复!算他狠!有兵法!不过这么一来,我倒能肯定姜丽此时并无危险,虽然她已经上了半阉先生的黑名单,但目前仍是自由之身。这么一想,我反而放心了。心里油然产生了一种和姜丽在无法取得联系的情况下各自坚持斗争的喜悦。不管怎么说，她逃得好，逃掉总比被人抓进去好上一万倍。

我决定找一个地方痛痛快快喝一杯，我再次来到"今晚八点半"酒吧。T大姑娘和她的乐队碰巧还在。真是一个好姑娘。我喜欢她的声音，那是一种柔软的、带有孤绝气息的声音。她的歌里没有讨好，有时她还会突然发出一个几乎不可能的、跟她瘦弱的身板儿根本不匹配的高音，让人既想笑又想哭。她的歌声既跑调又扎心，是真正的音乐，是音乐和反音乐本身，歌声里有着整整一代傻瓜的荒唐故事集锦。我要是组织一场春节晚会，一定会首选这位女歌手，请她在《难忘今宵》的位置上压轴出场。

几瓶酒下肚之后，我终于不那么慌乱了。醉眼蒙眬中，我看到姜丽拨弄着琵琶行走在人群中，行走在大地上，此时，她是一个赤脚行走的摩梭姑娘，一个马背上吟唱的哥萨克姑娘，一个在阡陌之上采桑的亘古姑娘。疯疯癫癫的美国诗人惠特曼写道：——处女膜啊，有处女膜的人啊，你为什么这样逗弄我？

我突然很想找一个姑娘。我先后跟酒吧里的两个姑娘谈了谈价钱，都太贵了，实在消受不起。这些天，有几个演艺界和资本界的家伙因为嫖娼被抓走了，有的还在电视上曝了光，向公众做了检讨。我捡拾起地上的一张暧昧小广告，尝试着给上面的鸡头打了个电话，没想到很快把事情搞定了。

我跟跟跄跄回到家。大约半小时后，来了一个瘦高个儿姑娘，年轻得要命，同时又很老练。在黑暗中，我突然发现她什么地方不大对劲。后来迎着灯光一看，原来是一个兔唇姑娘，我差点儿惊厥过去。一霎时我恨透了那个拉皮条的坏蛋，同时又有点心疼兔唇姑娘，这种缺陷十分敏感，让人感同身受。兔唇姑娘转着身子问我："大哥，在哪儿做？"

"你等等，让我冷静一下。"

"随你。"她说。

我指着桌子上的一个苹果："要不你先吃个苹果？"

"我现在不想吃。"兔唇姑娘说。

我几次暗中努力，想勉励自己尝试一下，最后反应越来越冷淡，兴趣越来越小。的确不能强求呀，自己约的事，含泪也要做完——谈何容易。但我此时很想和一个人聊聊天，就对兔唇姑娘说："你今天晚上能不能不走？"

"大哥，您没说包夜呀。"

"怎么才能包夜？"

"您是第一次干这事吧？"

"是。"

"包夜的话，我得跟老板说一声。"然后她开始打电话。打完电话，兔唇姑娘在我身边坐下，环顾着四周说，"你家书真多。大哥，这房是你租的，还是你自己的？"

"租的。"

"你是干什么的？"

"我也不知道我是干什么的。"我说，"我干过很多工作。"我开始顺嘴胡诌，把所有朋友的经历都加在自己身上。我说我在银行干过，在报社干过，在电视台干过，在计生委干过，在建筑公司干过，后来一生气，把这些工作全都辞了。我每说一个单位，兔唇姑娘就"哇塞"一声。

"大哥，这么多好单位你都不干了，我得怎么夸你呢，你真是个'蛇精病'。"

隔壁邻居不知为什么突然吵起架来，弄出了很大响动，男人和他的神经病老婆一直吵到了楼道里，吵闹了很久才平息下来。

"你这儿不会有人来吧？"兔唇姑娘突然警觉起来，迅速穿上了衣服，"我可不想惹麻烦。"不管我怎么挽留，兔唇姑娘坚决要走。

我给了她一些钱，跟她说了对不起，兔唇姑娘一溜烟离开了。我猜测她已经吓着了不少难兄难弟。我打算把拉皮条的狠狠骂一顿，但又担心被好汉们监听，就拉倒了。很显然，兔唇姑娘没钱做整容手术，她也许是想通过这件事攒钱去韩国呢，到时候弥补了嘴唇上的缺口，她就能成为一个全新的姑娘，一个能跟街上所有姑娘媲美的漂亮姑娘。无论如何，我倾心爱慕、尊敬这些姑娘，这些机灵的夜莺可说是"钱先生时代"的使徒，挨家挨户播送着快乐祥和的福音，给暗夜披上了玫瑰和丁香花的色彩。

十二小时之内，我出演了老师、可疑分子、未遂嫖客几种角色，后来我突然想到了一个问题，不由惊出了一身冷汗：好汉们会不会一直躲在暗处观察我？他们是不是已经掌握了今天晚上我所作所为的所有细节？他们会不会很快把我"慢慢地移交"？这个念头在我刚刚平复的不安之上又增加了新的不安。我猛然间觉得我的屋子里到处都是暗藏的眼睛，二十几平方米的房间里埋伏着一个隐身的、具有超自然力量的好汉军团。我惶惶惴惴，心乱如麻，如同多年前老家旁边的楼房被炸时的感觉一样。我开始在屋子里四处搜寻,每一个犄角旮旯都不放过,连床底下都细细搜索了一遍。折腾了一阵之后,我突然又一下子释然了,同时也变得非常沮丧:别做梦了,方小明同学,我自忖,你的存在根本不具备任何重要性,根本不值得好汉们费心费力搞什么监视,搞什么"移交",该抓该拿直接大大方方破门而入就是了。

第二天,我开始牙疼,腮帮子、脑仁子一股子一股子跳疼,坐也不是,站也不是,吃什么药都不管用。后来疼得实在厉害,实在凶险,我只好挣扎着跑到口腔医院就诊,窗口戴口罩的小天使告诉我,今天的号早就没有了,我问能不能加一个号,结果被小天使轻巧地奚落了一番。我恼羞成怒,一时搂不住火,跟小天使大吵大闹了一顿,最后被保安人员赶出了医院。他妈的,一切都跟我作对!真真牙疼不是病,疼起来要了命!走出医院,我一头撞在路边的一棵大槐树上,希望就此了结。奇怪的是,这气急败坏的一撞,脑门上撞了个大包,牙疼倒突然减轻了不少。我真是一个响当当的贱骨头。

17

牙疼归牙疼,难受归难受,好歹没有耽误给大佬学生们上课,不料这竟是最后一堂课。这一次,总共二十几个人的班,有七个请假,两个住院,另有一人的公司遇到了麻烦,身家性命能不能保住都难说,哪里还有心思上课。下课后,会所管理人悄悄对我说:"方老师,班上的人出了事,现在人心惶惶，恐怕不能开课了，要暂停一段时间。等什么时候复课，再请您过来。"

我接过工资袋，跟一脑门子官司的组织者道了别，离开了会所。原本指望多平平仄仄一阵，没想到这么快就结束了。好日子总是不长久，上这种课的人要的是有钱有闲，现在这些亦官亦商的学生大都岌岌可危，谁还有闲心吟诗作赋。人心浮动，诗意消散，着实可恨。

这天课后，我坐地铁到建国门一带的一家宾馆去见张英楠。她刚刚从香港飞到北京。

在我多年的浪荡岁月里，我时常冒出这样的念头，当年要是像高氏兄弟一样，在广州置办一套房子，也许就能把张英楠留住了吧。可惜我头脑发昏，不懂得安居乐业的道理，只好承受各种失败。当初和陶红分手时，我心中就有一块石头悬浮着，落不了地，后来张英楠走了，又有一块石头悬浮在心中，永远落不了地。

我在酒店大堂的沙发上坐了一会儿。一个身材奇高的少女走了过来，看样子足有两米高，漂亮得令人难以置信，随后从大个子少女身后闪出了张英楠，这情景，如同一只牝鹿从一匹幼小的长颈鹿身边闪出，场面十分震撼。张英楠越过二十年重新走进了我的视野，跟那个巨人美少女相比，一点也不逊色。时间在她脸上几乎没有留下任何印迹，但是她长大了。眼前的张英楠身材苗条健美，看上去相当年轻，虽然我一眼就认出了她，但她已经完全是一个陌生人。多年不见，她有了猫一般灵活不羁的神态，身上还增添了几分异国情调。我注意到她没有戴眼镜。

"怎么这么看着我？"

"你的眼镜呢？"

"我做了个小手术，现在的视力都能当飞行员了。你好吗？"

"好，好极了，比好还好。"

"咱们去吃饭吧。我订了一家法式餐馆，在附近的一条胡同里，过去曾经是一个寺庙。——以后见面都由我买单，你不用跟我争。"当年她是个青涩的大学生，一切都是我带头，她跟着，现在角色彻底倒过来了，她带头，我跟着。我告诉张英楠那个地方可以走着去，这个时段正是交通高峰期，路上会堵车。张英楠不依，说时间还早，正好可以游车河，看看北京的街景。

宾馆外面有一辆专车等着她。单从外表来看，张英楠长年生活在国外，此时倒更像一个中国女人——老上海月份牌上的广告女郎。我最初认识她的时候也是今天这样的大热天，但她看上去很清凉，跟多年前一样，她如今依然清清爽爽，仿佛天气对她不起作用。自从一见面张英楠就一直不停嘴地说着什么，但她说的似乎都不是她想说的，这种情况有点荒诞。我注意到，她身上紧绷的那根弦已经彻底松下来了，经过岁月的锻造，她已经不再是当年那个敏感、决绝的小姑娘，一跃变成了一个身上散发着淡淡香水味、拿得起、放得下的丽人高管。

车刚开进主路，就堵上了。刚开始张英楠还浑然不觉，傻乎乎地认为此时真是浏览北京街景的好时辰，指着周围的建筑物问这问那，车在原地挪蹭了半个多小时之后，她终于焦躁起来，问司机和我为什么北京交通堵成这样，怎么可以堵成这样。此时原地不动待在汽车里很不自在，开着窗户外面太嘈杂，关上窗户太闷太热，打开空调又太凉，有异味，张英楠显然多年没有经历过这种不适，看起来很难受，很茫然，不知道怎么应付。我告诉她走到目的地不过十分钟路程，张英楠开始不理睬我的建议，后来实在忍不住，终于愠怒地拉开车门，走了下去。

我自忖，离开我的姑娘都不同程度阔了起来，过上了令人歆羡的幸福生活，真是一件可喜可贺的大好事，同时也说明我是一个不折不扣的扫把星。但张英楠并不在意我是个什么状况，她只关心自己的感受，只活在自己的世界里，这个特点倒是多年来一点没变。在饭馆点菜的时候，服务生小姑娘看不出眉眼高低，一味征询我的意见，张英楠突然抬起头看着她说："拜托，是我买单，你得听我的意见。"

似乎成心考验张英楠的耐心，过了一会儿，点菜的服务生又走过来跟我商量，说我们这桌是四人座，能否请我们换到一个两人座。我随口说可以，但张英楠一听就连声说"No"，然后温和地对服务生说："我订的就是四人座，为什么要换呢？"服务生说，因为刚刚来了四个客人，店里只有一个两人座了，调换一下大家都能坐下。张英楠说："我为什么要调换？别的客人坐在哪里跟我有什么关系？"口气虽然温和，但态度强硬，坚决不换。服务生站了一会儿，只好走了。

张英楠轻声埋怨我，说我不该乱做主，说她在国内经常遇到这种无礼的情况，简直莫名其妙。张英楠去国多年，对国内多数服务项目看不惯，认为正是我这种人的毫无原则，逆来顺受，惯坏了各行各业不懂规矩的人，把社会风气弄得越来越坏。我知道她批评得对，但我不打算跟她深入讨论这些事。她爱怎么任性怎么任性吧，她这个外籍华人娜拉一旦不舒服，可以噘着小嘴儿扭搭扭搭地回到北极圈里那个全球幸福指数最高的北欧小国，回到她温暖的小家里去，而我却必须在情况复杂的祖国生活下去，不能四处提意见、跟人较真儿、天天生闲气。虽然出门不顺，但张英楠已经具备了迅速调节情绪的能力，不愉快的事情如秋风过耳，转头就忘，每道菜一上来，她都轻声欢叫一声表示赞美，然后用手机拍一张照片，通过微信发给她的丹麦丈夫。此前从通信中我早已得知，张英楠如今是丹麦一家船舶公司的亚洲总代理，常驻上海，多年来一直跟船运打交道。

"你好吗？"张英楠再次问我。

"一言难尽。"我胡乱感叹，"你曾经是我的心上人，后来你走了。"

"这正是我一直想跟你谈的事。"张英楠没有意识到这是个玩笑，她显然已经不习惯这样的玩笑，"我来见你，就是想当面跟你说，我欠你一个道歉。"

"别这么说，"我说，"谁也不欠谁的。"

"你知道，这些年我一直直面所有的问题，从不逃避。对你，是我唯一的一次逃避，没有当面把事情说清楚，所以一直很内疚。"

"说不说都一样。"

"我确实伤害到你了吗？"

她这么一问，我一时竟不知道怎么回答。

"那还用说,你不辞而别,我当时都快疯了。"

张英楠笑道:"我那时候也很疯狂,谈恋爱完全不计后果,所以也就没有后果。"

"你真是神龙见首不见尾,"我说她,"我怀疑你是属龙的。"

"为什么这么说?"

"你一生下来,从黄浦江到珠江,再到海盗之国丹麦,永远都没有离开过水。"

"Oh,no!我最讨厌龙了。我是一只猫咪!"张英楠突然发出一串银铃般的笑,末了还耸着鼻子"喵"了一声。

"怎么说呢?OK,也许可以这么说,那时候是自由战胜了爱情。"张英楠这样总结当年的事,"——因为因为因为,"她一连说了好几个因为,"——因为我当时觉得其实你也挺心不在焉的,当然,主要还是我的问题,我更心不在焉。"她边说边笑,现在她笑点低得可以,笑得十分欢快。

张英楠告诉我,她一直很难从内心深处接受另外一个人,不管这个人是谁。她和现在的丈夫是英国留学时的同学,两个人也是在分分合合多年后才决定结婚,即使走入了婚姻,双方也保持着最大限度的自由,包括性。

陶红突然打来电话,问我到底有没有戒烟、戒酒,我下意识地喝了一口酒说,戒了,全戒了。张英楠觉察到了什么,在一旁"咯咯"笑。

我挂了电话,张英楠笑着问我:"是你女朋友吗?管你管得够严的。"

我说:"比女朋友狠,我的一个买主。——我发现你现在爱笑了。"

"是吗？我不觉得。"

我把陶红准备代孕的事对张英楠说了，张英楠饶有兴味地看着我，像是在听一个不相干的故事，随后摇摇头说："真有意思。"她知道陶红，但她对这些事情并不感兴趣，她自己更是坚决不要孩子。

随着一道新菜上来，张英楠又谈起了当年的事。她告诉我，毕业离校那天，她很怕我去送她，因为她觉得自己对付不了那种复杂的局面，所以选择了偷偷逃掉。这些年，一想到我，她的脑袋里就浮现出我脸色惨白、在站台上东张西望的样子。她告诉我，从车窗看见我跑过来的一刹那，心里还是有一点触动，但是很快就过去了，谁让我比她大，是"老爸"呢。张英楠是笑着谈讲这一切的。现在的她已经远不是当年那个惊慌失措的小姑娘，对一切局面都应付裕如。

张英楠的手机隔不了一会儿就"叮咚"一声，她一边吃饭一边回微信，中途还接了个电话，我听到电话里有人吵闹着催她过去，张英楠告诉他们再稍等一会儿。

在微信朋友圈里，我看到杜克、费罗他们正在老朋友王朴的酱肉馆里聚会。昨天还是前天，杜克打电话通知我今天聚会，我说我有约会，去不了。

"一会儿我们去哪儿？"我问张英楠。

"我还要去另外一个酒吧跟几个朋友喝酒，他们一直在催我。"她特别告诉我，那是一个有几分商务色彩的酒局，参加的都是她的客户。

"然后呢？"

"然后？然后我就回酒店咯。"她眨着眼睛看我，对我的问话有几分不解。

"今天晚上咱们不在一起吗？"

"Oh, no! 当然不!"张英楠愣了一下，突然大叫，似乎没有料到我竟会提出这种尴尬的问题，脸一下子涨得通红，"你以为我是来跟你鸳梦重温的？难道我没有表达清楚吗？分手就要分得明晰！我们在一起算什么呢？再说，——我对我对我对，"她又一连说了好几个"我对"，"——我对跟你做爱毫无兴趣!"她的话引得旁边吃饭的人纷纷看我们，但她浑然不觉，或者根本不在乎。

"挺好挺好。"我有点讪讪。

"挺好是什么意思？"

"意思就是非常好，我现在也特喜欢——明晰。"

时隔多年，再见面已经谈笑风生，所有的一切都能当笑话谈讲，过去的感情纠葛就不再是问题了，也就没有什么好说的了。

又有人打来电话催叫张英楠。张英楠一边接听电话，一边摊手耸肩，对我表示歉意。放下电话，张英楠并没有打算立刻就走，似乎意犹未尽，还想说点什么，但此时我已经很难听进她说什么了。不管怎么说，她给这次二十多年后的重要会面只安排了区区两三个小时，我心里有些失落，同时也因为三位好汉检查了她给我的信件隐隐感到愧疚。一想到三位好汉，我突然心烦意乱，坐立不安，觉得再在这个华夷杂处的饭馆待下去，非得立刻倒毙不可。我站起身，伸手招呼不远处的服务生，服务生会意，连忙小步快走过来。这次小姑娘学乖了,直接绕过我,谦卑地走到张英楠旁边,哈着腰等着结账。张英楠付完账,一边在收款条上签字,一边问我:"你怎么了?"

"没什么,就是突然觉得喘不上气来。"

走出饭馆,张英楠问要不要用她的车送我,我拒绝了。张英楠坐进车里之后,摇下车窗,问我:"你没事吧?"

"没事儿。"

"对不起。"

"嗨,哪儿的话,都是我不好。"听她说"对不起",我一下子有些伤感,差点流出泪来。

目送张英楠的车离开之后,我赶奔杜克、费罗等人的酒局。在车上,我一连接到了张英楠发来的好几条微信,为自己的仓促安排表示歉意。可这怎么能怪她呢?扪心自问,除了想念她、想跟她叙旧,我的内心更强烈的愿望是跟她重温旧梦,动机可谓十分卑下。她不屑为一段早已过期的感情浪费时间,实在令人钦佩。

我赶到王朴的饭馆时,杜克他们早已经喝到高潮了。我一眼看到座上有两个陌生姑娘,一个活泼,一个文静。杜克告诉我,文静姑娘是香港一家媒体的文化记者,活泼姑娘是一个跨界的自由艺术家,文静姑娘打算深度采访《废稿》作者群,做一期全面报道。

杜克问我:"你不是有约会吗?"

"约完了。"

杜克指着我给两个姑娘做了介绍,然后说:"刚才那个笑话说的就是他。"

活泼姑娘看着我,直愣愣地问:"方小明,你是好人还是怀(坏)人?"

"当然是好人。"我说,大家都笑起来。

"你这人太武断,你还不知道我区分好人怀(坏)人的标准呢。"

"甭管你的标准是什么,我都是好人。"

"你的朋友们都说你怀(坏)透了。"

"我没有朋友。"

这个性格活泼、洋腔洋调的姑娘名叫简妮,是个美籍华人,一个混在北京的"香蕉人"。另外一个文静的记者姑娘名叫逯水枝。我进来之前,杜克骗她们说,我是个黑帮分子,这勾起了简妮的好奇心。我越是否认,简妮越是信以为真,认为我是个不事张扬的、斯文的新型黑帮分子。我只要开口说点什么,她就放声大笑。

郝春阳故作矜持地问简妮:"简妮,你到中国来干什么?当代艺术都在美国。"

"谁说的?如今中国才是世界艺术的前沿阵地。一切当代艺术都发源于这里。"我和坐在旁边的朱涵喝了一杯,简妮转头说我,"别光顾喝酒方小明,说点你们道上的事情。"

"道上的事,不足为外人道。"

宁大为来晚了,一坐下就大声抱怨,他今天中午把车停在路边,被交通辅警贴了条。

朱涵说他:"你违章停车,当然得被贴条了。"

"贴条可以,问题是我在车里坐了半天也没人来贴,刚去了一趟厕所,回来就被贴了。合着这帮孙子一直蹲守在旁边,这不是成心吗！"

简妮说宁大为："得了，别说你自己那点破事儿了。上次你跟我们说，你要好好谈谈中国文化。"

宁大为此前已经跟简妮和逯水枝见过一面，算是熟人。后来我才知道，逯水枝在一个朋友家里偶然发现了一期《废稿》，从里面读到了费罗、艾勇、乔小春、郝春阳等人的诗文，立刻喜欢上了，通过网络辗转找到了费罗他们。我注意到，逯水枝面前放着一本五线谱，上面已经记了不少字。

简妮笑着逗我："他们说你也写东西，你都写过什么？"

"甭听他们胡扯。"

王朴接口对两个姑娘说："你们得好好读读他写的文章，否则人生就不完整。"

简妮笑着反击王朴："你这么说我还就不读了，我还就爱个不完整。"

逯水枝问身边的郝春阳："您呢？您在写什么？"

郝春阳一字一顿地说："我正在筹备两本书，一本叫《中国社会各阶层的分析》，一本叫《北京人民自嗨考察报告》。"

简妮大笑："哈，听着怎么这么耳熟……"

逯水枝问大伙儿："你们过去都曾经有过一份稳定的工作，为什么后来都不干了？"

杜克说："我不知道他们，我当时觉得，上了Ｐ大，以后国家有事直接派人接我到中南海商量就行了，还上什么班啊！"

简妮和逯水枝瞪大了眼睛，朱涵说："甭听他瞎说，他毕业之后分到了外地一家袜子制造厂，你说他在袜厂能干什么？

其实我们这些人的经历都跟那个卖肉的陆步轩同学差不多。"

宁大为大声说朱涵："这我就得批评你两句了，在袜厂就不能为人民服务了？你这叫拈轻怕重，矫情！"朱涵没理他。

朱涵嘴里这个名叫陆步轩的人，是杜克和我的P大中文系同门师弟，当年毕业后回了原籍陕西，先是在老家县里的一家工厂工作，后来工厂倒闭，便跑到街头以卖肉为生，某一年这件事被当地一家报纸当作奇闻曝光，陆步轩兄弟迅速蹿红，自此成为无人不知、无人不晓的大名人。如今，陆步轩伙同另一个P大出身的家伙开了一个卖肉托拉斯，据说买卖做得十分红火，可算秀才业屠，咸鱼翻身，被命运老儿拨弄到了生活的另一端。几年前陆步轩兄弟出了一本书，名叫《屠夫看世界》，宁大为对书名很有意见："他算什么屠夫？屠夫都是些什么人？希特勒、墨索里尼才称得上屠夫。"

逯水枝笑道："我觉得'陆步轩'这个名字特别适合卖鞋。"之后飞快地收住笑，转头问王朴，"您呢，您怎么开上饭馆了？"

王朴说："我这么活着多踏实啊，自食其力，自生自灭，再说，我也喜欢烹饪。"王朴是北京人，原来的姓氏是爱新觉罗，后来改姓了母姓，正经是个王孙。王朴在北京一所师范大学读书的时候是个有名的校园话剧导演，大学毕业后分到一所中学教书，很早就从单位辞了职，后来去过深圳，倒过钢材，卖过电脑，还推销过一种据说产自巴西的绿皮鸡蛋，之后又跑到北京郊区养了几年猪，可谓干一行赔一行，最后在餐饮业这根树枝上落了下来，混个吃喝。一个戏剧导演以他为原型拍过一部电影，赔得一塌糊涂，大家都说是他方的，说他这个落魄王孙是票房毒药。

逯水枝问宁大为，为什么在最近几期《废稿》里没有看见他的文章，宁大为说："我的文章全都烂在肚子里了，根本不值得写出来。"

朱涵说宁大为："我讨厌你这种滑头话，如果你对眼前的生活不满意，就应该自己虚构一个，创造一个。"

宁大为笑道："我哪有那本事，我这号人，隔三岔五喝个醉，不给党和政府添乱，就是对国家最大的贡献。"随后端起酒杯，"来来来，谁跟我喝一个。"

朱涵笑道："我跟你喝。你这人，只要跟你说一句正经话，就赶紧拿酒盖脸。"

郝春阳酒喝得有点猛，一直垂着眼皮喘粗气，这会儿突然睁开眼说："朱涵，别人允许你干事，你也得允许别人不干事。我觉得你就是个女独裁者，你要是上了台，比谁都坏。"

朱涵忍不住大笑："呸，你才上台呢！"

王朴举起酒杯招呼大伙儿干杯："得了，都别做梦了，在座的谁也上不了台，想都甭想！"

大家都笑，逯水枝自己也笑，一边认真地在五线谱上记录。

宁大为拿烟的时候不小心把眼前的酒杯碰倒了，酒水弄湿了逯水枝的五线谱记录本。逯水枝惊呼了一声，连忙用餐巾纸蘸擦本子上的酒水。

简妮佯装恼怒，用美式北京话说宁大为："你丫能不能尊重点儿五线谱儿？"

宁大为对逯水枝说了声"对不起"，然后转向简妮："别以为五线谱是什么好东西，我老爹就是个作曲的，当年他们乐团的告密信、揭发信全都写在五线谱上……"

郝春阳突然不耐烦地大声对逯水枝说："不要再聊这些破事了，赶紧把你的纸和笔收起来，好好喝酒！"

王朴接着郝春阳的话茬说："对，不要再聊这些了。趁现在还没喝多，我要郑重宣布一件事，我这个人能活到一百四十岁，将来诸位的挽联和墓志铭我全包了，都由我来写，我准备马上就开始着手！"

大伙儿齐骂："你大爷！"王朴哈哈坏笑。

费罗说王朴："你丫怎么添了曾国藩的毛病，没事儿给活着的朋友写挽联。"

逯水枝把好不容易弄干的五线谱笔记本装进了自己的随身包，开始跟大伙儿碰杯。

我不知不觉喝多了，突然头晕起来。

已经半醉的简妮边笑边讲了一个美国女友的故事，说她这位女友第一次跟中国男朋友做爱，关键时刻男朋友突然停下来问她："请问，我可以射到里面吗？"从此这位美国姑娘到处宣扬中国是真正的礼仪之邦，名不虚传。简妮问在座的哪位有可能干出这种事，大家互相相了一通面，最后一致推举我。简妮看了我一眼，一时支持不住，笑倒在逯水枝怀里。

我喘着粗气，半天说不出话，后来，我听到另外一个人通过我已经不灵活的舌头说："我觉得这个人遵循的是古礼。子曰，君子无所争，必也，射乎。揖让而升，下而饮，其争也君……君子。"逯水枝把这段话翻译给简妮听，简妮笑得喘不过气儿来，大声说道："我今天晚赏（上）总算听到了几句跟中国文化沾辫（边）儿的话！"

我突然感到憋闷。一种喘不上气来的感觉再次袭来。我模模糊糊意识到，眼前这些平淡无奇的酒局，其实险象环生，说不定哪一个桌子底下的小液化气罐会突然爆炸，酿成一场连锁的大灾祸。

我仰脖喝光了杯子里的酒，起身向外面走去。宁大为在后面大声向我喊道："兄弟，不用扶你能走出门儿吗？"我没理他。我离开了。

来到大街上，我的情绪渐渐平复下来，呼吸也没有那么艰难了。我记起这一带离老朋友大叶荷家不远，就给大叶荷打了个电话。自从认识了姜丽，我就再也没有见过大叶荷。亲爱的大叶荷，北京大妞大叶荷。

"这么晚还没睡呀？"大叶荷说。

"睡不着。"

"怎么突然想起我来了？"

"每天都想。"

"骗人。这么长时间连个电话也不打，我以为你早把我忘了。"

"我谈了个恋爱，打算专一来着。"

"现在失恋了，想起我来了？"

"是。"

"你在哪儿呢？"

我怎么知道我在哪儿？我已经迷失了方向。我通过微信发了我的位置，大叶荷让我待在原地等她。

我和大叶荷是在公共汽车上认识的，多年前的一天，大概是在北京奥运会期间,我准备坐车到地铁站,然后转车去参加费罗召集的聚会。大叶荷就坐在我的旁边,我给费罗打电话,打听他们所在的具体位置,大叶荷突然插话说:"那个地方我知道,我也要去那儿……"我鼓起勇气邀请大叶荷一起去喝酒,大叶荷拒绝了,她说老母亲带着刚一岁多的女儿在家,不放心。熟悉以后我得知,大叶荷先前是个军人,在一家医院做护士,后来部队一个丧偶的首长看上了她,想娶她,但她死活不肯,因为她那时正在跟一个男军医谈恋爱。这之后,这对小情侣很快转业、复员,很快结婚,又很快离了婚。多年后,大叶荷经人介绍认识了第二任丈夫,生下女儿后不久,再一次离了婚,现在大叶荷一个人带着女儿生活,可说是一个遇人不淑的苦命女子。大叶荷是地地道道北京胡同长大的姑娘,整个人看上去总是懒洋洋的,似乎永远比周围的一切都慢半拍。她现在是一家儿童教育机构的志愿者,是一个早早买断了工龄的无事忙、大善人。

大叶荷把头发染成了棕红色,打扮得像一只火鸡。我从远处一眼就认出了她。在认识姜丽之前,我和大叶荷一直不定期约会,如同一对心无芥蒂、抱团取暖的异姓姐弟。在灯光下,我注意到大叶荷赤脚穿着凉鞋,两只鞋跟都已经磨歪了,看上去十分性感。除了第一次约会把自己打扮得齐头整脸,之后的每一次见面,大叶荷总是穿着布鞋或者拖鞋,有一年冬天,我看到她居然穿着一双破了洞的厚袜子,总之她穿的都是五年以上的旧衣服,这一点也跟我十分般配。

大叶荷跟我回了我的住处,我晕头涨脑地跟大叶荷抱在了一起。大叶荷像熟透了的石榴一样完全崩裂,碎裂成了七八个大叶荷。我的红彤彤、热腾腾、傻乎乎的北京大姐姐啊。后来我们躺在一起，大叶荷问了我几句佛学方面的事。她说，前几天她见到了一位居士大姐，大姐告诉她，人是有来生的，今生熟悉的人，来生还在左右，不会离得太远。她听后感到莫大安慰。

窗外下起雨来了。大叶荷今晚可以不走，真让我高兴。后来，大叶荷睡着了。我仔细端详了一会儿大叶荷的脸，她的睡相很愚蠢，很迷茫，也很令人心疼，也许睡梦中的她还在想着来生的事。我睡了一觉，醒来的时候，看到大叶荷在黑暗中看着我，看见我在看她，她又把眼睛闭上了。

早晨离开的时候，大叶荷又把我逗弄起来，疯疯癫癫地搞了一回。大叶荷走后，我本想再睡个回笼觉，却怎么也睡不着了。大叶荷的体香留在我身边的枕头上，被单上。这天下午国际学校还有课，我需要好好睡一会儿。——他妈的，我迷迷糊糊地想，人要是能像某些昆虫一样死于一次极致的交欢就好了。

18

第一次在国际学校讲完《木兰辞》，孩子们提议下一节课看《花木兰》电影，我指派此时的轮值班长——一个加拿大籍女生下载了电影，在课堂上给同学们播放。电影放完后，是讨论课，有的学生对木兰事件的真假提出了质疑，认为一个女人不可能在男人堆里混那么久不露馅儿，有的人认为花木兰就是个 Handsome Girl，一点也不稀奇，他们还从班里推举出一个很有英气的姑娘,说要是她扮成男孩,一点也看不出来。那个被拿来做例子的姑娘一点也不恼,发言说,露馅儿是必然的,一个女孩不可能长期混迹在男人堆里不被察觉,因为女人的麻烦事儿实在太多了,像洗澡啊、月经啊、大胸啊……另一个孩子则反驳说,人是"刺激—学习"型动物,也许一个女孩长年待在男人堆里,出于自我保护,会断经,胸部也会停止发育。

孩子们问我有什么看法,我说,我倾向于瞒不住,但也说不定。我给他们讲了一本古书上的例子,书里说有一个将军,宠幸一个随军文书,后来将军的肚子突然大起来了,人们才发现这位将军原来是个女人。孩子们哈哈大笑,我也忍不住笑。

一天下课后,亨特张在外面等我,把我延请到他的办公室。亨特张殷勤地给我泡茶,然后有点局促地看看我,又看看地,像是不好意思开口。我很担心他对我的授课方式不满意,要解雇我。亨特张问我这样每周来上两次课会不会太辛苦,我赶紧说不会,他又问我能不能每周再加两次课,我喜出望外,连忙答应。我很快明白了事情的原委,他打算请我到另一所中学教同一门课,那是一所进京打工者的子弟中学,工资同这里一样。我问明了上课的时间和地点,告诉亨特张没有问题。见我一口应承,亨特张竟舒了一口气,明显放松下来。我本想问问他在开办国际学校的同时,怎么还开了一所打工子弟学校,见他无心多言,也就作罢。

这所打工子弟中学名叫新京中学,上课的地方跟国际学校在同一个地区的相反方位,离我住的地方差不多一样远,虽然交通辗转辛苦，所幸又多了一份工钱。

新京中学的校长名叫胡贵龙，跟我年纪差不多。因为我是国际学校那边派过来的老师，初次见面，胡贵龙对我有点诚惶诚恐。不多时，亨特张也赶来了。亨特张介绍说，胡贵龙是安徽桐城人，曾经是老家有名的大才子。这么一介绍，胡贵龙又不好意思起来，神情里夹杂着一丝苦涩的骄傲。亨特张和胡贵龙陪我到各班转了转。

校舍是由一个废弃的工厂改建的，胡贵龙告诉我，学校里的教学用品基本上都是张校长赞助的，张校长每个季度还要向学校赠送一批衣物。亨特张解释说，都是国际学校孩子们的旧衣服和余下来的用具。

胡贵龙连忙说："这已经非常好了，孩子们都很喜欢，很知足。"在高中一年级教室，亨特张走到最后一排的时候，一个男孩子突然红着脸站了起来，嘴里小声说："张校长好。"亨特张微笑着做手势，让那孩子坐，那孩子垂着头坐下了。出来后，亨特张对我说："这个孩子名叫王博，老家在河南桐柏山区，成绩非常好，文史方面很有天赋。"这是一个到高三就要解散的班级，这些孩子因为没有北京户口，不能参加北京地区的高考，到时候都要回原籍参加考试。

胡贵龙告诉我，他和亨特张是在一次教育会议上认识的，两人只恳谈了一次，亨特张就决定对胡贵龙的学校进行帮扶、赞助。胡贵龙说，亨特张有两个儿子，大的十岁，小的七八岁，都在美国。亨特张本打算让孩子们在国内长大，可是两个孩子都患有严重的食物过敏症，只好送到美国去养。为了食品安全，亨特张专门动用了一部分资金，租下北京郊区的一块地，开辟了一个小农场，种植有机菜，供给两所学校的食堂。

在新京中学教课，我的心情很复杂，这里的孩子沉默寡言，心事重重，上课很少有人主动提问，跟国际学校的孩子们恰成对比。有时候我不由想，用古代诗文浪费这些孩子的宝贵时间，简直就是犯罪。他们需要的不是文学修养，需要的是升学分数，需要的是真正进入城市、进入精英社会的敲门砖。好的诗歌和小说能拯救世界吗？只有鬼知道。总之，从这里拿一份工资，很不舒服，感觉自己像是一个全无心肝的剥削者、掠夺者，好在我这份工资由亨特张额外支出，不是学生家长们凑的。

这年暑假前的一天下午，电视台要来学校拍摄一档节目，胡贵龙要我帮忙维持现场秩序。参加节目的都是从初一、初二年级挑出来的孩子。第一个节目，孩子们念的是胡贵龙写的一首讴歌首都北京的长诗。节目已经排练了很久，开拍以后，作者胡贵龙比孩子们还紧张，在远离摄像机的地方挥手攥拳，轻声和孩子们一起朗诵，为孩子们鼓劲儿。重拍了三五遍之后，大胡子导演终于大声说"欧了，过了"。

之后，节目主持人开始对孩子们进行采访。漂亮的女主持人很有本事，尽管问题事先都已经演练过很多遍，可还是几句话就把孩子们问哭了。这个学校的孩子们有两样特别的东西：眼泪和沉默。女孩子们都太爱哭了，男孩子们都太沉默了，总之不怎么正常。尊严、自尊心这类奢侈的玩意儿对这些孩子不利，应该用春风化雨的方法帮助他们彻底消除。依我多年的观察，真正具有反叛精神的倒是那些富家子弟，是那些视金钱如粪土的年轻人，他们见多识广，对什么都不惊奇。穷孩子却做不到这一点，他们心里有太多的悲苦，太多的顾忌，尤其在需要做出重大决定的时候，他们立刻就会为贫穷的父母和兄弟姐妹们着想，很难豁得出去。

最后一个节目，导演要求老师和孩子们一起合唱《感恩的心》。胡贵龙突然把大胡子导演拉到一边，小声商量："能不能别让孩子们唱这首《感恩的心》?"导演像个聋子似的大声说："什么？为什么别唱？不是早都说好了吗?!"胡贵龙说："我突然觉得，这首歌让这些孩子唱不太合适。这些孩子的家长都在北京打工，他们从事的都是很辛苦的建筑业、服务业，有的职业还很危险，我认为，这个城市应该感谢他们的父母，应该对他们感恩……"大胡子导演这时才正眼看了一下胡贵龙："你到底什么意思？不唱《感恩的心》唱什么?"胡贵龙说："不唱这首，别的都行。"大胡子导演突然把声音又提高了一大截，不管不顾地嚷嚷："你这个校长好不负责任！什么叫不唱这首唱什么都行？唱《我们是害虫》能行吗?!"胡贵龙连忙赔笑脸："我是说，我写过一首歌，比《感恩的心》合适，孩子们也都会唱，您听听……"大胡子导演立刻挥手打断胡贵龙："对不起，我没工夫听！《感恩的心》是我们台领导和你们教育局领导一起研究决定的，有意见你找领导说去！"

一番话把胡贵龙噎得满脸通红，又不好跟人家发作，只好羞愤地跟在后面，听任大胡子导演指挥孩子们唱《感恩的心》：感恩的心，感谢有你，伴我一生，让我有勇气做我自己……导演和扛摄像机的家伙基本上都是些混账东西，他们一旦跟摄像机合体之后就变成了某种有特权的怪物，胡贵龙不懂配合，不懂顺从，活该受人呵斥。

按照拍摄计划，最后还要拍摄胡贵龙本人一段，大胡子导演一喊"开始"，胡贵龙立刻紧张起来。面对镜头，几句简单的话，胡贵龙说得结结巴巴，出了一身又一身汗。大胡子导演越来越不耐烦，折腾到最后，大胡子导演赌气说："就他妈这么着吧！"胡贵龙担心自己将来在电视里的形象不佳，要求再重拍一遍，这回大胡子导演倒没有发脾气，和颜悦色地对胡贵龙说："再拍多少遍也拍不出花儿来。可以了！您已经说得够好的了！"然后带着手下一干人，收拾好东西，也不跟胡贵龙打招呼，驾车一溜烟走了。

胡贵龙因为受了大胡子导演的气，在学生和下属面前丢了面子，一时气恨难平，非要拉我出去一块儿喝酒。

"王八蛋！市侩！仗势欺人！"这是他的开场白，"我最恨这首《感恩的心》！什么叫'伴我一生，让我有勇气做我自己'？这样糟糕的自己有什么好做的？必须超越自己，重塑自我才能有出头之日！"我后悔自己和胡贵龙一起出来，可是已经坐下了，只好忍耐。这是我第一次跟胡贵龙单独面对面坐在一起，可以清楚地看到他狭窄的额头，筋肉松弛的脖子，浑浊游移的眼神，整个人看上去十分猥琐。我不知道是长年困顿把他的脸弄成了这样，还是因为生就了这么一张脸就活该一辈子倒霉、受穷。在喝酒方面，胡贵龙倒是海量，几杯酒下肚之后，胡贵龙的脸舒展了一些，也增添了几分豪气，变得不那么令人生厌了。

"他妈的，《感恩的心》，为什么感恩，谁该感谁的恩，搞搞清楚！"话头一打开，就再也打不住。此人如同一只打足了气的皮球，被人狠命连拍了几下，已经完全处于癫狂蹦高状态，必须蹦个痛快才能恢复常态。说起自己的从前，胡贵龙说他大学读的是政教系，毕业后原本分配在老家的商业局工作，因为性情孤傲，不会溜须拍马见风使舵，跟局长、科长们尿不到一壶，十分压抑，干脆辞职到北京寻找机会。

胡贵龙说，到北京后，因为学历不行，又没有关系，一时找不到工作，只好暂时在建筑工地上干活，搬砖、和泥、绑钢筋，没想到在工地上一干就是好几年。后来，一些工友的孩子陆续到了升学的年龄，觉得长年把老婆孩子扔在家里不是个事儿，大家一合计，索性推举他挑头，凑钱办了一个打工子弟中学。胡贵龙说，办学虽然不是他的真正兴趣所在，但跟工地上的生活相比，还是有云泥之别，总归算得上是脑力劳动。

"方老师，您是有身份的人，打死你也想不到，最穷苦的时候，我曾天天睡在工地上。那时候，我每天都会想一些既渺茫又无耻的事，比如偷渡出国，巴结一个有特权的高官，勾引一个寂寞的老富婆，这类念头像成群的麻雀一样整天飞临我的领地，在我的脑膜上觅食，轰也轰不走。实在是穷疯了。有一回，坐公共汽车的时候，我的钱包被人偷了，里面有我的全部财产——五百块钱和身份证，真感觉世界末日到了。我糟心的不光是钱，更要命的是丢掉身份证带来的一系列麻烦：因为你不得不回到户口所在地补办，不得不回老家，不得不面对亲戚朋友。混得不咋地，实在是没脸见江东父老啊，老话说：也应有泪流知己，只觉无颜对俗人……"

说完这些话，胡贵龙长出了一口气，多少恢复了一点一校之长的派头，终于把受大胡子导演气的事抛到脑后了。

"看看火箭、高铁、核武器这些高科技玩意儿，凭良心说，国家的确是富裕了，强大了，这一点也不假，但这了不起的大富裕纯粹是抽象富裕……我有时候百思不得其解，您说，一场大富裕究竟能不能催生出一个大文明？财富增长到最后究竟能不能给人们带来幸福感？要是真能，我这辈子受苦受穷也算值了……"

胡贵龙夹了一口菜，筷子在嘴边停下，突然摇头一笑："穷得叮当响的时候，我唯恐自己饿着，反而经常吃撑，"胡贵龙把菜送进嘴里，飞快地看了我一眼，"我现在终于悟到了有钱人大多能保持身材和健康的秘密，他们对食物没有刚需，人家从来都是以审美的眼光看待食物，对于吃得太撑的穷人来说，真正需要对付的倒是另外的饥饿。"

正如张文珉介绍的那样，胡贵龙心里一直有一个文学梦，这是二十世纪八十年代成长起来的人的通病，文学这个早已过时的玩意儿为胡贵龙鼓了不少劲，使他对自己的未来充满了信心。据他吞吞吐吐、扭扭捏捏透露，除了管理学校，对付日常事务，他一直在埋头写一个大部头，已经写了一百多万字，里面既有扎实广博的故事，又有深刻独到的哲思，既有爱情悲剧，又有魔幻现实，比《红楼梦》还凄婉，比《百年孤独》还孤独，能跟任何一部获得过鲁迅文学奖、茅盾文学奖的小说相媲美。"我有生活呀，我必须把它们写出来，不能对不起我这辈子遭受的苦难。"这是胡贵龙的文学宣言，"在贫穷和苦难方面我是专家，我体会过各种无助和绝望，直到今天仍然还在体会,我甚至没有时间体味我所遭受的苦难,因为我需要用全部的体力和精力对付生存。"听他这么说,我不由想起了刘景宽比四大名著加在一块儿都牛×的文学梦。富人和穷人在某些方面惊人地一致,都认为自己抓住了生活的真谛。讲述这一切的时候,胡贵龙的眼睛一直盯着我,希望从我的脸上看到敬佩和赞美,我几乎从他的目光里看到了赤裸裸的、燃烧着的欲望,真不该让他失望。

我注意到,胡贵龙口气恶浊,咀嚼的时候嘴巴动作像蠕动,显然像我一样有一两颗长年发炎、没钱治疗的坏牙。偶尔停下来喘气的时候,胡贵龙神情恍惚,整个人像是一下子散了黄,不用说,这是长期不如意造成的迷糊。此时,我眼前的胡贵龙身体后仰,半躺在椅子上,这种姿态不是惬意舒适的"北京瘫",而是愁闷的、神经质的"北漂瘫"。

"我属龙,可我却是一条狗。"这是胡贵龙写在微信签名栏里的句子,他对这个富有自嘲意味的句子十分得意,"你要是在一个没有房子就没有尊严的城市里生活,而你又确实没有房子,只能四处搬来搬去寻找睡觉的地方,你不是一条狗又是什么呢?在北京,我赶上过低房价的时候,那时候我正在工地上忙着盖大楼。那时候房子跟现在相比的确便宜,可是再便宜咱也买不起呀!当时真应该舍下脸来借点钱买它一两套!现在说什么也晚了——"想起不堪回首的往事,胡贵龙愣了好大一会儿,之后长叹了一口气,不好意思地瞟了我一眼,"不过呢,要是换个角度想一想,也很有意思:我有比一般人更丰富的生活,因为我每个月都需要付房租呀!流浪不是难堪日,房租方为大问题!"他这么说着,"呵呵"笑出了声，活像一个现世的阿Q，"这么多年扛下来，我终于明白了一个道理，不是我在租房子，而是房子在租我！总有一天，我会让人们知道，我受的这些苦都是值得的！不错，眼下我胡贵龙的确很穷，仅能混个温饱，但这一切都是暂时的，垫底儿的，等我成功了，这点贫困算什么！总有一天，我胡贵龙会怀念这份穷困！"此时，对未来的希望又在他身上起作用了，我看到胡贵龙整个人吊在这根希望的残枝上晃悠。

这个从小城镇来的人，怀揣着一肚子人生感悟和真知灼见，因为无处发泄，憋得难受，好不容易有个机会倾筐倒箧，说个痛快。我看着眼前喋喋不休、自伤未遇的胡贵龙，忽然感到浑身别扭，如同从一面布满裂纹的镜子里看见了变了形的自己。胡贵龙诚恳地跟我交流，把我当作知己，这股既酸辛又野心勃勃的气味，既令人同情，又令人厌恶。有那么一刻，我突然悟到我和胡贵龙这种人生存的意义：我们的苦痛经历可以抚慰别人的心灵。我们的人生没有任何成就，没有任何高光时刻可以回顾，却很有资格做一个低贱的、潦倒的标尺。当人们说到生活的艰难时会说："我认识一个傻×，叫方小明。"或者"我认识一个傻×，叫胡贵龙……"

酒馆里闹闹哄哄，不断有人呼喝着进来、呼喝着出去。隔壁桌一个胖女人突然大声对同桌另一个女人抱怨："我现在都已经破产了，我在二环以内只有三处房子了……"听了这话，胡贵龙飞快地瞟了我一眼。

"这是一个富人的世界，一个小人乍富的富人世界，富人们醒过来做的第一件事就是炫富，起劲地在各种地方晒'幸福'，在服装上晒，在口头晒，在手指头上晒，在微博微信上晒。还有一些龟孙，整天不是开宝马撞人，就是用蝇头小利诱惑人、骗人，给穷人挖坑！积累财富是他们生命中的头等大事。跟他们相比，咱们这样的人要纯洁得多。想想那些每天晚上都会因为发了大财哈哈笑醒的假慈善家吧，他们的话你能信吗？你能看着他们胸前戴满各种奖章在讲台上胡咧咧吗？如今在各类讲坛上讲话的就是他们。"胡贵龙说着话，狠狠瞥了邻桌那位声称"破产了"的胖女人一眼，压低声音咒骂道，"瞧她那副得意扬扬笑眯了眼的鸟样子！如今这个鸟城市在我身上激起的感情只有两种：屈辱和愤怒。我之所以待在这儿不离开，就是因为我下决心一定要争口气！一定要在这个城市里混出个模样来！我敢说，这些炒房子的人早晚都要倒霉，倒大霉……"

胡贵龙的长篇牢骚一点也不比噪声更有意思，我听得如坐针毡。也许是看出我越来越坐不住，胡贵龙想要留住我，突然转移话题开始恭维我，但每一句话都令我气闷，因为最后每句话都会绕弯儿夸到他自己头上。他认为我和他在各方面都很相像，吃遍人间的苦头之后，都会成为人上人。这个面目猥琐的蠢东西！我不由在心里骂他，后来我突然意识到我内心有些瞧不起胡贵龙，不由觉得自己也不是什么好鸟。像是突然想起了什么似的，胡贵龙提到了一个人的名字，此人是我的一个鼎鼎大名的高年级师兄，胡贵龙希望我找机会帮他引荐一下，因为他是我这位大名人师兄的忠实粉丝。我断然拒绝了，因为我和这位师兄没有任何交情，根本帮不上忙。胡贵龙尽管失望，却也表示能够理解。

"地位相差太远，够不上了，是吧。"胡贵龙看了我一眼，随后又为我惋惜，觉得我不该这么落魄，毕竟曾经读过名校，"一个人屁股坐在哪里很重要，屁股就是脸啊。"他这番腔调令我十分生气，我一秒钟也不想再跟他待在一起了。

我正打算跟胡贵龙告别，手机响了，是孙寿彭打来的。孙寿彭说他和倪东正开车往北京赶，九点钟左右能进城，让我在世纪坛一带等他们。我坚决谢绝了胡贵龙的挽留，起身离开了。

自从多年前在老家分别后，我就再也没有见过孙寿彭和倪东。路过一个电脑彩票投注点的时候，我看时间还早，就停留了一会儿，抽了根烟。人越穷越爱买彩票。深谙博彩业的孙寿彭说过：彩票的事需要神灵相助和好运气，人们见过买了中了的，从没有见过不买中了的，你只要买了，就有希望。也许应该赌一下？体育彩票 36 选 7，每注两块钱。我说服自己买了一注，向大赌徒孙寿彭致敬，希望今天能走狗屎运，中它个五百万。

九点钟刚过，在西客站正对着世纪坛时空探针的羊坊店东路上，我看到一辆深圳牌照的宝马汽车从南向北疾驰而来，过了辅路路口之后突然刹车，而后又在主路上飞速倒行了一二十米，在我身边停下。

孙寿彭在车里歪着脖子冲我大声打招呼："嘿，老方，我给北京写了一首挂倒挡的诗，你觉得怎么样？"

"你他妈不要命啦?!"坐在副驾驶位置上的倪东脸色煞白，冲着孙寿彭大叫。

"命是我自己的，谁有本事就拿走！"

"你丫能不能稳重一点儿?!"我上车后还没坐稳，孙寿彭就已经启动了汽车。掌握着方向盘的孙寿彭根本不理倪东和我对他的批评，自顾自嚷嚷："听听我刚写的这句：——啊，我以惊世骇俗的方式前进，后退就是我的方向！"

"真是个疯子，亏你还写过交通法规方面的书！"倪东惊魂未定，兀自愤愤。

"那都是给俗人看的！"孙寿彭哈哈大笑，"礼法岂为我辈所设！"此人二十多年前的疯癫劲头丝毫未减，汗津津的瘦脸上呈现出一种蓬勃的、狡狯的热情。他驾驶着新买的这辆宝马车从深圳一路北上，在老家那座城市叫上倪东，到现在已经驱驰了两千多公里。

孙寿彭把这一趟北京之行定名为"还债之旅"。他在电话里特意嘱咐我晚上一定要叫上郑仁芳，因为二十年前除了从我手里拿过开办费，还在最困难的时候通过我朝老郑借过一笔钱。

过去我每次帮郑仁芳催债，他都说："哥们儿，你跟老郑说说，再宽限一段时间，我绝不是有意不还，是暂时没有能力还，等我发达了，你的钱和老郑的钱我一块儿还，我现在的情况你都了解……"后来时间一长，天性仁厚的郑仁芳也不再提这件事了。现在，发了财的孙寿彭终于有能力还账了，实在令人振奋。孙寿彭告诉我，当年我的钱算是投资，所以只能归还我的本金，利息就算了，老郑的钱是借的，另当别论。我没什么可说的，钱能如数回来就已经谢天谢地了，不过当年那些钱还算是个钱，现在同样数目的钱也就仅够在北京中心地段买一个厕所。

在预定好的酒店入住之后，我们立刻起身，奔赴附近的一家酒馆。走在北京的街道上，孙寿彭一路踌躇满志，举手投足十分嚣张，如同一个刚进城的占领者。除了归还多年前欠下的几宗债务，孙寿彭此行主要是要登门拜见李小铎。孙寿彭说，李小铎在政商界多年的经营已经开花结果，此人拥有多家上市公司，手里究竟有多少钱连他自己都不知道，可说是中国当今最有钱的大亨，首屈一指的隐形大富豪。

"你等着，再过两年我铁定回北京来跟你会合！知道我当年考P大的真正动力是什么吗？吃商品粮，娶北京姑娘！"

在酒桌上，倪东向孙寿彭讨教："你到底是怎么发的财？听说股市里没几个赚钱的。"

孙寿彭笑道："这事儿忒复杂，一时半会儿跟你说不明白。"

当年电脑公司破产后，孙寿彭远走深圳，投奔自己的女朋友。有一年郑仁芳出差去深圳，顺便去看他，当时孙寿彭和他的女友租住在一个小房子里，十几平方米的房间用一块雨布隔开，另外一半租给了另外一对青年男女，孙寿彭当上了二房东。郑仁芳记得，穷困潦倒的孙寿彭在墙上贴了一首读书无用论者的诗励志：

  语法不能解除饥饿
  诗味不能解除焦渴
  学问不能振兴家业
  追逐金钱吧
  莫蹉跎……

转述这些的时候，一向不苟言笑的郑仁芳笑得差点儿背过气去，郑仁芳说："这孙子，有兵法……"事后孙寿彭说，他和郑仁芳那次见面是他人生的一个分水岭，那之后，孙寿彭这个连汽车门把手都弄不清在哪儿的家伙瞅准私家车保有量逐年增长的大好机会，跟深圳的一家出版社合作，撰写、出版了一本有关交通法规的傻瓜书，出人意料地畅销，赚到了人生的第一笔钱，随后的几年，他又策划出版了《电脑傻瓜书》《互联网傻瓜书》等一系列傻瓜书，全都大卖特卖，从出版界收手之后，他一头扎进股市，决心做中国的巴菲特。——播下跳蚤，收获龙种，播下小钱，收获巨款，是这个大疯子始终如一的信条。我问他当年电脑公司那场火灾是怎么回事，孙寿彭说是隔壁公司的一个仇家放的火，殃及了他这条池鱼，不过要是没有当年那场"火"，他就不会离开老家，就不会去深圳，也就没有他今天的大"火"。

倪东说他："也许没有那场大火，你就是当今的互联网教父。"

孙寿彭笑道："我有那么孙子吗，动不动就给人当教父。"然后说我，"别当孩子王了，把你手里所有的钱都给我，我替你生财。再不发财就老了！"

"我今天买了一注彩票，要是中了奖，一分不剩全投给你。"

倪东又想起了股市的事儿："你到底有什么秘诀？你要是能说服我，我也投。"

孙寿彭故意敷衍倪东："此事非思量分别之所能解。"

倪东发狠道："你到底说不说？不说今天我就弄死你。"

"你是真傻还是假傻?"孙寿彭骂倪东,"哪儿有什么秘诀,在股市里赚钱靠的不是分析什么鸟曲线,而是走到大庄家身边,看看丫手里到底是什么牌。"

"你大爷。"倪东和我都忍不住笑。

"我也是很晚才觉悟。一开始还以为里面有多大学问,选择股票的时候,有时候靠相面,有时候靠占卜,想想都可笑。"孙寿彭转头问我,"你在学校给学生们讲什么?"

"真理和常识。"

孙寿彭闻听,差点儿笑断了气:"好,好,算你狠!好像你有真理和常识似的!"但孙寿彭认为我当老师总算干了一件正经事,没把平生所学白白烂在肚子里,接着他挨个儿抨击了一遍我的老同学们,"你们中文系这些孙子,有的把学问用来拍马屁,有的用来骂人,抱怨命运,这很不好。——你们得到了宝剑,却让它烂在剑鞘里,这很不道德。"

老郑从单位处理完公事之后赶了过来,整个人看上去有些灰头土脸。我问他怎么回事,老郑吞吞吐吐告诉我,这两天他正在跟他老婆闹别扭,因为他和一个名叫白薇的歌厅小姐的事儿被老婆发现了。白薇是老郑的一个老相好,是老郑来北京后找的第一个姑娘,初识之后,白薇就成了老郑的固定相好,除了亲自服侍老郑,也负责介绍自己的好姐妹给他。也是老郑色胆包天,这次竟在离自己家不远的一家宾馆开了房,就像人们常说的:也合该出事。那天,老郑带着白薇出来吃饭,结果被老婆撞了个正着。老郑一时解释不清,就一口推说白薇是"方小明"的女朋友,他老婆根本不信。

聚会中间,老郑老婆不停给老郑打电话,盘问他跟谁在一起。后来老郑恼了，差点儿把手机摔了。

"也是我做贼心虚。"老郑心事重重，后悔不迭。老郑老婆是一个单纯的人，一心一意跟老郑过日子，一直认为自己的老公是一个天下少有的正人君子，现在突然发现了老郑的背叛行为，彻底蒙了圈，根本无法承受这个巨大打击。

孙寿彭不以为然地对老郑说："那是你老婆不明白道理。男人在外面越荒唐，对老婆越忠诚，家庭关系也就越稳固，危险系数远远小于包养小三。我深圳一哥们儿嫖娼被老婆逮着了，对老婆解释说：我不是在嫖娼，我是在嫖生活啊。"说得老郑忍俊不禁。

回到酒店，醉醺醺的孙寿彭非要找姑娘，不停地往酒店服务中心打电话，对方告诉他这里没有特殊服务。孙寿彭肺都要气炸了，高声咒骂北京是个大而无当的城市，一点也不人性化，岂止不人性化，简直就是反人类。

老郑因为跟老婆闹别扭，不肯回家，也没有心思找姑娘，索性又要了几瓶啤酒在房间里喝。后来，老郑老婆不知怎么突然找到了我们落脚的宾馆。老郑老婆一见到我就低着眼睛质问："方小明，我就当面问你一句，那个女的到底是不是你女朋友？"

"哪个女的？"

"我是个傻人，你别蒙我，你就给我一句实在话：是还是不是……"

"是。"

"好！好！"老郑老婆这时才抬起眼睛看我，满眼是泪，"真是好兄弟！我今天总算认识你了方小明，真是好兄弟！"

老郑恼羞成怒:"我的事儿跟人家方小明有什么关系?!你跟人家喊什么!"

老郑老婆低泣起来,一边哽咽一边说:"郑仁芳,你干得好……干得真好……你一年到头碰都不碰我一下,家里的事一点不管,倒有闲心在外边跟狐狸精乱搞……你说你对得起我和孩子吗……"不用说,老郑在老婆心里的高大形象已经彻底坍塌了。老郑老婆站在我们面前,高一声低一声地哭诉老郑的种种不是和多年来自己为家庭付出的艰辛,把自己家的隐私全都抖露了出来,孙寿彭、倪东请她坐她也不坐。作为裤裆里有一对多余睾丸的卑下动物,我们见证了一个被摧毁的老婆的悲哀和绝望。

老郑是个极其要脸的人,虽然低着头一声不吭,但看得出他的心里正在酝酿着可怕的怒火。我担心出事,连忙把老郑老婆拉到一边,劝她回家。我甚至想起了孙寿彭的"嫖娼"稳定论,只是这种真理一时无法向这个悲痛欲绝的女人说明白。

老郑老婆一直没有正眼瞧我,现在像是重新发现了我在场,一边甩开我,一边把怨气发泄在我身上:"方小明,我一直把你当好人,当亲兄弟,想不到你也跟他一块儿骗我……你们穿的一条裤子……全都是一丘之貉……"她最后说起了老家方言,还把最后一个字念成了"luo"的四声。

老郑脸上再也挂不住了,突然跳起来,恼怒地大叫:"离!丢人败兴的老娘儿们,不他妈过了!"说着话,这头蛮牛气咻咻地冲过来,扬起胖巴掌要打他老婆,被我们几个死死抱住。一见老郑竟敢动粗,老郑老婆悲切地扬声哭叫起来。

老郑瞪着牛眼吼叫："我数三下，你现在赶紧给我回家，否则今天就是你我的末日！一、二……"老郑的淫威起了作用，大概老郑老婆也深知老郑的倔驴脾气，没等老郑数到"三"，就扭头拉开门走了。

我和倪东连忙跟出去，一直把抽抽噎噎的老郑老婆送到酒店外，替她叫了一辆出租车。老郑老婆满眼是泪，一脸悲愤地坐进了车里。我特别注意到，经此事变，老郑老婆一下子蔫巴了，身体里的水分像是被抽走了一大半，看上去一下子老了十岁。

经此一闹，大伙儿的酒都醒了一大半。孙寿彭问老郑："你老婆不会出什么事儿吧？"

老郑恶骂："不管她！臭娘儿们！老子又没有包二奶！再无理取闹非休了她不可！"

凌晨时分，陶红不知发什么神经，突然打来电话查岗，检查我有没有严格执行约定。我撒了谎，告诉她我现在烟酒不沾，就差吃素了。她不同意我吃素，说那样营养不够，对将来的胎儿不利。后来她又要求和我视频，我坚决拒绝了。

夜幕下的北京像一个大戏台，幕布后面的一切戏剧时隐时现。我既不能切身理解倪东、孙寿彭当年在看守所所遭受的苦难，也无法切身理解老郑老婆因丈夫背叛所遭受的耻辱和忧伤。老郑老婆早已经离开了，但我此时却真切地看到她独自一人走进了北京大街的深处，黑色的世界一点一点吞没了她。

一直沉默不语的倪东突然感叹说："唉，都是鸡巴惹的祸！"老郑情绪不佳，始终没能再提起神儿来。我们都明白，老郑老婆也就是撒撒气而已，断不会闹到离婚那一步，毕竟夫妻俩半辈子感情，亲情深厚，已经搅和得太深了。

彩票的事很值得一提：七个数字，前面四个号码都中了，险些中了大奖。孙寿彭大声呵斥我："怎么能只买一注？！要是再多买一注，这期大奖肯定就是你的！"之后一连声感叹——哎呀哎呀哎呀哎呀——他那副抓耳挠腮的样子比我这个买彩票的人还焦躁，还悔不当初，乐得我和倪东哈哈大笑，连老郑也忍不住笑出声来。真是一个天生的赌徒。

19

暑期到了，日子到了，我这个候补老爹该启程了。陶红给我预订了一个直飞深圳的经济舱，我中午从北京起飞，傍晚就能降落到深圳。我觉得这件事既古怪又神圣，很是身不由己。后来我想，这件事要是发生在生人之间，就算是一单冷漠的交易，可我和陶红毕竟不能算是生人。

自从答应配合陶红的造人计划，我觉得自己的身体有一部分不再属于自己。这件事对陶红来说再正当不过，她不单单是想要一个孩子，这个疯婆子更是要证明她有这个能力，有这个实力，照她自己的话来说，她"有权享受人类最新的科技成果"。她已经发了疯，谁也拦不住。

此时费罗、朱涵、宁大为夫妇、王朴、郝春阳等人正由团长艾勇带领，在美国四处游走，品尝各种品牌的啤酒和威士忌。互联网已经把世界变成了一个天花乱坠的大戏院，各种原创的、不原创的、沉淀的、发酵的奇谈怪论既不经过水路也不经过旱路也不经过空中，无中生有地在电脑屏幕、手机屏幕上呈现出来，直接刻印到人们的脑仁里。照片上的宁大为戴着一顶惠特曼式的草帽四处招摇，草帽哥惠特曼在诗里这样向读者介绍自己：瓦尔特·惠特曼，一个美国人，一个粗汉，一个宇宙……宁大为可说是一个不写诗的惠特曼，据他自己说，他去美国旅游就是为了体会一下"倒时差"到底是个什么滋味。候机的时候，我在直播群里留言嘲骂了他们几句，他们有的跟我对骂，有的发上抓狂、傻笑、闭嘴或者翻白眼的表情。

飞机在深圳落地，候机大厅出口处有一个小伙子举着一个打印的字牌，上面写着我的名字。这是陶红专门派来接我的。接我的司机是个东北小伙儿，一路驾车狂奔，跟路上的其他车辆较劲、斗气，用东北话骂街。

我对深圳一无所知，这个从小渔村起步的城市，当年吸引了全国各地热爱自由的人，为的是来这里享受一点宽松的、自由的生活。如今，三十多年过去了，这里已经长成了一个国际化的繁华大城。——这真是一个水中的城市！一个大鹏鸟的城市！天上云朵飘浮聚散，似乎比大陆上的云朵聚散得更快，飘浮得更远，车窗外灯火通明，流光溢彩，一切都如同梦幻。

司机直接把我拉到陶红居住的那个高大上的别墅区。陶红穿着便鞋站在门外屈尊来接我，一见面就跟审贼似的上下打量我。我也打量着她。她整天好吃好喝，处心积虑保养自己，居然显得有些憔悴，像是又老了几岁。

"我气色怎么样？"她问我。

"挺好，好得不得了。"我说。为了避免惹她不高兴，我没敢说实话，听了我的恭维，陶红果然高兴起来了。

"我在练瑜伽，班上有一个比我小一轮的男孩子疯了一样追我，天天在微信里给我点赞。"

陶红住的地方差不多是深圳最早的一个别墅区，背山环湖，环境十分优美。陶红的豪宅里充满了雅趣，摆满了各种各样的好东西，都是我叫不上名的好东西，可也没什么真正值得记住的玩意儿。

我只在客厅里坐了不到一刻钟就被陶红带出去吃饭了，倒不是因为她饿了，而是她规定的饭点儿到了。陶红说，她当年在全国各大城市四处卜居，最后相中了深圳——深圳多好，小城不大，漂亮，自由，时尚，又靠近香港，买什么东西都方便。

我们的晚饭是在附近的一条船上吃的。这条假船固定在水岸边，从四处的窗户可以看到周围闪烁的霓虹灯和远处水上的船影。

陶红问我喝不喝酒，我说不喝，都戒了小半年了。

"你就是偷着喝我也不知道啊。"陶红笑道。

"你这么说对我不公平，我比你想象的还要自律。"

"没觉得。"陶红边看菜单边说。

"其实遗传跟烟酒之类没什么关系。我爹造我的时候，也没有戒烟戒酒，抽的还是劣质烟，喝的是劣质酒。"

"所以才把你生成这样啊。"陶红成功地抢白了我，十分得意，"等过了这些日子，你爱怎么糟践自己怎么糟践。我希望我的孩子各方面都优秀。"

陶红点了三五样菜，另要了两碗参汤，这顿饭食简直像是坐月子。

"我现在特别能吃。你也多吃点。"她一边吃一边给我布菜，难得宽容，难得体贴，我都有点不太适应。

回到家里，陶红换上了宽大的、薄露透的粉色丝质睡袍，对我形成了一定的诱惑。但我上次在北京已经领教了她的坏脾气，不敢造次，处处赔着小心，免得惹她生气。这回她对我态度却格外好，看样子是有意保护我的情绪，以免影响精子质量。

之后我接到了钱晨曦的一个电话，钱晨曦此时已经在先前当市长的城市荣升了市委书记。钱晨曦在电话里说他正在策划一个文化活动，邀请全国的知名诗人、艺术家到他主政的城市去，搞一个主题为"诗和远方"的文化节，为他的城市造声势，嘱我到时候一定要去，之后又让我代他写一篇序言，说是他的中学老师新近要出一本书，找他问序。我问他为什么不让秘书写，钱晨曦说他们哪会写这个，嘱我抓紧办，他这两天就要用，说完他就把电话挂了，真是一个善假于物的老浑蛋。陶红见我居然会干这种无聊的勾当，有点生气，但她忍住了，说我："还以为你真不俗呢，真让我受不了。"

"都是老哥们儿。"我敷衍说，"我也是一时技痒。"

"当年都闯过海南，看看人家，再看看你。"

说起海南时期的人和事，陶红告诉我，李寒风现在也在深圳，前不久刚刚拜此地的一个老和尚为师，入了佛门，法号"忍冬"，是一个在家修行的居士。陶红时常在微信里向忍冬居士请教佛法。

我胡诌说:"现在所有的人,有一个算一个,不是在池子里,就是在庙里。"

陶红白了我一眼,说:"我受累问一句,您在什么里呀?"

"我也不知道我在哪里。"

"我看你是在梦里。"她借题发挥,有保留地损我,"不是我说你,你甚至还不如你那个卖肉的同学混得好。嘿,你怎么没去卖肉呢?"她被自己这个想法逗笑了。她笑起来仍然很好看,可惜现在难得一笑。

"你怎么知道我没卖?我一直在卖。"

"你还别瞧不起卖肉的。我看过你那同学的相关报道,人家可不是作秀,是真正起早贪黑卖肉,手持尖刀,腰里系着油汪汪的脏围裙……现在呢,苦尽甘来,人家的公司都已经上市了!"

"猪肉当然得上市,老放家里非馊了不可。"

"哼,你这么说一点儿也不幽默!干点力所能及的事情吧,大哥!写作是年轻人的事,你们那一页已经翻过去了。当你四处浪荡的时候,人家真正吃这碗饭的人都已经写出了《我爱我家》《同桌的你》《阳光灿烂的日子》……"

她正说得带劲儿,手机突然响了。陶红看看手机,向我摆了摆手,示意我别出声。陶红接听着电话,脸色渐渐变了。我大致听出,电话是陶红的一个心腹密友打来的,陶红的银行家丈夫遇到了大麻烦,很有可能面临牢狱之灾。陶红的眉头越皱越紧,开始举着手机在屋子里焦躁地四处走动。接完电话,陶红欠着屁股坐在沙发上出神,半天没有说话。这件事自然不是今天才发生的,但她从来没有跟我提起过,我也不配知道。

"这个狗娘养的,到处张扬,早晚得出事!我劝过他多少次,永远自以为是,从来不听!"

陶红终于回过神儿来,把手机狠狠摔在沙发上。愤怒使她的脸涨得通红。我没有什么可说的,只能听她发泄般诉说她的奇葩家事,我一直以为陶红和银行家同床共济,现在才知道,陶红和银行家已经分居多年,两年前已经办了离婚手续,只是没有对外公布。当年银行家像个发情的狗一样死皮赖脸地追求陶红,献花、请吃饭、安排工作,可结婚不到两年,银行家就开始对她冷淡了,很快陶红就得知,银行家跟办公室的打字员姑娘、文秘姑娘都有一腿。

"你是说……"听着陶红的叙述,我吓了一跳,不合时宜地问了一句,陶红觉得我幸灾乐祸,立刻打断我,大声说:"对,我当年找了一个衣冠禽兽!我真是瞎了眼了!他他妈勾引所有跟他有交集的女人,恨不得连穿裙子的板凳都不放过!"现在旗下的公司出了事,银行家终于自作自受,陷入了泥淖。

"那个浑蛋总觉得当年帮了我,在我身上花了钱,对我有恩。"陶红说,"我太恶心了,他当年帮了我不假,但后来我的每一分钱都是自己挣来的。要不是我保护他,他早就进去了,根本拖不到今天!提起他,我就气不打一处来,我他妈都想吐!"陶红这么说着,当真干呕了一下。

"你不是已经跟他离婚了吗?"

"事情哪有那么简单!"陶红烦躁地摆摆手,打断了我。

好吧,这是成功者的烦恼,我插不上话,帮不上忙,除非不知好歹地引火上身，成为她的出气筒。

"出了这件事也好！总算彻底了结了！"陶红长出了一口气，瘫坐在沙发上，"一个大师给我算过命，说我还能结一次婚。"

"我看结不了。"到底没有管住自己的鸟嘴，我愚蠢地胡说了一句。

"我为什么结不了？"陶红拧着眉毛看了我一眼，尖厉地冲我喊道，"这是一个朋友该说的话吗？！你怎么就不能盼我点儿好啊！"

家庭是一个女人的宗教，我根本不该在这种事上多嘴，我又把这个半疯儿惹火了。

"结婚就算好啊？你愿意结就结吧，"我说，"爱跟谁就跟谁。"

"你这人真没劲！我都没法儿说你。我认识你这么多年，从你这儿就没听到过一句暖心的话！"

"对不起，那套词儿我不熟。"

"把酒给我！"红酒酒瓶和酒杯就在她身边，她却不肯伸手去拿。我懒得理她，但还是倒了一杯酒，把酒杯递了过去。我俩彻底完了。压根儿就不该再见面！压根儿就不该搞什么献精的勾当！陶红接过酒杯，仰脖喝了一大口，半天没有说话。喝下大半杯酒之后，她明显地放松了，神情变得茫然、落寞，一霎时，倒平添了几分破败美。我不由自主地摇头，在心里大声嚷嚷，那句话是怎么说的？出来混，早晚要……后来我担心她读出我的心思，说我咒她、克她，暗暗咬紧牙关，一声不吭，她却好像当真看出了我的心思，突然转头看了我一眼，语调冷漠地说："我现在都有点怀疑，是不是你克的我。"

"对，是我，是我克的！我姓方，专门方人，方女人！"我突然狗胆包天，跟她发起脾气来。爱谁谁吧。说完这番话，我站起身走进盥洗间，胡乱洗漱了一下，然后到她给我指定的楼上狗窝里去睡觉，看也没看她一眼。

躺在床上，我想起了那个银行家，按照我从有关报道上得来的阅读印象，此人现在应该是在一个狭小的空间里接受讯问，挨打受骂上手段是免不了的，觉儿更甭指望睡了，他得老老实实交代问题，揭发同伙。我看到大灯泡底下坐着秃顶的银行家——他一定秃顶了，银行家最终总是要秃顶的——秃顶银行家坐在大灯泡底下，身体和情绪已经彻底崩溃。按他的能力，他一定会干得很出色，一笔笔黑账、一笔笔黑交易都记得清清楚楚。可以肯定，此后银行家的人生将转入浓重的黑暗。这个叼着金勺子出生的家伙，一直以来总是赢家，一直在海南、在全国各地呼风唤雨，可现在呢？以后呢？没有以后了。胜者无所得，这就是人世间已经发生和正在发生的一切。

我翻来覆去睡不着，往事一幕幕在我脑袋里出现：毕业前的慌乱，开往广州的火车，驶向海南岛的轮船，椰子树下的兄弟、刘刚、哲学家老王、邮政局、自由歌会、海滩、李寒风、解力龙、春宫扑克、情色小说……如果当年跟陶红一起留在海南岛，这个豪华、陌生的别墅也许就是我们共同的家。而如今，二十多年过去，我和陶红分属于两个花样不同却同样凶险的世界，不管自己名下有没有房子、房子有多大，都同样没有安身之处。

后半夜我迷迷糊糊感到有人进到了我的房间,把我吓了个半死。

"你现在真够可以的,出了这么大事,也不知道主动抱抱我,还跟我发脾气……"

"谁敢惹你呀!"我不由火起,更可气的是陶红一嘴烟味儿,引发了我双倍的恼怒。

"男人怎么都这么无情啊。"她绝望地躺到我身边,"往里边挪挪。"

"你不让我抽烟,你自己倒抽上了!"

"别跟我嚷嚷,好好抱抱我。"陶红把头靠在我的耳朵边,头发蹭得我直痒痒。

"真是个疯子!"

"你说实话,你还爱我吗?"

"对不起,我早就没有那功能了。"

"我也是。我也不知道怎么了,老是对你发脾气。"

这个一时软弱的女人此时说的也许都是心里话。我叹了一口气,把她抱在怀里。我不知道她和她前夫的事有没有牵连,有多大牵连,但对她来说,这总归是一件倒霉事。我心里突然一软,对自己说道:老兄,把你的老初恋抱在怀里吧,这种机会并不多。陶红很快就在我怀里睡着了,这回倒没有打呼噜。

第二天一早,陶红急匆匆地飞往海口,处理迫在眉睫的棘手事务,我问要不要我陪她一起去,她想了想说不用,临走又批评了我几句:"连车也不会开,要你这样的男人有什么用。"她这一走,我顿时轻松下来,如同蒙受了大赦。

这天深夜,陶红突然急煎煎地打来电话,说她前夫在海南的一个投资项目是和钱晨曦主政地方的一家公司联合搞的,其中有她的股份,陶红担心自己受连累,要我一定要找钱晨曦帮帮忙。我问明了情况,立刻给钱晨曦打了电话,钱晨曦问对方是什么人,我告诉他是我的一个亲戚,钱晨曦听明白了我的请求,答应帮我问问情况。

陶红主动提出付一笔好处费,她唯恐钱晨曦见不到钱拖延推诿,说办就办,立刻远在海口把钱汇给了我。第二天中午,钱晨曦发来短信,说情况有些复杂,不过现在已经没有什么问题了,让我的"亲戚"不必担心。一个电话就把事情彻底搞定了,真乃老手!我顿时胆壮了几分,立刻打电话向陶红报喜。陶红在电话里松了一口气,再次叮嘱我一定要把钱交给钱晨曦或者他的家人,我遵照陶红的指示,给钱晨曦打电话表达"意思",钱晨曦没等我说完就打断我,告诉我不要再提这件事,然后就把电话挂了。我把钱晨曦的话转告了陶红,陶红在电话里说我:"人家这是托词,你也当真?真是个大傻瓜!这笔钱说什么也要送出去,否则我心里不踏实!"我再次赧颜给钱晨曦发短信解释,钱晨曦再也没有回复我,打电话也不接。我心里十分羞愧。后来转念一想,你们都不要,就暂且留在我手里好了!求之不得!——何其便当、轻松的拼缝儿买卖,端的是一诺千金。

三天后,陶红一脸疲惫地回来了,见到我,第一句话就问我把钱给"钱书记"没有。我撒谎说给了。她没有问我要凭证,实在是救了我的命。我没问海南那边的情况,她也没有细谈,只轻描淡写地说"那个浑蛋"的事情已成定局,无可挽回了。接着她又接到了她妈妈的电话,没说上两句,陶红突然提高了声音,在电话里跟她妈妈大声吵起架来,两人用的是老家方言,我连蒙带猜听了个大概:她妈妈没有跟她商量,就把家里的房本改成了她弟弟的名字,理由是,陶红有的是钱,又没有孩子。放下电话,陶红眼圈红了,好半天不说话。

"谁都欺负我!连亲妈都欺负我!我有钱,家产就没有我的份儿了吗?不要也得是我自己说不要!她凭什么替我做主?!"

因为瞒着陶红做下了一桩亏心事,我心里十分不安,生怕她突然心血来潮,深究此事。

夜深了,规矩的人都回家了,大家在床上,在厕所里,看看微信,翻翻朋友圈,给隐秘的、有发展潜力的准情人点几个赞,转发一两篇情感小文、幽默小文,同情一下生活在物质地狱里的穷人,然后上床睡觉。这一刹那,我不属于他们,甚至不属于这个世界。我是一个欲望的奴隶,我的生活毫无意义,我甚至偷偷拿了一笔不属于自己的钱,我正在成为自己厌恶的人。

陶红带我到医院做了一系列体检,我的各项指标都在正常范围之内,好得不能再好,之后陶红按照大师和大夫共同选定的良辰吉日,我们再次来到医院。平生撸管万万千,只有这次最特别,在一个特定的私密空间,我唤起了一次机械而神圣的勃起,撸了平生最庄严的一管,献给陶红冷藏已久、嗷嗷待哺的卵子,献给一个陌生女子细大不捐、海纳百川的子宫。

陶红早就准备好了一纸合同,一式两份。我只草草看了一眼就签了。合同的主要意思是我没有未来孩子的抚养权。我问她为什么签这个,她说有备无患,至于备什么、患什么,我搞不清楚,她也懒得跟我解释。但我认为这件事她做得对,很有仪式感。此时陶红已经从银行家出事的打击中缓过来了,加上献精的事已经办妥,现在她故态重萌,重又回归了霸道模式,每一回谈话,都夹枪带棒,找机会刺我两句。

"你怎么就不能好好安排一下自己的生活?过好自己的生活才是对家人最好的交代。才称得上一个负责任的男人。不怕你不高兴,有时候我真庆幸当初没有嫁给你。"

"你要是嫁给我,也许生活会有所不同。"

"不要侮辱我智商。——我早就看透你了,你就是个糊涂虫、书呆子,根本融入不了这个社会。你说你这些年对咱俩的生活到底有什么贡献?"话一出口,她突然意识到这么说不妥,因为毕竟我的老同学"钱书记"刚刚帮了她一个大忙。钱晨曦不经意间为我扳回了一局。不过我已经不在乎一城一地的得失了。她那副颐指气使的样子,既像一个蛮不讲理的老婆,又像一个令人生厌的女领导。奇怪的是,她现在这么数落我,我一点也不生气,心底反倒生出了一种古怪的怜悯之情。她的强势性格里隐含着一丝悲剧的味道,让我心软。

陶红重拾勇气,一头扎在网上疯狂采购,为她几天后的生日做准备,她有一个庞大的闺蜜团,名叫"女王的闺蜜团",她拉了个名单,大概有五六十号人。她把历年的照片做成幻灯片轮流播放,从中我看到了各个时期的陶红和她身边的亲友们,陶红为自己举办生日宴会已经持续了十多年,这一次为了驱除晦气,打算格外铺张地操办一回。

我打定主意不参加陶红的生日宴会。陶红并没有觉察到我的情绪有什么不对头，她根本没有闲心了解我是怎么回事。这一次深圳之行，我和陶红单独待在一起的时间不能算少，交谈的次数也不能算少，但却始终不能真正走入彼此的内心，不能向对方说出真正的心里话——也许我们根本就没有内心，根本就没有什么该死的心里话，我们都是形形色色的空心人，都是自以为是的行尸走肉，都是浑浑噩噩的死魂灵。

我决定尽早离开。这天晚上，趁陶红洗澡的时候，我在网上订了第二天回北京的火车票。陶红冲完凉出来，头发湿漉漉的，一绺一绺搭在脸颊上，显得非常稀少，头部有些地方已经遮盖不住，露出了头皮。陶红穿着轻透的睡袍在电子秤上称体重，窗外的亮光勾勒出她裸体的轮廓。我看到她的两只尚可算作漂亮的乳房在暗影里一跳一跳。

我告诉陶红我明天有事要回北京，不能参加她的生日宴会了。陶红吃了一惊，脸色立刻变得很难看，但她并没有像以往那样和我争吵，只冷淡地说了一句："好啊，想走就走呗。"说完这句话，她就径直回自己卧室去了，之后就再也没有露过面。

事后我想，那天晚上也许陶红一直都在希望我回心转意，希望我主动去找她承认错误，祈求她让我留下来，但我根本没有这种勇气。

第二天一早我走了。我离开的时候，陶红还在床上。我悄悄拉开门，没有惊动她。她现在总是气哼哼的，不知这种个性是像她老爸还是老妈。我俩都运气不好，凑到一起运气尤其不济。

20

从深圳回到北京，站在讲台上，有几天我非常恍惚，不知自己身在何处。有时候，我忍不住想给陶红打电话问问情况，无奈她跟我几近绝交，不肯接听电话，即使通了，也只能招来一通抢白。但我一直把代孕的事放在心上，有时候觉得是好事一桩，有时候又觉得愚蠢透顶。不管怎么说，这件事正在成为我在这个世界上存在的证据，我灵与肉的一部分漂流到了南国，如今正在伺机和陶红的卵子生成一个新生命，寄生到另一个女人生气勃勃的子宫里。

郑仁芳被派到香港常驻。临走前，老郑约我聚了一次。我问他他老婆最近怎么样，老郑说，她还能怎么样，由着她发阵疯就过去了。回去的路上老郑告诉我，有一家财力雄厚的基金组织专门扶持文化项目，负责人是他的一个老朋友，如果能搞一个有点模样的原创故事，他能帮忙审批下来。刨去返还一部分给老朋友，可以把做项目结余的钱落实到个人头上。老郑见我没听明白，又不厌其烦地给我解释了一番，最后打气说，不管从哪个角度讲，这都是一件冠冕堂皇的文化事儿，经得起别人嚼舌头。

我把这件事说给宁大为，宁大为手里没有项目，也不感兴趣。之后我又找到了杜克，杜克一听，眼睛里立刻冒出光来，露出了秃鹫的神情。杜克飞快地思谋了一会儿，立刻决定用我刚写的一个短篇小说作基础来申请。杜克怕我变卦，又立刻请我做编剧，并忍痛自掏腰包，付了我一小笔定金。

我写好故事梗概,由杜克和他的年轻助手精心包装成 PPT 文件,呈报给老郑指定的部门。这是一个以姜丽和我为原型的爱情故事,名字叫《北京苦行》。我把杜克带到老郑办公室,见到老郑,被老郑的官威、办公桌上的小国旗以及各种红头文件震慑,平素一向咋咋呼呼的杜克一时局促得要命,看样子生怕这件事黄了。临走的时候,杜克憋了半天对老郑说:"领导,大恩不言谢,这件事要是办成了,我给您磕头谢恩!"事后,老郑疑惑地问我:"你这哥们儿行吗?我看有点儿神神道道,不像个好导演啊!"他对杜克印象不佳,认为杜克缺少艺术家的傲骨,我替杜克解释说,搞艺术的都有点儿神经质,但此人并不缺乏傲骨,在影视艺术方面也很有一套。

老郑的同僚朋友看了《北京苦行》故事梗概,觉得大体可以,只是调子稍显灰暗,缺乏正能量,提了几条意见。我对老郑说,这部小成本电影是杜克导演很看重的作品,按上边的意思修改,杜克未必能够同意。没想到跟杜克一说,杜克立刻同意了,让怎么改就怎么改。杜克和他工作室的小伙伴们很快按照领导的意见拿出了修改方案,给故事披上了一件合理生活的外衣,安排了一个充满希望的结局。

两个月后,钱终于到了杜克工作室的账上。杜克着实疯狂了一阵、颠倒了一阵,足够了!这笔钱足够了!先来两套煎饼馃子,每套俩鸡蛋!再来一百个羊肉串、四个羊蛋、六个羊腰子!通常,别人的钱就像别人的钱那样,在别人的钱包和信用卡里流淌,这回竟把杜克卷入了它的金色旋涡。说起返还老郑朋友的那笔钱,杜克心疼得直咬牙:"看人家那钱挣得多轻松!"杜克认为自己在黑暗中待的时间过久,现在终于捞到机会从组织机构的阔佬们手里分得一点膏润，可算老天有眼。

几天前，哲学家张森在微信圈里定下日子，从一家烤肉店订购了一只烤全羊，邀请大家到他的大兴农家小院举行一年一度的秋季烧烤，顺便讨论付印日期一拖再拖的《废稿》。

这天，我在约定时间赶到雍和宫一带，和杜克以及费罗、朱涵、宁大为等人会合，准备午饭后一起搭乘杜克的车前往大兴。杜克新买了一辆二手车，提车第一天就因为违规掉头被罚分罚款，气得他破口大骂这个由"龟头和探头"构成的世界。杜克在车身上喷上了自己工作室的logo，上面写着"北京苦行"几个花体字。杜克说他昨天晚上梦见宁大为在一个要害部门当上了局长，到了梦的后半段，突然发现他和前段时间刚落马的一个局长是同一个人。宁大为对杜克的梦很不满，说杜克："白天埋汰哥们儿还不算，梦里还糟践。我有那么操蛋吗？"

也不怪杜克瞎做梦，如今的宁大为越长越像一个蛮不讲理的家伙，酒糟鼻子，大眼珠子，大嗓门，老像憋着一肚子邪火。车走到鼓楼附近的时候，一个警察伸手拦车，宁大为降下车窗，大声对警察吼叫："你丫干什么，还想不想干了？！"把那个警察吓了一跳，把车上的我们也吓了一跳，就在警察一愣神的工夫，杜克把车开过去了。朱涵捂着胸口说："你这干吗呢大为！"宁大为笑道："现在警察是弱势群体。你把眼珠子一瞪，他准怂！丫知道我是干什么的？再说了，人民警察爱人民。"朱涵惊魂未定："我还真弄不清你是干什么的了！万一遇着个不吃你这一套的，把车扣了怎么办？"宁大为说:"扣了再说扣的事。"杜克笑骂:"合着不是你的车!"

午饭定在一家素菜馆,杜克打电话叫来了住在附近的一个朋友,是个五十多岁的和尚。和尚给每人发了一张名片,上面表明他是一个副处级方丈。坐下不一会儿,方丈就对我们说:"其实呢,你们每个人对自己的肉身都并不了解。"费罗和宁大为互相看了一眼,没有说话。朱涵对佛法有兴趣,问方丈:"我有很多困惑,但忙得没工夫坐下来好好读经。光念佛号能有用吗?"

方丈说:"有用。现在是末法时代,世界上没佛,你只能靠自己。你每一次念诵佛号,佛祖都听得见。"

朱涵还想张嘴问什么,宁大为打断她,聊起了刚刚端上桌的饭菜:"这个叫烧野鹅,其实是烧茄子,这个叫东坡肉,其实是浇汁儿豆腐。"然后指着一个咕嘟冒泡的大油锅,"你猜这个是什么?"

朱涵说:"不就是水煮鱼吗?"

方丈对饭菜不感兴趣,对度人有兴趣,接着前面的话茬儿说:"听杜先生说,你们都是文人。我跟杜先生讲过,你们这些清高之人注定名利两穷,什么原因呢?轻视时文,获罪文星,鄙视金钱,得罪财神,怎么能不穷?"

宁大为飞快地说了句:"穷怎么了?君子固穷。"然后转向朱涵,笑说,"没错,是叫'水煮鱼',其实就是一锅炖豆腐。我这辈子见过的最名不副实的东西都在素食馆里。这种素菜荤吃的胸怀、公然作假的胆识,真让人佩服。"

方丈道:"如今人们入口的东西太杂了,单从健康的角度讲,也应该迈开自己的腿,管住自己的嘴。"

费罗不以为然,问方丈:"我们好不容易熬到了食物链顶端,为什么不吃?为什么要管住自己的嘴?"

杜克看话不投机,岔开话头问我:"你这辈子有没有什么不吃的东西?"

"有。"我说,"天上飞禽不吃风筝,地下走兽不吃板凳。"

宁大为说:"你这跟有些出家人差不多。"

杜克怕冷落了方丈,殷勤地为方丈布菜。方丈道过谢,扫了我们几个闷头吃喝的俗物一眼,突然发问:"你们知道柏林禅寺的大和尚是什么人吗?"

朱涵夹着一块滚热的炖豆腐,嘘着气问:"不知道,是什么人?"

方丈见有人愿意听,一下子来了精神:"此人大有来头,这里面有一段传奇故事。柏林寺大和尚多年前是一位赫赫有名的青年才俊,后来看破红尘出了家。前些年,一位德高望重的长者到该地视察,专门到柏林寺晤见了大和尚,两人密谈了一个多小时,大和尚送了长者八个字,你们猜哪八个字?"

杜克笑道:"放下屠刀,立地成佛。"

方丈意味深长地点点头:"对了对了……"

宁大为实在听不下去,打断了声音压得越来越低、打算深聊下去的方丈:"大师,您这么说话可不对,出家人不打诳语。"

方丈看着宁大为:"怎么是诳语?这件事绝对真实不虚。"

宁大为:"我靠,柏林寺大和尚是我亲弟弟,他就是一个一心向佛的书呆子!长者哪有闲工夫见他!以后可别再瞎传了!"

方丈征询地看了杜克一眼，杜克假装没看见。

过了一会儿，方丈又重新起了话头："你们说，到底是什么塑造了生命？"

费罗瓮声瓮气地说："这个我知道，是鸡巴，学名生殖器。"朱涵嗔怪地打了费罗一下。

"你说出了部分真相。"方丈说，"不过，生殖器创造的是一些虚无的生命，并不是生命的真身。但凡看得见的物种都会灭绝，真正的生命却不会。"

杜克突然悟到了什么，说："人种要是灭绝，其实也不难，只要大伙儿都憋着不生育，一百来年也就完蛋了。"

朱涵问方丈："师父，您是什么因缘出的家？"

"自然是为了解惑，为了解脱。"方丈说起了自己出家的缘起，"我三十岁的时候有幸遇到了一位高僧，先做了几年居士，之后才出的家。自从我被点化之后，我当年在单位分带鱼专拣小的、窄的，分鸡蛋，专拣磕坏的、破口的，这不是矫情，是觉悟之后善心油然而生。"

宁大为"嗤"了一声道："吃亏让人，先人后己，组织上也一直是这么教育您的，您怎么就听不进去？"

方丈道："教育和觉悟之间是有区别的。你这位先生方面阔耳，但格局不够大，限制了你的发展，听我一句话，在生活中，不能什么都抱着，一定要学会放下。"

"您知道我抱着什么了就让我放下？"

"不管抱着什么，都要放下。"

"我抱着就是放下。"

方丈的脸变得越来越难看了："对人有敌意可不好。实话对你们讲,我并不是只活在本世纪里,在眼下这个世界上,你我都不过是过客。请记住我的话。"

宁大为说:"谢谢您的开示,不过恕我直言,您抱着的东西比我重。"

方丈黑着脸:"这话怎么说?"

宁大为道:"因为您抱的是成佛的企图。"

方丈哂笑了两声:"这是正念,无轻无重。要是不抱着希望——你所说的企图,人生还有什么意义?"

宁大为也笑道:"正因为我什么希望都不抱,我才活得津津有味。"

方丈弘法受到了挫折,但方丈修养高,器量大,果断地决定和我们分手。杜克看气氛越来越尴尬,也没有格外挽留,双手合十,起身把方丈送到饭馆外面。

回来后,杜克埋怨费罗和宁大为:"你们跟一个出家人较什么劲啊?"

宁大为说:"他算什么出家人?一个职业和尚。"

"你没看老和尚都急了?"

"我就是成心看他急!"

杜克气得够呛,宁大为笑道:"你还指望一个副处级和尚度你?你这种段位的,怎么也得正处级。"

我们离开素菜馆,坐进汽车。杜克挠着脑袋说:"我跟大师一直都聊得好好的,怎么跟你们一聊,听着就全不是人话了?"

朱涵忍不住笑:"杜克你别在意,他俩本来就不是人。"转头问宁大为:"柏林寺大和尚怎么就是你亲弟弟了?"

宁大为笑道:"是咱哲学系的一个亲学弟。不这么说拦不住丫那张嘴。"

费罗道:"那孙子气色真好,红光满面,看样子这辈子没少喝酒吃肉。"

杜克一边开车,一边唉声叹气:"这下完了,本来打算跟一个道行高的人在一块儿沾点儿仙气收收心的。"

宁大为:"告诉我你丫心在哪儿,我帮你收。"

杜克笑道:"你大爷。"

朱涵对宁大为和费罗的做法不满意:"你们都太自以为是了,根本不懂得尊重别人,人家好歹是个出家人。"

费罗说:"他要真是个出家人,我当然尊重他。"

"不过这冒牌儿和尚倒给我指了条明道。"宁大为说,"以后实在混不下去了,咱也把头发一剃,行头一穿,混吃混喝,骗谁不是骗啊。方小明,到时候咱俩一块儿云游。"

杜克驾车一路驶向大兴张森的农家小院。这个小院超然世外,房子尽管经过张森的翻修,却依然保持着农家的宁静和朴素,与周围邻居家的房子浑然一体。

张森头天晚上已经前来准备,张森新结交的朋友秃头老文已经先于我们到达小院,老文是四川人,早年是个诗人,后来不知因为什么事入了大牢,可说是个风雅的囚徒。出来后,老文转行做了行为艺术家,在全国各地四处游荡,专门吟唱人世间的苦难、悲情和浪漫,践行他的苦难美学。

这个农家小院是张森多年前从一个农民手里买下来的。张森是土生土长的北京人,打小就是个哲学狂,读高中的时候,他认为应试教育不符合自己的理念,于是拒绝参加高考,毕业前夕带着一箱哲学书跑到东北一个林场,过了一年半工半读的生活。成年之后也从来没有找过什么正式工作,没有过固定收入。这个泰勒斯式的人物前些年偶然在网上发现了一种名叫比特币的东西,大为高兴,认为横空出世的比特币契合了自己的哲学理想:凭什么某种或某几种货币在世界上大行其道?既然现存的银行里没有一分钱存款,那就应该寻找和建立一个自己的银行。几年间,纯粹因为天生反骨和不寻常的审美趣味,张森靠收藏、倒腾虚拟比特币发了大财。在他看来,还有比人生最大目标就是赚钱、最大成就就是当官更可笑的事情吗?他常常为此发笑。如今拥有了大量的比特币和现实财富,他笑起来更加随心所欲,但他并不爱笑。两年前,张森突然对自己和身边朋友们吃吃喝喝、言不及义的状况大为不满,干脆宣布戒酒。他戒得非常彻底,谁也劝不动他,每次见面,几乎都会发生这样的争论:

"我干吗非得喝酒?我的快感是无条件的。"

"吹牛×。"

"你又不是我,你怎么知道我吹牛×?"

"就凭我跟你是同一种动物。"

"你跟我未必是同一种动物。"

人差不多到齐了,最后赶到的艾勇和妻子从车上搬下成箱的矮瓶大肚的外国啤酒,这是他们夫妻俩在一家超市的货架上偶然发现的。此时艾勇刚刚从供职的一家著名民企辞职,宣布彻底退休。

这期《废稿》距上一期付印已经差不多过了两年,之所以迟迟不能面世,是因为张森坚持每一期《废稿》必须有每一个原始发起人的稿子,哪怕那个人的稿子只有一个字、一个标点。在张森看来,聚齐原始发起人的稿子是个原则,是当年定好了的,绝不能违背,除非那个人死了,否则一个都不能少。费罗反对张森的原则:"如果某一个人一直拖着不交稿,《废稿》就不出了?你这是以原则面目出现的制度化暴力。"

"没有人说不交稿,人家暂时交不了稿肯定另有原因。"

宁大为也认为张森的原则是扯淡:"少废话,赶紧出,再不出就老了。"

"出了就不老了吗?"

"出完老了还有个念想。"

最后艾勇、张森、费罗几个人在折中意见上达成了一致:给尚未交稿的朋友一个最后期限。同时,张森也表示,鉴于这项决定与自己的理念有悖,又鉴于他认为这期稿子"缺乏真正的创新精神,已经有意无意堕落到了自己一向不齿的庸俗的边缘",他要把自己的稿子撤回,不再参加这期《废稿》,或者说以拒绝的方式参加这期《废稿》。

傍晚,烤全羊到了。几乎与此同时,袁军也从机场赶来了。袁军一跨进院门就大声嚷嚷:"路上改唐诗两句:一回相见一回老,小车不倒只管推!"袁军此行是到美国参加女儿的大学毕业典礼。在座的人除了他和艾勇,别人目前都没有孩子,也都声称不打算要了。

烤好的羊摆上了桌子,众人拍手叫好。费罗在欢叫声中掀开盖在羊头上的一块红布,只见那羊的眼睛睁着,两只灰白的大眼珠幽怨地对着众人,既像是无动于衷,又像是把一切都看了个满眼。费罗吓了一跳,连忙又把羊头盖住了。

宁大为瞟了羊一眼,半真半假地低下头说:"唉,我这样的人哪儿配吃烤全羊!"

众人聚在一张长桌子上吃喝谈笑。几年不见的袁军谈起了他的老岳父,他说老爷子不知道为什么突然迷上了花钱去全国各地开会、花钱买各种奖杯、花钱进名人录、花钱和各路名人照相合影。他甚至在家里辟了一个房间,专门摆放各种奖杯、名人辞典和放大的照片。袁军读博士的时候,有一天,某个机构给老头儿发来一封邀请信,上面有一个清单,清清楚楚标明获得某种爵位和博士学位的价格。老头儿问袁军:"博士和爵士哪个大?"袁军说:"爵士是一种爵位,博士是学生。"最终老头儿两个都买了,既获得了博士头衔,也拥有了爵位证书。

"这都是你害的。"费罗呵呵笑,"你读了一个乌烟瘴气的鸟博士,老头儿不想比你这个傻女婿差。"

艾勇说袁军:"你有没有想过,老爷子为什么明知这是个骗局还乐此不疲?他把这当成了一个真实的游戏,他这辈子太在乎世俗的成就了!太想在这个世界上成为一个人上人了!当他站到领奖台上的时候,他的心里一定特别高兴,特别有成就感。另外,更重要的是,骗子们从头到尾把他伺候得极其周到,他这辈子从来没有得到过这么大剂量的尊重,所以他认为这些钱花得很值,比留给儿孙强。我在国外那些年,我老爹老妈也被一拨又一拨卖保健品的贴心骗子骗走了不少钱财。后来一个明白人指点我,说不应该恨骗子,应该感谢他们,因为骗子们在替你尽孝。"

"这都什么事啊。"袁军感叹道。他大概从来没有这么想过这件事,看样子吃惊不小,不过他认为费罗和艾勇说得有道理,甚至突然领悟到自己也是这场人生大骗局的主力骗子之一。

酒喝到半途,秃头老文突然摸摸索索地打开了随身携带的一个长条布兜,从里面拿出了一支洞箫。张森介绍说,老文在大牢里跟一个同号学会了吹箫,准备给大伙儿吹一段助兴。老文没有说话,慢慢把箫放在嘴边,之后就闭着眼睛吹奏起来。老文吹的是一首叫《酒狂》的曲子,跟张森的农家小院十分协调。吹到中途,老文突然起身离座,开始仰天吹奏,声音越来越激昂,越来越疯痴,像是把手里的箫管加长了一万米,发出的声音直上云霄。一曲完了,秃头老文擎着箫管傻站了一会儿,突然一声一声咳了起来,声音由轻到重,由缓到急,既像是在苦笑,又像是在冷笑,很快变成了一连串越来越急促的又哭又笑,哭得笑得前仰后合,笑得哭得不能自已,末了,秃头老文撕心裂肺地悲号了一声,之后颓然嗒然坐在了自己的座位上。

小院里一时静默下来。

宁大为小声说:"我一直特别纳闷儿,据说苏格拉底临死那天晚上还学了一首笛子曲,他当时到底在想什么呢?"

艾勇现出了少有的醉态:"我认为他是在杀时间。用一首曲子把时间一刀两断,从此之后,什么死不死活不活的,全都无所谓了!"

袁军道:"苏格拉底的态度才真正叫活在当下——活在裤裆下,活在刑具下,活在毒酒里。真正叫作以无益之事遣有涯之生。"

老文只吹了这一首曲子,就小心翼翼地把箫收起来了。不过箫声没有消失,一直都在小院的上空盘旋。就在这顿饭之后,老文开启了他的疯癫之旅,一脚踏进了荆棘密布的旅途。此人先是流浪到云南,之后越过边境,跑到了东南亚,跑到了欧洲,跑到了美洲,跑到了人们的视野之外。真是一个不折不扣的袍哥,一条热爱冒险、不走寻常路的好汉。

我糊里糊涂喝多了。杜克在我耳边时近时远地叙说知心话:"咱们这辈子只有这些朋友,咱们是没有血缘关系的亲兄弟,必须得珍惜。"我不赞成他的话,但也没什么可反对的。

杜克突然发现自己的手机丢了,一下子慌了神,开始回忆手机是怎么丢的,在哪儿丢的。费罗帮忙给他的手机打电话,他的手机已经关机。

杜克一边四处踅摸,一边咒骂:"妈的,命运不该总是捉弄我这样的老实人……"

"摄影机没丢吧?"有人提醒他。

杜克不说话,伸长脖子到处寻找他的手机。

宁大为逗他:"想听听一个老人的意见吗?"

"滚蛋!"

"孩子,还是听一句吧,不要为了区区一个身外之物寻找无尽的烦恼。"

"去你大爷的!"

最后,杜克在不知谁的衣服底下找到了自己已然关机的手机,总算安静下来。

另一边,喝得烂醉的张森突然为稿子的事发起飙来,厉声斥骂身边的人，最后殃及在座的所有人："太自以为是了你们！"他突然失去平衡，一下子歪倒在地，嘴里兀自痛骂不止，"我……呸！你们P大这帮丫挺的……你们这一辈子都拴在P大这根驴橛子上了……"

费罗试图把躺在地上的张森拉起来，自己也险些摔倒："您老这橛子也够沉的……"

……

我收到了钱晨曦的一条微信。此时钱晨曦正在北京集中学习，这说明这个瓜娃子很快就要高升了。几天前，我给他发微信说在大兴农家院有个老友聚会，他没有理我。在刚刚收到的这条微信里，他告诉我，他策划的"诗和远方"的文化节已经定下来了，嘱我到时候一定要去。

小院里一直闹哄哄的，到最后大家开始离座、串桌。有那么一会儿，我觉得自己失去了重量，在众人里面消失了。没有人看得见我，我也不知道别人在说些什么。有的人穿过我的身体走过去，有的人的手从我的身体里伸过去取酒杯、拿烟卷，有的人以为这儿是个空位，干脆坐在了我坐着的座位上。我在不知不觉间再次获得了不存在的能力……别人，酒，酒里的心事，与我有关的一切都已经销声匿迹。

第二天上午十点钟左右，杜克打开了电视机，把大家全都搅醒了。费罗说他："看什么破电视，你就不能消停点儿。"

杜克用遥控器把音量调到了无声状态。他看的是他本人导演的一部抗日题材电视剧，为的是给自己贡献一点儿聊胜于无的收视率。

早早起床给大伙儿张罗早餐的张森说杜克："你丫怎么能

拍这种手撕鬼子的烂戏?"

大伙儿都忍不住乐。

杜克笑道:"手撕鬼子怎么了?你们对魔幻现实主义一无所知。"

大家都起床了。刚刚吃完早饭,天就开始下雨,先下了一阵反季节的中雨,之后变成了大雨。大雨阻住了归程,看来一时半会儿走不了。

杜克手机上有十几个未接电话,都是商务电话,杜克望着门外的雨,焦躁地自言自语:"天气预报没说有雨呀!"

费罗笑道:"天气预报就是个骗局,专门骗你这种横店爱国艺术家。"

杜克四处转圈儿:"真他妈耽误事儿!我要是再喝大酒,我就是王八蛋!"

宁大为说杜克:"喝大酒是在为幸福生活点赞。不喝才是王八蛋。"

杜克:"我怎么认识了你们这么一帮混吃等死的王八蛋!"

等雨稍微小一点之后,我们几个钻进杜克的汽车,一头扎进茫茫雨幕,向城里奔去。

21

这年仲秋,我应钱晨曦的召唤,到他主政的城市去参加他主办的文化节。同行的有我的老同学刘景宽和他的老婆俞冬冬。俞冬冬毕业于一所戏曲学校,是个科班出身的青衣。刘景宽笑嘻嘻地向他老婆介绍我:"这就是我跟你说过的P大非著名校友方小明、方大师。"俞冬冬打量我的时候,眼神有些好奇,看样子刘景宽没少说我坏话。果然俞冬冬说:"我早猜出来了,我看过你们的毕业照。我们家老刘经常夸你,说你这些年一直天马行空,是个奇人。"在飞机上,刘景宽把一本自印的小册子塞给我。这是他和他老婆多年的酬唱集,这个油脂麻花的红胖子吐出了不少清俊的句子,十分可观。除了我之外,同机飞行的几位都是赫赫有名的诗人,都是左右逢源的成功人士。刘景宽对俞冬冬非常温柔,有时候还会伸手揉揉她的脑瓜顶,俞冬冬在他身边像个受宠的小女孩,刘景宽能做到这一点,真是令人称奇。郑仁芳要是有刘景宽一半儿的殷勤和心性,他老婆都得幸福得晕倒。

在欢迎会上,钱晨曦开宗明义阐明诗歌对于美政、善政的意义,为这次"雅集"定了调调。介绍来宾的时候,钱晨曦说刘景宽和我是京城有名的文化人,刘景宽坦然接受了这个称号,我却十分羞赧,只能硬撑着装相。善于随机应变的钱晨曦已是一方豪强,他在这个西南重镇呼风唤雨,领袖风度无可挑剔,已经从钱阿瞒出落成了钱老瞒。

第一站,钱晨曦带领众人到了当地的一家养老院。这些老人,有的干瘦,有的虚胖,但能够有钱住进养老院,已经算得上是幸福老人。诗人们都有准备,按照事先安排好的顺序,挨个儿为老人们献诗,个个词句铿锵,感情充沛。听着这些比亲人的话还亲的赞美诗,老人们的表情既谦卑,又茫然,机械地拍着巴掌,大多数诗人收尾的时候都把自己感动了。

钱晨曦原本热衷于建立事功,每到一任都要盖楼挖矿,修路铺桥，如今开始转头一心一意抓文化。此地几年前落马了一批官员，原因是出现了一起腐败窝案，轰动了全国。

"这些人，前些年由着性子胡来，一味追求'鸡的屁'，以为自己能一手遮天，吃、喝、贪、拿全不算事儿，现在开始算总账了。不过老实说，上行下效，不教而诛，这帮孙子也有几分无辜。"这是刘景宽的看法。说到钱晨曦举办这次文化节，刘景宽高深莫测地对我说："你以为老钱办这件事是附庸风雅？他有他的实际目的。此地前几年政坛大地震，老钱没有被牵连，不是他屁股底下干净，是因为丫运气好，这回更不得了，算是抱上真正的粗腿了。"随后刘景宽悄悄告诉我，此行中的一对沉默寡言的夫妇，是当地某位大领导的至亲，血缘可不同于同学朋友之类的肤浅关系，能量非同小可，钱晨曦已经搭上了这层关系，未来不可限量。我问刘景宽怎么知道这些，刘景宽倨傲地告诉我："是兄弟我给他们牵的线。"

第二天，我们被带到山区里的一个小村落，早有人在那里等着我们。钱晨曦亲自主持仪式，把一批文具、书籍连同诗人们的签名诗作赠送给了这个山村的小学。村支书、校长一伙人满脸堆笑地接受了馈赠。

离开小学之后，一行人边走边说，一径走到村外，查看山坡上的果木、梯田。这个山村的村支书胆子大，身上很有几分匪气，是唯一一个敢跟钱晨曦说笑的人。村支书不失时机地向钱书记提了不少钱和物方面的要求，钱晨曦有的一口答应，立刻交代给相关人员去办理，有的一口回绝，嬉笑怒骂，当面揭穿狡猾村书记的小伎俩，骂得村书记嘿嘿贱笑。

我的这位睡在下铺的老兄弟如今自带炫目的光环,举手投足都是为了众人谋福利,围绕在他身边的所有的人都不停地向他要政策、讨主意,他则像个大魔术师一样从帽子里、袖子里、袍子里变出一个又一个锦囊抛给他们,以无限的热心和智慧处理着迎面而来的一切。

这天晚上,我们回到城里的大酒店,酒席已经摆好,每人面前一个火锅,配菜都是惠而不费的当地小吃。钱晨曦解释说,饭菜有点简朴,倒不是因为中央有八项规定,而是我所到之处都要求如此,就是中央领导来了,也是同样的规格。众人纷纷称赞。

钱晨曦因为还要主持一个会,要赶回城里去。就在钱晨曦快要走出饭厅的时候,突然有人起哄:"请钱书记出一个节目再走!"钱晨曦闻听,又转身走了回来,所有人都看着他。钱晨曦端起酒杯停了片刻,然后环顾众人,开口唱了一段刘三姐:"多谢了,多谢四方众乡亲,我今没有好茶饭,唯有山歌敬亲人啊敬亲人……"众人一阵喝彩。钱晨曦指着俞冬冬笑说:"你们应该请她唱,这是真正科班出身的艺术家,不要轻饶了她。"钱晨曦一走,众人立刻放松下来。在众人的起哄声中,俞冬冬大大方方站起来,清唱了一段《锁麟囊》。她当年学的是地道的程派,声音非常好听,每一个唱腔,每一个细微的颤音,都浸透了优雅精细的痛苦,一招一式,尤其两只眼睛的一轮一转,非常迷人。就在俞冬冬演唱的时候,很多人却乱糟糟地说话。我一时火起,大声呼喊让这些人安静,根本没有人理我。俞冬冬见场面越来越不堪,终于失去了演唱的兴致,草草收了尾,摇摇头坐下了。刘景宽点燃了自己的烟斗，一会儿抽，一会儿灭，有意对当地政府精心安排的一切表示淡漠，以示自己见过大世面。这天晚上，刘景宽发了豪兴，很快喝多了，跟各路诗人斗嘴，成了酒桌上的主角。

一个作陪的官员谈起了这些年本地的建设成就，农业生产养活了多少人口之类，刘景宽不以为然地说："单是让人吃饱饭算不上多大成就，重要的是文化。"作陪的官员知道刘景宽是钱书记的老同学，不敢得罪他，只好点头。在座的一个老诗人不同意刘景宽的意见，反驳说："在中国，吃饭当然是第一位的。新中国最了不起的成就，就是独立自主养活了地球上最多的人口，让十几亿老百姓都有一碗饱饭吃！"

刘景宽冷笑道："那也得看怎么个吃法。"

老诗人正要回嘴，一个好戏谑的诗人接口道："全世界属咱中国人吃相最丰富：站着吃、蹲着吃、跪着吃、蹭着吃、含着吃、舔着吃、吸着吃、哑着吃……"旁边的人看他越说越不像话，笑闹着把他止住了。

话越来越不投机，在座的人都感到有点无趣，但刘景宽根本不以为意，很有点舌战群骚的意思。个别诗人气愤难平，但也奈何不了这个来路神秘的大阔佬。大多数人不跟他一般见识，转头跟自己熟识的人聊起了别的，由着他一个人胡扯。

我跟眼前的一切都格格不入，甚至不知道自己怎么会出现在这里，我对自己觍着脸参加这场免费旅游感到羞愧。人们在我耳边一刻不停地说话，我不知道这些人为什么有那么多可说的，我很想让所有人闭嘴。

坐在我身边的刘景宽老婆俞冬冬突然在我耳边说："嗨，你怎么光盯着火锅发呆呀？"

"啊，"我如梦初醒，胡诌道，"我敬重火锅。"

"你怎么话这么少？你就眼看着这帮家伙围攻你的老朋友？"

"我就爱听别人糟蹋我朋友。"

俞冬冬咯咯笑着打了我一下："坏人。"

散场后，刘景宽和夫人俞冬冬被当地的几个名流拉去喝茶。其他的诗人都是老相识，一伙人分凑在不同的屋子，打牌的打牌，聊天的聊天。只有我一个人无处可去，早早回了自己的房间。

我喝得不痛快，莫名其妙有些惆怅。我洗了个澡，在床上刷了几眼手机，正打算胡乱睡过去，突然有人敲门，来人竟是俞冬冬。

"你不是跟老刘他们出去了吗？"

俞冬冬一边径直往里走，一边说："我才不跟他们一起去呢。老刘也不愿意让我跟着，我多碍事儿啊。"

进屋后，俞冬冬赤脚盘腿坐在沙发上，眼睛盯着我说："我看你这人不错，敢为我出头。这一点比老刘强。"

"出什么头？"

"我唱戏的时候，你让那帮孙子安静。"

"老刘是你丈夫，哪好意思当众护着你。"

"他就是没心，人前可能装了，其实一点也不在乎我。"俞冬冬有一双棉花糖般的手，又大又绵软，她隔一会儿就欣赏一下自己的手，说自己的福气都是这双手带来的。她看到床头那本他们夫妇俩伉俪情深的诗词集子，拿起来翻了几页。

"你觉得我们写得怎么样？"

"挺好。"

"真好假好?"

"真好。"

"我也觉得好。你们中文系出身的人就是这点儿好,总是比一般人有情调些。回头我请你去看我的戏,我准备重返舞台。"

"赶紧重返,别让我们老盼着。"

俞冬冬大笑:"哎哟喂,真能胡扯!就跟你认识我多少年似的!"

我也跟着笑。

俞冬冬好不容易止住笑,目光在我脸上游移着:"求你个事儿行吗?"

"您说,只要我能办得到。"

"我累了,你帮我捏个脚吧。"俞冬冬说着,把一双素净白皙的脚伸到了我的面前,"我刚洗过澡。"

我看着俞冬冬,一时发呆。

"到底行不行啊?"俞冬冬摆摆摇摇催我,"不行我就去找专业按摩师了。"

"……"

"别紧张,我不吃人。"俞冬冬隐着笑看了我一眼,"你用不着有什么心理负担,我和老刘跟离了也差不多,早就不一块儿住了,各过各的,互不干涉。"

不得不说,刘景宽有一个好老婆,她的身上有长期的美食和美好情绪养育出来的特殊馨香。俞冬冬觉得这件事十分有趣。

"你猜老刘现在在干吗?"

"不知道。"

"别假装纯洁了。你们男的不就那点事吗?——你怎么没跟他们一块儿去玩儿啊?"

"等你呢。"

"哈,真无耻。你的事儿我都知道。老刘经常跟我说起你。"

"都夸我什么?"

"说你是一个失去了现实感的疯子。"

"他可真会夸人。"

"我觉得我们家老刘看人挺准的。"俞冬冬笑道,"不过,你还行,糊涂是糊涂点儿,但没他说的那么不堪。"

我在俞冬冬临时起兴建立起的亲密关系中沉浮,我突然想起,刘景宽这两天在什么地方跟我说过,他每次出门,必须把老婆带在身边,否则就没有安全感。

"你们是同学,你应该了解,老刘原来多纯洁一人啊,看我跟看贼似的,我跟男的跳舞都不许。后来呢,几个糟钱儿把他弄疯了,他倒潇洒上了!有两三年时间,他开了个歌舞厅,几乎天天跟小姐们混在一起。开始我也生气,也闹,后来我也想开了,玩儿谁不会呀!"

我从俞冬冬嘴里得知,当初刘景宽分配到了一家出版社,俞冬冬的父亲是这家出版社的一把手。后来单位决定到海南投资,一时间想去的人打破了头,老岳父举贤不避亲,最终力排众议选派了刘景宽,刘景宽自此挖到了第一桶金。

"要不是我老爹,他一介文人能有今天?都是我爹给他搭的桥、铺的路。"

俞冬冬是典型的好人家出身的闺女,性格温厚,单纯、粗线条,对一切都有豪兴。她笑嘻嘻地告诉我,她曾经因为无聊,在一家社交网站登记注册,隔不久就会收到网站推荐的跟她匹配的男人,她还参加过一次多人相亲。

"那个圈子里的男人对我评价一般。"俞冬冬说,"都说我形象还行,就是太理性,一看就是那种价值观特正的,比较'事儿',不怎么好对付,要是再小骚一点儿就好了。"

不知哪儿来的一股邪火,我突然对这个一身白肉、养尊处优的好女人充满了厌恶。

"甭听他们丫胡说,其实你挺骚的。"我恶毒地说了一句。

俞冬冬大笑:"你才骚呢!"随后叹了一口气,"唉,年轻的时候还费心费力寻找什么生命的意义,如今再也不找了。也许人生根本就没有什么意义。吃得好,睡得着,玩得 high 就是最大的意义,你说是不是?"

不管怎么说,一切都很完美,这次活动在当地掀起了一波诗歌热潮,可谓开风气之先。文化节的最后一天晚上,钱晨曦拨冗前来,亲自主持座谈会。会后,钱晨曦心情大好,将所有随行记者和工作人员悉数遣散,只留下随身秘书、办公室主任和几个负责文化工作的局长,声称要在饭桌上向与会的文化精英们单独讨计。

因为身边都是自己最亲近的下属,钱晨曦放开怀抱大喝了一顿,一边在饭桌上侃侃而谈:"兄弟我呢,本色是诗人,早在大学时期就开始写诗。这一点,我的老同学刘景宽同志、方小明同志可以做证,那个时候,我们都写诗,互为读者。"

人们都转过头看刘景宽和我。谁能质疑他呢？当年他的确写过几首分行的顺口溜。

"诗人都是戴桂冠的人，千百年后，人们会记得诗人，记得诗人们的优美诗句，却不会记得谁是哪儿的书记、哪儿的市长。从这个角度来说，我很羡慕在座的诸位。诗人，都是活在历史中的人啊。"一个诗人插言道："钱书记，我斗胆把话搁在这儿，您就是历史中人。"钱晨曦谦逊地摇摇手，继续自己的话题："有人曾经问我，为什么由一个诗人变成了官员呢？我想借用白居易的两句诗作为回答：敢辞为俗吏，且欲活疲民。我看乐天翁说得好！民为重，其他为轻嘛！"

钱晨曦破例点了一根烟，说起了笑话："我读到过一则法国逸事，很有意思，有人评价某位部长，说此人没有说过一句蠢话，也没有做过一件聪明事。这位部长回答说：我的话是我自己的，我的行为却是我的部长的。"大伙儿都笑，钱晨曦自己却不笑，似乎根本不屑于表明自己说了个俏皮话，之后，目光深邃地扫视了一眼众人，"老实说，我并不赞成这种无聊的调侃，这是典型的不作为嘛。"顿了顿又说，"我这个人，大半辈子一直把注意力集中在做事上，做事情的快乐是无与伦比的。至于财富，财富应该也必须用在公共事务上，才算用得其所。我始终认为，积累个人财富是渺小的。钱是什么东西？吾家锺书先生说过，'我姓了一辈子钱，还在乎钱吗'。"满座的人都鸡啄米似的点头。

一个脑后梳小辫儿的当地诗人听得热泪盈眶，突然站起身激动地大叫："钱书记，我们这个地方由您这样一位诗人本色的好书记执政，这方水土幸甚，百姓幸甚！幸甚！幸甚！

幸甚……"然后带头使劲儿鼓起掌来,所有的人也都一起起立鼓掌。

钱晨曦微笑着向听众们致意,等掌声平息之后,语调和缓地继续发表高论:"人是什么?从宇宙的视角来看,人不过是一种微不足道的渺小动物,从历史的视角来看,人不过是一种朝生暮死的短暂存在。世界上什么事最难?要我说,决策最难。人世间的事情错综复杂,千头万绪,作为个人,每个人都只能承担自己那一份责任。你叫它宿命也好,历史必然性也好,总归一切都应该向前看。"他说这番话的时候有一种奇特的主公风度,让人难以插嘴,只能表示赞同,表示佩服。接着,钱晨曦谈道,如今改革已经到了壮士断腕的实质性阶段。断谁的腕?怎么断?在座的大多数人看不到这一层,只能跟着钱书记一起瞎悲壮。

酒足饭饱之后,小辫儿及几个上蹿下跳的秃子胡子诗人各呈捷才,放开喉咙朗诵了自己这几天急就的新作,钱晨曦也在众人的盛约下朗诵了一首外国诗人的生僻诗歌,以示自己的文学趣味,再次博得了雷鸣般的欢呼和掌声。

不知过了多久,钱晨曦的秘书突然把我领到旁边的一个贵宾间,跟早已坐在里面的钱晨曦、刘景宽喝茶。看样子他们俩已经谈完了有关国计民生的机密大事。

刘景宽指着我对钱晨曦道:"要说咱们班这些人,我最佩服的还是方小明。别人干的事儿都有迹可循,都在意料之内,只有方小明同志,永远让人捉摸不透,永远没法归类。"

钱晨曦看了我一眼,没有说话,然后把眼睛闭上了。

刘景宽突然关心起了我的生计,对钱晨曦说:"老钱,你找人投点资,在北京弄点事儿,让方小明负责经营,反正他也是一闲人……"

钱晨曦闭着眼睛回了一声:"老方当老师不是挺好嘛。"

刘景宽道:"你管那叫挺好啊?每星期上几节鸟课,挣个仨瓜俩枣,还不够交房租的。"

钱晨曦仍然闭着眼睛:"我哪有那本事?你是大老板,要安排也是你安排。"

我知道这两位老混账并非真正关心我的生计,好像我眼下所过的生活十分卑下、十分可怜,简直气死个人。为了避免两个老混账就此说下去,引发我的不痛快,我立刻大声止住他们俩:"打住打住,我的事儿用不着你们操心。"

这是我们三个几天来第一次单独坐在一起,除了胡扯几句,聊几句家常,一时竟无话可说。后来钱晨曦歪在沙发上睡着了,秘书几次探头进来,见钱晨曦打起了呼噜,也不敢叫他,直到刘景宽使劲在他耳边咳嗽了一声,钱晨曦才浑身一震,像个傻子似的醒了过来。

在厕所和我并排撒尿的时候,钱晨曦仰着头,发了一阵呆,像是在努力回想着什么,结果什么也没想起来,最后开口道:"尿不远了。"想起当年在海南岛交织向前的两股青春之尿,我们两人一高一低笑了几声。

重新回到宴会厅,钱晨曦如同打了鸡血,重又抖擞起来。此时众人正在唱歌。办公室主任立刻点了一首男女对唱歌曲和一首男声独唱,把话筒恭恭敬敬地递给钱晨曦。钱晨曦邀请俞冬冬共同演唱了一首《康定情歌》,然后又独唱了一首《三套车》,把聚会带到了高潮。一曲完了,钱晨曦又高举酒杯,发表了一通热情洋溢的即席讲话,对前来参加文化节的诗人们表示感谢。最后,在热烈的掌声中,钱晨曦醉醺醺地率领下属们打道回府。走出门后,钱晨曦一路大声对下属们说:"瞧见了吧,这些都是中国当代最杰出的头脑,懂不懂?听到他们的妙语了吧?这才叫见识!见识!"随同钱晨曦的各级官员纷纷赔笑称是。钱晨曦这个重权在握的大人物,晕晕乎乎、气象万千,随后被人们簇拥着坐进了自己的坐骑。

目送着钱晨曦的车队离开,刘景宽喷着酒气,低声对我说:"丫现在是真玩大了!谁能想到这个'大话王'竟能有今天!奶奶的,看他行坐处,我等虚生浪死!在咱们这个年龄,手里要是没有权力就会浑身蛋疼,就会得风湿病和痛风病,神经系统就会时时处处遭受敲打!"

"那是你。"我说他。

"都一个样!像你我这样的不要之人……"

我打断他:"什么叫不要之人?"

"就是他妈的非要人、不重要之人……我可知道权力是怎么回事!一个男人如果长期没有权力,就会变得牢骚满腹,面目可憎!"对钱晨曦的羡慕嫉妒恨已经把刘景宽弄得彻底疯癫,"哥们儿,不要小看运气,运气本身就是一门艺术,我觉得你这辈子只是缺少一个机会。国内最著名的大牌导演我全都认识。这次回北京我立刻把你推荐给他们。我来投资,咱们这辈子别的指望没有了,潜下心来好好搞一搞艺术!"

听到俞冬冬在远处叫他,刘景宽又跟我谈起了他的老婆:"我老婆这人看上去不错吧,年轻时候长得好,又会唱戏。只要她张嘴一开唱,你就会忘记她的所有缺点。——可那又怎么样？没用，照样厌倦。婚姻就是个野蛮制度……"

"那你丫怎么不离婚？"

"离婚？干吗离婚？傻×才离婚呢。除了厌倦这一点，婚姻剩下的全是好处。"他认为他老婆是个心地善良的大傻妞。在这个问题上，我有我的看法，但我无法跟他明说，只能耐着性子听他翻来覆去瞎叨唠。

在回程的高铁上，同行的高人们高谈阔论，我一句也插不上嘴，也懒得插嘴。在飞驰的列车里，刘景宽和俞冬冬又恢复到了琴瑟和谐的甜腻状态，情景十分动人。我望着车窗外迅速闪过的树木、大平原以及远方雾霾深重的城市，一时迷糊起来，仿佛看到了岁月的尽头。

22

我在新京中学的古典诗文课远没有在国际学校那么受欢迎。虽然学生们对这门课并不反感，对我这个老师也还能接受，但这些感情深沉、性格内向的小大人觉得这门课实在没有什么用，纯粹是在浪费时间。的确如此。什么素质教育，少来！什么理想不理想，情怀不情怀，分数考得少，一切都白搭！他们年纪虽小，却很有见识，坚决不信这一套。我尽量把课讲得有趣一些，以期帮助他们把心灵的窗户打开一点点，可是他们的窗户实在太沉重了，或者压根儿就没有窗户。这些孩子，他们见过太多好东西，手里也缺乏太多好东西了。他们对一切所谓道德理想全都敬而远之，十分讲究实际。

只有亨特张的得意门生，那个名叫王博的孩子，专注听我的课，认真甚至超额完成作业。这个后生不可小觑，我经常忍不住把他跟大人物们的少年时代做一番比较：同样出身贫寒，同样天资聪颖，同样好勇斗狠、桀骜不驯。高二的大孩子们马上要回原籍备战来年的高考，大家凑在一起照相留念。有两个早恋的孩子一个月前双双离开学校，走到大街上混社会。此时他们刺了文身，染了黄毛、红毛、翠毛，示威似的来到学校，与老同学们告别。两个人都长得高大漂亮，时不时做出轻浮之举，惹得其他同学都很羡慕。

王博交给我两篇作文，一篇是用文言写的，用词比古文家还生僻，另一篇是一首模仿古风的长篇韵诗，内容都是歌颂与吟咏大同社会、小康社会、和谐社会、中国梦、复兴梦的。我一边看一边摇头唏嘘，因为胡贵龙悄悄告诉我，这个孩子明年要参加高考，但偏科偏得厉害，数学怎么努力也学不好，他打算剑走偏锋，高考时作文写一篇文言文或古体诗，希望能得到某些名校的垂青，能被破格录取。

王博的母亲是一个小时工，父亲是个快递员，这孩子生在老家，不到一岁就跟随父母到北京来了，到了读书年龄，因为没有北京户口，只能四处借读。初中毕业的时候，王博给亨特张写了一封文采斐然的 E-mail，受到亨特张的赏识，被破格录取到国际学校念书，减免所有学费。胡贵龙告诉我，国际学校那边，有些学生家长对此有意见，认为王博不交学费在学校就读，不合规矩，校董事会专门就这件事开了会，综合评估了王博家庭经济实力、教育背景等各项条件，认为这孩子的确不适合在国际学校就读。亨特张在会上提出王博的学费由他来承担，也遭到了董事会否决。总之，规矩就是规矩，贵为校长的亨特张也无可奈何，只好把他送到胡贵龙这里。

新学期开学见到王博那天，他的脑袋上缠着一圈绷带，他没有告诉我怎么回事，我也没问。倒是后来王博的母亲告诉我，有一天，她在菜市场为雇主家买菜，遭遇两个东北老人碰瓷，对方非说王博母亲走路撞倒了旁边的自行车，刮坏了老头子新买的裤子，非让赔两百元不可。跟随在母亲身边的王博气不过，跟他们争吵撕扯了起来，结果脑袋受了伤。听说这孩子有心在高考中弄险，我不由为他捏了把汗。

这天，日历上显示的时间是四月下旬，正是北京最晴好的天气。张英楠出差到北京来了。张英楠现在只选择春秋两季天气好的时候到北京来，每次来都会提前通知我，告诉我她从几点到几点有空，可以见我一面，可以一起参观博物馆、看看画展什么的。因为已经没有亲密的肉体关系，我和她在一起时不免缺点儿什么。有时候，也没有什么可说的，就只是在一起坐一坐，吃顿饭、喝杯茶、喝杯酒，扯点闲篇儿。

张英楠住在国贸附近的一个香喷喷的大酒店，傍晚，她派司机过来接我。在大堂等候张英楠的时候，我接到了一个陌生电话，竟是王博打来的，他说他从张文珉校长那里要到了我的电话，想跟我谈谈。我说今天不行，可以另约时间，王博嗫嚅着说，明天他就要回河南老家了。正说着，张英楠从楼上下来了。我对张英楠说，我想请一个学生一起来吃晚饭，张英楠一口答应，说很愿意看看我教的学生什么样儿。张英楠以往总是穿中性的衣服，今天出人意料地穿了一条裙子，简直像是突然恢复了女性装束的川岛芳子。

这回张英楠在网上预订了一个老北京餐馆。路上张英楠告诉我,我来之前,她正在房间里起草一份长微信《告朋友书》,核心意思是要告诉微信圈里的朋友们,不要用各种私事来烦她,简直就是一篇《绝交书》。

说起国内的女同学们,张英楠又好气又好笑:"我真受不了这些家伙,好像这辈子就是为了丈夫和孩子活着,离了婚的也是一样。以前丈夫是牢笼,现在又陷入了孩子的牢笼,好像一辈子只能在牢笼里生活,个个都变成了怨妇和三八政治家。我受不了愚蠢,尤其是资深的愚蠢。"

"你们宿舍同学当年没有下药把你药死,你就应该感谢她们。"

张英楠飞快地回应道:"我从来不跟我们同宿舍的人来往,朋友圈里都是别的宿舍和其他班的同学!"

约莫一小时后,王博来了。王博见到张英楠很紧张,两只手紧紧握在一起。王博的穿戴与这里的气氛很不协调,他自己大概也意识到了,这让他越发局促不安。我问他要不要喝一点儿酒,他摇摇头。

张英楠看到王博很高兴,一直逗他,跟他聊东聊西,说在西方男孩十八岁就可以喝酒了,十八岁以前也会偷着喝一点儿,中国男孩为什么这么拘谨。看得出来,张英楠很喜欢这个沉默英俊的少年,可她不自觉表现出的优越感让王博心里不大舒服。

我对张英楠说,别说酒,中国小孩从小到大什么没喝过?西方那些资本主义制度下长大的孩子,多是一些喜欢喝酒姿态的假叛逆罢了。王博听了我的话很认同,深深点了点头。

我问王博找我有什么事。王博说,他明天就要回老家去了,一来是跟我道个别,二来想听听我对高考的意见。一谈到高考,谈到跟自己前途相关的话题,王博紧绷的神经终于松弛下来,但言语和表情都有点儿过分严肃。他第一次亲口告诉我,他打算高考的时候在作文方面做一次别具一格的尝试,问我这么做能不能行。

张英楠惊讶地问:"你为什么要做这样的事?怎么能处心积虑做这种事?这不是投机取巧吗?"

王博没想到张英楠会这么说,一下子涨红了脸。

我替王博解围说:"这种事有先例,其实这是变相地给自己增加难度。"

张英楠大概觉得自己的话刺激到了王博,口气缓和下来:"好吧好吧,我不是说这样做没有想象力,我是说,你既然参加这样的考试,为什么不遵守规则,非要冒险呢?"

王博没有想到这样清新脱俗的漂亮姐姐居然会质疑他的做法,情绪有点低落,低着头说:"我数学不好,总分总是吃亏。"

张英楠说:"数学不好,那就好好学呀!中学那点数学有什么难的?学不好一定是自己在这方面花的时间不够多,下的功夫不够大!"

我对王博说,我和英楠姐姐的看法是一样的,希望他在数学上多花点功夫,也许哪天突然一开窍,能从数学里得到意想不到的乐趣。王博低着头说:"这是我想了很久的一件事,我一时说服不了自己,但我会好好考虑老师和姐姐的话。"过了一会儿,王博突然涨红了脸,梗着脖子愤怒地说,

"老师，我就是想不明白，为什么没有北京户口的学生不能参加异地高考？为什么呀？凭什么呀？"说到这个话题，王博情绪慢慢激动起来，浑身微微战栗。我把王博的情况向张英楠大致解释了一下，张英楠一听立刻生起气来，比王博反应还激烈，高声说："对呀，凭什么呀？人家一家人在北京都待了快二十年了，凭什么还是外地户口？再说了，户口算什么？！你们为什么不向头头们反映这个问题？为什么不消除这个明摆着的、人人都知道的不公平现象？"

突然有了张英楠这么一个知音，王博一下子情绪失控，但他强忍着不出声，只是扭着脖子一个劲儿悲愤地流泪。张英楠摸了摸王博的头，那孩子终于忍不住抽泣起来，弄得周围的人纷纷往这边看。张英楠对王博说："我建议你出国，干脆连高考也不要参加，什么破规矩啊，凭什么这些多年一点改变也没有？！"最后，王博止住哭，红着眼圈问我："老师，我能喝一杯酒吗？"我给他倒了一杯啤酒，王博看看我，又飞快地看了张英楠一眼，说："方老师，英楠姐姐，我敬你们一杯酒，请你们放心，我将来一定要为改变一切不公平、不公正的事做出自己的努力。"说完仰脖喝了一大口，呛得咳嗽了几声，好不容易才止住。张英楠对王博说："你多吃一点肉，里面有蛋白质和维生素。你这个年龄正在长身体，一定要加强营养。"王博听话地夹了一块肉小心翼翼地放进嘴里。

张英楠喝了一口酒，对王博说："其实你也用不着跟这些事较真，你还是个孩子，犯不着。我还是觉得你出国是最好的选择。"张英楠哪里知道，对王博这种孩子来说，出国读书更非一件易事，简直比登天还难。王博倔强地说："可是，这是我的祖国呀，如果人人都出国，那谁来改变这一切呢？"我知道这样谈下去会陷入难堪，就向王博做手势，掐断了话头，嘱他多吃点饭，吃完赶紧回去，免得父母惦记。王博却说什么也不肯再吃了，站起来要走。我和张英楠也没有挽留他。

王博走后，张英楠连声称赞王博长得好，也很有头脑，一点也不输给北京孩子。我说，他本来就是北京孩子，打小就在这儿长大。张英楠一边喝酒一边叹息："太野蛮了，太野蛮了，一个人为什么会被户口限制？事情为什么会是这样？为什么不能改变？改变很难吗？"说到底，张英楠已经是个外国人了，我们这里的事情她什么也不懂。

张英楠突然对我说："刚才我不知道说了合不合适，所以没说。请你转告王博，他要是考上了大学，或者争取到了出国留学的机会，我会全程资助他。"

后来张英楠带我换了个地方，来到国贸八十层一个洋人开的酒吧间。张英楠点了一瓶包装漂亮的洋酒。一个酷帅的小伙子殷勤地开酒、倒酒，张英楠对他很有兴趣，中途还送了小伙子一杯酒，朝小伙子要了电话，说下次来喝酒还会找他。小伙子屈腿蹲在旁边，谦卑地说："放心吧姐，下次您来，我一定帮您把一切安排得妥妥的。"

小伙子离开后，我说她："你这么好色，你丈夫怎么说？"

张英楠笑道："他才不操这份闲心呢。"

"唉，"我假装感叹，"家庭生活真是堕落之源。"

"你没有过过家庭生活，你才会这么说。"张英楠咯咯笑，"另外，我得纠正你一下，我这不叫好色，叫爱，爱一切美好的事物，但并不企图占有。"我从张英楠的嘴里得知，她的丹麦丈夫是一位闲暇时间喜欢敲鼓作乐的呆萌工程师。

张英楠一边喝酒,一边不时回复"叮咚"作响的微信,她的《告朋友书》在朋友圈里引起了不小的震动,多数朋友知道她喜怒无常,不以为意,也有人立刻把她拉黑了。张英楠告诉我,她们同班的一个男生重新联系上她之后,拼命追求她,她认为此人所希冀的不过是跟她上床,弥补青年时期的缺憾。张英楠说,他大概觉得自己现在挣了几个钱,就有自信了,早干什么去了?上大学的时候都没有看上他,现在更看不上了。

张英楠放下手机说:"我不在乎一个人失败、贫穷,农民工虽然浑身上下都脏,可是洗得干净。有些人,永远洗不干净。"然后借题发挥,"我受不了的是一个人不读书,不觉悟。我天天跟所谓的成功者们打交道,我知道他们的钱是怎么来的,知道他们有多势利、多丑陋,知道他们引以为傲的浅薄幸福来得有多容易。当然,我不是说这些人不聪明,我承认他们都是很聪明、情商很高的人,但这跟觉悟没有关系。"

手机"叮咚"一声,又是一条微信。"又是他!还是那套陈词滥调。"张英楠脸色一变,拿起手机用微信语音呵斥这位追求者,"我说同学,你这些年既没有行万里路,也没有读万卷书,一切都乏善可陈,我凭什么要跟你好?你还是把时间花在更有意思的事情上吧,请不要再浪费你自己的时间,也不要再浪费我的时间。"

我说她:"人家向你示好,想跟你上床,也不是什么坏事。"

"他想什么跟我有什么关系?男人和女人之间除了欲望就

没别的了吗?"

"不要蔑视情欲,那是生活里的一项重要内容。"

"你说的那不是正常的情欲,一个人并不需要那么多情欲。你不觉得过分膨胀的情欲把这个世界变坏了,变得男盗女娼了吗?"

"从来就男盗女娼。"

"从来如此,便对吗?"张英楠适时引用了鲁迅先生的名言,自己忍不住笑起来。

两百米以下的北京,灯火通明,车水马龙。楼群之间的街道上,亮着灯的各种汽车挟带着现代人的速度病、匆忙病,一路走走停停,停停走走,永远没有尽头。

张英楠对我一直待在北京很不理解,建议我一定要抽时间到欧洲转转,尤其应该到英国、法国、意大利各大博物馆转转。我唯唯称是。我何尝不想出去转转,开拓一下自己的眼界,丰富一下自己的视域,但我这些年被糟糕的经济状况焊在这儿了,钉在这儿了,一步也动弹不得。

我赶在末班车停运之前跟张英楠告别,坐地铁回家。我一路迷迷糊糊,有一搭无一搭地听着旁边两个高学历的年轻人的对话,他们即使坐在那里,也一直马不停蹄,两人进行的可说是一场聪明的、富有进取心的、充满谋略的交谈。这些被称作北漂的年轻人,个个心中怀揣着成名发财的梦想,这类念头像强酸一样腐蚀了他们的心智,毁掉了他们的面容。由此可见,希望和梦想都不是什么好东西,它们会让你疲于奔命,未老先衰,甚至会在不知不觉间榨干你的全部精血,扼杀掉你的全部活力。

张英楠发来微信，就床笫之事向我提出忠告："不要再想跟我睡觉的事情了。考虑睡别人吧。"随即她又把这条微信撤回了，看来她是一时糊涂把发给追求者的微信错发给了我。不过发给我也没什么错，根本不必收回。

第二天下午在国际学校上完课，我赶到杜克的艺术园区工作室谈剧本。自从上次申请基金成功之后，杜克就成了一个狂热的申请迷。现在，杜克什么都申请：国家文化扶植基金、剧本有奖征集、中青年人才基金……总之，有枣没枣三竿子。

在此之前，杜克已经让我写了三稿《北京苦行》剧本，但他认为离他要求的风格太远。"冲突，他妈的冲突，必须冲突！必须让男女主角互抽嘴巴！观众看的是热闹！"杜克告诉我，他手里的钱都投入到这部电影的筹备当中了，自己这些年的积蓄也已经全都搭进这个项目里了，我的稿费和分红只能等电影公映挣到钱之后再说。

我一走到公司办公室门口，就听到杜克正在里面大声咆哮："你们都给我记住，这是我的电影！杜克先生导演的电影！一切都要符合我的个性！你们只能听我的，只能跪下来舔我的脚！"为了这个电影，杜克专门成立了一个策划小组，里边有两个电影学硕士毕业的姑娘，一个长发，一个短发，都很好看，也都很有才气，杜克每天把她们骂得狗血淋头。

长发姑娘尽量讲道理地问杜克："导演，我就问您一句，您到底要什么样的电影？商业片还是艺术片？"

杜克大声道："当然两者都要！既要有商业性又要有艺术性！"

长发姑娘说:"导演,这两者是不能兼顾的,电影必须类型化,这是好莱坞的经验……"

杜克高声喊道:"嘿!我发现你们这些人真是!谁说两者不能兼顾?!不能兼顾我要你们来这儿干吗?!我要你们跟我一起工作,不是让你们来提意见的,是要你们来贡献真正有价值的主意的!"

此时此刻的杜克,是一个丧心病狂的疯子。公司里的杜克,不是平日里和酒桌上的杜克,是一个霸道总裁,一个令人生畏的浑蛋,在他的独立王国里,杜克简直就是个说一不二的暴君。

短发姑娘曾经向我模仿杜克给新员工讲话的样子:"你们到我这里来工作,谁也不许跟我争执!什么是真理?我就是真理!"这是杜克对所有新入职员工说的第一句话。这让我想起了海南大能人刘刚,如此看来,天下老板都是同一种动物。

见我进来,两个姑娘赶忙收拾好自己的东西,匆匆离开了。杜克冲着两个姑娘的背影大声说:"天天假装怕我,其实天天看我笑话,在背后嘲笑我!我跟你们说,你们必须懂得珍惜!要全身心投入!这将是我的转型之作!这事儿要是成了,大伙儿都能成,要是不成,你们跟我全都得完蛋!"

之后,杜克嘴里咳咳了几声,跟我谈起了剧本:"做这种决定的时候总是很痛苦。老伙计,我知道你脑袋糊涂,不知道竟糊涂到了这种地步。不过人都这样,改自己的稿子总是下不了狠手,我能理解,剧本的事儿以后就交给我了,你好好歇一歇,以后的一切压力都由我一人来扛,你只管名利双收就是了。"为了不让我继续受罪,杜克决定接下来亲自操刀写这个剧本，解除我的苦役。

还没等我彻底转过弯儿来，杜克就把我带进了公司的一个小放映室，让我看他前两年创作的一个视觉作品。

杜克一边摆弄播放器，一边对我说："你好好看看这个姑娘，我重点就是要让你看看她。这个姑娘刚从中戏毕业，漂亮得一塌糊涂，在我的上一个戏里出演过女二号，一个日本女特务，戏极好，极具情感爆发力，简直就是个现世的潘金莲！我约她一会儿过来，晚上你跟她好好喝几杯！"

画面上只有女二号一个人，四面八方来的风吹乱了她的长发，女二号对着镜头决绝地诉说："为了生存，我们不得不出卖一切，甚至肉体和灵魂。但是有一样东西不能出卖……"这时加入了一个男人的问话："什么？"女二号坚定地回答："爱情！"这个视频画面就这样一直循环播放。

杜克从电脑里调出女二号的一些剧照和素颜照给我看："你觉不觉得她很像某一个人？"

"谁？"

"还能有谁，姚丹啊！"杜克摇摇头，叹了口气，"我发现这种长相的女人克我，我总是栽在这些自以为是的女人手里。"经杜克这么一提醒，女二号和年轻时的姚丹看上去确乎有几分相似。

"拍上个戏的时候把她惯坏了，"杜克说，"丫仗着自个儿有几分姿色，整天劲儿不劲儿的。这回非得杀杀她的傲气。她想演咱们这个电影里的女一号，我还没有答应她。"

"你是不是看上这姑娘了？"

杜克笑道："我是看上她了，——我看她别扭！"

正说着，女二号来了，看上去二十四五岁，气质很是不俗。杜克指着我对女二号介绍说："这是咱们这个电影的编剧，方老师。你一定要把他伺候好，他在角色上有很大的发言权，别说我没有告诉你。"

女二号伸手和我握了握，对杜克说："谁都比您好伺候。"

晚上杜克带女二号、两个女硕士和我到附近的一个火锅店吃饭。杜克点了几样菜，然后让每个人都自点一两样。服务员看着杜克，又看看大伙儿，欲言又止。

杜克问："怎么？有什么不对吗？"

"我觉得你们的菜点得有点儿散。"

杜克说："形散神不散。你不用管那么多。"服务员笑笑，转身离去。大伙儿都笑。长发姑娘说："导演，我发现您平时还是挺有幽默感的。"杜克道："我哪有那高级玩意儿，我他妈是幽默感的敌人！"

女二号随身带着自己的水杯和酒杯，只肯用自己的杯子喝水、喝酒。酒杯是一种造型朴拙的瓷杯。杜克笑道："瞧这通臭讲究，喝酒都自带杯子。"

"嘴臭就少说话。"女二号说杜克。两个女研究生咪咪笑。女二号的确是个少有的漂亮姑娘，皮肤白皙细腻，五官清俊，眼角眉梢很有几分刚烈，从种种迹象来看，杜克并没有搞定她。女二号甚至很有几分瞧不上杜克，不像两个女硕士那么迁就他。长发姑娘给杜克倒酒，杜克摇摇手拒绝了。女二号说他："您一个大酒仙，今儿怎么不喝酒？"

"最近喝得有点儿多，再说一会儿还得给你们当祥子呢。"

"叫个代驾不就得了？"

"代驾我怎么能放心,你们几位,都是我亲人。"

两个女硕士也劝杜克:"您喝点儿呗,您不喝不热闹。"

女二号说:"他不喝拉倒,一喝多就上桌子,非朗诵诗不可。"

两个女硕士吃惊地瞪大了眼睛:"啊,真的?!导演这么浪漫哪?"

女二号说:"我不光见过他上桌子,还见过他动手跟人干仗呢。"

杜克说:"还不都是被那帮孙子逼的,我一个现实主义导演,生生被他们丫逼成神剧导演了。"

也许是长年不使筷子,杜克夹起的第一块肉丸就滚落下来,直接掉到了裤裆里,杜克惊跳起来,把身后另一桌的客人吓了一跳,杜克连连道歉。

坐定后,女二号接着刚才的话茬儿说:"您就是个神剧导演,别不好意思承认!作品摆在那儿,您是导演,人家当然得这么说你了。"

"你看看网上对我其他作品的评论,就知道我是什么样的人了。"

女二号说:"不看也知道,都是吹捧你的。"大伙儿都笑。

之后,杜克跟两个女研究生聊起了公司里的事,女二号对这些事儿没什么兴趣,和我说起了闲话。说起《北京苦行》,女二号说她很喜欢这个故事,故事虽然平淡,但有一种真实的力量。我听了很受用,告诉她这个故事基本上都是实录。女二号问我失踪的女主角在现实中怎么样了,我说至今仍然没有一点消息。女二号叹了一口气。女二号虽然年轻,刚刚走向社会，却对人们趋之若鹜的娱乐圈失去了兴趣，她说如有可能，她打算演完这部电影后，报考戏剧方面的研究生，重新回归校园。

杜克自己不喝酒，频频举着水杯劝酒。几轮酒之后，长发、短发两位姑娘明显放松了，不断向我打听杜克大学时期的事儿。两位姑娘争着说，杜克吹嘘自己的一个大学同班同学能背诵全本《诗经》，还有一位师兄能读十七、十八世纪的古英语著作。我告诉她们，这倒不是瞎说，背《诗经》那位背全本有点夸张，但大部分都会背，读古英语那位英语也确实了得。两位姑娘又说了几段杜克自吹的逸事，我就我所知，有的证实，有的证伪，女二号也在一旁帮腔、点评。杜克嘿嘿傻乐，偶尔争辩两句。长发、短发两位姑娘终于找到机会灭了杜克一道，大大舒了一口气。

临散场的时候，我去了一趟厕所，回来后发现两个女研究生已经提前走了，我隔老远看到杜克正在跟女二号争执。

女二号大声说："是你在抽风，关我什么事？"

杜克赔着笑脸："怎么？生气了？"

"我有什么可生气的？"女二号见我回来，立刻收拾东西，说，"不行不行！我必须得走了，明天还有事儿呢！"

杜克好脾气地说："再待一会儿嘛。方老师都没说走，你再陪方老师喝两杯。"

女二号说了声"对不起"，执意要走，然后拎起包，不由分说向外走去。杜克看着女二号的背影骂道："这个婊子养的！"随后又添加道，"你注意到没有？丫是不是有点做作？——我也是贱，就喜欢这种矫揉造作的女人。"

走出饭馆后,女二号的脚步有点不稳,杜克伸手扶她,被她甩开了。杜克说:"不能喝就少喝。一个姑娘家,自个儿把自个儿喝成这样。"

女二号沉着脸不说话。

杜克开车上路。我感觉有点头晕,跟往常一样,我不知不觉喝多了,女二号坐在副驾驶的位置上,看样子也喝多了,一上车就靠在椅背上打起了盹儿。

杜克一边开车,一边念园区路边闪过的广告牌上的标语,自问自答:

"——与你同行,做可爱的北京人。——好的。"

"——北京明天会更好。——那当然。"

"——朋友给我鼓舞,我向理想迈步。——必须的!"

女二号突然直起身子,转着脑袋问:"我们这是在哪儿啊?"

"祖国首都,北京。再忍一会儿,很快就到家了。"杜克体贴地对女二号说。女二号身体失去了控制似的软下来,脑袋一会儿倒向右边,一会儿倒向左边,一会儿又突然警醒,嘴里嘟嘟囔囔。

"她不是第一次喝成这样了。"杜克用胳膊肘拱了拱又把头耷拉下来的女二号,"嗨,说你呢,是不是?"

女二号没有说话,只是艰难地吐了一口气。不知又过了多长时间,杜克把车停在一个居民楼前。

"她住十一楼,我得把她弄上去。"杜克把东倒西歪的女二号扶出车门,对我说,"您老人家受累在这儿等一会儿,我很快就回来。"

我在车上迷糊了一觉,中途有个巡查的保安敲了一次车窗,让我把车再靠靠边,我告诉他我不会开车,保安摇头笑笑走了。大约一小时后,杜克才骂骂咧咧地回来。

"看着挺苗条,其实死沉。"杜克抱怨道,"一到家就发疯,怎么也安抚不住,吐了个乱七八糟。"杜克说着话,打开车载音响,跟着光盘里的王菲哼上了小曲儿,"……思念是一种很玄的东西,如影随形……"突然,杜克的电话响了,杜克看了一眼,没有接听,把电话调成了静音。

过了一会儿,我的电话突然炸雷似的响了起来,我掏出手机一看,是女二号打来的,听筒里传来女二号嘤嘤的哭闹声:"……方老师,你让那个浑蛋接电话……"

"怎么了?"

"你别管……你就让你旁边那个浑蛋接电话……"

我把电话递给杜克,杜克向我摇摇手。

"睡吧姑娘,有什么话明天再说……"

"还有明天吗?!还他妈有明天吗?!"女二号突然在电话里歇斯底里地大叫,"骗子,全他妈是骗子!"随后"咣"一声,电话断了,听动静手机像是摔在了地上,也许是摔到了墙上。

"丫就是一神经病,以后得离丫远点儿!"杜克使劲踩了一脚油门。

我断定那姑娘对杜克没兴趣,他一定霸王硬上弓,强干了。我不怀好意地希望杜克当时阳痿了,看样子没有。

杜克继续摇头晃脑地跟着王菲哼唱:"……我愿意为你,我愿意为你,被放逐天际……"我问杜克:"你是不是给那闺女下药了?"

杜克头也不回:"想什么呢,我有那么下作吗?"

"停车!"我大声喊道。无论如何,这类司空见惯的事情不能有助于我理解人生,只能让我厌恶。

杜克刚要张嘴接唱刚才的歌,被我的喊声吓了一跳。杜克回过头看了我一眼,确定我不是在开玩笑,然后减速把车停在路边,对我笑笑:"你的家不是在东北松花江上吗,这还早着呢……"

"我改主意了,就这儿下。"

我拉开车门下了车,杜克摇下车窗玻璃看着我。

"嘿,哥们儿,你没事儿吧?"

"快滚吧。就当咱俩今天晚上没见过面!"

我摇摇晃晃地走上了人行道,脚下一软一软,如同走在"梦想号"大船的甲板上。大海就在我脚下,我想赶走这庞大无骨的家伙,可是它一动不动,一直在原地一刻不停地起伏、喘息。杜克这个老浑蛋,乘人之危,强行苟且了一个做演艺梦的小姑娘,初步尝到了他梦想中成功的红利和甜头。我虽然没有什么道德感,不比杜克高尚,但也觉得杜克这么干不地道。可是转念一想,既然人人都这么干,干吗对杜克这么苛刻呢。也许是那姑娘疯了,欲擒故纵,想方设法诱导杜克就范,之后又撕破脸皮讹诈……甭管真相如何,俗话说得好,要提防执导筒的人……我努力回想女二号的模样,却怎么也想不起来,只记得一个大概轮廓。

我招手打了一辆出租车。在车上,我掏出手机看了一眼,发现大学同学微信群里有上百条未读信息,这个晚上,我的老同学们一直在为钱晨曦欢呼。钱晨曦今天获得了重要升迁。这一回,钱晨曦当上了地方大员,如愿到达了核心圈子的边缘,以他的年龄,不久的将来极有希望进入更为重要的权力核心。

这天夜晚,伴随着钱晨曦晋升的消息,我进入了梦乡。钱晨曦及时入梦,在梦里,我看到钱晨曦被众人簇拥着走向不知名的远方,他们走拉手,心连心,如同一幅温暖的宣传画。钱晨曦不经意间看到了我,如同没有看到,后来他又转回头意味深长地看了我一眼,仿佛有几句要紧话想对我说,但终于没有说出,也许他是希望我自己去参悟、去领会。——这是钱晨曦同志在梦中对我的无言之教,可谓高屋建瓴,苦口婆心。

第三部分

23

整整一个冬天和一个春天,我过上了与世隔绝的生活,除了上课,一直关在家里读书、发呆,撰写和修改《北京苦行》电影剧本。偶尔有朋友招饮,我也假托有事或人在外地,或干脆不接电话,不回信息。转年的暑期期末,国际学校和新京中学教务处差不多同时通知我,我在两个学校的课因故全部取消,自此,我彻底结束了在这两所学校担任的教职。

离开前,我到张文珉的办公室去了一趟,向他告别。张文珉向我表示歉意,说校董事会对这门课的设置一直有不同意见,多数董事会成员受的是西方教育,认为中国传统文化适合用来自奉自养,对开发智力没有什么助益。在这之前,我曾经写过一篇长文呈交给董事会,全力为这门课,也为我自己的教职辩护,现在看来没有起到什么作用。张文珉问我有什么想法,既然这门课已经决定停办,我还有什么可说的。我说我尊重董事会的意见。我打听了一下王博的情况,张文珉说,自从那孩子回到河南老家,就没了音信,不过今年的高考分数线很快就要下来了,估计这几天之内会有消息,一旦得到消息,他会第一时间通知我。张文珉本人正在进行新一轮辟谷,看上去比上一次气色要好一些,像是吃了些什么无形的食物。分别的时候,张文珉问我以后打算做什么,我随口说我打算当一名牙医。张文珉有点惊讶,疑惑地看着我说:"怎么是牙医?您又没有学过医。"

"甭管学过没学过,"我笑道,"只要收入好,我就一定能干好，反正也不是拔我的牙。"

张文珉难得地笑了笑，之后鼓了鼓嘴巴，大概是想说点什么宽慰我的话，又把话咽下去了。

我决计在找到新工作之前好好放松几天。

一个周六的下午，我赶到艾勇家，看了一场电影。周末电影是"废稿"们的例行节目，已经举行了一年有余，我还是第一次参加。艾勇把父母留给他的房子——就是多年前我们打"够级"的那所房子——改造成了一个小型酒吧兼放映室，每个周末，聚众看一次电影，然后喝酒聊天。

在座的这些人大多已经认识二十多年了。艾勇可说是这些人凑在一起的关键人物。当年在P大校园里，艾勇研修数学、写小说、交友、恋爱、参加拳击训练，一秒钟也闲不住，同时，一直热心于寻找趣味相当的伙伴。说起以后究竟打算干什么，艾勇毫不迟疑地说要做个数学家。什么是数学家？他的回答是，数学家跟文学家一样，都是人类文明的贡献者。现在，数学家的梦早已不再，这个半辈子心中有数的家伙开始厌恶心里有数，厌恶清晰，甚至酒精也无法干扰他的清晰思路——他这半辈子没少喝酒，却总也喝不醉，他一直盼望着来一场痛醉，如今每次喝到一定程度，他就开始问身边的人："你有没有发现我现在有点儿不正常了？我现在话是不是有点儿多了？"

这天放的是一部好莱坞科幻电影，讲述的是地球末日的情形，在座的女人们为主人公的命运感动得一塌糊涂，男人们也大多湿了眼眶，唏嘘不已。

看完电影，我和费罗、宁大为、郝春阳到街上溜达了一会儿。郝春阳跟每一个擦肩而过的姑娘打招呼，说"你好"。

宁大为批评郝春阳："你都这么大岁数了，怎么就不能稳重一点？"

郝春阳说："我这是在赞美她们，给她们平淡无奇的生活增添点儿作料。"

费罗温厚地笑道："估计她们一会儿会发微信说，今天在街上遇到了一个老傻×。"

郝春阳笑道："她们怎么说我就管不着了。"随后又故作严肃地添加了一句，"我这辈子虽然没有老婆，但一直有爱情。"

宁大为说他："别不要脸了，你那不叫爱情，充其量是个艳遇。"

郝春阳反问道："你说什么叫爱情？"

宁大为笑道："咱们最好别聊谁也不懂的事儿！"

艾勇家里备了足够多的酒，足以满足每个人的口味和酒量。艾勇从服务多年的外企辞职后，把手里的股票全部变现，开始旅游、写作。这个精力过人的家伙不光保持了一贯精悍瘦长的体形，干劲儿也丝毫不减当年。没有人知道他究竟为什么在事业高峰期急流勇退，年薪百万，身体好得不能再好，在常人看来，不合情理，但他说不干就撂挑子不干了，总之，年轻时候的幼稚病又发作了，可说是一条不折不扣的疯汉。青年时代的艾勇醉心追求抽象的痛苦和奔腾的幸福，不知他大半生满世界乱转，究竟找到了没有，找到了多少。

喝酒的间隙，我习惯性掏出手机，正巧看到一个电话，是张文珉打来的。我按了接听键，听到耳机里传来一阵咕咕哝哝的声音。

"张校长，您好。"

半天没有回音。

"张校长……"我提高了声音。

"对不起，方老师，打扰您了……"

"张校长，您大点儿声……"屋子里太吵闹，我几乎听不清亨特张在说什么。

"……方老师，我是要告诉你，王博……"

"哈！"我听到"王博"的名字立刻猜到了亨特张要说什么，"王博高考分数下来了？考了多少分？报了哪个学校？"

"方老师，今天早晨，王博自杀了……"

"什么什么什么！你说什么?!"

"王博自杀了……上吊……"

张文珉清了清嗓子，断断续续向我说了他所知道的王博的最后情况，之后就把电话挂了。猛然间听到这样的消息，我无心再在喧闹的酒席上流连。我把杯中酒一口喝下，然后离开了艾勇家。

王博是在河南老家自杀的，不用问，他的高考成绩不佳，他作的古体诗歌也没有受到阅卷老师的特别赏识。这个心比天高的孩子到底没有顶住。世界上又少了一个英俊的少年，多了一对绝望的父母。

在回家的地铁里，我一路想着王博的样子，沉默，锋利，天真，倔强，很像地下电影里的某一类宁死不屈的少年主角。他妈的！真是个浑蛋，一点不肯为别人着想，这样又傻又倔的孩子，早点死了倒好！他干出这种傻事，真能把人活活气死!

回到家,我一时难过得要命。在已经很久不用的微信师生群里,我看到了王博的微信签名:生存是我的事,定义是你的事,加油,博哥!微信头像是他在天安门前的一张表情冷峻的照片。

张英楠此时正在印度出长差,我本打算把王博的事告诉张英楠,就在我编写微信的时候,接连收到了她发来的好几条微信,她向我概略讲述昨天一天的行程,中间穿插着好几张现场照片:一会儿下楼去锡克神庙,然后吃午饭,顺便去市场买菜,然后回家休息;傍晚还要去孟买海滨喝酒,另外——她说——"我打算单方面实行走婚习俗。以后对男生最大的恭维就是:有空欢迎来走婚!"看她玩得这么兴致勃勃,我把刚写到一半的信息删掉了。

我很想大叫几声,于是就大叫了几声,我的气儿很长,声音也很大,惹得楼上还是楼下的家伙愤怒地敲了几下水管。我突然高兴得要命。人类这个物种到底是宇宙的幸存者,还是生命的过渡物,还是可有可无的化学渣滓,谁能说得清呢?青山处处埋俗骨,硬硬朗朗地活着才是最高真理,死亡不过是早一天晚一天的事。这么一想,我甚至更高兴了,几乎高兴得难以自持。我很想再听听别人敲水管的声音,于是又放开喉咙大叫了几声,声音传出去很远,却没有再激起邻居们的任何响动,这么说,楼上或者楼下的人已经看透我了。这是一种崭新的体验。

另外的一个周末,我搞到了三张免费票,带大叶荷和她女儿看了一场话剧。我的几个很少来往的老同学多年前注册了一个剧社，专门在剧场排戏逗人笑。我请为数不多的几个女伴儿看过他们的剧，真把她们逗得乐不可支。快乐的日子！剧场里的快乐！舞台上的快乐！这种简单的快乐可以一直延续到世界末日，可说是一桩源头深远的好买卖。这帮瓜娃子如鱼得水，算是在商业方面找对了路子。他们像针灸家一样，一下就扎中了时尚的穴位，满足了人们最简单、最直接的需要，找到了娱乐当代人的灵丹妙药。说到底，普通人也是牲口的一种，劳累了一天，在泥地里打几个滚儿才能得到暂时的休息和放松。大叶荷的女儿是个漂亮的小萝莉，刚满十一岁，一直在学习钢琴和舞蹈，两门课都已经考过了十级，身高也已经超过了一米六，真是天真可爱，亭亭玉立。

之后的一天早晨，我刚刚起床，正在厕所里翻书，突然接到董大宽从广州打来的电话，老董告诉我，钱晨曦出事了。我一时没反应过来，问出了什么事。老董说，钱晨曦落马了。起初我简直不能相信，后来我又陆续接到了其他几个多年不联系的老同学的电话，说钱晨曦因涉嫌严重违纪被调查组带走了，可谓奔走相告，看来是真的。

网上很快有了确切的消息，钱晨曦是在一次大会上被带走的，网上说他刚讲完话，就被几个身穿黑西服的同志带走了。现在有关部门办案非常讲究戏剧性，十分可喜。据说钱晨曦是被他的一个情妇举报的。这位情妇给他生了个儿子，不知为什么突然翻了脸。有些人遇到这种情况，干脆提前自己了断，但钱晨曦没有上演这一出庸俗剧。

有限的公开资料显示，钱晨曦在一处闲置的房子里储藏了一亿八千万人民币现金以及相当数量的美元、欧元、澳元、日元,全国各地的房子有三十多套,真是纱帽之下无穷汉呀。不用问,他还跟多位女同志保持着通奸关系。一亿八千万,据民间科学家测算,这个体量的人民币一张一张铺排,能够从北京一直延伸到石家庄。我承认我被这个天文数字震着了,眼界大开。

"什么情妇举报!什么贪污受贿!都是胡扯!"刘景宽在电话里用阴谋论为我解惑,他着重向我强调,跟金钱和美色相比,钱晨曦对权力的欲望要大得多,金钱和美色不过是一种副产品,钱晨曦这种人的生活根本就在普通庸众的视野之外,一切都是在俗人看不见的地方发生的,"谁也甭吹牛×!有一个算一个,谁没几个相好?谁的钱不是跟当官的一块儿挣的?老钱是被牵进去了……好戏才刚刚开场……"

以前钱晨曦高深莫测,掌握着比秘密更深的秘密,现在谜底揭开了,那些秘密屁也不是。到底是什么把钱晨曦变成了一个窃贼?他这半辈子到底是行骗还是受骗?真相难以分辨。那年参加文化节,我去过钱晨曦的家,那是一个典型的老书生的房间,里面挂着他自己手书的一副意味深长的对联:官职卑微从客笑,性灵闲野向钱疏。我只看了一眼就记住了。你很难想象这样一个境界高远的家伙居然会把贪泉当作了墨池,从他半辈子的复杂生活里只能蒸馏提炼出一个词:呀呀呸……我突然记起在学校的时候,有一次在五四操场打篮球,人手不够,谁也不想回宿舍叫人,钱晨曦把手一挥,用做作的舞台腔说:"你们等着,我去呼唤几个人来!"然后他就走了。他本人一去不回,更没有把任何人"呼唤"到操场上来……想起钱晨曦的种种趣事,真让人忍俊不禁。

钱晨曦最后被判了无期。大概一年之后，网上出现了一段记者采访他的视频，狱中的他看上去多少有了一点正常人的模样。钱晨曦先是跟一个漂亮的女记者来了个"笼中对"，用铿锵有力的四川普通话一字一顿地痛斥自己辜负了组织的培养，犯下了不可饶恕的错误甚至罪恶，对不起张对不起李，对不起老婆对不起孩——他没有明确提及给他养了儿女的情妇们，但是显然也对不起她们——总之谁也对不住。这个倒霉蛋呼吁大家以他为戒，千万不要重蹈他的覆辙。最后，他大概是突然想起了自己的文化人身份，曲终奏雅，抖擞精神说了一段富有哲理的话："我的违法行为受到惩罚并不可怕，可怕的是我的行为不轨并没有及时受到监督。"之后意犹未尽，又沉痛地背诵了一段"富贵不能淫，贫贱不能移，威武不能屈"的陈词滥调作为收束。

屏幕上的钱晨曦看上去依旧睿智，眼神里有一种被捕获的野兽特有的目光。现在，我的老兄弟可以说是落马界一夜爆红的新星、学历最高的人之一，真是不看不知道，钱晨曦还曾拿到过博士学位，做过博士后，他的博士论文名叫《以长江三峡为例，论水利工程的千年大计》，真是一个了不起的大课题。从屏幕上看，老钱晨曦的头发白了——他还远不到头发变白的年龄——每一个落马的家伙，头发几乎都立刻变白了，看来这是一项普遍原则呀。即使在监狱里，钱晨曦看上去仍然对眼前的一切蛮有把握，从某种意义上来说，普通人的生活就是由这些良莠难辨的天才表演艺术家规划的——从幼年到成年，人们就在这些人的大手掌底下、大皮靴底下糊里糊涂地活了一辈又一辈。我清楚地记得，钱晨曦刚刚坐上高位那段时间，我的一些多年不见的熟人一下子从四面八方冒了出来，都想通过我跟钱晨曦拉上关系。我的表弟小赵也不计前嫌，特意带着重礼从加拿大飞回来找我，打算从大西南弄个挣大钱的项目干干。我不想给钱晨曦添乱，全都一口回绝了。

多年来，钱晨曦一直生活在一个金灿灿的世界里，现在这个世界紧缩了，塌陷了，一下子把他彻底抛弃了。这个多年来节节胜利、慨叹工作太忙、活得太累、责任太重的家伙，如今终于有时间体验宁静，有时间尝试他一直挂在嘴边的禅修了。我几乎听得见"象征迷"钱晨曦的独特感叹：几十年兜兜转转，到头来终于发现，其实每个人都是被命运随手抛掷出去的漂流瓶，都是茫茫大海上随波逐流的漂浮之物……而我却倾向于认为钱晨曦是个病人，他的自大症、他的运转良好的精神分裂症是在长年工作中不幸罹患的。可以想见，晚年的钱晨曦，这个聪明绝顶的家伙，一定能在四堵墙之内洗心革面，学成能工巧匠，成为一个了不起的好老头儿。

不管怎么说，这件事很值得喝一顿大酒，钱晨曦们栽跟头给普通人的庸常生活注入了奇特的活力。贪官——这些长着人样儿的肥油——正在成为一种艺术品，他们的所作所为是一种崭新的、令人欣悦的行为艺术。人们欣赏他们曾经拥有的光泽、体面和突然的碎裂。大人物们忙着犯法，循规蹈矩的人乏善可陈，只能张着嘴看热闹，隔段时间没有贪官落马，生活就缺乏新意。普通人淡漠的外表之下，都有一颗热爱艺术、欣赏艺术的狂热之心。

与现实中的一出出活剧相比，电影、电视剧算得了什么！

大洪水、大瘟疫、大人物落马才是真正的娱乐！不过钱晨曦们让人们欢乐的同时，也在挫伤人们的勇气，加重人们的绝望——人家毕竟曾经拥有过，曾经辉煌过呀，锒铛入狱也是物有所值，即使最终因为不走运遭受惩罚，也是更高段位、更高级别的惩罚，不像普通人那样蝇营狗苟，一辈子倒霉，总之，没有白活。

24

真是无独有偶，钱晨曦出事不久后的一天，我突然接到了杜克的电话，说马用得了抑郁症，快活不成了。杜克在电话里哈哈大笑了一阵，约我一起去瞻仰马用——毕业后一直待在北京的陕西人马用，如今是一家电视台的中层干部，前些年主持过一档有名的新闻节目，可算是"废稿"朋友里屈指可数的成功人士——没想到继钱晨曦之后，马用也遇到了大麻烦，好日子过到头了，真是可喜可贺！杜克的情绪感染了我，我虽然没有杜克那么亢奋，可是也有几分好奇。马用了解杜克的心思，不愿意杜克去看他，在电话里冷冰冰地对杜克说："你来看我干什么？我身体比你强多了！"杜克不管那一套，抛下手头的一切工作，立刻开车来接我。

路上杜克一直絮絮叨叨说马用的事儿，这些年他们俩来往很多，知道马用很多秘密，看样子早就巴不得马用倒霉。

"他凭什么对自己的一贯好运问心无愧？我就看不得他那副志得意满的样子！抑郁是件好事，说明丫还有一点羞耻之心！"

杜克一路倾囊倒箧，对我诉说这些年对马用的种种不满。马用有职有权，却从来不肯帮哥们儿办实事，简直就是一个六亲不认的大坏种。世界上没有无缘无故的爱，也没有无缘无故的抑郁症呀，兄弟，这些年你享受的东西太多了，不得不病。这是杜克的看法。

马用离了三次婚，有两个女儿，一个儿子，都归女方抚养。现在他一个人生活，只有一个保姆伺候他，给他收拾屋子，做一日三餐，家里的另外一个活物是他养的一条金毛大母狗。

我和杜克到达马用家的时候，马用正在写大字。见到我俩进来，马用很不高兴地说："都说了让你们丫别来。"

"不来心里不踏实。"杜克装出一副同情的模样，上下打量着马用，"怎么就抑郁了呢？我老觉得抑郁症是一种假病，一点外伤都没有算什么病？"见马用没有反应，杜克又不无恭维地说，马用的抑郁肯定来源于智力，是智力过剩的结果。

马用恼怒道："我抑什么郁？我是假装抑郁请个病假，打算好好休养一下。"

我们这才知道，马用是因为单位升迁问题没有落实，一怒之下请了病假。

弄明白马用是韬光养晦，称病不朝，杜克先前的那股子兴奋劲儿一下子消失了大半。坐了没多一会儿，就声称还有事，拉着我离开了。

一路上杜克摇头晃脑，感慨不已。在饭桌上，杜克告诉我，这么多年来他一直对马用有意见，是因为当初毕业分配的时候，马用这个北京名额原本是他的，不知怎么一来二去落到了马用头上。

我和杜克这些年很少单独在一起吃饭,现在坐在对面仔细看他,不由惊心,他那头乱糟糟的长发已经灰白,额头上的皱纹缩成一团,嘴唇黑紫,法令纹深重,活脱一副倒霉相。当年那个面容清秀的男孩在如今黧黑的面目后面时隐时现,煞是委屈。

"咱们都是一些无足轻重的人,"杜克说,"现在想来,当年真不该轻易辞职。我要是在任何一个单位干下去,现在怎么也当上了个中层干部,至少混个衣食无忧。如果能再活一回,我宁可要庸俗的幸福,也不要高贵的自由,咱消受不起呀!前几天在饭桌上,我听一个大阔佬说,善意也是一种成就,真把我气着了。他凭什么说这种话?我可是一点善意也没有,想拿也拿不出来!不客气地说,我每天就盼着出事,出大事。我盼着成功者们坐的飞机掉下来,坐的游轮翻到海里!坐专机和商务舱的家伙全都是社会的渣滓。"杜克说着,充分体会到了自己的恶毒,忍不住吸着气怪笑起来。

可怜的老杜克,一辈子热爱导演艺术,渴望在市面上成功,却无以售其技,只能眼巴巴地看着别人飞黄腾达。据说艺术家的使命之一是表达自我。杜克正在表达自我,一个丑陋的自我,杜克以前那张称得上英俊的脸,现在十分可憎,很适合在他的剧里出演人类的灵魂。杜克并不是个真正的穷光蛋,他手下有公司,有员工,账面上有流水,但他却自认为贫困,一个人的脑袋里要是非这么想,谁也不能拿他怎么办。

"我现在特别讨厌愤世嫉俗,从今以后,我就一个字:享受人生。"几杯酒之后，杜克终于平静下来，不那么起劲儿了，眼神变得非常冷淡。发了一阵呆之后，杜克突然又还了阳，欢眉笑眼地建议晚上找一个姑娘玩玩儿。

我突然想起了女二号，问杜克那天晚上到底是怎么回事。杜克气不打一处来："那天我确实动了粗，干了不该干的事。不过早翻篇儿了，我早把那傻×忘了，性子太坏！我本来是怀着一肚子爱来度过那个夜晚的，结果被丫破坏了。"接着无耻地笑道，"回头我让你见见我后来选的女主角，简直是人间好山水集于一脸，人好，戏也好。"说起筹备已久的电影《北京苦行》，杜克告诉我，他在我前三稿剧本的基础上又进行了一番大修改，前期准备工作已经基本就绪，近日就能开机，争取在三个月内完成拍摄。

两个多月后的一天深夜，我正准备睡觉，手机响了，是马用打来的，我听到马用在电话里有气无力地说："方小明，快，快来，我要死了……"我吓了一跳，问他怎么了，他说心脏病犯了，我吃惊不小，让他赶紧把地址发我，我帮他叫救护车，他说他已经吃过急救药了，不必叫救护车，让我赶紧去就是了。我立刻飞奔下楼，打了个的，一路和马用通话，千方百计安抚他。赶到他家后，我看到马用两眼涣散，头发蓬乱，如同刚刚遭受了雷劈。我问到底怎么回事，他说就是突然感觉胸闷，心脏跳得厉害。我问他要不要去医院，他说不用。后来他告诉我，这是抑郁症发作的症状，发生这种事已经是他的常态，已经闹过好几次。以前马用在单位闹情绪，谎称自己得了抑郁症，没想到竟真得上了，可谓心想事成。

后半夜我看马用情况稳定，准备回家，马用拦住我说：

"你能不能在这儿跟我做一段时间伴?"

我被他弄糊涂了,一时没有明白他的意思。

"不会让你白干,我给你开工资。"马用看着我说,"你出个价,咱们就按正常的公司上班,亲兄弟,明算账。"

"我在你这儿能干什么?"

"你什么都不用干,每天待着就行。"

我想了想,出价三千,这是我在北京能够维持现有生活水平的最低价钱,马用只肯出两千五,理由是他包吃包住,我不必再租房子了——如果我坚持保留那个房子,他可以帮我交房租——另外,我也可以在他家里干自己的事儿。

马用板着脸解释说:"对不起,我不是在乎钱,我是非常在乎。我现在付给谁钱都心疼。你就当这是我病的一部分吧。"刚才谈价钱的时候,马用还是个冷静精明的家伙,之后立刻陷入一种僵死状态。我不由想到,莫非这就是瘸腿师妹说的"句子病"的极致特征、最后阶段?"句子病"的晚期?马用久处粥样硬化词语的中心,加上生性敏感,很难扛住不病。

我告诉马用我要回去收拾东西,明天一早就来,马用不同意,让我在他家先凑合一晚上,等第二天保姆来后再走,因为他担心我一走他又会发病,身边一刻也不能离人。

第二天一早,我醒来后,马用已经草签了一份为期半年的合同,让我在上面签字。签完合同,马用长出了一口气,对我说:"我得病的事儿你别告诉任何人,尤其杜克。他老觉得我当初占了他的留京名额,扯淡!我哪是那种人!用人单位当时面试了我们俩,最后挑中了我,那能怪我吗?!——我见不得他那副幸灾乐祸的嘴脸，他一直巴不得我倒霉，倒大霉。"

有了这几千块钱的合同，我和马用之间的关系立刻变了，没那么多顾忌了，马用变成了我的老板，我一切听从这个病大虫的安排。说来奇怪，只有跟我在一起，马用才能得到一些安慰。他有时候看我的目光既像是在拥抱我，又像是打算掐死我。很久以来，我不知道自己活着究竟有什么用，现在看着马用愁眉不展、六神无主的样子，我突然信心倍增，没来由地感到高兴。我浑浑噩噩过了半生，没想到在马用身上找到了一点切实存在的价值。

但我很快发现，这项工作看似轻松，实则十分繁杂。马用是个极其难缠的病人，整天疑神疑鬼，动不动就发脾气，让周围的人——我和保姆——受累不浅。起先，单位经常有人来看他，手机也不断响起，马用不胜其扰，烦得要命；后来来的人少了，电话也成了摆设，给他打电话的除了广告商就是骗子，他更是气不打一处来，经常大骂单位的人和所谓的朋友都是势利眼。我每天要伺候他量十几次血压，每个月要陪他到医院去测一次血常规。马用对身体的各项指标极其关注，对血压计上的一切读数都不满意——太高，担心身体出问题；正常，担心血压计失灵——总之，一切都有毛病。对他来说，世界已经是一个糟糕得不能再糟糕的世界，只剩下他本人和无边无际的痛苦。他永远睡不够或者永远睡不着。只要醒着，不分早晚，不分时辰，他都会毫无顾忌地使唤我和保姆，指使我们干这干那，唯恐我们闲着。我的工作越来越多，除了陪他聊天，散心，被他呵斥，还要为他跑腿儿，遛狗，监督他服药。有时候，我成心骗他，告诉他已经吃过药了，他的情绪瞬间就会好起来，真像医生说的，有一类病人，一见药就好。后来他长了心眼儿，亲自记录下服药的时间和剂量，免得被我愚弄。厨房里每天都熬着各种草叶、草籽和草根儿，精致的玻璃罐里盛着各种黑汤，他算好了时间，按照五脏六腑与时辰的对应关系定时定量服用。他还给自己制定了一份辅食食谱，最近的食疗方法是生嚼黑豆，据说这是一个宋代高人的养生偏方，别的疗效不知道，倒常常出虚恭、放大屁。储藏室里囤积着各种维生素和各种上等补品，数量之大，足够开一个小型超市。

有时候马用一连几天一句话也不说，连手势都懒得打，泥胎似的坐着，一动不动；有时候他又说起来没完，只是话说得缓慢费劲，不那么连贯。有的时候，他又突然无名火起，暴跳如雷，好像全世界的人都对不起他，甚至因为一点儿小事愤怒地指责我。但我是他的活体药片，通常发过火之后，他会很快向我道歉，担心我的狗脾气发作，撇下他一走了之。

纯粹是为了拿我取乐，马用命令我做了一套测试抑郁症的题目，测试结果表明我得的是重度抑郁症。不用说，我早已经病到彼岸去了。马用看了我的测试结果，脸上闪露出一丝难得的笑容，认为这种结果才符合生活逻辑，然后他假装专家，分析说我早已性格分裂，早已分裂成多个不同的自我，只是因为其中的某个病态自我非常强势，一直硬撑着，我才没有完蛋。一句话，我处在高度危险的潜伏期内，如同一座将喷未喷的活火山，随时都有可能崩溃、完蛋。他分析完我，心情好多了。不过我有不同的看法。焦虑、抑郁有自己的寿命，我得了焦虑症、抑郁症不假，但这些焦虑和抑郁早都已经死了，风干了，不起作用了。但囿于职业道德，这个真知灼见无法对马用明说，以免他受到新的刺激。

马用见我无心治疗，以为我舍不得花医药费，大方地对我说，他的药我可以随便吃。我不上他的当。我暗自思忖：也许我和马用根本就是不同的物种，该有不同的测试题目？马用致病的原因正是我挣扎续命的原因？也许我的灵魂早已麻木，早已死亡？看着马用一脸欣慰的样子，我有点好笑，同时也意识到马用忍痛花钱把我雇到身边来，动机十分龌龊。

有一段时间，马用每天睡觉之前都要在纸上分两侧写下自己高兴和不高兴的事，积德和缺德的事，这套做法是一个心理医生传授给他的。我瞥过一眼，上面所列积德的数量大大多于缺德，可见淤出来的美德是马用致病的主要原因。有时候他也会在纸上写下一些莫名其妙的闪光字句：

给我一根绳子吧，给我一眼井吧，给我一口铡刀吧……

念书的时候，马用经常在宿舍发着发着呆，突然放开嗓门大声呼叫："不愉快——不爽快——不畅快——不痛快，于是达到了 silence……"如今他真正到了不愉快不爽快不畅快不痛快的地步，即将进入 silence。

有一天我从外面遛金毛狗回来，在门口听到马用在跟什么人说话。仔细一听，是他在自言自语，这是马用在自我疏导："我，马用，和云朵、雨滴、屎尿没有什么区别。世界上没有一个我。说话的不是我，吃饭的不是我，写字的不是我，我什么也感觉不到了……"我听到马用抽泣了一下，然后又改说了陕西家乡话。

"大，妈，鹅（我）不知道鹅（我）这是咋咧。鹅（我）都活不出来了。鹅（我）这辈子可以说是心想事逞（成），鹅（我）想留北京，留哈（下）了；鹅（我）想当个官，也当上了；鹅（我）想给你们生个孙子，也生了。鹅（我）不知道鹅（我）为啥总是这么不高星（兴）。鹅（我）不该这么着啊，虽然并不是事事如一（意），可鹅（我）比很多人活得都抢（强）得剎（多）。鹅（我）挣的钱能养活咱们全村、全乡的仍（人）……"这样的隐情我已经听得够多了，不必再添加了。在老马用富态的身体里，住着一个孤苦无依的小马用。

我悄悄转身要走，马用叫住了我，仿佛用后眼看见了我："你别走。"马用向我转过头，我看到了一双被泪水打湿的脸。马用换了个姿势，仰躺在沙发上，泪水从眼睛里满溢出来。我实在帮不了他呀。马用在寻找一根救命稻草，而我不过是一叶浮萍。

马用突然带着哭腔问我："你说做官算不算一种成就？"说完这句话，他咳嗽了一声，清了清嗓子，极力保持着自己失落的尊严。

"算，当然算。"我立刻谦卑地回应，"要是大家都不做官，谁来为人民服务？谁来匡扶人间正义？"

"你觉得我当年的诗到底怎么样？你说实话。"

"当然是好诗。"我尽量说得诚恳，因为他是个行家，不容易糊弄，"如果非说有最大号诗人那么伟大，也不客观。但你的诗里有大诗人们没有的东西,你有自己的独特面目。"

马用找出了大学毕业后不久写的一首诗,他说这是他这辈子写的最后一首诗,名叫《无题》:

> 你曾在水木清华信口吹横笛
> 在棋盘上攻击我的王
> 还用两个豹变的卒围困我的后
> 你杳如黄鹤
> 今天却闯进我的梦
> 冰冷,嘴唇紧闭
> 肩头上分站着两只缄默的鹦鹉

马用说这首诗是写给方小亮的。念书的时候马用跟方小亮很要好,他们俩在国际象棋方面是旗鼓相当的对手。虽然这首诗我没怎么看明白,可是鹦鹉这句把我笑坏了。我在病大虫马用面前笑得喘不过气来,几乎笑出了眼泪,因为我分明看见方小亮肩头站着两只故意肃着小脸儿的鹦鹉。真不知前校园诗人马用从哪儿觅得了鹦鹉这个意象。

偶尔心情好、脑袋灵光的时候,马用跟我谈起了他在世界各地的艳遇。过去他口风一向很紧,绝口不谈自己的隐私,生怕别人把他的艳事说出去,现在他不在乎了,实在装得太满,憋得太久,不得不倾诉出来。

在马用的群芳谱里,最特别的要数多年前结交的一位大姐,这位大姐是一位大人物的女儿,原本嫁进了一个门当户对的人家,但婚姻早已经名存实亡,马用说这位大姐是一个了不起的女唐璜。年轻的时候，老姐姐在马用老家陕西那个地方插过队，对马用这个名校出身的"于连"情有独钟。有段时间，老姐姐每个月都会在特定的日子和马用约会。老姐姐说，这是她的健身方式，每次月经前都必须做一次爱，这样会舒服些，可能是因为通了。马用让我看了这位老姐姐年轻时的照片，此人长着一张漂亮的大脸盘，具有那个时代特有的样板美，浓眉大眼里有一种朴实自然的风情。

说到初恋，马用向我坦白，他在大学一年级的时候疯狂单恋过西语系的一位三年级师姐，他一见到这位师姐就立刻被迷住了，从此神不守舍，每天在校园里四处追寻师姐的身影。但那时候的小马用土得掉渣，十分自卑，连普通话也说不好，根本不敢跟师姐说话，为此，他苦闷得差点儿疯掉。后来他节衣缩食花巨资买了一个收音机跟着播音员学说话，但等他把普通话差不多学成的时候，师姐却已经离开了学校。经马用这么一说，我立刻想起了那个身材丰满，有一双深邃大眼睛的师姐的模样。这位师姐四年级的时候因为和男友同居，被学校开除了。说来可怪，师姐从马用的视野消失后，他竟一下子轻松起来，把所有的热情和苦闷都投入诗歌创作中去，很快成了一个蜚声校园的诗人。马用说，他这辈子只把诗歌献给过两个人，一个是方小亮，另一个就是这位被勒令退学的大师姐。

"你这辈子有过真爱吗？"讲完这一切之后，马用突然问我。

我回答说有。回答的同时，我的脑袋里出现了陶红、张英楠、安娜、姜丽，甚至大叶荷的形象。但我们没有就此谈下去，马用看了我一眼就不再说话了。他只对自己的情史感兴趣。

原本马用住在城里，因为离单位近，有时候他强打精神到单位去转转，害怕他的影响力生锈，可到底还是生锈了，现在单位再也没有人来看他，更没有人来向他请示汇报了，他一怒之下，决定搬到郊外疗养，彻底做一个隐士。搬家前，马用一时心血来潮，让保姆一个人先去收拾房子，自己非要到我的出租屋住上一天。

那天，马用在我的出租屋里昏睡，他睡得无声无息，我担心他已经死掉。我去看他的时候，发现他正大睁着眼睛望着天花板。马用轮着大眼珠子看了我一眼，突然"嚯"的一下坐起来，开始匆匆忙忙找鞋。

"我必须马上离开这儿，一秒钟也待不了了！"他像疯子似的打着可笑的手势，催促我立刻跟他走。我们俩上了汽车，马用疯狂驱车往北城奔去。路上马用告诉我，他在我的屋子里突然感到窒息，几乎喘不上气来，我蜗居的狭小空间险些让他再次发病。

我们来到的是马用的另一个家，这个家在北京北郊的一个豪华小区里面，是一个所有朋友以前都不知道的秘密花园。马用把这个三层的独栋别墅装修成罗马风格，正门有六根圆形的白色雕花立柱，四周是一个漂亮的环形小院子，院子里有怪石，有亭台，有木头回廊，还种着一些不知名的树木和花草。

别墅相当气派，但不知怎么的，里面的一切却透着一种悲凉的味道。我注意到马用看我的眼神有点特别，他大概很希望从我的眼睛里看到羡慕。但我让他失望了。面对这样一座宫殿一般的豪宅，作为当年住在同一个宿舍的兄弟，如果说一点妒忌之心都没有，未免不近人情，不过这份妒忌并不强烈，因为它已经完全超出了我的常识之外，我的妒忌心难以够到，无法企及。

刚搬进别墅的那天晚上，马用的情绪又崩溃了。保姆以为我们第二天才能回来，一时犯懒没有把房间收拾好，引发了马用的不满。马用站在大厅里大发雷霆，把保姆骂得浑身哆嗦。我和保姆跟在这个暴君屁股后面一通忙活，该出现时出现，该消失时消失，想尽办法抚慰他，生怕他突然起火爆炸。

一楼大厅有一个装满了各种好酒的吧台，另一边是一套小房子一般的豪华音响。我尝试用音乐让马用平静下来。马用对他自己费钱费力搜罗来的一切音乐无动于衷，他原本打算把他收藏的所有西洋音乐全都听上一遍，结果还是最爱听他老家的秦腔和信天游。这天听着听着，他突然受不了了，吩咐我赶紧把音响关掉。

"为什么我老是这么焦躁？老是这么沮丧？"马用问我。

"因为你还没有坏透。"我说他，同时心想，他要不是一下子被病拿住，大概也不至于如此难过，如此羞愧。

有一天，不知是我还是保姆一时疏忽，关大门时没有关严，金毛狗跑丢了，马用闻讯大怒，一边在朋友圈发布寻狗启事，一边对我和保姆大喊大叫："你们怎么搞的？！两个人看不住一条狗！"金毛狗可说是马用的心头肉，丢了狗的马用像一个快要爆炸的疯子，狂乱中他突然想起了什么，大声对我吼道:"丢了亲人是什么滋味,你最清楚!"

"滚你的王八蛋!"我一时气急,脱口说了不得体的话。

见我真急了,马用转身离开。盛怒之下,他居然一点也不担心自己脆弱的小心脏了。后来马用亲自动手,把金毛狗专用的被褥泡在水桶里,然后气鼓鼓地开车出门,指挥我和保姆一边一个,在他的宝贝狗可能出没的地方一路淋洒浸过狗味儿的水,希望那个可怜的狗东西能够闻着自己的味儿找回家来。随着一路泼洒狗尿水,我越来越悲愤,但努力用职业态度压住这股有害的怒气。再说我也喜欢那只既聪明又温良的发情大母狗。回来的路上,我的气渐渐消了,我的自尊心终于顺着狗尿水彻底离去了。对我这样的同志来说,自尊心越少越好,没有正好,省得无端受辱。

我们到家时,那条该死的畜生倒自己跑回来了。马用眼里竟然涌出了几滴热泪,和"吱咛咛"骚叫的母狗又搂又亲,实在不堪入目。

晚上,为了狗的事,马用沉着脸向我道歉,生怕我一生气离开他,辞职不干。他老人家多虑了。这段时间我已经确立了严格的职业态度,如今在我眼里,合同期内的马用既是我的服务对象,也是我的雇主、老板,同学不同学、朋友不朋友,全都不再考虑。

"狗的事儿,对不起了。"

"哪儿的话,千错万错都是小的的错。"

"我不该那么说你。"

"我已经忘了。"

"我早想跟你好好聊聊,又不知道该怎么聊。"

"您是老板，您想怎么聊就怎么聊，我无所谓。"

"知道我为什么请你来跟我做伴吗？"

"知道，您有病，我也有病。"

马用提高了声音："我是有病，我的病只有他妈的你能治！"这么说的时候，他的脸上突然现出了一种古怪的表情，他的话和脸上的表情吓了我一跳。

"您开什么玩笑，我又不是大夫。"

"我还不知道你不是大夫！"马用看了我一眼，把声音降低下来，"本来没打算跟你说，—— 一个大师说我的病跟方小亮有关。"

我吓了一跳："你这话是什么意思？"

"实话跟你说吧，有一位大师说我是被方小亮附体了。"

"滚他的王八蛋！"

"本来我也不信。可刚发病那段时间，我睁眼闭眼都是方小亮。他从空中看我，从杯子里看我，从电脑屏幕上看我，从每一页书上看我……有时候他消失了，可是一转身，他就站在我的身后……"

"那又怎么样？方小亮可是你的朋友！"

"问题是我他妈不配做他的朋友！"

25

马用突然在屋子里待不住，仿佛随时会死在屋里似的，开始频频走向大街。后来他终于制定了自虐性的徒步行走计划，隔一两天游走一次：先带着我驱车到某一个事先定好的地方，把车存下，然后开始徒步行走，之后再开车返回。这是他从微信朋友圈读到的健身方法。那篇文章还提到了西藏，推荐了一种高原疗法，但马用不敢冒这个险，他既恐高，又害怕缺氧。

在北京这样一座方方正正的城市里行走，你不必担心迷路。每一个小小的地方都有自己的标识，只要不担心约会或上班迟到，那么几时出发几时收脚，向左还是向右，都可以由自己决定，一切就都在掌控之中。趁着马用走得冒汗，脸色不错，我向他进言，其实心绪不佳也是一种难得的享受，不妨借此机会重操诗笔，写几篇《沮丧颂》《失乐园》什么的，马用听了非常生气，认为我是在拐着弯儿讽刺他。

马用偏爱胡同，多年前他作为电视台调查记者，整天在北京街头奔走，很多地方都很熟悉，对很多胡同的历史都能说上几句，但他很少发表什么观感，只是对胡同的变迁简单感叹两声了事。我们班一个网名叫"京味儿"的女同学拍过很多关于胡同的照片。有些地方她刚刚拍过照，随后就被拆除了，为此她经常在微信朋友圈里生气、抱怨，痛骂那些隐在幕后做主拆胡同的家伙。"京味儿"同学从小生在北京，对老北京有着外地人所没有的深厚感情，单单为了"京味儿"和胡同，我也希望自己手里能有一张选票，依我看，没有谁比她更适合当这个城市的市长了。许多年前，这座城市曾经有过短暂的青春活力，我是指"让我们荡起双桨"——宁大为说是"让我们荡起双脚"的年代，但很快人们就变成了互相撕咬的神经病。总之在这个城市里游走，需要一本全新的指南。

实话说，我并不了解眼前这个城市，马用也是一样。这座保留着我们青春印迹的地方，如今更像是另外一座城市，所有街道都被流动的汽车、各种人和物塞得满满的。我们俩一路走，经常一句话不说。马用对普通意义上的聊天没兴趣，他像个哲人一样走在我的前头，我通常跟在他半步远的后面。我会在一些特别的建筑面前给马用拍照，这根外强中干的老木头对镜头仍然有敏锐的感觉。镜头里的他仍然是一个相貌堂堂的大人物。照杜克的说法，这是几十年的好日子、好下水塑造的结果。

时间是个一往无前的绝情婊子，空间倒是一个温情脉脉的好姑娘，这里有一个拐弯，那里有一个笔直的通道，始终用温柔的声音提醒你、诱惑你：还不够深入，还不够，还不够……所以，无论西东，只管走起吧，兄弟。

马用有个小女友，但他不让她来看他。因为大量服药，马用的性功能暂时丧失了，也许永久性丧失了。跟那撩人的姑娘面对面坐着，简直就是活受罪。小姑娘却经常不请自到，精心把自己打扮得既邋遢又明艳，见到我如同见到敌人，飘然而过，眼睛眨都不眨一下。这个姑娘名叫李淳。后来我知道，李淳是云南人，在她的家乡，她是那种脑袋上顶着水罐、摆动腰肢走路的既纯洁又妖娆的姑娘。将近三十岁的李淳看上去只有二十出头，大眼睛、红嘴唇，身上有一种喷薄欲出的自然活力。李淳一到，就连死魂灵马用都有瞬间的高兴，虽然多数时候仍然厌烦，嫌她打扰了他的节奏。

"老公，我想死你了！"每次来，李淳都捧着一束花或带着别的神秘小玩意儿当礼物，颠着小碎步向马用跑去。

马用一边尴尬地躲闪,一边用混账余光瞄我,表情像个老贱种。

"老公,你今天怎么样哦?"

"好,好,挺好。"马用咕哝地招架着。

"我这件衣服漂亮吗?"

"漂亮漂亮。别坐我腿上,我禁不住。"

"你都好久没跟我玩儿了!"

"我这不养病呢嘛。"

"老公,我正在学习烧菜,我今天就烧给你吃,好不好哦!"

这个姑娘曾经是马用手下的一个编导,大学学的播音主持。马用问她最近在单位怎么样,李淳告诉马用,说单位有一个小头目对她不怀好意,因为没有得逞,现在事事处处跟她过不去,马用听后气得够呛,立刻打电话给那个家伙的上司,让对方方便的时候"关照"一下那个不开眼的家伙。

尽管大眼睛、红嘴唇的李淳漠视我,把我当空气,但我还是愿意她在这儿,舍不得她走,盼着她来,毕竟他们关系深入,马用有厌倦的生理基础,而我没有。马用习惯呵斥李淳,他这辈子不缺女人,身边一直都有漂亮女人陪伴,所以对女人并不珍惜。看得出,李淳非常惧怕马用,在马用面前已经毫无尊严。当马用的眼睛偶尔看到她的时候,她就立刻向他挤出一个讨好的笑容,那是一种新型的、流行的笑容,是韩剧女主角的那款笑:缩颈摇头,眼睛眯成月牙的形状,鼻子两旁拱出几条俏皮的小竖纹。显而易见,她对自己在马用心里的地位很没有把握。

到了在马用身边工作的第三个月还是第四个月，我和红嘴唇、大眼睛的李淳突然建立了一种古怪的地下友谊，这是我们俩之前谁也没有想到的事。

那天，马用的第三任老婆带着儿子来看他，讲好了要住两个晚上，马用准了我的假，我回到了自己的住处。

晚上，李淳突然打来电话，约我在一个咖啡馆见面，说有事想跟我聊聊。这个一贯瞧不起我的姑娘之所以单独约见我，是想从我嘴里知道马用到底怎么看她，到底是怎么想的。李淳告诉我，以前马用答应和她结婚，现在以病盖脸，再也不提这码事，问多了，就推说等他病好以后再说。李淳已经跟了马用五六年，现在老大不小，十分担心鸡飞蛋打。李淳说，跟马用好上之后，为了避嫌，马用把她安排到了另一个部门。电视台分三种人，台聘、部聘、栏目聘，她是栏目聘任的人员，属于三等公民。照她自己的说法，她是一个缺少心机、不会见风使舵、经常无端受人欺负的北漂傻姑娘。

李淳问我马用的病到底怎么样了，我把马用目前的情况大致介绍了一番，说马用现在正在开悟，过了这段非常时期，此人有望变成一个通灵的超人。李淳对马用变成什么并不在乎，她只关心马用会不会娶她。

李淳心事重重地看着窗外，有时看我一眼，眼神里充满了先前从未有过的愁苦和不安。

"他对他前妻都比对我好。您说我现在该怎么办？"

"你到底是不是真的喜欢他？"

"当然啦，我当然是真喜欢他啦。"

按照李淳的描述，她和马用的感情开始得很复杂、很纠结。她跟马用好上的时候,还有一个同部门的情敌,再加上马用当时的第三任老婆,几个人一时闹得不可开交。好不容易熬到这一切都过去了,马用却又得了这么个怪病。

"我问他,你到底有什么愁事儿啊?你猜他怎么说,他说他的忧愁是形而上的忧愁。简直搞不懂。"李淳笑着摇摇头,"他干吗这么跟自己过不去?——有一次他还跟我说,他需要一个什么救赎,说得怪吓人的,他到底什么意思啊?是不是在搪塞我?"在李淳看来,马用老师这样的成功人士应该天天咧着大嘴笑对生活才对。

"我承认,我现在跟他在一起一点也不快乐,可我也不想就这么不明不白地离开。"李淳低下头半天没有说话,之后突然说,"方老师,我想求您一件事。"

"您尽管吩咐。"

"您能不能陪我看一场电影?我现在心里有点儿难受。"

电影院正在放一部新电影,是一个人人皆知的大牙导演导的,讲的是几十年前部队文工团女兵们的故事。李淳在手机上订了票,我们打车来到电影院。李淳是个电影迷。这部电影她已经看过了,不过她愿意再看一遍。我和李淳坐在电影院里,看着银幕上上演的种种意淫故事和场面,我一时间高兴得要命,感觉自己是一个欢乐的大傻×。李淳一会儿哭,一会儿笑,像个天真的小姑娘。散场的时候,我在电影院门口不期然遇到了宁大为夫妇,宁大为看了我一眼,然后扭过头说:"嘿,我就知道,咱们早晚会在这种庸俗的地方见面……"然后我们就分手了。

那天晚上很清冷。我问李淳住在哪儿,怎么回家。

李淳说自己住在通州，之后仰着脸思索了一会儿，突然看着我，大大方方地说："您要是对我没什么邪念，我就跟您回去。我真是特别想跟您好好聊聊。"

　　"我能有什么邪念，我都阳痿好多年了。"

　　李淳忍不住笑起来："你们这些老男人，怎么都说自己阳痿啊。"

　　我和李淳度过了一个纯洁的夜晚。卸妆之后，李淳完全是另外一个人，既清丽，又有几分憔悴，跟先前那个浓妆艳抹的时髦姑娘判若两人。李淳出生的时候，正是二十世纪八十年代末，正是方小亮失踪的那一年，我终于接触到了新时代出生的真神。我们和衣而卧，倾心交谈。李淳讲起她和马用的恋爱史以及单位里尔虞我诈的斗争史，李淳很为现在马用的状态着急，因为他们单位的好几个领导出了事，空出了位置，像马用这种年富力强的人，正是上位的好机会。月光下，李淳的脸光洁细腻，如同一幅工笔画。凌晨的时候，李淳无意中碰到了我的下身，吓了一跳。

　　"……您不是说自己那什么吗？"

　　"我也不知道怎么回事，你不用管这个。"

　　李淳无声地笑了，整个人也一下子放松下来。之后，话题还是回到了马用身上。李淳说马用当时的老婆找过她，威胁她让她离开马用，还当众抽过她一个大嘴巴。马用老婆说："骚货！得罪我没你什么好果子吃，也没他什么好果子吃！我是有修养的人，我要是狠点儿，早就让他身败名裂了。我没有动手是可怜他，觉得他一个农村穷小子走到今天这一步不容易！你自己掂量着办吧！"李淳说，其实在这件事里自己最傻，那时马用还有一个相好，等到马用第三任老婆知道这一点后，终于彻底死心，跟马用离了。与此同时，另外一个女孩也跟马用分手了，只有李淳依然傻乎乎地留在马用身边。

李淳说："我知道自己确实挺傻的，也知道他根本不在乎我，甭管我对他有多忠诚。——嗨，我算什么呀，玩腻了也就完了，他玩过的女孩多了去了。"说起这些，李淳情绪有些低落，不得不说，北漂是一种古怪的物种，悲哀是它的底色。

我问李淳："马用平时在办公室什么样儿？"

李淳说："他平时可威严了，我们又尊敬他，又怕他。"说完突然笑起来，"你们俩要是合成一个人就好了。"

我知道她在说什么。真是一个糊里糊涂的傻姑娘，一个在电视台辛勤采桑的傻罗敷。她还没有成亲，就被勾搭成奸的马用遗弃了。

"我听说抑郁症患者都有自杀倾向，马用会自杀吗？"现在她开始对马用直呼其名了。

"不会，我还没见过比他更惜命的。"

过了一会儿，李淳突然说："我问您一个问题，您别不高兴，我是纯粹好奇。——您和马用是同班同学，现在差距怎么这么大呀？"

看来李淳已经从马用嘴里了解了不少我的情况，我叹了一口气，说："都怪我失职，放松了对马用同学的要求，眼看着他一步一步堕落到今天这个地步。"

听我这个老 loser 这么说，李淳乐得不行，夸张地竖起大拇指点赞："哇！您这么说可真棒！这种人生态度我喜欢！"一个应有尽有的人整天愁眉不展，一个应有尽无的人倒天天活得兴致勃勃，这让李淳的小脑袋瓜很难理解。

可爱归可爱，不过老实说，李淳不是马用喜欢的类型。马用喜欢的女人都是大姐型的，就是比他年龄小的姑娘，也都是大姐型的。这一点我拿得准，李淳只是适时出现在马用身边的一个姑娘罢了。

"哈，大叔，我一下子交往了你们班两个老男人！回头我一定要混进你们大学班群里嘚瑟一下！"李淳有一天这么说，一边哈哈大笑。李淳喜欢北京，这个人人向往的大城市刺激了她的欲望，她认为只有在这里才能活得高级、时髦、有奔头。生活中必须有大房子、豪车、音乐、花朵，以及各种灯红酒绿的夜生活，否则就不配叫生活，先前跟马用在一起，她确实得到过这些，但现在像马用这种有钱有势的大叔们都学精了，不那么容易搞定。有时候看着李淳在马用面前自轻自贱，真让人既气愤，又心疼。这个小姑娘天性活泼，笑点很低，马用对她态度稍好一点，她都会高兴得要命，随时都会哼唱一些不知从哪学来的小调儿："丝瓜丝瓜我爱你，但愿今生今世不分离。你若爱上其他人，我就变作丝瓜瓢跟着你……"诸如此类。现在，她打算降低要求跟马用好好相处，走到哪儿算哪儿，最不济也要让马用抓紧把她提拔一下，否则，凭什么呀！

男人有男人的旅程，女人有女人的旅程，每个人的两腿之间都携带着天赋的通灵宝玉，最终上面都会写满主人此生的旅行报告。所有的迹象都表明，马用如今志存高远，早已经超越了俗世和裤裆里的儿女情长。

经过几个月的精心调养，马用情绪有所好转。这年年末，他原本痛下决心，打算申请病退，之后周游全国，算是散发弄扁舟的意思，不料他刚刚写完申请报告，突然传来消息说，他多年前的一个老领导有望空降，到他们单位当一把手，现在单位秘书长的位置是个空缺，不管从哪个方面衡量，马用都是最合适的人选。听到这个消息，马用立刻像打了鸡血一样兴奋起来，认为这是天赐良机，瞬间把病退的事抛在了脑后。马用鼓足了劲儿，动用各种关系夤缘老领导，包括"老姐姐"的关系，甚至他前妻家的关系。保姆悄悄告诉我，马用两口子已经秘密复婚，怕的是有人在家庭问题上对马主任说三道四，于前途不利。

马用去了一次单位，发现在他病休的这段日子，节目照常播出，有几个新片子甚至还得到了好评，这让他非常生气，没想到他主政多年的节目离了他居然还能运行，居然还运行得有声有色，简直没有天理！见此情形，马用立刻决定恢复工作，重新回城里住下，每周至少到单位去两次。

马用决计在单位做最后一搏。他经常像老电影里的地下工作者一样穿戴整齐，出门执行一项神秘而又危险的任务。他得到情报，分析情报，寻找对策。在这段时间里，他口风极严，没有向我透露过一点消息。有一天他把我支了出去，事后我才知道他要在家里接待一位风水大师兼星象学家，他的每一次重要升迁都经过这位神秘高人的指点。

该做的都做了，该磕的头都磕了，剩下的就是等着了。马用忧心忡忡，又充满期待，比任何时候都生龙活虎，焦躁不安。有一天马用终于忍不住，把憋在心里最隐秘的一件事情告诉我，他接收过一笔贿赂，数额不算太大，但毕竟是一笔明明白白、无法辩驳的贿赂，因为有人曾经在这件事上纠缠过他，他一时拿不准该不该向新领导坦白。马用向我讨主意，我哪里懂得这些事。马用又问我，要是钱晨曦遇到这种事会怎么办。没等我回答，马用立刻得出了结论："他肯定不会说！"猛然间悟到这一层，马用被自己的一时糊涂吓出了一身冷汗，连连说："差点儿犯傻！这事儿要是说了，谁还敢用你？你这辈子就算完了，彻底完了！"

另外，他还在为另一件事焦心。前些日子，他趁新领导不在家，贸然送去了一幅价值不菲的字画，字画是新领导家里人收的，回来后，马用既担心新领导不知情，又担心被新领导看低，反而把事情搞砸了。

就在这年元旦前，新领导果然如期空降，单位秘书长人选也突然定了下来，马用成功上位，真是人算不如天算。眼看大局已定，马用如释重负，终于把悬着的一颗心放了下来。这可说是一个新的机遇，一轮新的赛跑。马用原本以为自己经此一病已经没有什么野心，回到单位才发现自己的野心"硬硬的"还在，简直呼之欲出。他的野心是和单位捆绑在一起的，这种升迁的野心是单位培育出的花朵，十年修炼、十年格物才开这么一朵花，也由不得可怜的小马用。

总之，马用重新昂扬起来了。任命下来的当天，马用乐得后脑勺都在微笑，让我立刻帮他张罗一个大聚会。为了隆重热闹，杜克答应届时从剧组带几个刚毕业不久的女演员过来助兴。

聚会定在元旦前夜。这年的最后一天晚上，马用的花园别墅里一下子聚集了"废稿"的大部分人。

乔小春和袁军也从外地赶来了。自打毕业之后乔小春就再没有见过马用,听马用说有时候会喘不上气来,乔小春说:"喘那么多气干什么,每次一小口足够了。"袁军问马用的病到底是什么症状,马用说:"浑身僵硬,除了裤裆,哪儿都硬。"袁军笑道:"那倒省心了。"袁军如今在江南的一所大学任职,正在主持兴建一座考古与艺术博物馆,这个先前一天得睡十二个小时的家伙,如今满世界飞来飞去,成了一个空中飞人。

费罗、宁大为他们班的金戈正好在北京。金戈是北京人,毕业后去了美国,转行读了一个计算机硕士学位。前些年金戈开办了一个跨国文化经纪公司,专门把国内人才倒到美国去,号称"普度众生"。

此时金戈已经长成了一个美国式的大胖子,金戈笑眯眯地看着大伙儿:"我出国这些年,祖国发生了什么?"

费罗说他:"瞧你丫那副嘴脸,就跟到了彼岸似的。"

金戈笑道:"彼岸当然是我们伟大的祖国。我看你们活得都挺滋润。"

宁大为说:"你要敢在大街上说你在'普度众生',爱国群众非弄死你不可。"

金戈说:"我不敢度众生,我就度你一人得了。"金戈是宁大为带来的,金戈正在为宁大为办移民手续,办的是杰出人才移民。

王朴说宁大为:"大为,你去美国干什么?你那玩具公司不马上就要上市了吗?"

宁大为笑道:"爱美之心人皆有之嘛,到了美国也不耽误上市。"

"少来这一套，你丫说实话。"

宁大为不接王朴的话茬儿，继续调笑："移民有移民的乐趣。老子曰：道可道，非常道，移可移，非常移。"

袁军怪笑了几声，对宁大为说："以后你就可以名正言顺地说，啊，钱是绿色的，而我已白头。"

宁大为说："我他妈哪儿想移民啊，我老婆有严重过敏症，现在越来越厉害，在国内简直活不了了，必须得换个环境，不离开不行了。"

乔小春脸上隐着笑说："我也有过敏症，一般来说在这样的环境下活不过三年，现在已经活了好几十年了。——瞧现在，好得很！"

费罗对乔小春笑道："可见你丫有多卑贱。"

金戈提议为马用干杯，之后大声感慨道："各位，我发现当年学校里的坏东西现在全都身居要职，你们这些家伙是怎么混的？真让我失望！——马用，你除外！"

袁军笑道："我也有过敏症，多年来一直在治病，哪有闲工夫治理天下！"

乔小春冲金戈喝道："你丫一外国人，不许挑拨我们的党群关系！"

大伙儿都笑。

宁大为问马用："你们班那个钱晨曦怎么回事？怎么那操行？"

马用还没说话，旁边的郝春阳接口道："还不都那操行？"

金戈说："其实这事儿也正常。大伙儿就算读的是同一本书也会有不同的人生态度,这也是林肯的困惑,据说当年林肯对美国南北战争就一百个想不通:敌对双方读的是同一部《圣经》,都向同一位上帝祈祷,都援引上帝来反驳对方,结果还打得头破血流,真是要多荒唐有多荒唐。"金戈接待过前去美国考察的钱晨曦,对他的落马很是惋惜。

宁大为突然失笑:"我估计钱晨曦当年在计生委的时候没干什么好事儿,手里肯定有不少人命。"

金戈说宁大为:"哥们儿,别说得那么吓人。"金戈有痛风病,不敢喝酒,一直举着一杯白开水当酒喝。说起抑郁症,金戈对马用说:"抑郁算什么,我早就抑郁了。不瞒你说,我国内国外跑这么些年,目前总共在北京置办了三个情人三个家。有时候我抑郁一上来,哪个家都不想回,就在三个家的中心点上找一个旅馆,独自一人读几天书,谁都不知道我在哪儿,可悲的是,也他妈的没有谁找我。"

袁军说:"这只能说明你是一个爱读书的老流氓,不能说明你抑郁。"袁军问金戈除了"普度众生"之外还干什么。

金戈严肃起来,沉吟道:"我最近刚用英文完成了两本书,有望明年出版。一本叫 Where is my penis?,另一本叫 Who touched my penis? 。"

袁军笑道:"你丫这辈子就没离开过裤裆!"在座的大都记得,念书的时候金戈经常满楼道歪唱《英俊少年》:"小小少年,很少烦恼,眼望四周阳光照,随着鸡鸡一天天长大,他的烦恼增加了……"

金戈自己却绷着不笑:"掐指一算,我出国都已经快三十年了。我有两行泪,多年不得干啊同志们。这两本书一出来我也就死而无憾了。"

新年钟声敲响的时候,杜克带着三个年轻姑娘像掐着点儿似的风风火火地闯了进来,举着摄像机对所有的人一通拍摄。

杜克冲乔小春喊:"乔老,好久不见!"

乔小春飞快地回答说:"怪谁呢?"

杜克带来的三个姑娘真是可爱,个个活泼有趣:一个穿高筒靴的高胖姑娘,头发在左耳朵位置剪成一刀齐,头发有红有黄,还有一撮蓝;一个打扮中性,活脱一个英俊男孩,又比男孩媚气;另一个姑娘苗条羞涩,像是刚刚接触这样的生活,拍照时总在胸前摇晃剪刀手,大眼睛在长睫毛里半遮半掩,十分撩人。

杜克不小心碰到了郝春阳,郝春阳大声呵斥杜克:"瞎照什么照!"

杜克不说话,拿起酒瓶往郝春阳面前的一只空杯里倒了满满一杯啤酒,跟郝春阳碰了一下,一口喝干。这两个人气场不对,每回一见面就掐。杜克放下酒杯,说郝春阳:"你这个吃瓦片儿的老东西,现在还一眼盯着租户的钱包,一眼盯着姑娘哪?"

郝春阳回道:"别扯淡了,人生苦软,我早就没有性欲了。"

杜克笑道:"我现在只能在美学高度上跟你丫待在一起。"

郝春阳反唇相讥:"我跟你恰恰相反。"大伙儿都笑。

宁大为正在调放电视里的背景音乐,不知怎么调到了电视节目频道,突然大叫:"杜克,别闹了,快看电视!"

电视里正在播放一个新闻节目，一位衣着庄重、神态温婉的中年女子正在某个会议上讲话，讲的全都是关乎民计民生的大好事。杜克认出了电视里的人，叹了一口气，笑道："唉，真不给我长脸，老了老了还整天跑出来丢人现眼。"

我也认出里面那位侃侃而谈的女人是姚丹。电视里的姚丹端庄、体面、有型，不过年岁不饶人，她那双聪慧的眼睛下面已经隐隐有了眼袋，脖子里的筋肉也松弛了。宁大为站在屏幕旁模仿了一番姚丹的神态动作，突然大叫了一声："厉害了我的妹！"

三个姑娘问："这人是谁呀？"

宁大为道："你们杜导的初恋。"

三个姑娘"哇"了一声。

艾勇问杜克："当年你是怎么开发的她？"

杜克把摄像机放在一个安全的位置，找了个空位坐下，捏着嗓子用播音腔高声说："那时候我还太年轻，不知道怎样打动她的输卵管。"

郝春阳骂杜克："别臭嘚瑟了，当年是人家开发的你。"众人都笑。

宁大为笑着嚷嚷："一辈子也不看个电视，怎么一开就看见她了？可见是缘分。"说着又把电视调回了播放音乐的模式。

艾勇、袁军、乔小春他们聊起了过去译过的一本书的事。二十世纪八十年代末，艾勇在 P 大读博士的时候主持翻译过一本科普类奇书，书稿刚译完，他就出国了，这本书在国内出版的时候，译者署名"某某某"，袁军以为这个"某某某"是艾勇等人起的集体笔名，没想到"某某某"确有其人——

艾勇的一个混账师弟。艾勇出国前把书稿托付给他，谁也没有料到此人居然把译稿据为己有。袁军建议艾勇打官司，揭露此人的无耻行径，拿回版权和署名权，乔小春不赞成，认为应该等这本书再版的时候，在译者的位置写上"某某某没译"。

酒桌那边一阵喧哗，杜克突然摇摇晃晃地站起来，大声说："这个地方不利于我抒发感情。"然后努力了好几次，在众人的惊呼声中，终于站到了酒桌上。

胖姑娘嗲声嗲气地要求："杜导，念一首您自己写的诗吧。"

杜克站在酒桌上一前一后地摇晃："我不写诗。——他们才是诗人。他们是写诗的诗人，我呢，我是念诗的诗人。那首诗怎么说来着：黑夜剜去了我黑色的眼睛……"

英俊姑娘纠正他："杜导，不带这样的！是黑夜给了我黑色的耳朵，我却用它寻找光明……"

大伙儿为英俊姑娘喝彩。杜克像是没有听见英俊姑娘的话："黑夜剜去了我黑色的眼睛……他妈的——我突然发现了一件事儿，我这辈子脱口而出的第一句话准是脏话，这到底是怎么回事？"

不知谁说："因为你丫受的就是脏话教育！"

杜克憋了半天，终于在桌子上稳定下来，缓慢挥舞着胳膊，用朗诵腔念道："老当益壮永远用于我们越老越无耻的借口，少年不失愁滋味，老大无羞反自居，天上的蕴藏里我们是不是只信，云和那雨……"费罗从手机上抬起头，说了声："你大爷的。"杜克背的是费罗早年的诗，杜克见作者有了反应，精神大涨，一下把声音提高了好几倍："戒急制怒的教程开得晚啦晚了十年啊，我急！我急！我急急如律令！'酸的馒头'喂苍生……"念到这里，杜克突然刹住，前后摇晃了一会儿，然后用极慢的声音说，"啊，喂——苍——生，——啊，啊，不愉快——不爽快——不畅快——不痛快，于是达到了 silence……"他连说了好几遍 silence，每次说的时候，都用高扬的、变换的假声表示强调，大伙儿都笑了。姑娘们问为什么笑，旁边的人解释给她们听，姑娘们一边听一边不住地笑着摇头，同时向 silence 的发明者马用竖起大拇指表示敬意。她们大概从来没有见过这种稀奇古怪的老疯子。

三个姑娘带头鼓起掌来，笑叫："杜导，好诗！吟得好！吟得好！"

"老大！您怎么这么有才呀！"

杜克突然像根木头似的从桌子上歪倒下来，坐在一旁的郝春阳连忙跟头趔趄地抱住了他。

后半夜，马用突然指使我把顶层阁楼里的天文望远镜搬下来。之后，马用手把手指导姑娘们从望远镜里观看星空。

苗条姑娘忽闪着长睫毛说："马老师，您从望远镜里看到什么了？"

"当然是个人的渺小和生命的永恒。"马用回答，"宇宙是一个永恒的世界，但宇宙不止一个，有许多个。在平行宇宙里，每一个人都有多个副本，这个正在吃饭，那个正在打仗，另一个可能正在做爱。"

三个姑娘一阵一阵快活地发笑，笑声凭空而来，划破夜空，划破雾霾笼罩的城市，真是要多提气有多提气。

马用比平时多喝了几杯,眼睛里发出柔和的光亮。升了职的马用如同一个高等级的存在,跟刚刚得病时的躁郁相比,变得格外平静、安详。

费罗说马用:"你现在这副样子正常得很不正常。"

宁大为大声道:"果然官位胜过春药!"大伙儿都笑了。马用自己甚至笑出了声。

说起宇宙,宁大为对永生的事很着迷,据美国的一家科技公司预测,十年之内人类有望通过技术手段达到永生,宁大为勉励大伙儿:"哥们儿几个,怎么也得再挺十年啊。"宁大为话一落音就遭到了众人的嘲笑,认为永生是胡扯淡,是对死神的不敬。

乔小春说:"单从世俗的角度考量,我也不佩服永生。人类如果实现了永生,就会立刻转而寻求死亡之道。永生如果是一种技术,那死亡也一定是。"

我从微信朋友圈里看到,此时张英楠正乘坐一艘名叫"盛世公主号"的豪华游轮游走在大海上,配图照片是船舷上盛着红酒的高脚杯和一朵斜放的玫瑰。红酒、大海和花朵从南太平洋倾泻下来,落入我的手机屏幕。这一刻,我突然悟出了一个显而易见的真理:迄今为止,就生命的长度而言,和同时代活着的家伙们相比,我一分一秒也没有少活,这个庸常的念头、贫乏的真理、毫无意义的事实让我瞬间快活起来。

我的手机里出现了一条新短信,发信人是姜丽。看到"姜丽"这两个字,我的心脏狂跳起来,眼前一阵一阵发黑。等我镇定住自己,动手去翻读短信时,这条短信却消失不见了。这个灵异事件弄得我几近崩溃，我在所有能打开的界面上四处翻找这条转瞬即逝的短信，就差把手机拆散、砸烂了。许久以来，我一直盼望着姜丽突然打来电话，为此我没有落下过任何一通电话，连标记为骚扰电话的来电都没有错过过一次。一霎时，我分明感觉到了姜丽的存在，分明听到了她的低语和呼喊。因为当年三位好汉警告我不要试图打探姜丽的任何消息，我一直像个傻子似的被困在这个禁令里，不敢越雷池一步，甚至根本就没有动过这个念头。

我向数学系出身的艾勇咨询，别人发来的短信会不会被撤回或自动消失，艾勇说绝对不会，根本就没有这种可能性。

我来到屋外，浑身战栗着找到三位好汉留下的号码，拨通了电话。

"喂，你好啊，想我啦？"电话里传出一个男人轻浮的声音。

"对不起，我有事想问您。"

"你谁呀？我认识你吗？"电话那头的男人警觉起来。

"我姓方，"我说，"我们见过面。"

"我存的这个电话明明是个'鸡'呀。"我看到电话那头的人在暗影里挠自己的头，"你从哪儿搞到我的电话？"

"是你们留给我的。两年前你们三个人，一个方脸，一个圆脸，一个河南口音的同志一起到我家找我，打听我女朋友的事。说一旦有她消息，让我立刻打电话给你们。"

"你女朋友叫什么？"

"姜丽。"

"没听说过。——这么说你现在有她消息了？"

"是，我刚才想起她了。"

"想起她？你他妈有病啊，你到底是谁？"

"你到底是谁？"

"你他妈管我是谁哪？神经病！"

手机那头的家伙把电话挂了。我再次拨打这个号码，电话只响了一声就被挂掉了。我不甘心，又拨打了几遍，最后写了一条短信发给这个不肯接听电话的浑蛋，这回倒很快收到了他的回复："滚蛋！再他妈无理取闹，我就报警了！"

我拿着手机一时发呆。

恍惚间，我看到两根闪亮的织针由远及近迤逦而来，在虚空中交错进退、组织勾连，形状越来越大，动作越来越快，眨眼的工夫便织成了一匹漫天舞动的锦缎，而锦缎的顶端，端坐着音信皆无的姜丽。

26

离开马用，告别了精神护工的工作之后，我又回到了自己的出租屋。

自从收到姜丽的神秘短信，我突然对过去的一切失去了兴趣，迫不及待想要换一种活法。连续几天，我的耳边一直萦绕着一个声音，它一直在怂恿我：去吧，哥们儿，去干点儿该干的，去干点儿来劲的！我熟悉这种声音，按照洋人的说法，我听到了撒旦的声音、魔鬼的声音。

我写了一个寻人启事发在新注册的微博和朋友圈里，附上了姜丽那张背光露齿大笑的照片，之后又打印了几百张相同内容的寻人启事，在北京的住宅小区和电线杆子上到处张贴。我每天都盼望有人突然敲响我的门，闯进我的家，把我带走，对我进行盘问和审讯。

一天晚上，我正在大街上张贴寻人启事，好久不联系的董大宽打来电话，说他在网上看到了我写的寻人启事，问我是怎么回事，我把姜丽的情况跟他讲了一遍，老董哈哈大笑，说我纯粹是吃饱了撑的，说这个女人明摆着是把我甩了，我还在这儿瞎煽情，这年头哪里会有人无缘无故人间蒸发。老董竭力让我明白，姜丽的离去不过是一个普通的分手事件，至于三个好汉和手机短信什么的，没准儿只是我的幻觉。之后老董告诉我，一家大影视公司看上了他新出版的一部长篇小说，正在跟他洽谈改编电视剧的事，希望我能参加进来，跟他一起写。

我正打算拒绝，老董像是看透了我的心思，抢在我开口之前说，要不是因为时间紧，忙不过来，他才不会找我，另外，这一次稿费很可观，他和制片人、导演已经完成了故事大纲和详细梗概，我只需照梗概码字就是了。老董最后给我打气说，豁出去辛苦几个月，等干完这个活儿，把钱挣到手，我愿意到哪儿张贴寻人启事到哪儿张贴，就是把启事贴到南极北极，贴到火星上也没人拦着。

老董代表我跟这家公司签订了编剧合同，并很快得到了一笔定金。只是时间紧迫，制作方要求我们老哥俩儿在三个月内完成四十集的剧本初稿。开了几次剧本讨论会之后，我渐渐进入了状态，活了大半辈子，我似乎突然开了窍：剧本谁说了算？钱说了算！资本说了算！千条万条归为一条，按新兴的戏剧规律办事。规律就是规律，人人都喜欢狗打架，让剧中人互相抽嘴巴！让他们互相陷害！互相扎针！自相残杀！让他们挣天文数字的钱，然后大肆挥霍、破产！让他们家庭破裂，老婆出轨，老公头顶染绿！让他们父子失和，婆媳互撕，夫妻反目！多来点儿笑嘻嘻的冷酷！多来点儿金光闪闪、老谋深算、杀人不眨眼的冷酷！总之，按照制片人和导演的意思，老董的小说已经提供了足够多的情怀和思想，这回一定要撒开了写，一定要冲着爆款去。自此，我暂别了手头的一切，怀着一种恶作剧般的热情一头扎进剧本里，成了一个真正靠码字吃饭的文字民工。

春节快到了。我无处可去。以前父母健在的时候，还可以说有个家，现在，哪儿都不是家了。

农历小年这天一大早，我正在埋头写剧本，电话突然响了，是郝春阳打来的。我一接通电话就听见郝春阳压着声音说："老方，快，快到我这儿来一趟！"我问怎么回事，郝春阳催促道："你就甭问了，赶紧的，打车来，车费我给你老人家报销！"

郝春阳是一个有趣的怪人，这个Ｐ大图书馆系情报检索专业毕业的家伙总能把事情搞砸，在生活中制造难得的混乱，同时他也能把自己的生活安排得井井有条，舒舒服服。此人器宇轩昂，每天都气哼哼的，他能迅速给人一种印象：他在这个世界上生活很不情愿，很不厌烦，甚至十分羞耻，他活在这个世界上，完全是看大伙儿的面子。

郝春阳住在一座老式居民楼的六楼。我刚走到郝春阳家门口，就听见屋子里有女人的哭泣声。我摁了一下门铃，房门立刻开了。见到我,郝春阳如同见到了救星。

郝春阳劈头对低头哭泣的女人说:"这不老方来了,老方是我二十多年的铁哥们儿,你问问老方,我是不是一坏人?!"

我认出屋里的女人名叫陈珊珊,是这两年郝春阳经常带来参加聚会的女朋友。陈珊珊看也不看我,只是对着郝春阳嚷嚷:"你叫人家来干什么?你和我的事跟人家有什么关系?!"

"方老师是个明白人,我让他来给咱们评评理……"

"你不说他是个生不如死的神经病吗?"

"你冷静点儿啊,该说的说,不该说的别瞎说。"

"反正你们都不是什么好东西!既然你搬来了救兵,你就告诉你的救兵,当初你是怎么追我的?你是怎么用你那套下三烂的酸词对我甜言蜜语的?真是无耻之尤!现在想起那些话我都恶心!"

"你这么说就不讲道理了,咱就没法好好聊了。"郝春阳难以招架,悄悄向我眨眼,使眼色。

"别跟你的救兵使眼色,你们都是一伙的,一路货!"显而易见,这个女人打算把一切都摊开,不再藏着掖着,"干吗只把他一个人叫来?把你的朋友们全都叫来呀!我倒要让大伙都认识认识我!让大伙都看看我是怎样一个不要脸的、上赶着送上门来的贱女人!"

郝春阳:"你问问老方,我这辈子什么时候干过对不起女人的事?我从来都是向女人致敬的。老实说,咱们俩的事,我是知难而退,我越来越清楚,我根本配不上你。"

"少来这一套吧!知道配不上,当初你干吗要死要活地追我?!"

"别使劲嚷嚷,让邻居笑话。你跟方老师好好坐一会儿,我去给你们烧水沏茶。"

郝春阳见老底儿被揭穿,一时羞赧,借机到厨房烧开水,暂时把尴尬局面丢给了我。到现在我也不知道郝春阳把我叫来目的何在,不过,毕竟起作用了,陈珊珊已经气昏了头,见有我这么一个外人介入,十分恼怒,一边摔摔打打收拾自己的随身包,一边点着头说:"好,好,好样的郝春阳!咱们走着瞧!"之后,陈珊珊拉开门,也不跟我打招呼,踩着半尺高的高跟鞋"笃笃"地走了。

郝春阳从厨房出来,见房门大敞着,连忙把门关上,长出了一口气说:"哎呀,可算走了!真是请神容易送神难!"

我很快弄清了是怎么回事,昨天晚上郝春阳的新情人来了,在他这儿住了一夜,没想到就在两个小时前,陈珊珊做了不速之客,大老远从外地飞来,把郝春阳和新女友堵了个正着。新女友见状也羞愤离开,郝春阳经历了他这辈子最严重的乌龙事件。

"活该,谁让你丫始乱终弃。"

"她要是懂得始乱终弃的真理就好了!非他妈哭着喊着嫁我。我怎么可能娶她呢,简直是疯了!"在郝春阳眼里,那个曾经的甜蜜爱人已经由蜜糖彻底变成了老醋。

"你肯定说过要娶人家。"

"我是说过,可那些鸟话怎么能当真?"

郝春阳这个大麻烦是前年惹上的。当时我们一位在地方文联主政的老同学来北京出差,带了一位少妇画家随行,招我和郝春阳去吃饭。这位女画家就是陈姗姗。那之后不久,郝春阳和陈姗姗两人就搞到了一起。现在陈珊珊离了婚，一个月跑北京好几趟，非要闹着跟郝春阳结婚不可。郝春阳被婚姻的大深渊吓坏了。

"你跟她结了不就得了？我看这女的不错，对你挺痴情。"

"我要是跟她结婚，早晚被她搞死，再说，我也有了新女朋友。现在一切都搞砸了，按下葫芦起了瓢。"

郝春阳从角落里提着一只避孕套去了卫生间，显然是一时慌乱扔在那里的。马桶里传出一阵水声。我刚才一进屋就不由生起气来。老郝春阳的家里一尘不染，你很难想象这个肮脏的家伙竟然像胡贵龙一样是个洁癖。桌上、书架上大多是他钟爱的怪力乱神方面的书籍。从卫生间出来，郝春阳点了一支烟，定了定神，对我诉说他的苦衷。

"本来这个距离、格局都挺好。我一直想找一个外地女的当情人，两不耽误，既能保持新鲜感，又能充分保持自由，只要有安全距离和自由空间，就算这么维持一辈子我也不在乎。我跟丫郑重其事说过很多遍，千万别离婚，千万别离婚，前段时间突然告诉我，离了！——到了还是脱不了窠臼，甚至还把我当成她的整个世界了，我哪有那么大神通！你都瞧见了，上个月还是个良家妇女，转脸就变成了泼妇。永远逃不出两性之间'一开始红了脸，到最后红了眼'的周期律。"

郝春阳说起话来有一股方士的味道，因为字斟句酌，加上几个小时前受了不小的惊吓，声音十分刺耳。

"爱情是娇嫩的花朵，不可能永开不败。从今以后，我要给自己立下一条规矩，凡是不懂得始乱终弃美学价值的女人，绝不能跟她上床。可这样的女人我一个也没有遇见过。这些鸟女人，有一个算一个，真是不知进退，不懂生活的艺术。真是奇怪，这种事永远就别指望有个好结果！前半段都还不错，到后来，结尾部分，永远像你们写剧本一样，突然来了一个倒胃口的大反转，一切都变得令人厌恶，就像酒醒之后，头疼恶心，吐得到处都是，难以收拾。"

"那是你丫玩现了。"

"我承认我厌倦得有点儿快。可这并不都是我的错。"郝春阳在女人方面的麻烦一直不断，真是个活到老、搞到老的疯汉，但单身汉在男女问题上永远问心无愧，不像有妇之夫们那样藏藏掖掖、鬼鬼祟祟。——机会只会眷顾有准备的人，绿帽子是给有老婆的人准备的。这是郝春阳的理论。在求偶阶段，他通常把自己打扮成一个对爱情专一的、腼腆的、写毛笔字和旧体诗词的老派文人。他这辈子永远在相亲，几乎每一次都过上了短暂的没有法律约束的婚姻生活。从年轻时到现在，郝春阳交过很多女朋友，不管是谁提出了分手，最后，那些姑娘全都一一离他而去，嫁给了出国的人，盖房子的人，卖汽车的人，还有各种各样的 CEO、CAO。郝春阳说，这些人大都是毫无廉耻的成功者，照他的看法，这些人的名字和事迹都应该镌刻在圣·操蛋者杯上。郝春阳抱怨他的前女友们："你说，她们怎么能跟那些一心赚钱、一心做官的坏东西接吻、做爱？最可气的是她们中有的人竟然还想回来跟我重温旧梦，把老子当面首了！老子才不跟她们来这一套。"

好在现在陈珊珊走了，警报暂时解除了，郝春阳终于松了一口气。他起身给我、也给他自己倒了一杯茶水，从一个纸包里捏出一小撮枸杞，分放在两个杯子里面。郝春阳谈起了他近期的倒霉事——女人的麻烦根本不在话下——主要是他的父母想从东北到北京来,打算跟他一起过。他吓坏了,因为他已经不知道该怎么跟年迈的父母共住一室,想起来就觉得气闷,烦躁。有一阵,他被自己可怕的不孝念头吓着了,因为他发觉自己下意识里盼着父母赶快死掉。一连几天,他都在思索这件事,最后他得出了一个严肃的结论:自己是一个不折不扣的畜生。他是在广义上使用这个结论的,他的真正结论是,人人都是畜生。也不怪郝春阳烦躁,他父母跟他的话题永远只有一个:结婚,生孩子。

"我的老家人都认为我是一个无能之辈,在我老家那个混账地方,你要是没有当上一个小官,手里没有几个糟钱,穿不起几件貂皮大衣,你的人生就算瞎了,人们就会在背地里嘲笑你、踩乎你。"

我知道郝春阳说的这一套是什么意思。像郝春阳和我这样的人,自从你进了大学,尤其是名牌大学,老家里的乡亲们就认为你将来一定会做大官,他们从来没有把你这种人当人,他们早就把你当成了兜里揣着大印,坐在公堂上审案、断案的大人物。他们就是这么想的。可你一旦没有升上去,没有成功,甚至混得跟他们一样,他们就把你看扁了,觉得你这个人没什么出息。郝春阳已经很多年不回家过春节了。许多混得不好的人,即使到了春节也找出各种理由不回家。衣锦还乡可说是人生的基调,无成而归家,简直比蜀道还难。

现在郝春阳早已把陈姗姗的事忘得干干净净。说到底,这不过是生活中的一个小小的插曲,跟生活中其他巨大的麻烦相比,根本就是小事一桩,不值一提。

郝春阳说:"我最近回顾了一下我的前半生,我在我当年供职的那个税务部门忍受了整整十二年。我讨厌单位,讨厌熟人圈子。当初为什么要离开?因为我实在是太羞涩了,根本没办法跟人打交道,另外还有一个更重要的原因——说来气人——我没有办法当众讲话,我是说念单位的文件。我有文件阅读困难症。老实说,那些文件大概是世界上词汇量最少的玩意儿,可是我没法利利索索地念它们,那些鸟词我简直一句也说不出口。这就是我离开单位四处游荡的主要原因,天赋如此,也没有办法。可是离开了体制内的'营养水',我这样的人差不多也成了废物,起先我以为自己可以干很多事,后来发现根本就没那可能性,这就像手术被截肢的人,一直以为自己的断肢还在,这不过是一种可怜的幻觉。我为什么这么多年什么都没干,因为你只要着手一干事,就得觍着脸求人,当年都是别人求我办事,现在让我求人,我根本做不到,根本拉不下这个脸。此外,你但凡一干事就得到处撒谎,有时候开门见山说谎,有时候兜着圈子说谎,我实在受不了这个。一个贵妇人曾经批评我不干事,我辩解说我这辈子活得很真实,你猜那个鸟女人是怎么点化我的?——丫跟我说,'你这种人只配真实'。"

郝春阳把他近期的倒霉事一件一件说给我听。我却不想把我的任何倒霉事告诉他,以前我也总是把我的倒霉事告诉他,我俩会像知己一样好好乐一阵,现在,我不会告诉他了,因为我知道他会像杜克一样掩饰不住地幸灾乐祸,我不想再考验他,以此破坏我们之间摇摇欲坠的友情。

一个小时之内,郝春阳接了好几个电话,都是那个现任女友打来的。郝春阳反复告诉对方，让她"别来"，他撒谎说，他已经买了车票，今天下午要回东北老家过年，一切都等过年回来以后再说。

"我早些年虽然误打误撞挣了点人间造孽钱，其实和你的情况半斤八两，也只不过混了个温饱，是一个没有丝毫安全感的老北漂，指不定哪天就完蛋了。"郝春阳张嘴打了个大哈欠，"我这辈子，好像什么都没干，就已经被耗尽了。可从另一方面说，我这辈子又太忙了。知道我新年的愿望是什么吗？打明年起，我一定要学会享受无所事事的快乐。"郝春阳一边说，一边斜着眼观察我，好像他是头一次见到我，"我发现你这人下巴很方正，晚年一定会过上好日子，我这可不是瞎说，是有充分根据的，你好好记住我这句话。"他这番话一出口，我就开始恨他了。他这辈子最着迷的就是命运、面相、生辰八字之类的混账事。

这天晚上，陈珊珊召集了一个饭局。她到处打电话，把所有在北京的朋友都惊动了，声称要和郝春阳当着老朋友们的面把事情说清楚。郝春阳吓坏了，说什么也不肯参加。但他非常兴奋，这个突发事件把他推到了多年独身生活的顶点。郝春阳嘱咐我晚上一定要拖住陈珊珊，千万不能让她到家里来找他。

"腿是她的，我哪管得住？"

"老伙计，你必须把这件事重视起来。今天晚上特别重要，她定了明天下午的飞机。飞机一上天，我就安全了。实在不行，你接手得了，她对你印象不错，老打听你。"

"去你大爷的。"

"千万行行好。你要是不管，今天晚上非出人命不可，你可不能见死不救。"

在当晚的酒桌上，张森告诉陈珊珊，郝春阳就是一个病人，他连自己都把握不住，跟他结婚等同于变相自杀。陈珊珊谁的话也听不进去，很快就把自己喝多了。

陈珊珊时而清醒时而糊涂地说，这件事没完，她是不会放过郝春阳的，因为他糟蹋了她的爱情。陈珊珊的声音很平静，像是下了很大的决心，样子非常吓人。同时，因为听到了"爱情"两个字，在座的人都有点震惊，陈珊珊把一桩真假参半的偷情，把一个乏善可陈的桃色事件上升到了"爱情"的高度，让在座的人都有点儿不好意思。

张森问陈姗姗："他不是已经跟你提出分手了吗？"

"是我今天早晨撞见了他的好事，他不得已才提出的，否则我还一直蒙在鼓里……"

"终归是分手了，你们这种情况，早分手比晚分手强。"

"他说分手就分手，他说结束就结束吗？"

"那还要怎么样？"

"我就想知道，他凭什么骗我？！"

一个哥们儿说："你就把他当个王八蛋吧，他本来就是个王八蛋。"

"他还不承认！我进门第一眼就看见一双熟悉的拖鞋，那女人竟然穿着我的拖鞋，我买的拖鞋！"

"他屋里有女人怎么敢让你进屋？胆儿也忒大了。"

"我假装是送快递的，本来想跟他开个玩笑，给他一个惊喜……"

众人笑："好！这下惊喜没给上，给了他一个大惊吓！"

王朴说："一切都会过去的。我敢保证，一年之后，也许一个月之后，你就不那么难受了，你会觉得今天这样子特傻。"

"反正这件事不能就这么完了！"

张森说："珊珊，我得说你两句。你是成年人，不能把这件事的结果全归罪于郝春阳。说句不好听的，投入感情也是一种赌博，要愿赌服输。"

"你是他朋友，当然会这么说！"

"我不是他朋友也会这么说。"

"我……我太委屈了，让这么个衣冠禽兽给耍弄了……"

张森道："你看你，还是这种思维。"

"我还能有什么思维？我一定要杀了他！"刚才路过一个店铺的时候，陈姗姗买了一把王麻子剪刀，联想到这一点，在座的人都吓了一跳。一个人包里有一把剪刀立刻就会有所不同。

张森说："你要是这么不听劝，那你想怎么着就怎么着吧。我身边还从来没有出现过像样的凶杀案，祝你成功。"

"我不是个不讲道理的女人，我就是想不明白，他凭什么这么对待我？我不能让他就这么踹了！他凭什么？我在他身上付出得太多了……"说到这里，陈姗姗悲从中来，一时泣不成声，"你们不知道……"

大家都不知道该怎么安慰陈姗姗。

一直坐在角落里没怎么说话的徐小云由衷赞叹说："多好啊，还有人踹……"徐小云是个文静的老大姐，一直单身，是个旅游迷，这些年她利用年假去了很多地方，此时刚从老挝和柬埔寨一带漫游回来。陈珊珊伏在身边的宁大为老婆怀里哭了起来。之后陈珊珊开始哭诉，断断续续揭出了她和郝春阳交往的大量细节：第一次见面她如何看不上郝春阳，觉得他是个假模假式、故作矜持的书呆子，之后不断收到他莫名其妙的短信，大多数看后立刻就删掉了，之后又如何被他的甜言蜜语打动，一时猪油蒙心，一失足成千古恨……

王朴说："你必须承认，人性是有弱点的。分手没什么了不起，天塌不下来，地球会照样转动。"

"你必须承认，人性是有弱点的。"这是郝春阳惯用的口头语，陈珊珊也知道，不过现在听来格外不是滋味。

宁大为突然说："我觉得杀郝春阳是个好主意。"然后看着陈姗姗，"是用刚才买的那把王麻子剪刀吗？我建议你最好别硬来，要讲究策略，他一个东北糙老爷们儿，你干不过他。"

王朴正打算跟费罗、张森聊一件别的事，一听这事，情绪立刻高涨起来："我同意大为的意见，先给他来软的，然后趁他不备突然下手，一定要保证成功率。"

宁大为道："这样明天的社会新闻栏就会有这么一条——情杀：女画家陈某因感情破裂将男友郝某用王麻子剪刀杀死，之后投案自首，目前此案正在进一步调查中——你打算投案自首吗？"

王朴接茬儿说："自什么首啊，断其根，尽其精，乃去！事了拂衣去，深藏身与名。"

宁大为说："最好开着手机，来一场现场直播。要这么弄，这真可以算是一场事先张扬的谋杀案！"

费罗说："可怜郝春阳一世英名，毁于一把王麻子剪刀。"

听着老男人们七嘴八舌的调笑，陈姗姗一会儿哭一会儿笑。

宁大为老婆骂在座的老男人们："都这么大岁数了，一个个的嘴还那么欠！"然后劝陈姗姗，"行了，别傻了，为这么个事儿，不值得。以后到北京来找我，咱们喝酒，甭理这帮老东西。"

几轮酒之后，话锋终于转了。说起陈姗姗上楼把郝春阳堵在屋里的情景，宁大为说："袁军要是在，一定会说：路上改李白词两句：绝色入高楼，有人楼上愁！"听了这话，陈姗姗也忍不住破涕为笑。陈姗姗性格暴烈归暴烈，却是个心地纯洁、毫无城府的好女人。

王朴喝多了酒，突然感叹说："在这个世界上，有人拼命做官，有人拼命挣钱，郝春阳同志呢，是拼命泡妞。有人逃禅，丫是逃性。"

张森笑着补充道："还美其名曰，这是他认识和忍受世界的一种方式。"

大伙儿都笑，觉得王朴和张森总结得有理。陈姗姗不爱听大伙儿往郝春阳脸上贴金，嘟着脸不吭声。此时她的神情虽然还有些悲愤，但已经不像先前那么激烈了。

末了，陈姗姗站起来举着一杯酒说："多谢各位大哥大姐安慰我，我现在也彻底想开了。是我傻。他郝春阳算个屁！我是被自己打败的。我这么大岁数，瞎了眼，居然受了他的蛊惑，现在想来，这跟他毫无关系！"大家都说："这就对了嘛。就这境界，让郝春阳那孙子后悔去吧，他根本就配不上你。以后你到北京，就找我们喝酒，甭理丫的。"

分别的时候，张森冲着陈珊珊的背影叮嘱："珊珊，千万别干傻事！"

一个人得经历多少事才能变成一个愚不可及的人啊，我们全都走在通往愚蠢的道路上，这是一条艰辛之路，也是一条复兴之路，很容易走火入魔，导致发疯。

坐在地铁上，我突然接到陈珊珊发来的微信："方老师，您今天晚上能来陪陪我吗？我还是不行，恐怕活不成了。您要是不能来，就让你哥们儿明天来给我收尸吧……"我连忙拨通陈珊珊的电话，听到的是一阵一阵伤心欲绝的低泣。我好不容易问明白宾馆地址，连忙从地铁钻出来，打了个的，奔向陈珊珊下榻的宾馆。

我赶到的时候，陈姗姗已经在房间的床上翻腾了很久。房间里一团糟，衣服、私人用品扔得到处都是。陈珊珊把门打开后就转回身跌跌撞撞地扑倒在床上，两只高跟鞋全踢飞了，东一只，西一只。之后她又突然省察到不妥，挣扎着坐起身来。

"你没事儿吧？"

"我有没有事谁关心？那个姓郝的缩头乌龟到现在也不肯露面，把我一个人扔在这里，我打电话他也不接……我一点尊严也没有了……我死了得了……"陈姗姗失声痛哭起来。

"不都已经过去了吗？"

陈姗姗根本听不见我的话，一边自顾自哭诉，一边干呕。

"可是我过不去！你是他哥们儿，你了解他……我把什么都给他了，可他骗了我，骗了我……"陈珊珊原本把郝春阳看成了情操高尚的隐士，看成了稀世珍宝，在他身上倾注了全部的感情，现在，一切全完了。

"也不能说是成心骗你，这不过是一场恋爱，跟所有的恋爱一样，有前奏，有高潮，有结束。"

"游戏对吧？"陈珊珊破着嗓子打断我，"可我玩不起啊……我一个月打'飞的'来回好几趟，我并不是有钱人，我还要养我儿子……方老师，您想想看，我大老远从飞机场一路打车，指望给他一个惊喜，可是我一进门，屋里居然有另外一个女人……屋子还是那间屋子，人还是那个人，可是……我……我是跟一个感情骗子浪费了两年的时间啊……"

这件事简直就像魔术一样，魔术师郝春阳本来把一切都安排得好好的，每次陈珊珊从外地来，都有一锅炖好的排骨，甚至备好了洗脚水，一天或两天之后，彬彬有礼的郝春阳打车将心满意足、被爱情滋润着的陈珊珊送往机场，在机场相拥分别，期待下一次来之不易的约会……可是这一次陈珊珊的突然出现彻底破坏了节奏，把魔术师郝春阳搞得很被动，魔法产生的光环瞬间消失了，一切都变得平淡无奇、庸俗不堪，不仅如此，这台魔术最后还变成了一个赤裸裸的骗局，因为魔术师郝春阳同时玩耍、抛接的不止一个球，还有两个、三个、四个……陈珊珊摇晃着把手机伸到我眼前，要我看郝春阳这些年发给她的肉麻短信和淫荡微信，不用看我也知道，郝春阳是一个出色的勾引者。陈珊珊抽泣着说："他还给我们的孩子取了名字，说不管男孩女孩都叫郝小珊……"说到孩子，陈珊珊立刻"嗷"的一声又哭了起来，我担心保安听见，引来不必要的麻烦，连忙制止她，可怎么也止不住，另外，我对眼前这个女人无休无止的哭闹也已经失去了耐心，越来越厌烦。

"他一开始说要这个孩子,后来又说让我打掉,我都听他的,现在看来,这都是他计划好的,他根本就没打断跟我长久下去……"哭声越来越大。

"你要是再这么哭,我就走了。"这一招很管用,陈珊珊哭声立刻低了下来,慢慢止住了哭泣。

"……你们这些朋友是不是都知道郝春阳是这样一个人,眼巴巴看着我往火坑里跳?"

"别瞎想了,没人关注你们,每个人都有自己的糟心事儿。"

"我算看透了,满世界的男人全都一个样,都是王八蛋……"

"对,都是王八蛋,大家都是不忠的动物。"

我一时不知道该怎么安慰这个情绪崩溃的女人,这样的生活对陈珊珊来说也许是弥足珍贵的爱情,但对郝春阳来说却是不足为奇的日常。

"我真是瞎了眼了……"陈姗姗突然撑不住了,打了个嗝儿佝偻着腰往前冲,差点儿一头栽在地上,我连忙架起她奔进厕所,离马桶还有一米多远,她就开始大吐特吐起来。

好不容易重新回到房间,陈姗姗一下子瘫倒在床上,再也起不来了。但她被酒精和恨意闹得怎么躺都躺不安稳,一会儿向左,一会儿向右,一会儿蜷起左腿,一会儿蜷起右腿,一会儿仰面朝天,一会儿又全身趴在被子上。我看着她,像看着一条在床上翻腾的醉鱼。她身上的那股浓郁的香水味和酒气把这间屋子翻了个底朝天,她就在这香水味和酒气里翻滚、挣扎、呻吟。这不是我熟悉的味道，是郝春阳熟悉的味道。她的样子和身上混杂的气味唤起了我一点无耻的激情，但她一点激情也没有，因为她的激情袭瘪了，暂时还外挂在郝春阳那里。

我看看表，已经是深夜一点多。我起身跟陈姗姗告别，陈姗姗突然挣扎着坐起来拉住我，努力保持着备受摧残的自尊，声音颤抖着说："方老师，您别走，请您受累陪我度过今天这个晚上。我从来没有这么难受过，不过我再也不会哭了。以前我是个瞎子，现在我全看见了。您放心，从现在开始我再也不会提那件事了。——不就是玩吗？玩谁不会呀……"陈姗姗的最后一句话吓了我一跳，我记得俞冬冬也说过类似的话，过度无聊和过度悲伤都会把一个刀枪不入的女人变得突然放荡起来。

第二天下午，郝春阳给我打来电话，问昨天晚上的事。我告诉他，危险已经过去，事情已经彻底结束了。之后，郝春阳又驱车跑来找我，让我详细谈谈昨天晚上的情形。看得出，这个狗东西着实吓得不轻。因为临走这天上午，陈姗姗在郝春阳家门口燃放了一组二踢脚，制造了一起小范围的爆炸事件，把巡警和街道派出所都惊动了。警察赶到时，陈姗姗已经离开了。因为没有造成什么严重后果，事情最终不了了之，但郝春阳知道这事一定是陈姗姗干的。

陷入爱情如同喝酒上头，只要没有喝死，终究会清醒过来。之后的几个月，陈姗姗又携着惯性和余情，来过北京几次，原班人马聚在一起重温那一日，重温她在北京发疯的那段日子。那把王麻子剪刀也派上了用场，她用剪刀把给郝春阳买的衣服剪成一条一条，寄给了郝春阳。但时过境迁，她已经不那么恨郝春阳了。后来热情和兴趣慢慢降温，我和她也逐渐变成了微信圈里嘘寒问暖、说俏皮话点赞的普通朋友。现在陈姗姗又有了新的男朋友，是当地一个年龄比她小很多的年轻人。热恋、吃醋、吵架、分手，又是既诱人又恼人的老一套。

我经常想起陈姗姗在郝春阳家楼前燃放二踢脚的情景，一定非常壮观，可惜没有亲见。二踢脚是个好东西，地上一响，天上一响，满天轰雷，满地欢叫，十分令人振奋。

27

元宵节一过，年就算过完了。这天，我写完规定的字数，到五四大街附近的美术用品店买了几支毛笔。

回去的路上我接到了大叶荷的电话，我还以为她今天有空，想跟我约会，没想到她急煎煎地告诉我，她的女儿在舞蹈课上突然晕倒，经检查是急性白血病，需要住院治疗，找我借钱救急。我担心受骗，连忙打车赶到医院看个究竟。果然是真的。突然遇到这样的不幸，大叶荷浑身哆嗦，站着哆嗦，坐着哆嗦，根本停不下来。我知道小萝莉一直在节食减肥，可我印象中小萝莉一点儿也不胖啊，连胖影儿都没有，为什么要节食减肥？就连我这个外行也一眼就能看出，这病没准就是瞎节食、瞎减肥闹的！大叶荷平时把钱都用到了女儿的教育上，自己一直省吃俭用，平时没病没灾还过得下去，家里一旦有事急用钱，穷底儿就一下子彻底暴露出来了。可谁能想到这样凶险的病会落到花骨朵儿般的小萝莉身上？世间的凄凉无处不在，随时会来，谁也不敢说自己逃脱得掉。

从医院出来，我有点二乎，觉得自己太过冲动，不够谨慎。我把刚拿到手的剧本酬金都借给了大叶荷，以后自己怎么活呢？我借出的这点钱对我来说是个大数目，但对医院来说却是杯水车薪，远远不够。

大叶荷原本打算把房子卖掉给女儿治病，结果闹起了家庭纠纷。这所房子是她过世父母留下的，房本上写的是她哥哥的名字。她哥哥非但不同意她卖房子，还借此逼着她赶紧搬家，把房子腾出来。大叶荷不从，她哥哥便一纸诉状把她告到了法院。最后法院派人依法强制执行，大叶荷只好搬出住了半辈子的房子，成了一个无家可归的本土北漂。

为了大叶荷女儿的事，我鼓起勇气向马用告贷，马用问都没问这笔钱的用途就一口拒绝了。有钱人在某些方面花钱非常有原则，他们甚至为不肯借给穷朋友钱发明了很多冠冕堂皇的说辞，什么授人以渔、不授人以鱼啦，救急不救穷啦，失去一个朋友、得到一个敌人最好的方法是借钱给他啦，诸如此类。不过这也怪不得马用，他自己也有好几个孩子需要养活。医院真是抢劫犯出没的地方，不到万不得已实在不应该光顾。总之，挣钱的速度不够啊！我朝杜克催要稿费和基金投资的分红，可是杜克把钱全都投到电影里去了，一时半会儿根本拿不出来。小萝莉，一定要自己顶住。

大叶荷明显瘦下来了，胸部的皮肤起了皱儿，鬓角也新添了几根刺目的白发，干什么都不起劲儿了，再也没那么红彤彤、热腾腾了。以前大叶荷身上有一种懒洋洋的风度，脸上总是有一种活色生香的神气，似乎天底下没有什么能让她感到不愉快的，现在她脸上的红晕一下子消失不见了，一夜之间变成了黄脸婆。赶紧复原吧大叶荷，再次盛开吧大叶荷。

截稿日期临近，剧本也已经接近尾声，我因为手头的钱所剩无几，在电话里让老董催要一下上一笔的稿费，老董让我再耐心等等。挂电话的时候，我又忍不住催了一下，结果被老董臭骂了一顿。老董是个忠厚人，他和投资方的负责人之一是老朋友，从定金到前二十集稿费，人家付款一直很痛快，上次交的十集稿子虽然已经超过了付款期限，但也不好为了钱的事急吼吼地催来催去。

这天张英楠发来微信，约我晚上见面。从张英楠发的朋友圈我知道她这段时间一直在北京，但我一直在赶稿子，没有主动跟她联系。张英楠告诉我她明天就要离开北京，她和她的丹麦丈夫准备去巴黎住一阵，度个长假。张英楠跟我约好，今天晚上她先跟几个老同学在莫斯科餐厅聚会，散场后再跟我会合。

我到达莫斯科餐厅一带的时候，时间还早，我循着锣鼓声来到北京展览馆前面的广场上。这里已经被消磨时光的人们占领了。到处都是随着音乐起舞的人群，这一伙儿，那一伙儿，互不相扰。手持彩扇的老年人一步三摇，跳得十分合拍，几个滑旱冰的半大少年像贼星一样在人群里钻来钻去。一个身穿老式军大衣的老家伙跟着卡拉OK高唱"穿林海"，引来了很多人围观。此人身材挺拔，保养得不错，嗓音也好，当年他大概就是靠这一套混饭吃的。此人一手拿着话筒，两腿站成丁字步，另一条胳膊绷着劲儿晃荡着，像是随时准备抓挠点儿什么或者掏送些什么，手爪经常慢慢平伸出去然后又突然收回来攥住，动作十分刚劲，画面上那个穿风雪衣的家伙更为神经质，一会儿侧身疾跑，一会儿举手顶天，眼睛四处乱瞪，看起来煞是威武。

在一块大电子屏幕上，我看到了蓄着八字短髭、穿一身唐装的刘景宽，这副打扮使他极富东方智者的派头。这个老混账最近新出了一本书，名叫《你做梦也梦不到的燕园》，专门描写二十世纪八十年代的燕园人物，文章极尽虚构之能事，把燕园掌故和有名人物写得真假莫辨、魅力十足，从而暴得了大名，刘景宽给自己起了个笔名："商隐"。此刻，满脸包浆的"商隐"先生正在他的商隐馆讲述天道和人道，谴责当代疯狂的物质主义陷阱。大屏幕上的刘景宽整个人红胖红胖的，活像一颗油汪汪的大花生，身上混杂着老子和孙子的味道。刘景宽在自制的鸡汤里说："只有与世无争才能站稳脚跟，才能受得住各种打击和诱惑。"简直是在放屁，与世无争不亚于自我毁灭。我上次和俞冬冬一起吃饭的时候，俞冬冬说她家老刘新添了一项爱好：把每一个新落马的贪官列在一张表上，然后仔细研究此人的籍贯、年龄、面相、升迁图、人脉图，试图从中找到某种规律。如果一段时间官场上没有人落马，他就会大声嚷嚷："诸位君，该有所动作了。抓呀，使劲抓呀！包黑，包大人，老夫赞你、顶你、挺你！"看着大屏幕上隔一会儿出现一次的刘景宽，我不由笑出声来，此人身上有一种自绝于众人的独特气质，大学毕业前的一天中午，刘景宽曾经借酒发疯，在楼道里一遍一遍大喊："你们都是自以为是的蠢货！"他当时就已经下决心跟所有的人彻底决裂。

天突然下起雨夹雪来了。广场上的人不一会儿就消失得无影无踪。我躲在一个酒店的前厅外，一边抽烟，一边等待张英楠。望着夜幕下这些花重金建造的富丽堂皇的大楼和笔直的街道，我心里涌起了一股古怪般的美感。我喜欢雨中的北京，雪中的北京。一年中总有那么几个瞬间，我像傻瓜似的突然被眼前的景色感动，这是少有的超越了日常生活的审美时刻。但我实在不知道自己跟眼前这些高楼大厦之间有什么关联。从互联网的角度来看，每个人都不过是落在一张大网上的麻雀，而整个城市，不过是汪洋中的一条船。

张英楠和她的几个老同学一直在商量一场公益演出的事。见面之后，张英楠告诉我，不久之前，他们大学同学在广州举行了一次聚会，这是毕业以后她第一次参加同学聚会，很多人已经二十多年没有联系过了。张英楠说，重回校园，当年难过的心情一下子又涌上了心头。

"聚会的主题居然叫'一个都不能少'，简直太无耻了！我们宿舍那位被下毒、至今呆傻、生活不能自理的同学怎么说？"张英楠在嘈杂的酒吧里对我大声说道。

"当年到底是怎么回事？"我问张英楠。

"连公安机关都破不了案，"张英楠摊手耸肩，"我怎么能知道？"

"网上说你们有一个怀疑目标。"

"怀疑不等于证据。"张英楠说，"现在证据就更难找了。但我不想什么都不做，我原以为我早把这件事忘掉了，没想到这件事一直埋在我心里。有一年，我在英国看一个心理医生，在医生的疏导下，我突然想起了这件事，竟不由自主地哭了。本来我认为这件事跟我没有任何关系，我也从来没有真正为那位不幸的女同学伤心过，但我却莫名其妙悲伤起来，而且止不住地流泪，最后竟然号啕大哭了一场，我简直都不认识我自己了。医生告诉我，这件事表面上已经过去了，其实一直都在我心里，一直都在起作用，只是自己不觉察罢了。"

张英楠和她的小伙伴们正在筹划一出名叫《姐妹们》的舞台剧，讲述当年在她们眼皮子底下发生的事。她们正在着手写剧本，打算从明年起，在全国各大高校巡回演出，刚才她们就是在商量这件事。

张英楠笑眯眯地看着我，问我从她身上看出什么变化没有。我仔细观察了一番，说没有，只是好像比以前结实了一些。

张英楠告诉我，去年夏天她做了一个小手术，也可以说是一个大手术，她的子宫里长了一个肌瘤，医生建议保守治疗，但她一不做，二不休，索性一举摘掉了子宫，再也不受女性身体的束缚。张英楠说，她打小厌恶每个月流血，厌恶传宗接代，觉得怀孕是天底下最糟糕的事，简直是一种变相自残。自从切除了子宫，她觉得自己身轻如燕，精力更加充沛。现在，她同时进行着好几种运动项目，今天瑜伽，明天跑步，甚至还参加了一个拳击训练班。

我说她："你这是典型的无宫一身轻。"

张英楠乐不可支，扬声大笑了一阵，之后告诉我，她现在还定期进行禅修，每年春秋两季都要到台湾的一座禅院里修行一个礼拜。——人生如寄，谁也不是谁的主人翁，每一个人都注定要在这块虚幻的大地上旅行一段不可知的时间，要想看到更为真实的宇宙，更为真实的世界，需要另外的眼睛。这是禅修家张英楠的最新心得。我意识到，我跟这位近仙近佛的前女友距离越拉越大，越拉越远。

"知道我为什么每次来北京都愿意见见你吗？"张英楠突然问我。

"为什么？"

"我第一次在广州看见你，就觉得特别难过。以后每次见到你，包括现在，还是一样感到难过。"

"这么说，我是你的'难过'引子。——你那么喜欢难过呀？"

张英楠笑道："也许吧，我也不知道怎么回事。"

喝酒中途，老董突然给我发来微信，说电视剧的事情况有变，告诉我暂时停下，不要写了。我脑袋"嗡"的一下，立刻打电话问他怎么回事，老董告诉我，制片方资金链断了，项目暂时搁浅了。不用他说我也知道，从去年起，影视制作行业遇到了严冬，好多公司纷纷破产、倒闭，现在，和我们签订合同的这家公司也终于沦陷，真是气死个人。我问老董现在怎么办，老董没好气地说："还能怎么办？只能等待回暖了——唉！"遭此打击，老董着实气得不轻。老董拖家带口，儿子还小，老婆没有工作，本指望这一次拼着老命干一票，缓解一下生存压力，现在全泡汤了，也由不得他生气骂大街。我前些日子催款的时候，老董一直言之凿凿地说制片方是他多年的朋友，都是极讲信誉的人，断不会赖账，现在说什么都晚了。杜克早就提醒过我，说在影视界挣钱，像打台球一样，最讲究"落袋为安"，端的是经验之谈。这天晚上剩下的时间，我和张英楠痛饮了几杯，尽欢而散。

回去的路上，在某个地铁站转车的时候，发生了一件事。走在我前面的人偶一回身，和我打了个照面。此人不是别人，正是造访过我的好汉之一——年轻的圆脸好汉。认出他后，我先是猛然间吓了一跳，然后立刻上前跟他打招呼："您好，您也亲自坐地铁呀？"

圆脸好汉不动声色地看着我。

"怎么，您不认识我了？"

"对不起，不认识。"他看上去并不想在这种庸常的场合跟我相认，希望我最好识相点，立刻从他面前消失，但我此刻很愿意做个不识相的人。

"不应该呀，据说干你们这行的，都有照相机一般的记忆力。"

"对不起，你认错人了。"

"怎么可能，两年前，你还有另外两个人，一个河南口音，一个方脸，到我家搜查，打听我女朋友的事儿，你还当着我的面念我女朋友的信……"

"我说过了，我不认识你。"圆脸好汉打断我，转身向相反的地方走去。

我紧走几步跟上圆脸好汉，不知道他为什么拒绝承认认识我。

车来了，圆脸好汉闪身走进车厢。就在车门关闭的一瞬间，他突然转过身来面对着我，脸上毫无表情。

"嗨，你别走，我还有话问你！"我对着门玻璃后的圆脸大喊。

车开了，圆脸好汉漠然地站在车厢里，脸冲着我，一动一动。他也许听见了我的喊叫，也许没有听见，总之没有理我。

我站在站台上，一时发傻，深悔自己反应太慢，没有跟随圆脸好汉一起上车。之后我哆嗦着把姜丽的寻人启事在微信朋友圈重发了一遍，恳请万能的朋友们帮助转发、散播。

隔了不多一会儿，郑仁芳打来电话，问我老发这个寻人启事是什么意思。我告诉他我找的这个人是我失踪的女朋友。没说上几句，郑仁芳就掐断我的话头，说他昨天刚回北京，本来想过几天再找我聚，既然今天联系上了，干脆见上一面。我的寻人启事惊动的基本上都是熟人，只有一个陌生人给我打来电话，说见过照片上的女人，要求我先付五万块钱，再把线索告诉我，我向他道了谢，然后把电话挂了。

我在最近的一个地铁站下了车。约莫半个小时后，郑仁芳驱车赶了过来。

在车上，郑仁芳让我详细说说寻人启事的事儿，我现在已经什么都不在乎了，就把姜丽失踪和三个好汉造访的情况一点不落地讲给郑仁芳听。郑仁芳基本没有说话，偶尔评论一句。说到今天圆脸好汉假装不认识我，郑仁芳说，他当然不能认识你，他们这一行是高危职业，得时刻提防某些失去理智的当事人发疯寻仇。

听我大致说完，郑仁芳从怀里掏出一个信封递给我，我打开一看，里面是几张照片，照片上的女人有正面照，有侧面照，竟是各个角度的姜丽。

我简直不能相信自己的眼睛，翻来覆去翻看那几张照片：

"你怎么会有她的照片?!"

"你就说你女朋友是不是这个人吧。"

"是。"

"肯定没错?"

"肯定没错。"

"你第一次在朋友圈发这个人的寻人启事,我就注意到了,后来一忙忘了。——你是怎么认识这女人的?"

"就是第一次给你朋友们上诗词课那天,在一个小区散步的时候偶然遇上的。"

"真是尴尬人偏遇尴尬事。"郑仁芳摇头感叹,"现实生活真是比任何电影、电视剧都精彩。"

"她到底怎么了?"

"简单说吧,这女的惹了不该惹的人,不得已出国避风头,两年前从香港出的境。"

"她惹什么人了,对方为什么要抓她?"

"那自然是有不得不、必须必的理由了。不过,具体惹了谁,怎么惹的,我也不知道。"

"明明要抓她,为什么还允许她出境?"

郑仁芳笑道:"你是学文史的,你应该知道,有些时候你不怕一个人跑,怕的是她不跑。"

"她现在在哪儿?"

"还能在哪儿?"郑仁芳鼻子里"哼"了一声,"死了。"

"死了?!"

"是啊,死了。用你们文化人的话来说,香消玉殒了。在美国,死于一场车祸。"

"是真车祸,还是有人做了手脚?"我在车里喊起来。

"别这么激动,肯定是真车祸,美国警察可不是吃素的,没那么容易糊弄……"

"我能不激动吗?好端端一个人,说没就没了,不用问,都是你们做的孽……"

"什么叫我们?我根本不知道这里面的事儿,只是碰巧知道结果。"

"要抓她的那孙子到底是谁?"

"我哪儿知道。别这么看着我,兄弟。我就知道这么多,该说的都说了,不该说的也说了。"

郑仁芳从我手里拿走信封和照片:"真是个不知深浅的傻女人啊。啥也别说了,这都是命。"过了一会儿,郑仁芳突然想起了什么,问我,"你说这女的叫什么名字?"

"姜丽。"

"这不是她的真名,她根本不叫这个名字。"

"她真名叫什么?"

"这个我也不知道。"

"赶紧告诉我!"

郑仁芳没理我。

"别逼我,我这也是为了你好。"郑仁芳过了好大一会儿才说,"我跟你说哥们儿,这女的绝对不是什么好鸟。你跟她在一起那么长时间,连她真名都不知道,这就很能说明问题。"

我看了一眼一边开车一边有保留地向我揭示秘密的郑仁芳,猛然发现他是一个无头的、手里轮着两把大斧头的刑天。我一时之间冷得浑身发抖。

"你真该庆幸自己没有搅和进去，"刑天郑仁芳用肚脐眼说，"否则麻烦大了。"

"……"

"怎么，伤心了？为了这么个女的，不值得。"郑仁芳宽慰我，"在这个世界上，谁活着都不容易，有些人和事，该忘就得忘。"

看来某个小圈子里的人早就知道了这件事，现在不早不晚，轮到我知道了。姜丽死了？死于一场车祸？怎么可能?!——王八蛋！凶手！报丧鸟！这是我此时此刻对郑仁芳和世间万事万物的一揽子看法。

"嗨，我说，你是不是电影电视剧写多了？"郑仁芳突然哈哈大笑起来，"醒醒吧哥们儿！逗你玩的！哪有什么女人！哪有什么美国车祸！这照片都是电脑P的……"

"……"

"现在市面上就盛行阴谋论，糊涂蛋们什么邪乎信什么，没想到你也未能免俗……"

"……"

"行啦，别一天到晚没事找事瞎琢磨啦。"刑天郑仁芳好不容易止住笑，"傻子都看得出来，人家那女的是用这种方式跟你分手——这也是一种套路，明白了吧？亏你还是个编电视剧的……"

我没有说话。我虽然是个傻瓜，却也还辨得出什么是真，什么是假。我看到姜丽在异国街道上被一辆疾驶而来的汽车迎面撞飞、翻滚、落地，在空中、在地上开成了一朵硕大的血花。我的眼睛渐渐模糊起来。

郑仁芳问我想不想去某个地方喝点酒,我拒绝了。我让郑仁芳把车停在路边,然后下了车。

走在大街上,我心中有什么东西一下子破碎了。我父母离世我都没有哭过,现在,我却抑制不住地流下了眼泪。——来呀,钩织呀,在陆地、在海洋、在日常生活之上钩织呀。我感到真正的忧伤,无可言说的忧伤。

姜丽并不叫姜丽,这倒是个新鲜事,可以想见,她是想用这个新名字过上一种全新的生活。我不可能有眼泪,可是我竟有眼泪。我以前不知道,现在才知道,眼泪是一种特别的库存,一种不知所起的别样的雨滴。

28

第二天,像往常一样,我一大早就醒来了,我习惯性打开电脑,对着电脑屏幕发了阵呆,又把电脑关上了。剧本里的那些跟我朝夕相处了三个来月的人物此时一下子全都哑了口,成了无处投胎的怨鬼。

我打开冰箱,喝前一天晚上剩下的半瓶啤酒。啤酒走了气,味道有点儿馊。我一开始小口喝,越喝嘴里越酸,干脆一口干掉了。喝完啤酒,我感觉心里好受了些。

姜丽死了。至于到底是怎么死的,为什么而死,我却无从知道。从郑仁芳口中得到姜丽的凶讯还不到一天时间,我已经开始变得麻木。

傍晚,我想起家里没有什么吃的了,就到附近的一家便利店买了些速冻食品。"享受中!"一家饭店门口的霓虹灯反复滚动着这几个字。是啊,"享受中",除了无福享受的,其他所有大小人物全都处在不着边际的享受之中,享受得兴高采烈。

张英楠发来一条微信,问我王博考上了哪所大学,说上次见面的时候忘了问,现在突然想起了这个孩子。我把我所知道的情况全都告诉了张英楠。张英楠半天没有回应,后来发来了一连串大哭的表情。

回家的路上发生了一件事。当时我正走在海淀区和昌平区的分界道上,走着走着,我突然眼前一黑,浑身一紧,胸口像是中了一枪。一时间我的心脏突突狂跳,眼前的世界一下子变得极不真实,几乎要倒扣过来压住我,我一屁股坐在马路牙子上,一筹莫展地听任千军万马在我胸腔内奔突、厮杀。人们在我面前来来往往走动,却都离我很远,对我内部发生的激烈战争全都充耳不闻,视而不见。在猝不及防的迷乱中,我心里只有一个念头:一旦真的不行了,绝不求救,绝不去医院,就这么在大街上倒地死去。我好像一直盼望的就是这么个死法。大街是一个胸怀宽广的好女人,死在她的怀抱里,很快就能得到处理,很快就会消失得干干净净。对此时的我来说,天地如此广阔、如此辽远,周围的建筑物如此高大、如此堂皇,却是一台台冷酷无情的压力机和绞肉机。而平铺直叙的大街倒是唯一靠得住的安慰。

我猜测半辈子的好运气在我身上再次起作用了。这是一个改变生活的良好开端,让我得以在身体虚弱的情况下重新观察世界。世界并不存在,世界不过是一阵愚蠢的、失常的心跳。又过了一会儿,心脏内部的厮杀终于结束了,我渐渐平静下来。我估摸着心脏的承受力，慢慢站起身来，慢慢在街道上溜达。

我像老干部一样缓缓在大街上踱着步，突然感到莫名地兴奋。要是没有这么突如其来的一下子，没有刚才这濒死的一刻，我几乎相信命运对我已经撒手不管，不起作用了，我几乎相信我能永远活下去。

我走了没有几步，又一阵心悸袭来，我连忙停住脚步，在人行道一个不碍事的地方坐了下来。不远处是一个卖旧书报的地摊，我从书堆里瞥见了多年前印行的一本《废稿》。心跳平缓一些之后，我问卖杂志的大姐从哪儿搞到的这本书，大姐说忘了。我花十块钱买下了这本《废稿》。大姐大概看我脸色不好，递给了我一个马扎。我坐在马扎上，像一个初识文字的人一样用手指头指着字行读了几段。这一期的主题是"青春往事"。我随手翻开的一页，是宁大为写的费罗和他的诗：

大学时代的费罗是个很容易被爱情淹没的人，他能"呼"地一下爱上一位女子，喝得大醉，然后弹着吉他为心爱的女子唱歌；他也会心如刀绞地咀嚼来迟了的爱情，半夜三点到我的宿舍，聊到早晨，说她"来去也无风雨也无晴"——他问她："来不及了？"她说："来不及了。"

大学毕业，费罗为了爱情离开北京，追随女友朱涵到成都生活，临行前赠给我一首诗，那些诗句一直伴随着我辞去公职后的"创业"生活：

落水流花
　　梦想完结
　　雨季
　　成为你生活
　　主要的内容
　　一长串美好的故事
　　被续以狗尾

袁军写艾勇的一段，活画了艾勇的半生荒唐：

　　八十年代末，艾勇辗转去了美国，他在哈佛商学院读书三年，并没有长期侨居的打算，故不久后的1994年，便先于香港而回归了。此后他一头扑入商海，做了弄潮儿。及至兴阑意败，从商场断然收兵，成为今日把酒自放的陶渊明，已垂垂老大了。什么数学哲学文学，都已成旧梦，二十年一觉，只"赢得商海白领名"而已。

之后，我又看到了彼此眼中的宁大为、马用、杜克、乔小春、袁军、朱涵、王朴等人。哈，眨眼之间，这都是近三十年前的事了。那时候，这群呆子大都还没有结婚，还都是处于求偶阶段的愣头青，还都是满不在乎地在校园内外大呼小叫的感伤青年，还都是被风起云涌的商业大潮弄得神魂颠倒的呆傻青年。一霎时，我满脑子都是这些老兄弟狼奔豕突的影子，差点儿流下了眼泪。得了，伤感个屁！之后我对自己说，这些老东西如今全都活蹦乱跳地活在纸面上，已是大好！

好得不能再好！我带着沦落到地摊的《废稿》离开了。

回到家，我一直回味着刚才那件事。这虽然是虚拟的一枪，不过对我来说，却十分够劲儿。我觉得自己既虚弱又强壮，像一个不死的老战士。我似乎一直都在等待这么一个时刻。

我养的一盆花的半边叶子黄了。这盆花是姜丽带来的。她当时看我家里没有绿植，就送了我一盆。我坐在阳台上看花，一边想着姜丽的事。姜丽在逃亡的日子里曾经想起过我吗？姜丽在最后的日子里曾经试图跟我联系吗？我不知道。我只知道这些年她把我删除得干干净净，没有给我带来一丝一毫的现实麻烦。

我把烟灰弹在一片叶子上，烟灰和叶子居然一起掉了下去，一起掉到了花盆的外面。看着掉落在地上的枯叶，一阵沮丧和恐慌再次袭来。这一刻，我很想有个人陪我待在一起，这让我一下子体会到马用雇佣我到身边做伴的心情。

我逐个给女朋友们打电话，不是关机就是没人接听。最后我拨通了老郑的老朋友白薇女士的电话。白薇此时正在农村老家忙开春的农活儿，承蒙白薇女士帮忙，帮我联系了一个姑娘。

等待那个姑娘的时候，我糊里糊涂地想：莫非我脑袋里的蜜罐已经空了？不应该呀，我还没有尝到过甜头呢。我这样的人要是得了抑郁症，真能把人笑死！

一个小时后，白薇的朋友来了。这个姑娘长着一双活泼的眼睛，眼睛里戴着美瞳，一对长长的假睫毛扑闪扑闪。"美瞳"姑娘对我说："听白薇姐说你身体不太好，她让我来陪陪你,你不能做就算了,千万别勉强。"真是一个善解人意的好姑娘!真是一个好姐妹!这个夜晚,我在一个陌生姑娘的怀里获得了难得的平静和慰藉。

"白姐说你是个作家,你都写过什么?"

"很惭愧,我写的东西都不值一提。"

"你不写作的时候都干什么?"

"教书。"

"啊,您是老师?老师还干这个呀?"

我一时不知道说什么好,于是模仿一个名人的嗓音,用天津话说:"老师也是人嘛。"

"那倒是。""美瞳"姑娘咯咯笑,过了一会儿,又补充说,"您要是老师,一定是个好老师。"

"为什么?"

"不为什么,瞎说呗。"

我瞥了一眼墙上画框里我那副丑像,那是朱涵为我画的。我这个并非赌徒的呆子,不知不觉已经输得精光,生命是我的最后一个赌注。费罗在这幅画的题诗里写道:"我是书页上一个印倒了的字,你是岁月略去的一个缺笔。"在"美瞳"姑娘的怀抱里,我终于有了睡意。我迷迷糊糊地想,只要一觉睡过去,明天就会是一个好天,无论如何都会是崭新的一天。

"美瞳"姑娘走后,一时间我又陷入了无边无际的沮丧之中。我站在阳台上,透过窗户往下看,我这个原本极度恐高的人,现在居然一点也不恐高了。我试了试往下跳的感觉,发现这么做一点也不难,一个人要是老往深处想、老往下面想,就很容易欣然走到跳楼这一步。我突然发现,以一种特别的姿势投入地面、投入大街的怀抱很有诱惑力——也许我这样做了，就可以避免把个人的坏运气和负能量带给这个蒸蒸日上、充满希望的新世界。

我把剩余的寻人启事从抽屉里取了出来。翻看着一张张一模一样的寻人启事，我模模糊糊意识到，长久以来，我似乎一直都在通过寻人启事而存在，一直都在和寻人启事上的人一起生活，和他们一起吃饭、一起游荡、一起呼吸、一起发疯，没有寻人启事，我便什么都不是。不过从今以后再也没有什么寻人启事了。不管是方小亮的，还是姜丽的，还是别的什么人的。

我重新走回到窗前，把所有的寻人启事一张一张从窗户里发了出去。看看窗外飘飘洒洒的寻人启事，我感到某种古怪的事情正在我身上发生。我感到我自己失踪了。环顾四周，我发现自己居然身处阒无一人的旷野上。

我给郑仁芳发了条微信，告诉他，一旦我失联了，我的所有藏书归他爱读书的儿子，其他物品则由他本人全权处理。郑仁芳立刻打来电话，告诉我千万不要干蠢事，然后问我是不是经济上遇到了困难，我说没有。挂断电话后，郑仁芳很快在微信上给我转来了一笔钱。我没有点击接受。我不需要任何安慰。我要是真想从楼上跳下去，钱能阻止我吗？它只能增添对我的侮辱。

我站在窗口，又看到了那个整天在垃圾桶里翻捡东西的老太太，听说老太太曾经是一位中学英语老师，"文革"期间精神受了刺激，从此爱上了垃圾。我仔细观察过这个神奇的老太太，此人身材高挑，皮肤白皙，鼻梁高耸，眼睛又大又亮，年轻时一定是个大美人儿。老太太是这个小区的老住户，老伴已经死去，一儿一女都在国外，她现在以捡拾垃圾为乐，每天把搜集到的垃圾装在一辆废弃的汽车壳子里，精心打理，仔细分类。老太太已经八十多岁，身体十分强健，精神十分高贵，可说是一个垃圾艺术家。老太太干这一行，也许是为了钱，也许并不为钱，但她从容笃定，一心一意走自己的道路，把她的全部心事一并装进了参差多态的垃圾之中，这是一个老知识分子脚踏实地的道路自信。

29

我清点了一下手头现有的钱，发现还足够付一年的房租，我至少有大半年的时间什么都不用想，不用干，不必在老习惯的驱使下继续走走了多年的愚蠢的老路。

一个很久没有联系的制片人打来电话，约我写一个指尖上还是屁股上的故事，要是在几天以前，我会认为这是一个难得的机会，我会立刻谦逊地答应，唯恐对方反悔，可是现在我不会了，我没有时间可以浪费了。我告诉他我已经不干这一行了。

我开始在北京四处游荡。我这个岁月、金钱、历史和时风的多重奴隶，这辈子已经浪费了太多的时间，现在想起过去的某些年份，要是不翻看当时的记录，几乎什么都想不起来了，整个轨迹如同心电图上那条表示死亡的冷冰冰的直线，这条丑陋的、富有教益的直线是由外力和我自己的愚蠢共同拉直的——总之，真理不等人，因为真切意识到一切都随时有可能结束，世间的一切都引起了我极大的兴趣。世界是一本用各种文字写成的大字典，不管倒不倒，缺不缺，作为一个字，一个词语，使用就是我的归宿，记录就是我的本能，沉默和显现就是我的命运——我和大半辈子梦魇般的生活单方面停战，单方面媾和了——无论如何，我还有时间，我这个笔画不全、语义不清的字，还有望在最后时刻臻于成熟、臻于完善。我检点、武装好现有的笔画，挺起我的横竖点，扎紧我的提折钩，迈开我的撇捺，在没有尽头的大街上，在没头没尾的书页里，走起，走起，走了个起！

我在一个昂贵的酒店预订了一个房间，这是我和姜丽住过的一个酒店，是姜丽认识我之前经常游泳和练瑜伽的地方。我订的是最高一层的一个房间，当年我和姜丽就在这个房间里住过一夜。那天，姜丽在这里上健身年卡里的最后一节瑜伽课，让我过来找她。就在这个房间里，姜丽坐在一块软棉垫上，缓慢地伸展、折叠腰身、四肢，她穿着黑色的有弹性的紧身衣，身体曲线随着伸展、弯曲甚至扭曲的动作凸显出来，几乎把自己拧成了一根麻花。我看着扭曲的她，不由瞪大了眼睛。

"干吗这么看着我？"

"研究一下你究竟是怎么自残的。"

姜丽笑着把胳膊和腿恢复原状："跟我好你会后悔的。"

"为什么？"

"因为，"姜丽站起身，在房间里挥着手转圈儿，用舞台腔大声说，"因为我是一个疯狂的女人，一个矫情、善妒、专横的女人！一个世界上最大号儿的悍妇！"因为受过专业舞台训练,她举手投足都有一种常人身上所没有的优美。

"把你的本事全都使出来吧!我能承受更大号儿的!"

我俩都笑起来。就是在这天晚上,在这个房间,我把方小亮的事告诉了姜丽。

姜丽揉着我的头发说:"想听听我怎么说吗?其实他就在你身上,在你的生活里,只是你看不见他。他并不想看到你这样,一个人有一个人的命运,他希望你过自己的生活,他不愿意你把他抱得这么紧。"

"他这辈子也在四处找我吗?"那一刻,躺在姜丽的身边,我感觉自己像一个茫然无助的孩子。

"不,他一定不像你这么傻,这么执着。因为他知道,你就是他,他就是你,有朝一日你们肯定会重新相遇的。"

姜丽的声音还在这间屋子里回响。言犹在耳,我跟姜丽已经分别数年,不知亲爱的老姜丽此时正在什么地方行走、钩织。

这高耸入云的大楼,离星星不远了。这个晚上,天公凑趣,甚至出现了月偏食。不用看我也知道,此时窗外灯火通明,车水马龙,正是生活在大都市里的人们最欢乐、最焦虑的时候。你要是懂得望气,就会听到整个城市一片尖叫,城市上空黑烟滚滚。白天,大街上到处都是彬彬有礼的体面人,一到晚上,情况就不同了。

躺在床上,望着漂亮的天花板,我平生第一次感到真正的舒适。大房间,大床,馨香的气味。啊,美好的有钱阶级的生活!娘希匹,舒坦!我放开喉咙用最长的气儿在房间里大喊了一声,天花板并没有掉下来。

这天深夜,我在这个黄金猫耳洞里收到了来自宇宙另一端的一条消息,可算是来着了。这条消息是在星际互联网上公布的:MR Xiaoliang·Fang 获得了宇宙祖冲之奖,我欣喜地认出,MR Xiaoliang·Fang 就是我弟弟方小亮。这是另一个平行宇宙诺贝尔奖的前奏。方小亮先生的研究团队因为列出了有关灵魂和存在的复杂公式,从而获得了这项殊荣。这个公式被誉为"心灵的诗歌",通过这个公式,人们领悟到了宇宙生命和存在的密码,自此,各种受造的生命体有望走出弱肉强食、自相残杀的恶性循环……公式的核心是爱、美以及和平,方小亮团队为这三样人人挂在嘴边却又视而不见的东西找到了强有力的技术支持,至此,他们终于揭开了死亡这种古老折磨的秘密,人类有望通过他们的代码和范式走入另一个通道,以全新的面貌回到源头,回到世界的青年时代,他们的研究成果被称为人类自猿变人之后的第二次更新。

我知道我在做梦,我怕梦见自己醒来。其实这并不是梦,我并不是在做梦,而是处在梦之外,更确切地说,处在意识和语言的尽头。无论如何,在经过将近三十年的怀想和塑造之后,一个活生生的好兄弟终于清晰地浮出了水面。我一向是在对死亡的无限信仰和恐惧中长大的,现在,死亡变成了持续的生命,而且保留了前世的记忆——知识是一种物理量!人就是一台计算机!消失了的人,什么也没有丢失,一个分子、一个原子也没有丢失!我的书呆子弟弟,长久以来栖身于数字的城堡和词语的宫殿,栖身于时间诞生之前的故乡,他和他的小伙伴们早已战胜了物质,早已用数字和词语肃清了一切。

这么说来，一切都富有诗意，包括死亡和迷失。可是古往今来那些冤死的肉体呢？无辜的炮灰呢？难道就白死了吗？那些作恶的魔鬼呢？他们不会受到惩罚吗？这一点我可接受不了。无论如何，生命是个大果子，只能任自己自由生长，绝不可以在没有成熟的时候被王八蛋们无情剥夺。

在梦里，我读着一篇篇关于方小亮的报道，看着他永远年轻的脸，忍不住泪流满面。这是一个进化了的方小亮，一个历经磨难升了级的方小亮，一个幸福无比、快活无比的方小亮，按照方小亮们的研究，人类中的每一个个体都是独特的存在——不管一个人多么渺小，多么微末，他的存在、观察、思考乃至叙述都会对宇宙造成不可替代的影响——必须承认，梦里展现的一切比睁眼看到的现实更符合逻辑，更富有美感，总之，把一切都弄错就算对了。

此刻，一个声音明明白白告诉我，我早已经迷失，我生平头一回强烈地感觉到被寻找，也就是说，方小亮一直都在找我，我——那个名叫方小明的人——早已经迷失了，也许早已经死了，活成了或者说死成了一个响当当的没心没肺的从不回家的死魂灵，活成了一个得数，现在，方小亮他们终于通过一套复杂的寻游和计算找到了我。啊，这真是一个令人振奋的事实，一个足够解惑的事实，方小亮既是我的兄弟，也是我的分裂，我的强迫症……方小亮一定也给我写过很多信，只是我孱弱的想象力无法收到。天线能力不够啊。而我自己的信也无法抵达，一切都有待说出，有待重新发送，有待再加一把劲儿。就像一个后来成为牧师的浪荡子说的，全人类是同一本书，一个人消失了，不是撕去一页，而是由不同的人翻译成更好的语言，有的人用战争来译，有的用疾病，有的用法律，而我，是用无尽的流浪、无尽的烦恼和无尽的堕落来翻译我的兄弟——我自己就是我一直在寻找的兄弟——好吧，不必多说了，不管死去的或者迷失的到底是谁，我这个模糊不清、一直耻于存在的"存在"现在终于觉悟了，亮堂了。此刻，我真切地闻到了另一种存在的气息，这是真理的时刻，我幸福，我激昂，我摇晃，我喜不自胜！一切都已经在数学公式里发生了，现实算得了什么！

我在长得没有尽头的大街上行走，我在充满了生命力的虚空中行走，我在流转了几十年的漂流瓶里行走，眼前尽是幻景，如同电脑里的奇幻世界。我在赤条条的行走中填充时间，几乎变成了时间本身。一切都那么跌宕，那么好玩儿，那么虚无空幻，那么饶有趣味。

万岁，一切迷失的人！万岁，一切缺撇少捺的人！万岁，得数！这一刻，我看见一个个身上挂满了铜绿和青苔的缺笔字，如同一支复活了的军队，一步一步走向新的存在，走向静默，走向抹去一切、包孕一切的 silence。

我走过一个年轻人扎堆的高尚娱乐社区，在这里流连忘返的都是满心欢喜的小视频时代的居民。真正为眼前这个繁华世界提供外形和色彩的正是这些吃各种复杂食品长大的时髦年轻人，这些未来生活的主人和看客们梳着各色各式的发型在大街上、在公共场合招摇，对未来的一切毫不在乎，对他们来说，真实世界就是电子屏幕里反映出的那个抽象世界的样子。在一个挨一个的闹哄哄的日子里，谁死谁活都不足为奇。谁还在乎钱晨曦在狱中过得怎么样，谁还在乎王博上没上吊，就连我自己也毫不在乎，脑袋里突然闪过他们的样子都觉得十分多余。莫非这样对待生死的冷漠态度才最符合天性？莫非人类已经从半人半兽走进了更加兽性的新时代？

在一条胡同里，我遇到了一位一脸不高兴的漂亮姑娘，祝愿她心情愉快，衣食无忧！两个风华正茂的年轻男女走着走着突然停下来接吻。吻得好！吻得妙！之后，我又遇到了一位跟随年轻父母练网球的小男孩，三口人沿着墙壁欢快地行走。祝愿小家伙几年后打进国家队、世界队、宇宙队，千万别受伤！

我坐在北京 2 号线环城地铁里，乘客们大多都在低头刷手机。一个小玩意儿在手就能暂时忘掉命运，这种新式的娱乐几乎覆盖了世界的每一个角落。这个神奇的小方块里充满了各种影像和语言碎片，人们便从这里跟外部世界取得联系，甚至不屑于与身边真实的人交流，爱人和生活统统都在别处。世界已经湮没在无穷无尽的数字之中，只需看一眼数字新闻，你就会发现一个比你更倒霉的倒霉蛋，不是遭遇了连环车祸，就是被狂骗、被狂扇、被带走。悲伤和幸福是微信朋友圈里两个最强大的主题，微信里随时都有灾难和罪恶发生，也随时都有"小确幸"存在，这些扑面而来的一波一波新消息，让人们时时刻刻都活在强烈的刺激当中。简直太棒了，不能指望更多了，这种气氛可说十分宜居，十分有助于混沌度日。

我来到当年的红星小学所在的那条街上。这里比以前更漂亮了，已经真正出落成了漂亮城市的一部分。我的脑袋里慢慢浮现出当年那些学生的一张张小脸儿，以及屈正则一家、大个子姑娘汪艳霞的模样，不知道他们如今都到哪儿去了。

汪艳霞有一次跟我说，秋天她要请假到新疆去摘棉花，据说这份工作一个月管吃管住，能挣一万块钱。也许她现在每年都会到库尔勒一望无尽的棉田里劳作吧？我在红星小学教过的学生现在全都已经中学毕业，有的已经大学毕业，其中一男一女两个学生每年教师节都会发微信给我，他们一个考上了北京语言大学，一个考上了北京航空航天大学，考入北航的就是第一次上课问我"老师，您是生病了吗？"那位懂事的小姑娘。有一年，他们俩打算组织一次小学同学聚会，邀请我到时候出席，结果因为很多同学联系不上，联系上的很多人又根本不愿意参加，最后只好作罢。

我来到胡贵龙主政的新京中学那条街。这条街变得越来越像样，跟学校交界的地方垒起了一道围墙，有几个农民在围墙内的空地里种菜，里面还盖起了一排排小型别墅，水塘边新起了一个带露天座位的饭庄。我在路上突然看到了胡贵龙。这个桐城派后裔一个人走在另一侧的人行道上，他像平常一样紧锁眉头，若有所思，嘴里嘟嘟囔囔说着什么，还时不时做着决断的手势，也许他正在更深入地研究大富裕究竟能不能生出、如何才能生出一个大文明的世界性大课题。

我在P大校园里游荡。在P大西门办公楼一带，我碰到了斜挎着大帆布包、晃着两条胖胳膊在燕园里游荡的宁大为。这个即将去国的家伙见到我乐不可支，此时他正在为自己档案的事奔走。宁大为毕业后，不知哪个环节出了差错，档案一直放在学校。前段时间，因为要办理移民手续，他来到P大校办公室寻找自己的档案。档案处的办事人员告诉他，因为学校替他管理了三十多年档案，他需要按年头补交管理费，宁大为听后十分高兴，像打了鸡血似的找出各种法规据理力争，坚决不肯缴这笔档案保管费。打那之后，他每周坐公交车来一趟P大，跟校方谈判、交涉。此事已经持续了好几个月，现在校办公室的人都认识了他这个"档案钉子户"。

我和宁大为来到未名湖边，宁大为打开画包，取出画具，在湖边找了一块舒服的石头坐下，开始画博雅塔和花神庙周边的远景。近年来，宁大为空闲的时候经常到学校来写生，目前已经积攒了百十张画稿，可说是一个不为人知的燕园画家。按照宁大为自己的说法，他画画纯属负气作画，因为当年考中央美院附中的时候，考官发现他是色盲，从此断了他一颗搞艺术的童心。看着宁大为按照错觉认真画画的大胖脸，我忍不住想笑，心里竟生出了几分愉快的感觉。

宁大为突然想起了什么，问我："你说，要是你们系钱先生编一部词典，他会怎么编'燕园'这个词条？"

"会怎么编？"

"我估计他会这么说：燕园——一个精致利己主义者养成所，学霸进去，鸡贼出来。或者，一个堂吉诃德养成所，呆子进去，疯子出来。"

宁大为画完之后，我们俩拢着火点了一支烟。我问他档案的事怎么样了，宁大为说这件事被他一个同班同学给搅和了。他的这位老同学在P大行政部门当领导，听说宁大为档案的事情后，知道他在故意捣蛋，就自作主张把管理费帮他缴了。宁大为为此非常生气，认为不符合程序正义。他跑去找老同学理论，打算重启谈判，结果被老同学臭骂了一顿。

宁大为在校园书店里买了一套打折的《陈寅恪集》，准备带到美国去读。"我这也是撑的,"宁大为一边往书包里装书,一边半真半假地自责,"我买这书干什么?纯粹是为了满足自己可笑的深刻感,冒充文化人。"说起这位书呆子尽人皆知的名言,宁大为不断笑着摇头:"独立之精神,自由之思想,这话说得多漂亮!我这辈子的个人幸福全被这句话毁了。咱不是这类品种啊!我现在才明白,大多数人追求的其实是物质幸福,而不是什么精神独立和自由。人们更愿意当一个安分守己、有吃有喝的顺民——顺民有点儿不好听,就说是良民,良民也不好听,就说是善民吧——当善民多舒服,没那么多想法,又省心又安全又有归属感,运气好的话还能成事,要是运气再好的话,还能成大事,到时候金钱、美女、地位全都有了,夫复何求!历史哪儿是由英雄创造的,是由伟大的善民同志们塑造的、维系的!作为一个普通老百姓,就应该像阿桂、阿Q那样,每天老老实实过日子,该舂米舂米,该撑船撑船,这么多年,我们全都上了西方浅薄哲学家和坏人的当,误解了撒旦,伟大的撒旦之路才是真正的幸福之路。"

我和宁大为在P大东门分了手。这个北京土著,同时也是一个真正的北漂,这个贪吃贪喝、渐呈老态的家伙身上有着这个时代最稀有的品行——优质的颓唐、超脱和燕园式的愚蠢。

一天深夜,走累走倦之后,我在一个地下通道里躺了下来。望着地下通道黑乎乎、冷冰冰的洞顶,我又闻到了久违的大海的气息,这里可说是繁华世界的一个水泥猫耳洞。

躺在地下通道用纸壳子和报纸铺成的床铺上,我的心里十分宁静。穿堂风来来回回,一刻不停,像是在没完没了地刷屏。我自忖，此时蜷卧在地下通道里的我一定滋养了含辛茹苦的上班族，有幸见到落魄的我，这些可怜的人会更有干劲儿，更有奔头，至少今天晚上，幸福指数一定提升了不少。

可以说，如今年收入在中等以下就相当于在世界上活受罪。市面上充斥着各种美好的、昂贵的东西，有钱不买是一回事，而买不起就直接宣告了你人生的失败，这种无言的、粗暴的提醒满世界都是，对于一个有多余自尊的人来说，行走在繁华大街上如同处身于一个永无休止的大嘲笑之中。世界上最害人的东西不是仇恨、不是丑陋，倒是那些美得令人窒息、让人可望而不可即的东西，这是一种更为持久的、毁物细无声的日常暴政。总之，这个世界已经彻底偏离了它的地基，摇摇欲坠，岌岌可危，急需方小亮他们的计算和更新。

我翻看了一会儿朋友圈，发现陶红此时身在澳大利亚。去年她生日那天，我给她发了祝贺微信，她半天没有理我，到了深夜才回复说，人在深圳的时候都不肯陪她过生日，现在假惺惺地祝什么祝！我从陶红嘴里得知，她和银行家的事已经彻底了结，银行家因贪污罪被捕，眼下正在监狱里服刑，刑期十一年。我们都没有提起帮过大忙的钱晨曦。一个进了监狱的人注定是个被遗忘的人，一个败兴的、不祥的倒霉蛋。我问她移民美国的事儿怎么样了，她愤愤地回复说，移个屁！美国人不知哪根筋搭错了，认为她提供的材料有问题，居然拒签了她。我随口又问了问代孕的事，陶红不愿意深谈，说该发生的自然会发生，不会发生的永远也不会发生。之后谈话就结束了。从认识到现在，我们俩似乎只能用各自的一半进行交流，也许比一半还少。

张英楠新发了一条朋友圈,说她今天在巴黎的大街上跑了十公里,心情十分愉快。微信最后附上了一个龇牙的大笑脸,图片是四格照片。她每到一处,都要发布一张以脚和酒为主题的照片,脚有时候伸向天空,有时候伸向大海,有时候伸向城市深处,脚边永远有一杯红酒。

"跑步深入一座心仪的美城,是一件性感的事,"随后她写道,"我觉得和一个城市的互动仿佛和恋人之间的磨合:深入、纠缠、嬉戏、休憩,互相侵蚀,相爱相杀。"

这个性感的女汉子正在兴致勃勃地走向自由,走向虚无,走向亲在。她已经彻底厌倦了不说母语、满世界漂泊的日子,恨不得马上退休,回国内找一个相宜的城市读书、隐居,叶落归根——她摘掉了子宫,倒生出了一个崭新的自己——此刻,我用舶来的视角看见了另一种生活,小张同学,你是我的眼。

趁着晨曦,我读了一会儿盖在身上的报纸。像是专门提供给我老人家学习似的,报纸的头版讲述的是一个名牌大学的女生毕业后放弃保研机会,到一个偏僻山村支教的故事,这位可敬的小姑娘一口气在山里蹲了四五年,专门教那些土头土脑的孩子们写诗。在她看来,"会写诗的孩子,眼里有光,无论以后生活多苦,他都不会去作恶"——真是一个天真无邪、勇气非凡的好姑娘!

另外一篇文章——也许是编辑有意进行对比——讲述的是深圳一拨年轻人的故事,这些被称为"三和大神"的家伙只做日结的工作,赚到百十块钱后就开始践行"吃喝嫖赌抽"五字真言,挥霍身上多余的精力。据说这些家伙先前都是来深圳闯世界的有梦想的年轻人，不知怎么一来二去修炼成了天当房、地当床的"挂逼"大神，看着这些以各种奇特姿势在街头、网吧、水泥管、破沙发上躺平的年轻人的照片，真让人既好笑又心酸。走起还是躺平？This is a question。这些好兄弟与我的走起不同，他们以躺平的方式停下了盲目的脚步。

读了这些活生生的奇特故事，我很欣慰。上早班的人们从我耳边"笃笃"走过。有一个好心人在我头顶扔了一个一块钱的硬币，硬币在我耳边叮当作响，如同天籁。但多数人对我视而不见。过去我自己也是一样，天桥上、桥洞里有的是苦命人，转过头不看就是了。和在这个世界上辛苦谋生的大多数人一样，此时的我也正处在人生的华容道上。在这条华美险峻的道路上，我可不想愁眉苦脸、自怨自艾，我唯一要做的，就是像曹孟德一样哈哈大笑，一点不落地经受一切，咀嚼一切。

这天早晨，我在手机上记录下了这些年来的第一段流水账。我用多年的漂泊、挣扎和胜利养育了新鲜的疼痛和呼之欲出的歇斯底里，谁也不能拦着它出生、发作和死去。我感觉到我的"句子病"痊愈了。看着自己手下流淌出来的梦呓般的文字符号，我第一次意识到自己是一个失去了存在感的傻瓜，同时也是一个永恒的存在，一粒蒸不烂、煮不熟、捶不扁、炒不爆、响珰珰的铜豌豆，一粒满世界跳荡的动画豌豆——作为一个偶然来到这个世界的受造之物，一个出生本身就给世界添了乱的昏昧、愚痴之物，走起、劳作、沉默和歌唱就是我的存在，像个半疯儿似的领受造物主的创造、化育和喜乐，就是我这颗小小的豌豆存在的全部意义——也许造物主本人就是一个疯狂的、有待完善的字和豌豆，也许宇宙本身就是一个混乱的、永远无法完善的句子和豌豆，谁又能说不是呢？——其实哪里有什么"句子病"，病的是我自己；其实哪里有什么"我自己"，有的只是一个各种因缘攒成的假我——说起来，"我"这辈子竟然从来没有为宇宙的完善冒过什么风险，从来没有为造物主的幸福和疯癫做出过一丁点儿贡献，从来没有为造物主撰写的剧本增添过一个字符、一个笔画乃至一个空格，真是可耻，真是羞死个人。

打这之后，我开始了新一轮的低端勤奋——我开始一点一点回忆、挖掘这些年的生存流水账，每天除了吃饭睡觉散步，全都坐在电脑前工作，简直比上班还忙——每天定时定点坐在电脑前，是我唯一自觉遵守的纪律。我确信，这是我赖以存在、能够与 MR Xiaoliang·Fang 公式相应相和的唯一可靠的方式——而我那个掌握了真理、很傻很天真的傻兄弟，此时此刻正深陷在比深更深的凶险之地，亟待我一个字一个字地打捞和救援。

这些日子中的一个深夜，我正在电脑前工作，突然接到了杜克的电话，电话里的杜克像是着了火，让我立刻给他转一万块钱。我确认是杜克无疑，不知道他遇到了什么急事，赶紧把钱转给了他。

一个多小时后，杜克气鼓鼓地来了，说是晚上干了一件"荒唐事"，被敲诈了。杜克惊魂未定，详细讲述了全过程。这天晚上，他工作到很晚，累得要命，于是打电话约了个姑娘放松一下。他找的是一个"95后"的小姑娘，广告上允诺提供极为刺激的项目，结果的确很刺激。小姑娘一边上手工作，一边问他是做什么的，杜克一时发贱，虚荣心作祟，说自己是个电影导演。小姑娘语气里充满了讽刺："导演？我以为导演都是知识分子，你们居然也干这个。"

——导演——杜克说，这是他这辈子第一次觉得这个称呼如此刺耳，杜克说，把他玩弄于股掌之上的是一个身材单薄、染了棕红色头发的东北小姑娘。获得非法高潮之后，小姑娘很快举着电话让杜克接听，说是她大哥有话跟他说。接着，电话里的男人开始威胁杜克。一个导演被隐藏在暗处的另一个坏种导演了一出现实喜剧。杜克说，那是一个眼神悲戚的年轻姑娘，他甚至对她有几分动情，准备事后多给她点钱，结果反倒上了她的圈套。真是太能演、太会演了！杜克感叹道，现在想来，以前碰上的姑娘可说全都是好人。生殖器是男人的命根子，生殖器的娱乐是最精微、最复杂的快乐，如今连这最纯洁的一行都被骗子占领了，这是一场大灾难到来的信号。最直接的灾难是杜克勃起有了困难，从此不能勃起倒也没有什么，杜克害怕骗子搞到了他的个人信息，连续敲诈，闹出乱子，毁了他即将上映的电影。这些日子他正在为电影做最后的冲刺，宣传活动已经开始，档期也已经基本排定，在这个关键时刻可不能有任何闪失。

杜克心有余悸，吓得要死。来时的路上，愤怒的杜克设计了一个大复仇计划，在这个计划里，他打算请我扮成嫖客，引诱那帮骗子上钩，然后他和几个兄弟螳螂捕蝉，黄雀在后。不能不说，这是一个可行的计划，只是杜克思量来思量去，一时难以找到黄雀的合适人选。马用倒是有办法，但他绝对不会插手管这种下流烂事儿；宁大为在北京人头熟，肯定能帮上忙，但杜克也不愿意把此事告诉宁大为，担心招致宁大为没完没了的嘲笑。此时真恨不得有几个铁杆的实力派朋友，把那几个混账家伙抓起来狠狠教训一番。百无一用是咱们俩呀，这是杜克的由衷感叹。

杜克为这次"非法出精"付出了巨大代价。不过没过多久，他的电影突然意外地得到了几笔数额庞大的资金，他立刻把这件倒霉事忘到了脑后。

30

宁大为的移民手续办下来了。当天晚上，"废稿"们大聚了一次，祝贺宁大为夫妇移民成功。

整整一个晚上，宁大为情绪少见的低落。宁大为根本不想移民，根本不想去什么美国，对移民这件事，他曾经发誓说，即使富贵能移，也坚定不移。这时你要是对他说"祝你幸福"，他一定会回答"傻×才幸福呢"。宁大为一直声称到美国以后要在张森设计的《空书》上写他的处女作，《空书》是张森的一件作品，除了首页简短的"空书"定义，余下的是四百多页空白页。在张森看来，世间的大多数书和书形的东西都应该处于空白状态，或者干脆就不应该出现。宁大为没有食言，在离开之前，他就已经开始干了。现在，他这本说不清是虚构还是非虚构的书已经完成了好几章，从酒写到吃，写到逻辑，写到非逻辑，从大道小道写到世道人心，写到玩具，写到游戏，写到各种旅行，用的是淬了火的汉语，心尖上的汉语，以一当十的汉语，百无一用的汉语，意外受精的汉语，离题万里的汉语，这番扎根于多年沉默不语的写作，完全没有他嘴头上的讽刺、挖苦和真假难辨的反话正说与正话反说，有的是对日常生活真正的热爱和洞察，看得我多次笑抽了筋，笑出了眼泪。莫非这条莽汉突然开悟，参透了语言和存在的秘密，得到了自我分娩的秘诀，已经在长期的自辱状态里修炼成精？宁大为有一回说，他这辈子从来没有干过正面的工作，干的都是侧面工作，都是斜着眼干的，他这么说的时候，斜着眼，咧开大嘴笑，笑容越来越大，他用他那对牛铃铛似的大眼珠子看到了这个时代乃至所有时代的正面和侧面，甚至后面、斜面、里面和反面，可说独具只眼。

艾勇来晚了一会儿，他一整天都在印刷厂盯着新一期《废稿》的印刷。这是朋友中参加撰稿人数最多的一期，面对"我是怎样认识你的"这一历史性问题，每个人都有一肚子话要说，对青春的回忆也五花八门，即使两个人对同一件事情的描述也往往大相径庭，可见人类的记忆有多么不可靠。作为这一期的责编，艾勇很是欣慰。

郝春阳喝多了酒，在旁边的沙发上睡觉，这时突然睁开眼，歪斜着坐起来说："我今天仔细观察了这屋里所有的人，我觉得每个人都能活到八十岁以上，运气最差的那个还能长命百岁。"说完，他又一头栽倒在沙发上睡着了。他一向抱怨睡眠不好，看来并非胡扯。

十点半以后，服务员三番五次催我们离开，说已经下班了。后来服务员们在门口站成一排等着，费罗对她们说："请把你们经理叫来。"应声走过来一个年纪稍大一点的姑娘："您有什么事？跟我说吧，我是领班。我们经理已经下班了。"

费罗突然提高了声音，指着服务员们对领班说："你不能让这些姑娘站在这儿，要是经理要求这样，他就是个浑蛋。你们要么坐下，要么散开，否则我就不走了。"这是我第一次见费罗生气，他这么做，实在是不想就这么散了，实在是想跟宁大为在一起多待一会儿。

这年四月初，杜克导演的电影低调上演，他本来打算定档在五月初，向Ｐ大校庆献礼，结果因为争不过其他两位大牌导演的电影，只能提前，被安排在了四月初。在全国公映之前，杜克提前在Ｐ大百年讲堂点映了一场。我和费罗、朱涵、艾勇、郝春阳等人作为特约嘉宾看了这场点映。这是杜克花了两年的劳动和焦虑完成的作品，真正的杜克作品，片头赫然打着一行字：编剧/导演：杜克。杜克启用了两个名不见经传的青涩小鲜肉做主角。这部耗资五千万的影片，其中的某些段落，杜克出奇地诚恳，把漂在北京的各种人的苦难、厄运和浪漫都挣扎着表现出来了。

杜克把原来的名字《北京苦行》改成了《北京情书》，把原本的爱情故事包装成了一个悬疑情节剧。在电影里，"姜丽"并没有死去，遇到追杀之后，她和男主角一起逃亡，两人深藏在城市丛林之中，与追杀他们的人奋力周旋，历经种种险境之后，终于用手里掌握的爆炸性证据扳倒了深藏幕后的大人物半阖先生，而男主角却为了救"姜丽"死于杀手的枪口之下。整个故事飘荡在昨天、今天、明天的废墟和幻梦里。在电影末尾滚动字幕的剧本统筹一栏，我看到自己的名字和两个漂亮女研究生的名字排在一起。

杜克比他疯疯癫癫的外表聪明得多,就像乔小春说的,此人生来就带着某种原罪,注定要站在酒桌上,注定要成为一个站得高、望得远的导演。看着银幕上似曾相识的人物和故事,我多么希望这一切都是真的,也或许这就是真的。我的一个国际学校的女学生在作文里写道,"一个人的成功要靠命运的造化,三分天注定,七分靠大哥"——一个人的成功果然要靠"命运的造化"啊,电影上演三天,口碑炸裂,不到一周时间,票房已经过亿。

真应该好好祝贺一下这个疯疯癫癫的家伙,但是现在已经很难找到他了。如今杜克带着这部电影和女主角,在全国各地跌跌撞撞地走红地毯、接受各家媒体的采访,他迅速走出了"废稿"的圈子,如同逃离了某种不幸的现场。杜克过去走路脖子总是向前伸着,神经质地四处探看,活像一个被雨淋湿的老家贼,现在突然稳重起来了,而且还染上了爱笑的毛病。一有采访,他就群发消息,号召朋友们收看、点赞、转发。我看到他在各种视频里戴着新配的圆边眼镜,舞动着两只爪子侃侃而谈:"不管你承认不承认,人是需要意义的动物,没有意义就活不下去。有一天,走在长安街上,我突然想到,我在北京的苦行生活很值得讲述一番,一个北漂所能经历的一切,我都一点一滴经历过了。我承认我所经历的一切都毫无意义,但生命本身就是意义,存在本身就是意义,至于那具体的意义到底是什么,我并不确切,那也正是我在电影里试图寻找的——我的意思是说,我只想在我的电影里讲述一些有关生命和生存的真实故事,这些故事本身自有意义，或者也可以说，寻找生命和存在的意义就是我所有作品的主题，就是我唯一遵从的电影语法……"

这场胜利足以让杜克一舒郁闷之气，足以融化他心里郁结了三十年的大冰疙瘩。杜克不愿意像大多数"废稿"们一样过默默无闻的生活，现在他终于从隐姓埋名的阴影里走出来了，评论界称杜克的小成本电影是本年度的票房黑马，杜克本人是一个"大器晚成的怪才"。谈到票房，杜克说："艺术是一种珍奇的果子，不会长在一棵摇钱树上，但也不会长在不毛之地。"

杜克剪掉了留了近三十年的长发，化妆后坐在灯光下的杜克像是一个栩栩如生的蜡像，脸上带着嫖客和赌徒的狡黠神情。这个曾经眉头紧锁、满怀诡诈的家伙迅速适应了娱乐界的一切，跟任何一个镜头前的名人相比都毫不逊色，也许还要更狡狯，更出色。

"我本色是诗人。我的剧本都是喝大酒喝出来的。"谈到电影创作，杜克经常这样回答记者们的提问。

"为什么您总强调喝酒呢？"

"因为我确实喝酒啊。喝酒对脑袋有好处，脑袋比胃和肝重要。"

"听说您有一段时间也抑郁了？"

"不是一段时间，是一辈子，抑郁到绝望。正因为绝望，我才兴致勃勃地活着。"现在，杜克和电影里扮演姜丽的女一号成了公开的恋人，真是一对令人羡慕的老少配、贤伉俪。但杜克的成功很快打了折扣，因为他的影视工作室几乎立刻陷入了税务方面的麻烦，需要补交这些年收入的近一半作为税款，此举相当于摘掉了杜克的一颗肾。

看电影的时候，我一直在想着姜丽。在姜丽这件事情上，杜克的电影提供了一个可能的版本，而我所要做的就是和姜丽一起真切地走进杜克的电影里。不用说，除了眼前看得见的世界，还有一个故事的世界、真相的世界。只要姜丽确实在某个世界上存在过，只要她不是石头缝里蹦出来的，那么不管她的真名叫什么，我都一定能够在某个时候找到她的下落，弄清这件事的内在节奏和真相。

电影公映前，杜克拿走了我的身份证，让他的手下在外地帮我注册了一个工作室。此后的一天，我突然收到杜克公司会计寄来的一笔钱，说是我的稿费和投资分红，数目之大，大大出乎我的意料。我打电话问杜克为什么付给我这么多钱，杜克无耻地笑说，多算了一个零，让我把去除一个零之后的部分留下，把另外的部分返还给他。杜克告诉我，这是公司论功行赏，之后叮嘱我趁热打铁，赶紧再构思一个新故事。

如同做梦一般，我一下子变成了一个有钱人。这些年来，我原本以为贫困是我赖以生存的给养，是我一切存在感的来源，是追随我多年的最忠勇的亲兵，不，根本不是。我一直以为有朝一日我能从逆境里获得些什么，简直是痴心妄想，逆境就是逆境，百无一是，令人厌恶，总之钱是刀锋，有了它，一切问题便都迎刃而解。没有钱，就相当于船上没有压舱之物，不可能稳定前进，相当于汽车里没有机油，发动机随时有可能抱死。

我特地到银行取了一笔钱，回到家后，把几捆钱整整齐齐地码在桌子上，一动不动地看着它们，把它们当作用来格物的竹子。可是竹子算什么？它们比竹子厉害多了，这些花花绿绿的阿堵物竟然散发着、弥漫着幸福的气味。啊，这长期辱没我的东西，一直在"格"我、弄得我心神不宁的东西，我倒要好好看看你这物欲和贪欲造出的美学！这些花花绿绿的东西千篇一律，毫无个性，它们一直是在用另外的附加属性吓唬人——它甚至将我捆绑，强迫我同它一起参与折磨自己的残酷戏剧。

不消说，有了桌子上的这堆家伙，房租、水电费算得了什么呢？房东又算得了什么呢？我向来有观察人的恶习，但我从来不愿意观察房东，他们全都一模一样，全都是让人避之唯恐不及的一类。房子既可以是家，也可以是藏污纳垢的地方，有人专门用它装钱，有人专门用它挣钱，有人专门用它上吊……

我知道对金钱的这种反应大大违背了我的趣味和意志，但我并不想压抑它，甚至很想纵容它。我慢慢开始理解，不管我多么警醒，多么自标异类，某种顽固的念头却始终附着在我的身上，仿佛没有世俗上的成功就对不起自己的思考和存在。一经意识到这一点，我对自己充满了鄙视。

仿佛要故意考验我似的，不久后的一天，大叶荷突然语无伦次地打电话给我，女儿需要手术，实在没办法了，让我帮忙再筹措点钱。我告诉她不要着急，然后立刻赶到了医院。不用说，我又做了一件难办的事。我不该见大叶荷的面，这样拒绝起来就不那么困难，可是一见面，情况就复杂了。我不由恼怒地想：自尊有个屁用？当初要是嫁给首长就好了，免得受这份罪！爱情算个屁！根本救不了自己女儿的命！她这样的女人，就应该趁最好的时候把自己高价卖了！反正早晚都是卖。我听了数目，正好能从杜克付给我的分红里拿得出这笔该死的钱，算我倒霉。总之，救命要紧啊，也没有办法。大叶荷是被困在这个世界上的好女人，她的女儿是困在这个世界上的好姑娘，她们不应该受困，尤其不应该被几个该死的数字困住。可这是一大笔钱啊，命运要是想耍弄你，有的是手段。这一刻，金钱比血液、比骨髓、比细胞、比生命珍贵一千倍、一万倍。

不管怎么说，大叶荷那花朵一般的女儿也要努力活到有望实现永生的年限吧。大叶荷平时对女儿并不好，可以说非常严厉，她经常冲她发火，揍她，有时候下手狠得像一个没心肝的后妈。现在她后悔了，赌咒发誓以后一定要对女儿好。大叶荷哭得泪水涟涟，女儿倒很平静，甚至无动于衷，似乎觉得妈妈的表演太过夸张，也许她见这一套见得太多了。

"妈，您别这样，我死不了。"她这个年纪，根本不相信自己会死。不管怎么样，一定要扛住啊，小萝莉。

我答应大叶荷想想办法。我走出医院，走进旁边的一条胡同。这条胡同不算很长，但足够让我改变主意，思考人生。我想起了袁军点窜的两句打油诗：一生颠沛知不免，且与流莺做亲人。他说的是他自己，可是很对我的心思。我一辈子糊涂，这倒是一个少有的清醒时刻。

我猜测，在命运女神看来，我一定是个性感的家伙，否则她不会总是这样变着花样逗弄我。不管怎么说，爱笑的人是有福气的。小萝莉得病前很喜欢笑，生病后也喜欢笑，现在笑容得到了应有的补偿。

收到钱以后,大叶荷立刻乘坐火箭来到我的住处,真让我喜出望外。她一进门就抱住我说:"哥,哥,以后你就是咱闺女的亲爹!"

我学着时髦人士的说法告诉大叶荷,这是一笔预付金,一笔教育风投。说完我就后悔了,何必再给她增添还债的压力呢。大叶荷立刻赌咒发誓说:"放心吧,我一定要把咱闺女养大成人,让她成才。我们娘儿俩绝不会对不起这笔预付金、这笔风投!"大叶荷颠三倒四地说,她已经在一家出租车公司应聘,很快就能当上一名出租车司机,以后她会分期分批把钱还给我。因为钱的原因,她表现得多少有点儿低三下四,实在令我生气。大叶荷身上原本有一股淳朴的女性尊严,现在因为欠债,荡然无存了。

大叶荷明显瘦了,浑身凉丝丝的,这是走向衰老的表征。一霎时,我突然也自感老了好多。我像老父亲一样慈祥地把突然瘦到骨感的大叶荷抱在怀里。我这辈子究竟干了多少糊涂事、做了多少荒唐梦也难以尽数,现在怀里抱着这个又老又年轻的女子,端的是真实不虚。

手术之后,小萝莉一天比一天好起来。我生平第一次觉得把钱花在了该花的地方。相比粉嘟嘟的小萝莉,钱算个屁。

有时候走在大街上,看着熙来攘往的人,我不由痴想,如果这个世界上所有的人都能得到公平公正的对待,都能吃上一口有尊严的饭,终其一生都不必为住房、看病、养老等事情发愁,那该多好。不过这也并非什么新鲜事,千百年来人们一直都在呼唤这种世界的出现,令人不解的是,这样的世界从来也没有出现过。究竟是谁在阻碍这种美好事情的发生？这种美好事情的发生究竟妨碍了谁、冒犯了谁？我想破了脑袋也想不明白其中的奥秘，只好承认自己是一个拙于思考、不能体察深刻人性的糊涂蛋。

我突然想起了P大中文系师兄何骚骚，忍不住笑了起来。何骚骚要是听到我问出如此幼稚的问题，一定会笑掉大牙。这个从大学校园走出来的大名士，如今已经是文化界举足轻重的大人物——绰号也从"何骚骚"变成了"何现场"——这个近年来一直呼唤文学家和文学批评家一定要抵达"文学现场"的家伙，这辈子从来也没有抵达过文学现场，只抵达过各种各样的文学会场和文学酒场。

31

时间是个婊子，最惯于辞旧迎新。自从"句子病"痊愈之后，我一直像海狸鼠一样窝在家里，全力写作手头这篇流水账、这部只对我一个人有意义的"废稿"。随着故事的推进，我仿佛失去了重量，跟随时间一起快速飞逝。

大叶荷幸运地申请到了一套位于西山一带的中户型廉租房，自己也如愿在出租车公司租了一辆车，当上了出租车司机——白天她开，晚上她的一个朋友开。大叶荷跟我商量，希望我搬过去跟她和闺女一起住，可以省下租房的钱。我拒绝了。我决计在这间出租屋里完成这篇已接近尾声的流水账。在大叶荷的鼓动下，我也学会了开车，拿到了驾驶执照。我很希望将来有一天能和大叶荷一起轮班开出租，或者做一个快递"小哥"，但大叶荷坚决反对我干这些"糙行"，在她看来，我是个文化人，应该干弘扬祖国优秀文化的大事。每周总有那么一天，大叶荷换班的时候特意接我到她家去，吃一顿她亲手做的饭。

一天晚上，我正在电脑前工作，突然听到有人敲门，我问是谁，门外的人轻浮地说："小明君，是我。"来人居然是马用。我已经有很长一段时间没有见过马用了，除了上次借钱，电话没有打过，微信也没有互动过，差不多已经快把此人忘了。马用的到来着实令我吃了一惊。此时大人物马用的发际线比先前更高了些，我猜测他脑袋里的劳损已经彻底复原，蜜罐又重新装满了。马用来时是晚上，我这么说，是因为我记得他来了不多一会儿，我的灯就突然黑了。

马用站在我新贴在墙上的条幅前面仔细地端详了一阵。上面写的是清朝老哥们儿郑板桥的一首《道情》：老书生，白屋中，说黄虞，道古风……马用怪模怪样地笑了两声，然后高声念道："哈！哈！老书生白，屋中说黄！"看样子此人心情不错，很有点要发少年狂的意思。必须承认，这个坏蛋语感很好，很有想象力，但他念得起劲，我听得无聊，之后灯就黑了。马用的光临让寒舍蓬荜生辉，同时也可以说让寒舍蓬荜生黑。我开始以为是全楼停电，检查之后才发现是我的电卡欠费了。真是个扫把星！我指望马用一看停电立刻抬屁股走人，没想到他却磨磨蹭蹭不肯走。我问他来有什么事，他说啥事也没有，说恰好开车路过这里，顺便上来看看。就在我出去买电的工夫，这个大人物居然歪倒在我的床上睡着了。我这才发现这个狗东西醉得不轻。他醉他的，睡他的，我干我的。总之我已经不再关心他了，我故意摆出一副不冷不热的样子,巴不得他醒过来后赶紧离开。马用睡得很安静,连呼噜也不打,我记得他之前是打呼噜的,也许他已经做了根除呼噜的鼻窦手术。后来我实在忍不住,大声把他叫起来,告诉他该走人了。马用清醒后,迷迷瞪瞪地问我这是在哪儿。我没有义务回答他。他还想赖着不走,我着实火了,告诉他,我晚上还要赶稿子,他在这儿搅和我什么都干不下去,他"呵呵"笑了几声,一点也不生气,脸上一片茫然。真是个衣食无忧、官运亨通的老浑蛋,成心给老子添堵。

马用离开的时候,一脚刚迈出房门,突然又想起了什么,回过身几乎脸对脸把我撞回了屋内,我问他干什么,他也不说话,只顾低头在屋里寻寻觅觅,我在鞋架旁边看到了一个精致的花布包,想必是他来的时候掉落的,赶紧拿起来递给他。马用的脸上露出了一丝笑容,拍拍布包,又把布包交还给我,表示这是送给我的,之后站在门口垂着眼皮,看着脚尖,自顾自地点点头,看样子很想再说点什么,但始终没有说出口,然后他突然转过身歪歪斜斜迈出房门,兀自扬长而去了。

我在楼道里抽了根烟,看到马用的司机在楼下等他。回到屋里,我想起了那个布包,打开一看,发现里面有一副国际象棋,在棋盘的左上角,我看到了"fxl"三个小小的花体字母,我认出这是方小亮当年用过的棋。

几天后的一天早晨,我还在睡觉,突然接到杜克的电话,杜克还没有说话就先哭了起来。我问怎么回事,杜克哽咽着说马用跳楼了,死了。我在床上发了会儿呆,才真正意识到发生了什么事。

我躺在床上举着电话没有动,听杜克时远时近地描述马用跳楼的事。我住的房子在整个楼的最西边,像是一条大船的船尾。两只麻雀的影子在窗帘上跳跃,啄食我昨天晚上撒在窗台上的米粒。从北京郊区的观点看,身外的一切正如《千字文》首句所描述的那样:天地玄黄,宇宙洪荒。人类智能创造的所有成就,汽车、楼房、火箭、宇宙飞船,统统抵不上一只正在啄食的、活蹦乱跳的麻雀。人类可以克隆羊、克隆牛,甚至克隆人本身,却无法创造出一个全新的物种,可是,作为一个被创造物——虽然是一个蹩脚的创造物——还有比人本身更有意思、更奇妙的创造物吗?与生命本身相比,人类一切用于满足自己需要的创造和注定要毁灭的文明都不值一提。

杜克说他对马用的死有预感,我却一点预感也没有,半点也没有。那天晚上醉酒后,马用在我这儿睡了一大觉,除了惹人厌弃,没有什么有深意的举动。我知道他有心事,但这没有什么稀奇的,他一直都有心事,可是开导他、跟他聊心事至少需要一个副厅级大方丈。

杜克说,昨天晚上他一直在剪辑室剪一部多年前拍摄的老片子,凌晨的时候,突然感到心烦意乱,什么也干不下去,就到楼下去抽烟。杜克说,现在想来,当时要是立刻给马用打个电话就好了,也许能半道把他拦住,阻止他的瞎胡闹。可谁又能想到,这个春风得意、百般惜命的新晋大人物会突然自杀呢。人们在马用的办公室找到了一份遗书,上面把单位和家里的身后事分得清清楚楚,最后写着"责任自负"四个字,如此看来,这可说是一个计划周密、干净利索的结束。

我看了看手机,发现马用昨天晚上已经从"废稿"里退群了。当时宁大为、费罗他们正在讨论如何甄别真假白酒的事,还有人开玩笑说:"你们这些无聊话题把老马用烦得退群了。"乔小春回帖说:"我们就像羊圈里的羊,今天少一只,明天少一只。"后面打了一长串坏笑的表情。

马用单位的一个保安说,早晨四点多钟,他看见有一个人站在楼顶上,刚想喊住他,他就张开胳膊跳下来了,看来是早已想好了的。听说死者是鼎鼎大名的马用马秘书长,保安连连摇头,说:"可惜了,这么好的领导。我喜欢看他以前做的节目,肯为老百姓说话。"

近年来马用一直在寻找属于自己的大高潮,现在终于完成了。我猜测马用在楼顶一定经历了一个奇异的时刻,头脑中完成了一次执拗的、革命式的偏离,那是仅属于他一个人的真理时刻,至于后来那要命的、具体的一跳,反而庸常,乏善可陈。我很想知道马用死前脑袋里发生了些什么,但已经无从问起了。

马用所在单位很快在网上发布了官宣,宣布了马用的离去,网络上很快出现了一些悼念文字,表示惋惜,感叹世事无常,也有一些刻薄的人评论说,此人不过是一个精致的利己主义者,死就死了,根本不值得惋惜和同情。如今的人,甭管是谁,全都生于朋友圈,死于朋友圈。这是一个具有新意的变化。

追思会来了不少人,一些知名的公众人物戴着墨镜,穿着素衣出现在告别仪式上。有几个漂亮体面的中年女士表现得尤其楚楚动人,男人们的脸上则一概流露出喜剧般阴沉、忧思的表情。不管怎么样,现场有了这些享受着各种名声和实利的大小名人,马用的告别仪式显得很高大上,同时,他的死亡也充满了综艺的味道。

马用躺在敞口的大旅行箱里一声不吭,看上去仍然栩栩如生。一个长期被失眠所苦的家伙终于睡着了,此时的马用,脸部表情平静、放松,像是获得了一张新脸。我甚至觉得他在努力憋着,生怕自己一时失控笑出声来——也许此时真正醒来的人是马用,而周围所有的人都尚在梦中。

尽管谁都不愿意死,可是不得不承认,死亡消息令人振奋。总之,马用的死,我一点也不感到悲伤,连装装样子的心思都没有。过去我会要求自己悲伤,现在我对自己没要求了。这让我觉得很轻松。我的老朋友们也都跟我差不多。只有感情充沛的杜克放声大哭了一场。

马用的前妻、前前妻、前前前妻都来了。我搜寻了一圈,没有看到李淳的身影。李淳现在在一个体育栏目当上了出镜记者,声名鹊起,据说眼下正在跟一个富二代谈婚论嫁,可谓修成了正果。马用的三任老婆全都长得正大仙容,很有电视台当家女主持的风范。我注意到,马用身边的女人基本上都是同一个类型:高大、丰满、肤色健康。与她们相比,锥子脸李淳可说是一个异类。马用的两个半大女儿和不足十岁的儿子站在家属位置上,大女儿和二女儿长得都很像他,小儿子一点也不像。

宁大为来晚了,他只看了花环里不再动弹的马用一眼,就匆匆离开现场,唏嘘着到外面去了。这是我第一次见宁大为像个孩子似的哭泣。我们也都就坡下驴跟了出来。

时间正值初夏,太阳很大,天气非常炎热,大家都想喝点儿冰镇啤酒凉快凉快。不管怎么说,所有人都觉得马用干得挺像样,轮到自己,还指不定怎么着呢。席间忽然有人透露,马用走到这一步是因为在单位受了一桩腌臜气。据这位知情人说,前些日子马用卷入了一场人事纷争,拂了一位大领导的意,大领导一怒之下打了马用一个大嘴巴,声称要撤他的职,挨了大嘴巴的马用万念俱灰,加上早就有抑郁症,一时想不开走上了绝路。这种说法倒是很能解释马用的行为,但现在马用已经不在了,是真是假也就说不清了。

杜克红着眼睛说:"这一切到底有什么意义?"没有人搭茬。杜克说他前段时间见过马用一回,当时就感觉他的情绪不太对头,真该跟他好好聊聊。说着说着,杜克突然又哽咽起来:"我真不该跟他说那句话!"费罗问:"什么话?"杜克擦着眼泪说:"我们俩当时为什么事呛呛了几句,我有点生气,说你有本事死去呀。我真不该这么说他。"宁大为说杜克:"别胡扯了,你还能把人说死!"杜克少有地回击了宁大为一句:"去你妈的!别以为你丫什么都懂!"

几天后,我们同班一个信佛的女同学在广济寺为马用搞了一个超度法会,这位女同学说,马用不是善终,灵魂在游荡,需要超度才能获得真正的安息。

刘景宽本来没打算来,因为他发过誓,除非至亲,别人的婚礼、葬礼一概不参加。他的出现令大伙儿都很诧异,要说刘景宽突然顾惜起同学情谊来了,一定是冤枉了他。果然,刘景宽亲口告诉大伙儿,他这次肯出席是因为他前几天做了一个梦,梦见马用朝他讨要当年中国通史的课堂笔记。在梦里，马用明明白白告诉刘景宽，笔记上记的是魏晋时代的部分内容，第二天刘景宽翻箱倒柜翻检大学时代的旧物，果然在自己的笔记本里找到了几页马用的活页笔记，内容正是马用梦中所明示的魏晋部分。这一发现把刘景宽吓了个半死，当天晚上，刘景宽赶忙把整个笔记本拿到家门口的一个十字路口烧了，算是送还了马用，免得马用以后再来讨要。今天他又急吼吼赶来，特意给马用赔不是，为马用祈福。刘景宽还坦白说，大学的时候他昧下过马用的一套线装《水经注》，前两天他专程找到马用家，亲手把书交给了马用的儿子。这次来，他还同时归还了我当年从中国书店淘来的民国版两卷本《江山万里楼诗词钞》。这两册旧书被刘景宽包在一个包装袋里，诉说着与主人失联多年的脉脉离愁。万事不可不慎，借东西一定要还，这是大收藏家刘景宽最新得出的结论。我问他为什么不早点把书还我，他十分苦恼地告诉我："这套书从你那儿已经借了快三十年了，要是没有马用这档子事儿，一时真不知道从何还起。"

法事终于结束，我赶忙跑到外面抽了一根烟。这天天气不错，没有太阳，风吹在脸上很有一点暮春的感觉。我站在寺门外欣赏北京的街景。这里是二环以内的核心城区，还有几分老北京的风味，有轨电车一蹿一蹿往前冲，像触角歪了的奔跑的大蜗牛。不远处树影下的长椅上有个人招呼我，我注意到是一个穿僧袍的和尚。我走了过去。和尚让我在他身旁坐下，我没有坐。和尚说："师父送你一句话。你刚才从旁边走过，我打眼一看，你这个人事业上有很大的上升空间，只是气场不够，你要放下，与人相处，不要太气盛，"和尚说着话，把自己手腕上的一个手串摘下来，不由分说塞到我手里，"这个你拿着。"

"谢谢，您还是自己留着吧。"

"师父让你拿着你就拿着。"

"请问，气场不够是什么意思？"

"就是气场不严，跑风漏气。"和尚高深莫测地笑笑，"咱们加个微信吧。法无空行，随缘乐助。阿弥陀佛。"我从兜里掏出一百块钱，递给和尚，然后走开了。以前为了面子，我经常有意无意在外人面前假装有用之才，现在懒得再装，一身不知该称作什么气的气息暴露无遗，连不谙世事的行脚和尚都看出来了。

刘景宽不知从哪儿土行孙似的冒了出来，找我要了根烟抽。刘景宽乜斜着眼问我："你刚才是不是给那个和尚钱了？"

"怎么了？"

"丫刚才也夸我来着，我没理他。这孙子就是一个卖劣质手串的骗子，一条'善棍'！什么法无行空，贼不走空还差不多！瞧丫那眼神儿！"

"我就喜欢骗子，喜欢上当受骗。"

刘景宽笑，用手指头点着我："好好，你牛×。"我也忍不住笑了起来，承认这个老鸡贼说得对。刘景宽吐了一口烟，脱口道："我的命还用得着他算吗？姥姥！还说我气场不够，我要那傻×气场干什么！气场大的人全都是浑蛋！不是该死就是该抓！"

刘景宽一路叨叨："按说，死者为大，不该评头论足，不过我还得说丫几句。还记得他大学时说过的话吗？有一年系里开入党积极分子会,他发言说:几十年后,如果社会还像今天这样贪腐横行,那就可悲了!丫言之凿凿,不知有没有想过自己这辈子都干了些什么……"

"你知不知道到底谁死了?"

"是啊没错,我说的是钱晨曦。可马用也好不到哪儿去。他们都是同一类人,全都辜负了党和人民对他们的培养和信任。"刘景宽边说边摇头叹息,"咱们班一下子折了两个大人物,真可谓与时俱尽。人生就是一场空,这话一点不假,绝对是颠扑不破的真理……"街上有一个挂着拐杖的老人从旁经过,刘景宽又借题发挥,"瞧见没有,跟他那些同龄的、挂了的人相比,这位爷可以说是一个胜利者,一个人生赢家,可他这个赢家又赢得了什么呢?一个蔫儿屁罢了。——我当年说什么来着?马用的结局不如你,他这种从小贫贱的人过不了好日子,早晚得出事儿。"

"你能不能闭会儿你的鸟嘴?"

晚上,参加法会的同学们聚在一起吃饭,马用的死弄得大家都很兴奋,有点像过节,刘景宽异常活跃,宣布这顿饭由他买单,然后大声发表开场词:"来吧,老同学们,为活着干杯!"刘景宽上蹿下跳,对桌子上的菜品说三道四,这不吃那不吃,把大伙儿都烦着了。

酒宴进行到中途,刘景宽和一个女同学的丈夫突然吵起架来,这位女同学的丈夫当年是北体大的一条壮汉。两人不知怎么的,突然一起离开座位开始在包间的空地上做俯卧撑,比力气。女同学的丈夫对刘景宽发狠说:"你不就是挣了几个臭钱、出了几本鸡汤书吗,有什么牛×的?"刘景宽回骂说:

"你不就在北体大学了几手三脚猫功夫吗，有什么牛×的？"他俩从一进门就不对劲儿，女同学的丈夫要喝红酒，刘景宽坚持要他喝白酒，结果敌意越来越大，终于闹了起来。两人比完俯卧撑，没分出胜负，又互相把着臂拉扯到门口，扬言要到外面去决斗，之后僵持在门口，一声高一声低地自说自话、胡乱争执……后来两人被实在看腻了这场文戏的老同学们劝住，各自回到了自己的座位上，落座之后，两个人的口风又都不约而同做出了调整，争着诉说、解释、辩白，都声称自己是性情中人，心直口快，为此两人又频频碰杯，干了好几杯酒。和好个屁！斯文扫地才好！打个头破血流才好！遗憾的是马用再也没法亲自参加这样的聚会了。以往只要马用在场，他就是酒席上天然的主角。

我喝下眼前的半杯红酒，在混乱中穿好衣服，离开了。在街头，我看到马用孤单一人走进了北京深处，走到了宇宙句子的尽头，走上了一条不通向任何可知之处的通衢大道。——死去的人果真死了吗？过去数以百亿计的人全都死去了吗？但我并不觉得马用已经死了，这么说他还活着，岁月未必能量尽一个人的生命，人类最贫瘠的知识，也许就是关于死亡的知识。

按照马用的遗嘱，我们协助马用尚未成年的儿女把他的骨灰埋到了一棵银杏树下。马用事先认领了这棵银杏树，做他现世的坟墓。他本来想找一棵月桂树，可惜北京没有这个树种。

随着一锹一锹土落下，马用各个时期的形象一帧一帧在我脑海里闪现：刚入学时土头土脑、嘴唇上长着稀疏黑胡子的西北人马用；在塔松前身穿写着"走起"两个字T恤衫念诗的马用；在电视屏幕上侃侃而谈、挥斥方遒的马用；病疯中有一双惊鹿般眼神的马用；站在楼顶展开双臂纵身一跳的马用……之后，变成了一片雪花。

下葬那天，除了已经远赴美国的宁大为，在京的老朋友们都来了。为了和事情的严肃性相称，大家都一反常态，穿上了黑的、灰的深色衣服，就像当年我们年轻时流行的颜色。

普通意义上的仪式结束之后，费罗拿出吉他，弹唱起了一首老歌：*The Sound of silence*

> Hello darkness, my old friend,
> I've come to talk with you again,
> Because a vision softly creeping,
> Left its seeds while I was sleeping,
> And the vision that was planted in my brain,
> Still remains,
> Within the sound of silence…

听着、唱着这首恍若隔世的老歌，在场的老家伙们忍不住老泪纵横。最后，爱新觉罗老王朴掏出一张纸片，在马用的墓前缓缓地、一字一顿地大声念道：

卅年逐梦今成幻
一世爱诗终蹈空
——这里长眠着一位姓马肖马以梦为马的天真汉

墓碑正在刻制，碑文就是王朴撰写的这几句话，此事已经征得了马用家人和儿女们的同意。这是一个真正的葬礼，一个具有喜剧意味的葬礼，在场的人这才意识到，关于墓志铭的事，王朴可不是随便说说，他早都给每一个人准备好了，至少已经拟好了草稿。想到这一点，我实在忍不住，一个人嘿嘿傻笑了好一阵，随后我憋足了劲儿，对着马用和他的那棵银杏树打了个长长的呼哨，算作告别。

吃饭的时候，费罗大声骂王朴："从来都是死后盖棺论定，你倒好，提前写！"王朴说："你我这辈子早已经论定了，还等盖什么棺。"王朴这么说，竟没有人能反驳他。大伙儿说，要是能亲自看到自己的墓志铭就好了。有人问王朴给自己写的什么，王朴孩子似的摇着胖巴掌哈哈笑，一个字也不肯透露，声称这是一个小秘密，一个只有死亡才有资格容纳、揭晓的小秘密。这个整天乐乐呵呵的诗人、厨子、吃货、落魄王孙，他爱怎么写怎么写吧。身边有王朴这样一位朋友着实不错，他用寥寥几个恰如其分的字就把死亡抽象了，在座的所有人——包括王朴自己——如今全都活在早已存在的墓志铭里，这是一种奇异的、先验式的乐趣。

尾声或开端

32

自从马用死后,我就开始相信,人是永生的,死是生命的一部分,不必着急去死,就像我老家那条街上的一个智者所说,坟头不会自己跑掉。总之,马用翘辫子之后,我倒更喜欢活着了。我还有很多苦头要吃,还有很多甜头要尝,必须坚挺才行。我怀着对生活的崭新热情和美学意义上的绝对忠诚,渴望有朝一日能够变成一个连自己都不认识的新人。

这年,正值我们这届学生毕业三十周年,有几个热心肠的同级校友提前一年就开始筹备聚会,原本聚会时间定在五月四日P大校庆那天,结果时间一直变来变去,最后改到了七月底。这一天,为了这次聚会,很多人特意从世界各地赶回了学校。

我和深圳来的孙寿彭约好在P大的一座教学楼前碰面。这里正在展出朱涵的一副装置作品,名字叫作《光影·轮回》。现在朱涵彻底走向了元宇宙存在主义,在她眼里,每一个人都是光影和轮回的一部分,从本质上看,宇宙中的一切物质都是被不可知的力量捆束的、没头没脑的光粒子,同时,所有的人和物又都是同一个密不可分、不生不灭、永恒澄明的存在和非存在,她在展览的前言里说,"人人都是另一个自己——不许不爱自己的仇人,也不许不恨自己的兄弟"。朱涵终于可以靠艺术为生,每年都能卖出几件作品。

和孙寿彭久别重逢,我俩忘乎所以,谈得十分高兴。证券交易专家老孙此时爱上了跑步,他以半百的年龄参加了深圳的一个大学校友跑步团,每个月跑一个半马,变成了一个运动达人。孙寿彭说自己是被全线崩溃的股市逼上跑道的:"这是投资者的 hard times,真正的 hard times,何以解忧?唯有跑步。"

孙寿彭是我在这个世界上见到过的最快活的人,不管逆境顺境,永远精神抖擞,兴致勃勃。除了跑步,孙寿彭依旧在股市里行走,对于抽风似的股市,早已经见怪不怪。"若要盼得哟牛市来,岭上开遍哟映山红……"这是他此时最爱哼唱的小调儿。

孙寿彭跟我谈起了我们共同的朋友、著名的"后天系"资本大鳄李小铎被公安从香港带回内地的内幕。说到李小铎,孙寿彭恨得直咬牙。几年前孙寿彭曾专门跑到香港向李小铎请教,那时李小铎已经是前簇后拥的大人物,孙寿彭已经没有资格跟他坐在一起了。不过孙寿彭还是抓住时机请教了一下李小铎未来股市的走向,李小铎告诉孙寿彭,那年年底股市铁定会涨到某个点位。听到这个可靠得不能再可靠的消息,孙寿彭立刻调集大量资金买进股票。开始的一段时间,一下子赚了很多钱,之后的某一天,股票突然全线跳水,孙寿彭自恃有可靠的内部消息,一直等着股市回升,结果越赔越多,最后不得不忍痛割肉,连本带利赔了大半,这一次惨败,弄得他差点儿上吊。

在我这个外行看来,孙寿彭是股票方面的大行家,可在李小铎们看来,孙寿彭却是个十足的大傻瓜。孙寿彭说:"在股市里,你必须不断做出选择,现在我终于明白了,只要有李小铎他们在,你选个鸡巴!左选入套,右选也入套!天下英雄尽入他的套中。好吧，我现在又是一个穷光蛋啦，不过我一点也不觉得遗憾，我一步一步走到今天，也是努力奋斗的结果，没有人会随随便便失败！什么真理，我们这儿的真理就是岂有此理！"这是孙寿彭用上千万元人民币总结出来的真理。总之，在李小铎们眼里，孙寿彭们的命算个屁！上不上吊、跳不跳楼悉听尊便。

现在，李小铎这个半生低调的家伙，这个一贯小心谨慎的、笑嘻嘻的心机汉，终于被迫走到了曝光灯下，他的各种传闻、各种照片，包括他和美艳女保镖们的照片也开始在互联网上传扬。照片上的李小铎与多年前相比，一团和气，活像一个好脾气的学者，无怪乎人们说他是金融圈里的淮阴侯韩信。这么多年，这个了不起的家伙咬紧牙关，一声不吭，甘做幕后大佬，最后还是被人从暗影里拽了出来，实在倒霉，真是人算不如天算。

"全都是活该！我活该，他也是活该！——他发了大财不假，但他照样不是人，照样没有立足之地！"现在人们终于看到，这些大人物，大鳄、巨鳄、首鳄、老鳄、总鳄，他们的成功是多么无耻，多么令人不齿。新的人与人之间的关系正在逐渐显露、逐渐清晰，横行多年的流氓团伙正在暗中火并。

有人断言眼下的世界是一个疯人院，这是明摆着的。人们在享乐，同时也在受罪。孙寿彭不知怎么说起了张文珉，听说我也认识张文珉，孙寿彭大为惊讶，感叹天下真小。孙寿彭告诉我，他大学二年级的时候参加过张文珉组织的一次暑假社会实践活动，那时候张文珉是新留校的青年教师，他们一行十几个人一起从北京骑自行车到山海关，同行的还有张文珉当时的女朋友、后来的妻子。孙寿彭告诉我，张文珉的新婚妻子三十年前死于一个意外，张文珉本人后来到美国读了研究生和博士学位。"听他们本系的朋友讲，张文珉半年前把他名下的大部分资产捐给了一个慈善基金会，现在人在美国，已经在西部的一个寺庙里出家当了和尚。"竟然如此！我的眼前立刻浮现出亨特张那张沉默的、哑巴似的苦脸，借问因何太瘦生？只为半世相思苦。

"一个受过教育的浑蛋是真正的浑蛋，根本无药可救！在伟大的'钱先生时代'，有的人变得越来越荒淫无耻，有的人变得越来越高贵！"孙寿彭大声感叹，"像李小铎这种大流氓，抓起来活该，根本不值得同情。你想想，如果咱们跟他同在一条救生筏上，到了没有食物的时候，他一定会吃了咱们，而咱们却张不开嘴，下不了手！这就是差别，这就是你我一辈子受挫的原因！——不过我有一个预感，在你我有生之年，一个伟大的牛市肯定到来！"这是孙寿彭的最终结论。

下午，P大百年大讲堂举行我们这一级学生毕业三十周年大聚会，我和孙寿彭没有票，好说歹说，保安小哥怎么也不肯放我们进去，一个从身旁走过的有点儿面熟的老哥们儿大声嚷道："这是我们自己的节日，要的哪门子票！"这位仁兄不由分说，和他的一群老同学一起把我和孙寿彭拥进了大讲堂。满场人，台上台下都是似曾相识的面孔。这些人到中年事业有成、已经渐渐失去出门习惯的中年人，为了这次大聚会，都从四面八方赶来了。一个当年的女生在舞台上唱道："愿你出走半生，归来仍是少年……"她唱得实在太美了，既温暖又忧伤，很多人的眼里都有泪光在闪。舞台两侧的电子屏幕上一直在播放当年人与物的影像，过去的日子嗡嗡作响，几乎把所有人的青春时光都重现了一遍。

在播放逝去同学的影像资料时，很多人忍不住哭出声来。在缓缓播放的照片中，我看到了一张张既熟悉又陌生的面孔。马用的照片也出现在这部片子里。对我来说，马用的死始终不像一个真实事件，夜深人静的时候，我时常感到内疚，觉得自己对马用的死负有一定责任，马用醉酒后来找我的那个晚上，他是想跟我说点什么吗？当他一个人站上楼顶的时候，也许他曾经向杜克、向我、向所有的老朋友们发出呼喊，希望我们伸手拦住他，但我们却充耳不闻，漠然置之，我们对这份友情已经毫不珍视。

在此时此刻的声浪里，没有人是异乡客，每个人的脑袋里都在播放自己制作的独立电影，每个人都拥有一个复杂至极的人生。可以肯定，今天一整天没有人会谈生意，但明天就保不齐了。

晚上，我和老同学们喝了一顿大酒，然后随着三三两两的人来到五四操场。这是三十年前的旧地，今夜，这里像三十年前一样灯火通明，既安静又喧闹。灰黑色的天空如同镜子一般，我从镜子里看到一个年轻人坐在电脑前专注地工作，他的身体已经长成了一棵根系纠缠的参天大树，他的头发像利箭一样刺向天空，与轰鸣闪烁的虚拟雷电交织在一起。在这个年轻人硕大无朋的裤裆之下，无家可归的人们在奔跑，在舞蹈，在笑闹，在歌唱。

我站在微风之中，喝着一瓶冰镇啤酒。——啊哈，这是一个罪人的世界，也是一个醉人的世界。就像西方佬说的，第一杯酒是食物，第二杯酒是爱，第三杯酒是意乱情迷，是疯狂扭曲，照我老人家的意思，第四杯就是真理了，可是很少有人能喝到第四杯。张英楠向我讲述过印度的色彩节，每到节日那一天，印度次大陆的人们就会聚集在一起，随着音乐尽情跳舞，互相点抹、喷洒彩色粉末，装点出一个不可思议的缤纷世界。眼前的景象依稀仿佛。我喜欢校园里这些年轻的、流光溢彩的脸庞。他们表情轻松，眼神清澈，令人感动。我自忖自己也曾有过这样一张脸，这样一双眼睛，直到离开校园，成为一个永远毕不了业的肄业生。

我害怕奇迹，同时又渴望奇迹。碰巧就在这一刻，陶红发了一条朋友圈，说是顺利生下了一对孪生男孩，看到这个消息，我的脑袋"嗡"的一下晕了。我立刻昏头涨脑地回复：祝母子平安。很快就收到了陶红的回复：放心，不是你的！之后她就再也不理我了。也许互相伤害才是人与人之间真正的亲密关系，陶红这辈子可说深通这一点。

甭管是不是我的，事已至此，我由衷祝贺这两个小生命的诞生。陶红的子宫从来没有满盈过，现在却有了自己的孩子，真是古怪之极。我仔细看了一下陶红的朋友圈，发现她的地址是在悉尼，看来她已经移民澳大利亚。可是这两个生在澳大利亚的孩子，谁是他们真正的父亲和母亲呢？即使这两个孩子与我的深圳之行有关，我也只是一个二手老爹。我这棵歪脖子树半辈子没有结过一粒果实，现在倒突然有了两颗或许属于自己的小果子。这两个小东西从我身上能继承些什么呢？我一时茫然，心里不知是高兴还是难过。

荣升疑似老父亲的我不由变得严肃起来，严肃的我离开了人群，如同某些灾难大片里刚刚建立了奇功的男主角一样，怀着不易察觉、无动于衷的悲悯在人群中逆行，随便向什么地方走去。我孑然一身，却突然拥有了操场、校园、星空，拥有了整个世界。此刻我不想被人打扰，因为我深知自己有望像资深傻瓜一样得到天启，瞬间顿悟，一悟再悟。

想到两个身份特殊、未曾谋面的新生儿，我整个人瞬间变得安详了，甚至可以说慈祥了。欢迎你们，小家伙们，你们来得不早不晚正是时候，或许你们伟大光荣正确的妈妈永远不会提及你们的父亲，摆脱了一半儿血亲关系的束缚，你们必定更加独立，更加自由。至于我这个微不足道的老叔叔——对不起，请原谅我的片刻自大——我会奉上我一生颠沛造次的生存，用我一生的道路、苦行和快乐做你们舞台上的脚灯。

手机"叮咚"一声送来了一段大叶荷的视频，视频是小萝莉录的，手持方向盘的出租车司机大叶荷看上去英姿飒爽，很有几分劳动妇女的性感。小萝莉叫我"老爸"，一口北京小姑娘特有的脆甜口音，叫得我心里美滋滋的。小萝莉身体恢复得很快，已经能够正常上学了。我陪大叶荷看了她康复后的第一堂舞蹈训练课，老师以为我是小萝莉的父亲，使劲跟我夸小萝莉，说她乐感好，形象好，是个难得的、万里挑一的好苗子。我跟小萝莉打了个招呼，之后也录了一段五四操场上此刻的情景，发送给她们母女俩。

大叶荷不止一次跟我说，愿意跟我一起搭帮过日子。我没有答应她。我知道现在还不是时候。我还有更多的路要走，还有更要紧的东西要去发现，去寻找。

费罗发了一条朋友圈，此时他和乔小春、艾勇、王朴他们正在参观袁军所在大学博物馆主建筑即将竣工的配楼。袁军如今的主要研究对象是古代艺术，这个博古通今的老博士原本是这个大博物馆第一任馆长的不二人选，结果却被一个更擅兵法的同事突然取代，他只好退回自己的书斋，继续做他的案头学问。费罗配发的朋友圈照片上，费罗、乔小春、王朴几个老坏蛋都戴着安全帽——费罗说是安全套——正在工地上听袁军介绍这个倾注了他多年心血的大博物馆。

鼓声和乐声响起，操场上的人跳起舞来。轻盈的舞蹈，疯狂的跳舞，一曲接着一曲，这是一种看得见的、新的和谐，哇塞，哇塞，哇了个塞。

我走进人群，跟随众人一起扭动着跳起舞来。有那么一刻，鼓声和音乐突然停顿了一下，就在这一眨眼的间歇当中，我看到了费罗、杜克、宁大为他们，他们当然不在那儿，但我感觉他们在那儿，他们的确在那儿。过去的三十年所发生的一切全都聚拢在这一秒钟之内，在这一秒钟里同时存在，这一干人已经超越了时间和空间，达到了陌生自在的虚无之境。令人欣喜的是方小亮和姜丽也在他们中间。年轻的方小亮、姜丽、马用、费罗、宁大为、乔小春、袁军、艾勇、朱涵、杜克他们在人群里抽着烟，喝着酒，朝我这边指指点点、哈哈大笑。他们站在地球的剪影之上，摇摇摆摆，摆摆摇摇，随着音乐的节奏又唱又跳。他们看到的不是我，是三十年前的我，而现在的我就站在三十年前的我的身边。至于我自己以及这些似曾相识的人为什么会在这里，我却从来不曾知道，更无从知道，不再知道，无复知道。

我喜欢喜剧，现在，我倾向于把世界看成一出喜剧。我希望世界永远继续，永不结束，要结束也是世界自己结束，我不结束，我还远没有开始。这一刻，我的心里突然产生了一种前所未有的感觉，一种重生的幸福和喜悦，我半辈子糊涂懦弱，此刻倒勇气倍增。我感觉到一股蛮力从脚底板升起，迫不及待想要开启一轮新的寻找，一段新的、不可知的旅程，即使前面等待我的是人世间最严酷的深渊、最孤独、最silence的剧本，我也不打算回头了。

一切都好得不能再好——众声喧哗中，我听到一个静默的声音在远方大声呼喊，大声歌唱，这个声音在喊些什么，在唱些什么，我并不确切知道，不过这一回我能确定这是我自己的声音，那是一个缺笔字的声音，一颗铜豌豆或动画豌豆的声音——至于旅程，那也许只是一个想象中的旅程，一个句子里的旅程，一个无法用语言讲述的、走出皮肤的旅程，一个到处寻找、无处寻找、无须寻找的旅程——无论如何，我正在解体，我正在消失，我正在跟自己会合，另一个不存在的我正在不知名的地方等着我，一个触手可及、难以企及的美丽新世界正在不远处等着我，我早已分崩离析，我早已销声匿迹。